Di Morrissey

Der Duft der roten Erde

DI MORRISSEY

Der Duft der roten Erde

Aus dem Englischen
von Hedda Pänke

BECHTERMÜNZ

Titel der australischen Originalausgabe:
Heart of Dreaming

Lizenzausgabe mit Genehmigung der
Verlagsgruppe Lübbe GmbH & Co. KG, Bergisch Gladbach
für Weltbild Verlag GmbH, Augsburg

Umschlaggestaltung: Studio Höpfner-Thoma, München
Umschlagmotiv: Premium, Düsseldorf
Gesamtherstellung: GGP Media, Pößneck
Printed in Germany
ISBN 3-8289-6923-2

2004 2003 2002 2001

Die letzte Jahreszahl gibt
die aktuelle Lizenzausgabe an.

Für die Revitt-Mädchen –

meine Mutter Grace (Kay), Großmutter Grace Louise, Bette (Annette), Rosemary und Vivian.

Und besonders für Ken Cowley, den Busch und seine Menschen, die mich angeregt haben, dieses Buch zu schreiben.

Danksagungen

Dank meinen Kindern Gabrielle und Nicolas für ihre unablässige Liebe und Ermutigung, Jim Revitt, der mir mehr als ein Onkel ist, Ted und Dawn Herman für die Ruhe, in der ich schreiben konnte, Selwa Anthony, meiner wundervollen Agentin, die mir Freundin und Beraterin ist, Dorothy und Bill Morrissey, meiner amerikanischen Familie, die ich innig liebe, Jim und Judy Hain aus Wairalda für ihre Freundschaft. Allen jenen, die so liebevolle und verständige Freunde waren.

In der Tradition der Aborigines ist der Geburtsort eines Menschen der Ort, an dem sein Geist lebt: ein heiliger Ort für Traum und Trance. Ein Ort, an den man gehört, an dem man eins ist mit dem Land. Ein Ort, an dem man Wissen, Frieden und Freude findet.

Diese Orte innerer Versunkenheit sind weder von der Rechtsprechung des weißen Mannes anerkannt noch auf Landkarten vermerkt; dennoch sind sie überall in Australien zu finden und regen Geist und Seele der Aborigines dazu an, stets zur Quelle ihrer Träume zurückzukehren.

I

Tingulla

In den sechziger Jahren

1. Kapitel

Gedankenversunken hockte Queenie auf dem abgenutzten Geländer, die Reitstiefel um die Sprossen verhakt, ihren Lieblings-Akubra so tief in die Augen gezogen, daß er einen Teil ihres Gesichts verdeckte.

Für die Viehhüter, Treiber und Gelegenheitsarbeiter von Tingulla war Queenie stets die kleine, dünne Tochter des Bosses gewesen. Sie kannten und bewunderten ihre Reitkünste und Fähigkeiten, mit einem Gewehr umzugehen, und betrachteten sie als eine zähe, kleine Range, die eines Tages erwachsen werden würde. Die autoritäre Art, in der sie mit ihrem jüngeren Bruder Colin umging, der so ganz anders war als sie, nötigte ihnen oft genug ein Lächeln ab.

Doch jetzt war den Männern bewußt geworden, daß Queenie inzwischen mehr Frau als Mädchen war. Ihre Schönheit war atemberaubend. Sie hatte dichte goldbraune Haare, die ihr, wenn sie sie offen trug, in lockeren Wellen auf die Schultern fielen. Ihr offenes Gesicht war breit, mit hohen Wangenknochen, und ihre Lippen schienen fast immer zu lächeln. Aber es waren ihre smaragdgrünen, dichtbewimperten Augen, die am meisten faszinierten. Sie bewegte sich mit fast katzenähnlicher Geschmeidigkeit. Die Männer erlaubten sich keine Scherze mehr mit ihr wie früher, als sie »nur ein Kid« war.

An diesem für das australische Outback typischen sonnenvergoldeten Tag war Queenie von Freunden und Nachbarn umgeben, die auf der berühmten Tingulla-Station zusammengekommen waren, um ihren einundzwanzigsten Geburtstag zu feiern. Zwei Tage würden Söhne und Töchter von Arbeitern und wohlhabenden Landbesitzern auf Tingulla verbringen. Es wäre sinnlos gewesen, »nur für eine Party« meilenweit zu fahren oder zu reiten. Darüber hinaus war die Gastfreundlichkeit von Tingulla nahezu legendär, also würden sie jede Gelegenheit nutzen, sie so lange wie möglich zu genießen.

Ein spontan arrangiertes Rodeo wurde ausgetragen, und unter ihrem Hut überblickte Queenie den Kreis ihrer Freunde, die auf dem Geländer rund um den Pferdepferch hockten. Es war nicht leicht, die Mädchen von den Jungen zu unterscheiden: Alle trugen die gleiche Busch-Uniform, bestehend aus Jeans in variierenden Blautönen, grauen Hemden, abgetragenen Hüten und elastischen Stiefeln. Einer nach dem anderen versuchte sein Glück mit einem noch ungezähmten Pferd, und die lauten Rufe des Spotts und des Ansporns waren weithin zu hören.

Plötzlich merkte Queenie, daß sie beobachtet wurde, und hob den Kopf wie ein Tier, das Gefahr wittert. Blaue Augen betrachteten sie amüsiert, ein träges Lächeln breitete sich auf einem gebräunten Gesicht aus.

T.R. Hamilton. Er war auf Bilboa angestellt, einer nahe gelegenen Farm, war älter als Queenie, und bislang hatte sie nicht viel mit ihm zu tun gehabt. Vor wenigen Wochen hatte sie gesehen, wie er zusammen mit ihrem Vater und dem Besitzer von Bilboa Pferde begutachtete. Schien ein ziemlich unverschämter Bursche zu sein. Abrupt wandte sie den Kopf ab.

Laute Schreie begleiteten den Sturz eines weiteren Reiters in den Sand. »Hey, Queenie, warum zeigst du diesen Tölpeln nicht, wie es gemacht wird?« rief einer der Hilfskräfte der Station. »Du behauptest doch immer, das Pferd müßte erst noch geboren werden, das du nicht reiten kannst. Bisher ist es noch niemandem gelungen, einen dieser verdammten Gäule zum Stillstehen zu bringen!«

Der glücklose Reiter rappelte sich aus dem Sand hoch, stülpte sich den Hut wieder auf den Kopf und murrte: »Diese widerspenstigen Biester sollte man zu Hundefutter verarbeiten, denn zu mehr taugen sie nicht!«

»Na los, Queenie – zeig uns, wie gut du bist«, rief eines der Mädchen.

Queenie funkelte sie nur verärgert an.

»Ja, auch ich würde zu gern sehen, wie die berühmte Miß Hanlon einen dieser Burschen bändigt«, ertönte eine leise, aber herausfordernde Stimme.

Queenie drehte sich um und sah, daß T.R. Hamilton sie breit angrinste.

Sie sprang vom Geländer, fuhr sich mit beiden Händen über die Jeans und zog sich den Hut tiefer in die Stirn.

»Irgend jemand bereit, dagegen zu wetten, daß sie im Sattel bleibt?« rief einer der jungen Männer.

Lächelnd sah ihr Charlie, einer der Pferdepfleger, entgegen, wie sie sich auf das nächste Pferd zubewegte, das in einem schmalen Durchgang angebunden war. Ein Seilhalfter wurde ihm angelegt, ein leichter Sattel über den Rükken geworfen und festgeschnallt.

Queenie kletterte auf den Zaun und blickte dem verängstigten Pferd in die Augen. Beruhigend begann sie auf das Tier einzureden und bemerkte die beiden Jungen nicht, die den Flankengurt so befestigten, daß er die Hoden des Pferdes einschnüren mußte, sobald Queenies Gewicht auf den Sattel drückte.

»Mal sehen, ob es ihr so auch gelingt«, zischte einer und zwinkerte dem anderen zu.

Queenie schwang sich in den Sattel und schlang die Zügel

um ihre Fäuste. Das Pferd legte die Ohren an, seine Nüstern begannen vor Schmerzen zu flattern, seine Augäpfel traten qualvoll hervor.

Mit einem wilden Wiehern bäumte sich das Tier auf und versuchte verzweifelt, das Gewicht auf seinem Rücken loszuwerden.

Die Tür des Durchgangs flog auf, und das Pferd sprengte in den Pferch. Sekunden später erkannte es, daß sein Freiheitsdrang durch den umlaufenden Zaun begrenzt wurde. Es senkte den Kopf, begann mit gekrümmtem Rükken nach allen Seiten auszukeilen und schleuderte Queenie im Sattel auf und nieder. Die Füße sicher in den Steigbügeln, klammerte sie sich krampfhaft fest. Ihr Hut flog zu Boden, die Locken wehten ihr wild um den Kopf.

Während die Zuschauer Queenies Mut und Können bejubelten, ließ T.R. Hamilton das tobende Pferd nicht aus den Augen.

Unvermittelt hörte das Tier mit dem Auskeilen auf und stürmte auf den Zaun zu – offenbar entschlossen, das Ärgernis auf seinem Rücken durch eine zu nahe Begegnung mit den Zaunpfosten von sich zu schleudern. Im selben Augenblick sprang T.R. vom Geländer und lief wild winkend auf das Tier zu. Das schoß herum und hob die Vorderläufe, um mit ihnen gegen T.R. auszuholen.

Schwer stürzte Queenie zu Boden. Die Zuschauer hielten den Atem an, als sich T.R. unter die auskeilenden Hufe duckte, um nach den Zügeln zu greifen. Das Pferd versuchte, sich zu befreien, aber T.R. stemmte die Fersen fest in den Sand und zerrte heftig an den Zügeln. Charlie sprang auf ihn zu, und gemeinsam gelang es ihnen schließlich, das Tier zur Ruhe zu bringen, das wild schnaubte und die beiden Männer wütend anfunkelte.

»Alles in Ordnung?« fragte T.R. und streckte die Hand aus, um Queenie auf die Füße zu helfen.

Sie wehrte seine Hand ab und stand auf. »Was haben Sie sich dabei eigentlich gedacht, Sie Schwachkopf?« fuhr sie ihn an. »Alles war absolut in Ordnung, bis Sie sich auf ihn stürzen mußten!«

»Überlegen Sie sich gut, wen Sie Schwachkopf nennen, Mädchen. Das Pferd war vor Schmerzen fast wahnsinnig. Ihre Freunde hatten den Flankengurt zu fest geschnallt. Sie können von Glück reden, daß er Sie nicht gleich gegen den Zaun geschleudert hat.« Verärgert wandte sich T.R. ab.

Charlie nahm dem Pferd Sattel und Halfter ab und ließ es im Hof vor den Ställen frei laufen. Die Zuschauer begannen sich zu zerstreuen.

»Gut gemacht, Mädchen«, lobte Charlie und tätschelte Queenies Schulter. »Das war ein ganz mieser Streich, den man Ihnen da gespielt hat. Dieser festgezurrte Gurt hätte sogar ein totes Pferd auskeilen lassen.«

Damit wandte er sich dem Haus zu und ließ sie mit T.R. zurück. T.R. bückte sich, hob Queenies Hut auf und streckte ihn ihr entgegen. Sie rührte sich nicht.

»Hey, nun spielen Sie doch nicht die Gekränkte. Sie haben keineswegs das Gesicht verloren. Nur wenige hätten sich auf diesem Pferd überhaupt halten können.«

Noch immer rührte sich Queenie nicht. »Meine Kämpfe fechte ich gern allein aus.«

»Sie hätten zu Schaden kommen können. Ich habe lediglich versucht, Ihnen zu helfen.« Er hielt weiter ihren Hut in der ausgestreckten Hand.

»Das war unnötig. Vielleicht handelten Sie in guter Absicht, aber Sie haben mehr Unheil angerichtet, als wenn Sie nicht eingegriffen hätten.«

T.R. trat auf sie zu und drückte ihr den Hut auf den Kopf. »Ein Wort des Dankes könnte nicht schaden. Aber keine Angst, von nun an lasse ich Sie in Ruhe.«

Er schritt auf das Tor zu, als Queenie sich den Hut richtete und ihm wütend nachblickte.

»Es ist nicht so, wie Sie denken«, ertönte eine leise Stimme neben T.R. »Queenie ist kein Snob. Und sie kann besser reiten als die meisten Männer hier auf der Station.« Charlie rollte Seile zusammen.

»Tatsächlich?« entfuhr es T.R. spitz. »Auf mich macht sie eher den Eindruck einer verzogenen Range.«

»Nun ja, meistens bekommt Queenie ihren Willen, weil sie im allgemeinen auch recht hat. Aber auch sonst könnte sie jeden hier um ihren kleinen Finger wickeln.«

»Nun, mich wird sie jedenfalls nicht um den kleinen Finger wickeln, die undankbare Kröte«, knurrte T.R.

»Sie ist ein hübsches kleines Ding, aber so zäh wie ein alter Gummibaum. Nein, lieber Freund, der Verwöhnte in der Familie ist Queenies jüngerer Bruder Colin. Offenbar kennen Sie die Hanlons nicht besonders gut.«

Zusammen mit dem älteren Mann begann T.R. auf das Haus zuzulaufen.

»Nein, ich kenne sie wirklich nicht gut. Mister Hanlon habe ich auf Bilboa kennengelernt, wo ich beschäftigt bin. Er hat mich zur Party seiner Tochter eingeladen. Übrigens, ich heiße T.R. Hamilton. Auf Bilboa reite ich Pferde zu.«

Charlie warf T.R. einen amüsierten Blick zu. »Also ein Zureiter sind Sie? Ihr Burschen bildet euch im allgemeinen nicht wenig auf euer Talent ein.«

T.R. zuckte mit den Schultern. »Ich komme ganz gut mit Pferden zurecht.«

Charlie hob die Hand. »Das Haus liegt in der Richtung. Ich muß die Pferde zurückholen. War nett, Sie kennenzulernen.«

T.R. fühlte sich versucht, Charlie seine Hilfe anzubieten. Er hätte die Gesellschaft von Pferden den Festlichkeiten anläßlich Miß Hanlons Geburtstag vorgezogen. Er war weniger nach Tingulla gekommen, um die Tochter des Hauses kennenzulernen, als vielmehr in der Hoffnung, ihren Vater dazu zu bewegen, ihm einen Job zu geben. Sein Arbeitsvertrag auf Bilboa lief in Kürze aus.

Queenie ging zur Rückseite des großen Hauses, vorbei an der kühlen Veranda, auf der sich die Mädchen nach dem Rodeo entspannten. Die Schaukel quietschte einladend, Eiswürfel klirrten in Gläsern, aber Queenie war nicht nach Plaudern zumute.

Sie betrat das Haus und drückte sich an der Küche vorbei, in der sie ihre Mutter Rose mit Millie reden hörte, der Haushälterin, die fester Bestandteil der Familie geworden war. Nach dem Besuch der Missionsschule war Millie als Kindermädchen nach Tingulla gekommen, um Rose und Patrick Hanlon bei der Versorgung ihrer neugeborenen Tochter zu helfen. Inzwischen führte die Halb-Aborigine voller Energie und Tüchtigkeit den gesamten Haushalt.

Millie war bei den Hanlons zu einer jungen Frau herangewachsen, während sich Rose von der scheuen jungen Braut in die selbstsichere Herrin eines so großen Besitzes wie Tingulla verwandelte. Millie hatte Jim Nicholson geheiratet, einen weißen Automechaniker, der inzwischen gleichfalls auf Tingulla arbeitete und sich um die Fahrzeuge und landwirtschaftlichen Maschinen kümmerte. Jim und Millie waren nunmehr fünfzehn Jahre zusammen und für den reibungslosen Ablauf im Haus und auf der Station unverzichtbar.

Rose hoffte, daß Millie etwas von ihren Fähigkeiten an Ruthie, ihre junge Hilfe, weitergab. Aber Patrick war sich nicht so sicher, daß die siebzehnjährige Ruthie jemals so tüchtig werden könnte wie Millie.

Queenie hörte, wie ihre Mutter und Millie der nervösen Ruthie und Stan, dem drahtigen, alten Schafscherer-Koch Anweisungen erteilten.

Stan war zu Hilfe gerufen worden, um das Lamm zu schlachten, das sich inzwischen im Garten am Spieß drehte. In der Nähe waren Tische unter einem Baldachin aufgestellt, geschmückt mit Roses einfallsreichen Dekorationen und Blumenarrangements. Gastfreundschaft wurde überall im Outback großgeschrieben, aber auf Tingulla war sie ohnegleichen.

Auf Zehenspitzen lief Queenie die Zedernholztreppe hinauf, vorbei an der Sammlung früher australischer Kunst, die ihre Mutter erworben hatte. Sie blieb stehen, um wohl zum tausendsten Mal die Landschaft von Turner zu bewundern, die einen so starken Gegensatz zur australischen Busch-Umgebung bildete und eins von etlichen Gemälden war, die Rose geerbt hatte.

In ihrem Zimmer streifte sich Queenie die verschmutzte Kleidung vom durch den Sturz geprellten und schmerzenden Körper und ließ sie auf die schimmernden Zypressendielen fallen. Die Nachmittagssonne strömte zum Fenster herein, ein leichter Wind bewegte die Spitzengardinen.

Queenie fühlte sich ruhelos und begann den Aufwand zu bedauern, der um ihren Geburtstag gemacht wurde. Sie kam sich merkwürdig einsam vor und wünschte sich, mit irgend jemandem über ihre seltsamen Empfindungen zu reden. Bisher hatte sie über alles mit ihrer Mutter sprechen können, aber das hier war anders – nichts Bestimmtes und doch irgendwie beunruhigend.

Aufseufzend warf sie sich auf ihr Bett.

Es war bereits dunkel, als ihre Mutter in einem eleganten hellgrauen Chiffonkleid mit prachtvoller Perlenkette das

Zimmer betrat und das Licht anschaltete. Das Klicken ließ Queenie hochfahren und die Schildpattkatze Snugglepot, die sich von den Anforderungen ihres Nachwuchses erholte, erschreckt mauzen.

»Ihr faulen Mädchen«, rief Rose. »Queenie, die Party hat bereits begonnen, und jedermann fragt sich, wo du bleibst. Vermutlich nehmen sie an, daß du kein Ende beim Herausputzen findest, dabei hast du noch nicht einmal angefangen, dich anzuziehen.« Seufzend betrachtete Rose ihre Tochter. »Nun komm schon, Queenie, zieh dich schnell an. Und du«, wandte sich Rose an die Katze und scheuchte sie vom Bett, »solltest deine hungernde Brut füttern.«

Rose verließ das Zimmer, um wieder hinunterzugehen. Auf dem Treppenabsatz kam ihr Patrick entgegen.

»Wann kommt sie denn endlich? Queenie hat sich doch noch nie soviel Zeit für das Anziehen genommen. Offenbar will sie die Jungen wirklich beeindrucken.«

Zärtlich blickte Rose in das tiefgebräunte Gesicht mit den Fältchen um die Augen und dem Grübchen am Kinn und berührte sanft seine Wange. »Sie ist eingeschlafen, wird aber in wenigen Minuten unten sein.«

Tingulla war gänzlich in Licht getaucht. Musik und Gelächter übertönten das sanfte Summen der Generatoren. Lichterketten hingen in den Bäumen auf dem Rasen. Flackernde Fackeln steckten in den Beeten des Gartens und beleuchteten die Auffahrt. Kerosinlampen brannten auf den Tischen der Veranda. In der Eingangshalle warf ein Kristalllüster seinen sanften Schein auf die antiken Möbel.

Im Musikzimmer hatte sich eine Gruppe Gäste um das Pianola versammelt. Ein junger Mann trat in die Pedale, während ein anderer mit Fingern, die weit mehr an das Einfangen von Schafen und Pferden gewöhnt waren, einer Ukulele Töne zu entlocken versuchte.

Die am Nachmittag so nachlässigen Jungen waren nun geschrubbt und gestriegelt, in ihren Stiefeln hätte man sich spiegeln können. Die Mädchen erstrahlten in Pastellfarben, ihre Haare waren nach der neuesten Mode frisiert.

»Komm und spiel etwas, T.R.«, rief eins der Mädchen, die am Pianola lehnten.

Lächelnd griff T.R. in die Innentasche seines Dinnerjakkets. Jedermann wußte, daß er seine Mundharmonika stets bei sich hatte. Sie war seine Gefährtin in vielen einsamen Nächten draußen bei den Herden, und sobald er eine Melodie nur zweimal gehört hatte, konnte er sie nachspielen. Versuchsweise glitten T.R.s Lippen über das silberne Instrument, dann lehnte er sich an das Pianola und stimmte in die Melodie ein.

Mit seinen sechsundzwanzig Jahren besaß T.R. Hamilton einen kräftigen Körper und mehr Wissen über den Busch und im Umgang mit Pferden, als die meisten Männer jemals erwerben konnten. Er war hochgewachsen, hatte von der Sonne ausgeblichenes Haar, tiefblaue Augen, dunkelbraune Brauen und Wimpern. Wann immer ein Lächeln über sein Gesicht huschte, verlieh es ihm einen leicht spöttischen Ausdruck. Er sprach leise und besaß ein zugängliches Wesen, dennoch schien er von einem eisernen Willen beseelt. Er machte den Eindruck eines energischen Mannes, der sich nicht gern herumschubsen ließ.

Die jungen Gäste paßten ausgezeichnet zueinander. Das harte Leben im Outback hatte sie schnell reif werden lassen. Verglichen mit Gleichaltrigen in der Stadt, waren sie verantwortungsbewußte und kompetente Erwachsene. Die meisten Anwesenden kannten einander, auch wenn sie sich eher selten trafen. Eine lockere Kameradschaft verband sie miteinander. Die Mädchen waren aufgrund ihrer Erziehung viel zu praktisch eingestellt, um Blümchen-rühr-mich-nichtan zu spielen. Die Jungen kamen hauptsächlich von prosperierenden Stationen oder waren hart arbeitende Stationshilfen, die anstrebten, eines Tages selbst Landbesitz zu erwerben.

T.R. schloß die Augen, gab sich ganz der Musik hin und erinnerte sich daran, wie sein Vater »O Danny Boy« sang – üblicherweise leicht berauscht und im Pub.

Riann Hamilton war Ire und ein ruheloser Träumer gewesen. Ein gutaussehender Mann mit dunklen, lockigen Haaren, dessen blaue Augen und schwungvoller irischer Akzent die Ladies dahinschmelzen ließ. Als mäßig erfolgreicher Jockey war er nach Sydney gekommen, um zu Reichtum und Ruhm zu gelangen. Dort hatte er Mary geheiratet, ein Mädchen aus begüterter Familie, und mit ihr Terrance Ryan gezeugt.

Nachdem er Marys Aussteuer durchgebracht hatte, überredete er sie dazu, mit ihm und ihrem kleinen Sohn in den Busch zu ziehen, damit er als Jockey über Land ziehen konnte.

Riann war wochenlang unterwegs und ließ seine Frau und seinen kleinen Sohn in der Isolation eines winzigen Hauses in einem unbedeutenden Ort zurück, dessen Bewohner sich um ihre eigenen Dinge kümmerten. Mary mußte zusehen, wie sie ohne Freunde und mit den spärlichen Geldmitteln zurechtkam, die ihr und T.R. zur Verfügung standen.

Wenn Riann heimkehrte, verbrachte er seine Zeit im Pub, wo er den Einheimischen Drinks abschwatzte, oder mit T.R. auf den Knien auf der kleinen Veranda des Hauses, wo er ihm von den Pferden und der großen, faszinierenden Welt des Rennsports vorschwärmte. Er versprach T.R., ihm eines Tages ein eigenes Pferd zu schenken.

Das Pferd blieb Riann seinem Sohn ebenso schuldig wie das Schicksal ihm selbst das große Glück. Schließlich wurde der Whiskey sein Tod, in einem schäbigen Schankraum des *Green Man Public House* in Wattle Field. Seine wenigen Habseligkeiten wurden seiner Witwe überreicht: eine Taschenuhr, eine Blechdose mit persönlichen Papieren sowie eine rosamarineblaue Jockeyschärpe und -kappe.

T.R.s Mutter kehrte zu ihren Eltern zurück, und T.R. wurde von seinem Großvater auf eine gute Schule geschickt. Die Familie war sehr enttäuscht, als T.R. im Alter von vierzehn Jahren davonlief – geradewegs in den Busch. Mit achtzehn Jahren hatte T.R. herausgefunden, daß er ein besonderes Talent für Pferde besaß. Wenn er ein Tier betrachtete, sah er nicht nur dessen körperliche Fähigkeiten, sondern auch seine »Seele«. Er wußte, ob das Pferd genug Herz und Energie besaß, um auch dann weiterzumachen, wenn andere verzagen würden. Das war eine hochgeschätzte Begabung im Busch, in dem das Leben der Menschen häufig genug von ihren Pferden abhing.

In seinen Jahren in der Stadt war T.R. oft auf dem Randwick Racecourse gewesen, bei den Jockeys, die seinen Vater gekannt hatten, hatte ihnen zugesehen, zugehört und gelernt.

Aber es waren die Legenden des Buschs, die verwegenen Abenteuer der Männer im Outback, an die er sich am besten erinnerte. Sein Vater hatte in ihm eine Leidenschaft für das weite, offene Land geweckt, in dem ein Mann nur so gut war wie sein Pferd, seine Fäuste und sein Verstand.

T.R. hatte es von einer Hilfskraft zum Treiber auf einem der großen Güter im Norden gebracht, und er träumte davon, eines Tages etwas Eigenes vorweisen zu können. Tief innerlich wünschte er sich, den Traum seines Vaters zu erfüllen und ihn in den Augen seiner Mutter zu rechtfertigen.

Sie hatte zu ihrem Mann gehalten, zu stolz, ihre Familie

oder Freunde um Beistand zu bitten, und ihre vornehme, zurückhaltende Art entfremdete sie den soliden, praktischen Landfrauen, die ihr sonst vermutlich geholfen hätten. Statt dessen schlug sie sich allein durch und erzog ihren Sohn anhand der Maßstäbe, mit denen sie aufgewachsen war. Auch wenn selten genug Essen auf dem Tisch stand, wurden Etikette und Regeln des guten Benehmens bis aufs I-Tüpfelchen befolgt. Sie starb, als T.R. sechzehn war und sein Herz bereits an den Busch verloren hatte.

Das Lied endete, und T.R. öffnete die Augen, als die jungen Leute um ihn herum klatschten. Überwältigt von Erinnerungen entschuldigte sich T.R. und ging in den mondbeschienenen Garten.

Oben zupfte Queenie an dem smaragdgrünen Taftkleid, das Millie so sorgsam gebügelt hatte. Sie trat vor den Spiegel, fühlte sich vom engsitzenden Mieder des halterlosen Ballkleids unbehaglich eingeengt und zog verdrossen die Nase kraus. Sie faßte ihre Haare zusammen, schlang sie zu einem lockeren Knoten, entschied sich dann aber wieder dagegen und ließ sie weich über die Schultern fallen. Sie griff nach einem Kamm – und lächelte. Jetzt wußte sie, was ihr noch fehlte.

Queenie raffte ihre Röcke, setzte sich aufs Fensterbrett und schwang die nackten Füße auf das schräg abfallende Dach. Sich mit Händen und Zehen an das Wellblech klammernd, arbeitete sie sich auf den Jasmin zu, der zwischen den Zweigen eines Baums emporkletterte.

Queenie begann an den Zweigen zu zerren, um nach den duftenden weißen Blütendolden greifen zu können. Als sie sich dabei zu weit vorlehnte, verlor sie das Gleichgewicht und rutschte unaufhaltsam auf den Rand des Daches zu. Die Regenrinne bremste ihren Sturz, schweratmend drückte sie sich flach auf das Dach: Ein Fuß hing über die Regenrinne hinaus, der andere stemmte sich dagegen.

»Was treiben Sie da oben eigentlich genau?« erscholl eine gelassene Stimme von unten.

T.R. stand im Schatten des Baums und starrte zum baumelnden Fuß und den Taftwolken herauf. Trotz Queenies prekärer Lage wirkte er überaus erheitert.

T.R. sah, daß der Fuß verschwand und hörte ein Rascheln, als Queenie sich herumschwang, so daß sie über den Dachrand hinunterblicken konnte.

»Das geht Sie überhaupt nichts an. Was schleichen Sie eigentlich so verstohlen durch den Garten?« wollte Queenie wissen.

»Oh, ich wollte nur ein wenig frische Luft schnappen. Planten Sie vielleicht eine Art Tarzan-Auftritt?«

Erbost funkelte ihn Queenie an. »Sehr komisch. Ich wollte mir ein paar Blumen holen, wenn Sie es genau wissen wollen. Dabei bin ich ausgerutscht.«

»Offensichtlich kommen Sie mit Dächern nicht so gut zurecht wie mit Pferden«, sagte T.R. und kletterte den Baum herauf, bis er mit ihr fast auf gleicher Nasenhöhe war. »Ich nehme an, daß es Ihnen um die hier ging.« Er streckte die Hand aus, pflückte eine Blütendolde und schnupperte an ihr. »Wirklich köstlich. Darf ich?« Damit reichte er ihr die duftenden Blüten. Stumm nahm Queenie sie ihm ab.

»Und wie wollen Sie jetzt wieder hinein? Kommen Sie, klettern Sie mit mir über den Baum hinunter.« T.R. streckte ihr auffordernd die Hand entgegen.

»Nein, vielen Dank«, erwiderte Queenie mürrisch. Sie steckte sich den Blütenstengel zwischen die Zähne, legte sich wieder flach aufs Dach und kroch auf das Fenster zu.

Als sie das Fenster zuschlug, hörte sie T.R. leise lachen.

»Sarah, wo ist eigentlich Queenie?« fragte Rose Hanlon die

beste Freundin ihrer Tochter, als sie ihr auf der Veranda begegnete. »Ich kann sie nirgendwo finden.«

»Seit dem Rodeo am Nachmittag habe ich sie nicht mehr gesehen, Mistreß Hanlon. Vermutlich ist sie noch immer oben und zieht sich an.«

»Aber da ist sie doch schon seit Ewigkeiten. Und du weißt, wie wenig Wert Queenie sonst auf Äußerlichkeiten legt. Ich mußte ihr bereits einmal Beine machen.«

Eine Männerstimme ließ Rose herumfahren. »Ihre Tochter war eben noch auf dem Dach, Mistreß Hanlon. Vermutlich ist sie jetzt wieder in ihrem Zimmer.«

»Auf dem Dach? Dieser kleine Kletteraffe! Was hat sie dort denn gemacht?« Rose sah den attraktiven jungen Mann vor ihr fragend an.

T.R. zuckte mit den Schultern. »Ich lief zufällig vorbei, als ich ein leises Poltern hörte und sie sah. Offenbar wollte sie sich irgendwelche Blumen holen. Ich bot an, ihr beim Abstieg zu helfen, aber sie scheint ein wenig eigensinnig zu sein. Sie bestand darauf, über das Dach in ihr Zimmer zurückzuklettern.« T.R. grinste.

Rose seufzte. »Ein wenig eigensinnig ... Sie scheinen Queenie noch nicht allzugut zu kennen. Ich sollte besser nachsehen, was sie jetzt wieder anstellt. Vielen Dank.«

T.R. sah zu, wie Rose in dem hellerleuchteten Haus verschwand und fragte sich, wie diese elegante, liebenswürdige Frau eine so burschikose und hochnäsige Tochter haben konnte. Er dachte daran, wie Queenies Gesicht über den Dachrand gespäht hatte, an die auf die Schultern fallenden Haare, die großen, erschreckten Augen – wie ein vom Scheinwerferkegel erfaßtes Känguruh. Er schüttelte lächelnd den Kopf. T.R. kannte nicht viele Mädchen, die mutig genug wären, über das hohe, abschüssige Dach zu klettern.

Queenie faszinierte ihn, aber er hielt es für vernünftiger,

sich mit der ungebärdigen Tochter des Hauses nicht näher zu befassen. Ihm ging es darum, P!trick Hanlon zu beeindrucken.

Rose stieß die Tür zu Queenies Zimmer auf und traf ihre Tochter mit mißmutiger Miene vor dem Spiegel an. Ihr neues Kleid war zerdrückt, beschmutzt und darüber hinaus vorn eingerissen.

Rose atmete tief durch. Ihre Tochter wirkte so geknickt, daß es wenig Sinn haben würde, ihr nun auch noch Vorwürfe zu machen. »O Queenie, macht es dir etwas aus, mir zu erklären, was du auf dem Dach zu suchen hattest?«

»Er hat mich also verpetzt, oder?« fauchte Queenie.

»Wer?«

»T.R. Hamilton. Er ist überall herumgelaufen und hat ein wenig über mich hergezogen.«

»Nein, Queenie, das hat er nicht«, entgegnete Rose ruhig. »Viel wichtiger ist, was wir jetzt mit deinem Kleid machen.«

Mutlos ließ sich Queenie auf das Bett fallen. »Tut mir leid, Mum. Ich weiß, welche Mühe du dir gegeben hast, es für mich anfertigen zu lassen. Aber ich fühlte mich darin so unbehaglich ... Ich meine, so formell und irgendwie fremd. Ich dachte, ein paar Jasminblüten würden es auflockern ...«

Queenie wirkte so verzweifelt, daß Rose schnell auf sie zutrat und sie in die Arme nahm.

»Schon gut, mein Schatz. Laß uns sehen, was wir in meinem Schrank für dich finden können.«

Engumschlungen verließen sie den Raum und gingen in das Elternschlafzimmer hinüber. Rose öffnete den Schrank und begann, in seinem hinteren Bereich zu stöbern.

»Probier doch das einmal an, Queenie. Es war mein Lieblingskleid, wenn ich mit deinem Vater zum Tanzen nach Sydney fuhr. Ich weiß, es ist ein wenig altmodisch, aber irgendwie denke ich, es müßte dir stehen.«

Sie hielt Queenie ein silbernes Satinkleid entgegen. Die Augen ihrer Tochter leuchteten auf. »An dieses Kleid erinnere ich mich gut. Wenn Sarah und ich in deiner Garderobe wühlten, um uns zu verkleiden, habe ich mich immer dafür entschieden.«

Lächelnd erinnerte sich Rose an die Zeiten, in denen sie ihre Kleider in völliger Unordnung vorgefunden und gewußt hatte, daß Queenie und Sarah sich über ihre Sachen, ihren Schmuck und ihr Make-up hergemacht hatten – fest davon überzeugt, sie würde nichts davon merken.

Queenie zog die ruinierte Taftrobe aus und streifte das schimmernde Satinkleid über den Kopf. Es war geschnitten wie ein lockeres Hemd und hinreißend in seiner klassischen Schlichtheit.

»Ich nannte es immer mein Jean-Harlow-Kleid«, lächelte Rose. Sie legte die Hände auf Queenies Schultern und drehte sie langsam um, so daß sie sich im Spiegel betrachten konnte.

Der Spiegel war das Vermächtnis eines Holzschnitzers, der zu Lebzeiten ihres Großvaters auf Tingulla gearbeitet hatte. In den Zedernholzrahmen hatte er Tiere und Pflanzen der australischen Flora und Fauna geschnitzt. Zwischen Blumen und Blättern hervorlugende Wombats, Koalabären und Emus umgaben Queenies bezaubernden Anblick.

Überrascht sah Queenie ihr Spiegelbild an. Wer war dieses hochgewachsene, elegante Geschöpf in dem Kleid, das schimmerte wie Mondlicht auf dem Wasser und das die cremeweißen Schultern und den schlanken, langen Hals betonte?

Rose legte ihren Kopf auf Queenies Schulter und sagte zu ihrer Tochter: »Es ist an der Zeit, daß du erkennst, daß du eine Frau wirst, Queenie. Du kannst nicht immer in

Hosen herumlaufen, mein Mädchen. Du solltest dich daran gewöhnen, daß die Leute dich als erwachsene junge Frau betrachten.«

Duchtrieben lächelnd parodierte Queenie eine der Posen der Models in den Modezeitschriften, die ihre Mutter abonniert hatte.

»Ich würde zu gern sehen, wie ich in diesem Aufzug auf dem Rücken eines Pferdes wirke!« prustete sie.

Rose lachte. Queenie war noch immer ihre unverbesserlich praktische Tochter. »Bevor du hinuntergehst, Queenie ...« Rose nahm ein schmales blaues Samtetui von der Kommode und küßte Queenie auf die Stirn, als sie es ihr in die Hände legte. »Dein Vater und ich wollten es dir eigentlich später geben, aber ich denke, du solltest es schon jetzt haben. Herzlichen Glückwunsch zum Geburtstag, mein Liebling.«

Queenie öffnete das Etui und hielt angesichts der wundervollen Opalkette unwillkürlich den Atem an. Sie hob ihre schimmernde Haarmähne, und ihre Mutter legte ihr die Kette um den Hals und schloß sie.

»Diese Opale stammen von Urgroßvater Ned Hanlon und wurden an alle Hanlon-Mädchen weitergegeben«, sagte Rose. »Dein Vater schenkte sie mir zu unserer Hochzeit, aber jetzt bist du an der Reihe.«

Die in zartes Goldfiligran gefaßten, milchigen Opale schienen auf Queenies Haut zu faszinierendem Leben zu erwachen, ein rotgoldenes Feuer blitzte und funkelte in ihren Tiefen.

»Ich weiß gar nicht, was ich sagen soll. Ihr seid beide so gut, du und Daddy ... Ich habe euch beide sehr, sehr lieb«, sagte Queenie und umarmte ihre Mutter mit Tränen in den Augen.

»Du bist eine wunderschöne junge Frau, und auch wir haben dich sehr lieb«, erwiderte Rose leise und strich ihrer

Tochter über die Wange. »Aber jetzt hinunter mit dir, und steck dir diese Jasminblüten in die Haare, wie du es vorhattest.«

Als Queenie auf nackten Füßen aus dem Zimmer lief, rief ihr Rose hinterher: »Zieh die silbernen Sandaletten an, die ich dir gekauft habe – keine Reitstiefel!«

Wenige Augenblicke später stieg Queenie unter Musikklängen und Gelächter die breite Treppe hinunter. Patrick durchquerte gerade die Halle und blickte seiner Tochter entgegen.

»Hallo, Daddy ... endlich bin ich soweit. Es gab ein paar Zwischenfälle.«

Stumm starrte Patrick sie an.

»Nun, wie gefalle ich dir?« Übermütig drehte sich Queenie auf der untersten Stufe.

Patrick schüttelte den Kopf und blinzelte. »Einen Moment lang glaubte ich, das Mädchen vor mir zu sehen, in das ich mich verliebt habe. Du siehst genauso aus wie deine Mutter damals. Wie gut ich mich an dieses Kleid erinnere, wie es sich anfühlte, wenn wir miteinander tanzten ... Und wie ich sehe, hat sie dir unser Geschenk gegeben. Herzlichen Glückwunsch, mein wundervolles Mädchen!« Er beugte sich vor und küßte sie.

Queenie umarmte ihn und berührte dann die Opalkette. »Ich weiß zwar nicht, ob ich sie verdiene, aber ich werde sie mein Leben lang in Ehren halten. Es macht mich sehr stolz, eine Hanlon zu sein. Vielen, vielen Dank.«

Patrick lächelte sie an. »Ich hoffe, Urgroßvater Ned kann dich von da oben sehen. Auch er wäre sehr stolz. Du siehst hinreißend aus. Ich weiß gar nicht, wohin meine kleine Range verschwunden ist. Über Nacht hast du dich in eine Prinzessin verwandelt.«

»Durchaus nicht, Dad. Eher komme ich mir ein bißchen

vor wie Aschenputtel. Morgen hat mich der Alltag wieder – also Reithosen und aufgewirbelter Sand!«

»Genieße deine Party, Queenie«, lachte Patrick und sah seiner Tochter nachdenklich nach, wie sie unter den Gästen verschwand.

Unwillkürlich fragte er sich, was die Zukunft für sie bereithielt. Queenie war sehr viel stärker und fähiger als ihr Bruder Colin. Sie trennten nur wenige Jahre, aber gewaltige Unterschiede in ihrer Einstellung zum Leben.

Wie stets, wenn er die beiden miteinander verglich, machte er sich Sorgen. Queenie würde vermutlich heiraten, auf einen anderen Landbesitz ziehen, und Colin die Leitung von Tingulla übernehmen. Aus dem Gefühl heraus hätte er es lieber gehabt, wenn seine Tochter die Farm führte, aber in Australien waren es die Männer, die das Sagen hatten. Eine Frau an der Spitze einer großen Station wäre undenkbar.

Als Patrick in den Garten schlenderte, erregte das schallende Gelächter einer Gruppe junger Männer seine Aufmerksamkeit. Colin war mitten unter ihnen und amüsierte sich offenbar köstlich über einen derben Witz, den jemand erzählt hatte. Aufseufzend machte sich Patrick bewußt, daß Colin vermutlich betrunken und aufsässig sein würde, bevor die Party ein Ende fand.

»Wie heiß es ist!« Aufstöhnend ließ sich Sarah Quinn neben Queenie auf einen Stuhl fallen, die eine seltene Ruhepause zwischen den Tänzen im Schafschuppen genoß, in den sich die jungen Leute zurückgezogen hatten. Sie fächelte sich mit einem Pappteller Luft zu. »O Schreck, da kommt Mick O'Rourke. Nimm dich bloß in acht. Er tritt einem mit seinen riesigen Stiefeln dauernd auf die Füße.«

Plötzlich legte sich eine Hand von hinten auf Queenies nackte Schulter. »Dieser Tanz gehört mir, hoffe ich. Wollen wir?« Sie fuhr herum. Da stand T.R., lächelte sie an und streckte ihr die Hand entgegen.

»Kennt ihr euch schon?« fragte Sarah und blickte von Queenie zu T.R. Die beiden starrten einander schweigend an.

Queenie wollte ihm gerade eine Abfuhr erteilen, da er offenbar erwartete, daß sie auf ein Wort von ihm sprang. O'Rourke hatte ihren Tisch fast erreicht, als sie sich von T.R. sanft hochgezogen fühlte.

»Aber ja. Miß Hanlon und ich sind gute alte Freunde, Sarah. Wir sind zusammen geklettert«, sagte T.R., als er Queenie vom Tisch fortführte.

»Geklettert?« murmelte Sarah verdutzt vor sich hin, zuckte mit den Schultern und erhob sich zögernd vor O'Rourke, der Queenie enttäuscht nachsah.

»Eigentlich sind wir einander noch nicht vorgestellt worden«, betonte Queenie T.R. gegenüber, der ihre Hand noch immer fest umklammert hielt.

»Nun, das Geburtstagskind kennt jeder der Gäste. Ich bin T.R. Hamilton.« Spöttisch tippte er sich wie zum Salut an die Schläfe.

Queenie wollte ihm ihre Hand entziehen, aber ohne Erfolg.

»Wofür steht eigentlich T.R.?« zischte sie. »Für ›teuflischer Rabauke‹?«

Immer noch lächelnd zog er sie auf die Tür zu. »Eher für ›traumhaft rhythmisch‹. Ich bin ein großartiger Tänzer. Kommen Sie.« Er schob sie durch die Tür in die kühle Nacht hinaus.

Abrupt blieb Queenie stehen und befreite sich aus seinem Griff. »Einen Moment mal, wohin wollen Sie mit mir?«

»Tanzen, was dachten Sie denn? Da drinnen ist es einfach zu voll«, grinste T.R. und begann sich mit ihr auf dem Rasen zu den Klängen der Band zu drehen, die aus dem Schuppen drangen.

»Was Sie nicht sagen«, murmelte Queenie und stellte irgendwie mißmutig fest, wie selbstverständlich sie seiner sicheren Führung folgte.

Einige Minuten drehten sie sich schweigend zu den Musikklängen, und sie mußte zugeben, daß er tatsächlich ein guter Tänzer war. Außerdem war es sehr angenehm, in der frischen Nachtluft zu tanzen. Sie spürte den rauhen Stoff seines Tweedärmels an ihrer nackten Schulter und nahm einen leichten Moschusduft wahr, der sie an frischgemähtes Heu denken ließ. Er schien nicht zum Plaudern aufgelegt zu sein, obwohl er sonst um Worte nicht verlegen war. Offenbar genügte es ihm völlig, mit ihr zu tanzen.

Irgendwann verfing sich Queenies Absatz in einer Unebenheit des Bodens, und sie fiel leicht gegen ihn. Sein Griff um sie verstärkte sich, aber er sagte noch immer kein Wort. Queenie blieb stehen. Ihre Wangen waren gerötet, ihre Augen blitzten.

»Ich glaube, wir sollten wieder hineingehen«, sagte sie.

T.R. wollte protestieren, aber ein Blick in ihr Gesicht sagte ihm, daß hinter ihrem abweisenden, hochmütigen Verhalten in Wahrheit ein scheues und nervöses Mädchen steckte. Sanft führte er sie zum Schuppen zurück.

»Ich bin davon überzeugt, daß eine ganze Schlange von Verehrern nur darauf wartet, mit Ihnen tanzen zu dürfen«, sagte er. »Vielen Dank für den Tanz. Ich werde ihn nicht vergessen.«

Er ließ ihren Arm in dem Moment los, als Mick O'Rourke mit zwei Pappbechern Passiona vorbeikam.

»Queenie, da bist du ja. Ich warte schon eine Ewigkeit darauf, mit dir tanzen zu können. Einen Augenblick, ich bringe Sarah nur ihren Drink, dann legen wir eine Sohle aufs Parkett.«

Queenie drehte sich um, doch T.R. war bereits in der Menge verschwunden. Sie verspürte eine leichte Verärgerung, verstand aber den Grund nicht. Obwohl sie gern mit ihm getanzt hatte, verwirrte er sie irgendwie. In seinen Armen hatten sie merkwürdige Empfindungen überkommen, und sie vermutete, daß er das wußte, daß er sie insgeheim dafür verspottete. Vielleicht war das, was sie verärgerte, aber auch ihre eigene Reaktion, und diese Unsicherheit verstörte sie zutiefst.

Entschlossen verdrängte sie T.R. Hamilton aus ihren Gedanken und folgte O'Rourke an den Tisch, an dem Sarah verstohlen einen ihrer Füße rieb.

Später, als Queenie nach dem unvermeidlichen und unerfreulichen Tanz mit Mick O'Rourke wieder am Tisch saß und versuchte, sich über die Musik hinweg mit einigen ihrer Gäste zu unterhalten, drängte sich ein junger Mann durch die Menge und schrie ihr ins Ohr: »Colin streitet mit einem der Zwillinge von Kandi herum. Sieht so aus, als könnte es böse enden.«

Queenie sprang hoch. »Sieh zu, daß mein Vater nichts davon erfährt. Ich werde sehen, was ich tun kann.«

»Ich komme mit«, rief Sarah.

Draußen hatte sich eine kleine Gruppe um ein Bierfaß versammelt. In ihrer Mitte stritt Colin lautstark mit einem stämmig gebauten jungen Mann. Die umstehenden Jungen feuerten die Kontrahenten weiter an.

»Los, gib's ihm, Hanlon.«

»Du kannst das doch nicht auf dir sitzenlassen, Richards.«

»Los, zeig's ihm!«

Queenie drängte sich zu ihrem Bruder durch. »Was geht hier vor, Colin? Fang keinen Streit an. Es ist die Sache nicht wert. Verdirb mir bitte nicht meine Party«, sagte sie leise.

Colin schwankte leicht hin und her. »Ich habe nicht damit angefangen. Schieb ab, Queenie. Das hier geht dich nichts an.«

»Dann benimm dich wie ein Mann und hör auf, so kindisch zu sein, Colin. Du bist betrunken und kannst nur den kürzeren ziehen«, entgegnete Queenie. »Hör sofort damit auf, bevor Dad etwas davon mitbekommt.«

Richards schwang die Fäuste. »Läßt du dich etwa von deiner Schwester herumkommandieren, Hanlon? Oder willst du, daß sie den Kampf für dich austrägt? Ich hätte nichts gegen ein paar Runden mit ihr einzuwenden.«

Während die Menge johlend lachte, wandte sich Colin an Queenie. »Hau endlich ab, oder du wirst es bereuen!«

»Ein Mann muß echt mutig sein, um einem Mädchen zu drohen«, meldete sich eine Stimme von der Seite her. »Es sei denn, er weiß, daß sie ihn schlagen kann.«

T.R. trat vor, lächelte Colin an, aber sein Blick war kalt. »Immer mit der Ruhe, Jungs. Wir wollen dem Mädchen doch nicht den Geburtstag verpatzen.«

Queenie sah T.R. an, der ganz locker dastand und die Augen auf Colin gerichtet hielt. »T.R., das ist nicht Ihr Streit«, sagte sie leise.

»Wer streitet denn?« gab er zurück, ließ aber keinen Blick von Colin. »Es bedürfte keiner allzu großen Anstrengung, die beiden außer Gefecht zu setzen.«

Unter dem Gelächter der Umstehenden sprang Colin mit geballten Fäusten auf T.R. zu. Behende wich T.R. Colins Schlägen aus und stellte ihm ein Bein. Colin verlor das Gleichgewicht und schlug hart auf den Boden auf.

Colins Gegner lachte schallend. »Damit bleibst du vor mir verschont, Hanlon. Schlage nie einen Mann, der bereits am Boden liegt. Gehen wir lieber was trinken.« Während er mit dem Rest der jungen Männer davonschlenderte, streckte Sarah die Hand aus, um Colin aufzuhelfen.

Grob stieß er sie beiseite und funkelte T.R. böse an. »Das vergesse ich dir nicht, Mann. Du hast mich zum Trottel gemacht. Halt dich künftig aus den Auseinandersetzungen anderer heraus, oder es wird dir übel ergehen.«

»O Colin, hör auf, dümmliche Drohungen auszustoßen. Sei froh, daß es vorüber ist und du morgen nicht mit einem blauen Auge am Frühstückstisch sitzt«, rief Queenie.

»Wie kommst du darauf, daß ich mir ein blaues Auge eingehandelt hätte? Aber du behauptest ja immer, daß ich nichts tauge. Wart's nur ab, eines Tages beweise ich euch, daß ich besser bin als ihr alle!« Wütend machte Colin auf dem Absatz kehrt und lief davon. Sarah, stets auf Versöhnung und Frieden bedacht, eilte hinterher.

»Aber das stimmt doch nicht, Colin«, rief ihm Queenie nach. »Ich denke überhaupt nicht, daß du ...«

T.R. legte eine Hand auf ihren Arm und schüttelte den Kopf. »Lassen Sie ihn. Er muß seine Wunden lecken. Für Einsicht ist jetzt nicht der richtige Augenblick.«

Queenie sah ihn an. »Wahrscheinlich sollte ich Ihnen für Ihr Eingreifen dankbar sein, auch wenn Colin dabei ein wenig das Gesicht verloren hat. Hätte Dad es mitbekommen, hätte er einen Wutanfall bekommen und Colin für einen Monat das Taschengeld entzogen oder noch etwas Schrecklicheres getan ... Also danke ich Ihnen dafür, ihn vor Schlimmerem bewahrt zu haben.«

Sie lächelte ihn an. T.R. erwiderte das Lächeln, und sie tauschten die ersten freundlichen, unvoreingenommenen Blicke aus.

»Falls Sie je wieder Beistand benötigen, Queenie Hanlon – jederzeit zu Ihren Diensten.«

Im dichten Gedränge des Schuppens ahnte Patrick nichts von dem Zwischenfall mit Colin. Ausgelassen wirbelte er auf dem Tanzparkett eine Partnerin nach der anderen herum.

Lächelnd sah Rose ihm zu, unterdrückte verstohlen ein Gähnen und blickte auf die kleine, diamantenbesetzte Armbanduhr, die ihr Patrick geschenkt hatte, als Queenie geboren wurde und die Wollpreise boomten. Schon zwei Uhr.

Rose entschuldigte sich bei den Gästen an ihrem Tisch, stand auf, ging zum Tanzparkett und fing Patricks Blicke ein. Sie zeigte auf ihre Uhr und nickte in Richtung Haus. Patrick blieb kurz stehen und deutete mit Gesten die Frage an, ob er sie begleiten sollte.

Rose schüttelte den Kopf und warf ihm einen Kuß zu. Er winkte, erwiderte den Kuß und wandte sich wieder seiner augenblicklichen Partnerin zu.

Unauffällig trat Rose aus dem Schuppen in die kühle Nachtluft hinaus, wo noch immer einige Gäste um das Bierfaß versammelt waren. Als sie sah, daß Millie Pappteller und Gläser zusammenräumte, ging Rose schnell auf sie zu. »Das brauchst du doch jetzt nicht zu tun, Millie. Geh hinein, amüsier dich ein wenig. Dein Jim läßt keinen Tanz mit den Mädchen aus.«

»Für Tanzen und Gedränge habe ich nicht allzuviel übrig, Mistreß Rose. Aber vielleicht werde ich ein bißchen zusehen. Im Haus bin ich fertig. Stan und ich haben die Lebensmittel fortgeräumt und Ordnung gemacht. Sie ziehen sich zurück?«

»Ja, ich bin müde. Aber es war ein wundervolles Fest. Ich hoffe, Queenie hat ihre Party gefallen«, sagte Rose und blickte zu dem festlich beleuchteten Schafschuppen hinüber.

»Ich bin sicher, daß sie sich amüsiert, und wie bildhübsch sie doch aussieht. Unsere Queenie ist offenbar erwachsen.«

Rose seufzte. »Das ist sie, aber ich glaube nicht, daß sie wirklich weiß, daß sie eine hübsche junge Frau ist. Ich mache mir Sorgen um sie, Millie.«

»So, wie die Jungen sie umschwärmen, wird ihr das schnell genug bewußt werden«, erwiderte Millie gelassen. »Queenies Problem ist nur, daß sie in allem besser sein will als jeder Junge, und höchst ungern Ratschläge annimmt.«

»Wie immer hast du recht, Millie«, lächelte Rose. »Colin scheint auf seiner Universität nicht viel Nützliches zu lernen, während sich Queenie auf Tingulla besser auskennt, als viele andere.«

»In der Praxis zu lernen ist ohnehin besser als das Studium von Büchern, nehme ich an«, erklärte Millie. »Nun, dann wünsche ich Ihnen gute Nacht, Mistreß Rose ... Es war wirklich ein ganz besonderer Tag.«

Millie lief auf den Schuppen zu, während Rose zum Parkplatz hinüberging, sich hinter das Steuer des kleinen Geländewagens setzte und die kurze Strecke zum Haus zurückfuhr.

Schnell und leise lief Rose die mit Teppich ausgelegte Treppe in das obere Stockwerk hinauf. Im Schlafzimmer zog sie sich aus, hängte ihr Chiffonkleid über eine Stuhllehne und legte die Perlenkette in ihre Schatulle zurück. Sie löste ihr Haar und trat, in einen Morgenmantel gehüllt, durch die hohe Tür auf den das Haus umlaufenden Balkon hinaus. Rohrgeflechtsessel und Kübel voller Farne standen unter dem Blechdach, an dem Markisen befestigt waren, die die Tageshitze milderten.

Wie viele Abende hatte sie schon hier draußen gestanden und den Duft der Blüten und das herbfrische Aroma der Gummibäume eingeatmet, fragte sie sich. In all den Nächten, in denen Patrick in Neuguinea gekämpft hatte, damals, als Queenie noch ein Baby gewesen war. Allein hatte sie hier draußen in der nächtlichen Dunkelheit gestanden, zu den Sternen aufgeblickt und für die gesunde Heimkehr ihres Mannes gebetet.

Rose hatte aus ihrer nächtlichen Zwiesprache mit den Sternen stets Kraft und Trost bezogen, doch heute nacht fühlte sie sich trotz der Musik und des Gelächters aus der Ferne unerklärlich unruhig. Sie starrte in die Dunkelheit und spürte, daß da draußen etwas war, das die Geborgenheit und Sicherheit von Tingulla bedrohte.

Fröstelnd ging sie ins Zimmer zurück und wünschte sich, Patrick hätte sie schließlich doch begleitet. Als sie die Balkontür zuzog, verspannte sich Rose plötzlich. Von unten drangen leise, unbekannte Geräusche zu ihr herauf. Was immer sie auch fürchtete, befand sich im Haus. Ruhig und gelassen holte Rose Patricks Gewehr hinter der Tür hervor und lief auf bloßen Füßen über den Teppich auf den Treppenabsatz zu.

Sarah tanzte mit einem schläfrig dreinblickenden Mick O'Rourke. Colin schlief auf einer Bank seinen Rausch aus. Unbemerkt verließ Queenie den Schuppen.

Sie wollte einen kleinen Spaziergang in der kühlen Nachtluft unternehmen. Die laute Musik, das Lachen, die Stimmen, die Menge der Gäste, aber vor allem die Begegnung mit T.R. hatten sie aus dem Gleichgewicht gebracht. Sie wollte allein sein, und der Busch übte – tags wie nachts – stets eine beruhigende Wirkung auf sie aus.

Der Mond stand hoch und fern am Himmel, als Queenie den Hang am Ufer des Wasserlaufs hinauflief. Trotz des rauhen Geländes lief sie barfuß, hielt die silbernen Sandaletten an ihren Riemen in einer Hand, während sie mit der anderen das Kleid ihrer Mutter raffte, damit es sie nicht behinderte.

Eine Viertelstunde später durchschnitten plötzlich zwei Schüsse die nächtliche Stille. Queenie blieb stehen und lauschte.

Nichts war mehr zu hören. Vermutlich hatte sich einer der jungen Männer einen Scherz erlaubt. Die meisten von ihnen hatten kleine Gewehre in ihren Geländewagen, um auf unvermutet auftauchende Schlangen oder Känguruhs zu schießen.

Ein Motor heulte auf dem Parkplatz des Hauses auf, kam aber nicht auf den Schuppen zu. Verdutzt lief Queenie zu einer Stelle zwischen den Bäumen, von der aus sie das Haus besser überblicken konnte. Und sofort wußte sie, daß etwas nicht stimmte.

Ein Fahrzeug ohne Licht entfernte sich mit hoher Geschwindigkeit. Still und dunkel lag das Haus da. Der Generator war ausgeschaltet und mit Ausnahme der noch immer flackernden Fackeln war nirgendwo Licht zu sehen. Zwei der Hunde begannen zu heulen.

Queenie setzte sich in Bewegung, ließ die Sandaletten fallen, um ihr Kleid mit beiden Händen hochhalten zu können, während sie auf das dunkle Haus zurannte.

Vor den Verandastufen blieb Queenie stehen, rang keuchend nach Atem und rief: »Jemand zu Hause?«

Keine Antwort. Sie riß eine der Fackeln aus dem Rasen und stürmte ins Haus.

In diesem Moment durchzuckte sie ein Bild: Ihre Mutter warf ihrem Vater einen Kuß zu und verließ dann den Schuppen.

Verzweifelt raste sie die Treppe hinauf. Die kerosingetränkte Fackel verbreitete beißenden Rauch. »Mum? Mum, bist du da? Alles in Ordnung? Mum?«

Außer sich vor Angst rannte Queenie den Korridor entlang. Vor dem Schlafzimmer ihrer Eltern zögerte sie kurz, bevor sie die Tür aufstieß. Im Schein der Fackel sah sie das Kleid ihrer Mutter über der Stuhllehne. Sie blickte hinter die Tür und bemerkte, daß das Gewehr ihres Vaters nicht mehr da war.

Sie hastete über den Flur zurück, die Treppe hinunter, blieb in der Halle stehen und lauschte. Doch nur das Tikken der antiken Wanduhr war zu hören.

Sie lief durch alle Räume und sparte sich die Küche bis zuletzt auf, als wüßte sie bereits, was sie dort erwartete.

Queenies Tempo verlangsamte sich. Die Flamme leuchtete den Raum bis in jede Ecke aus.

Queenies Atem kam in keuchenden, qualvollen Stößen, als sie die leblose Gestalt ihrer Mutter neben der Vorratskammer auf dem Boden liegen sah.

Sie lehnte die Fackel gegen den Tisch, ging neben Rose in die Knie, hob vorsichtig den Kopf ihrer Mutter an, strich ihr zärtlich die Haare aus der Stirn.

»Alles in Ordnung, Mum«, sagte sie zu der reglosen Gestalt. »Jetzt bin ich hier. Jetzt wird alles wieder gut.«

Behutsam ließ sie den Kopf ihrer Mutter wieder in die Blutlache zurücksinken, die das aus einem Sack verschüttete Mehl durchtränkt und das weiße Pulver blutrot gefärbt hatte.

Kaum fähig zu atmen und geräuschlos ging Queenie auf die Veranda zurück. Mit zitternden Händen stieß sie die Fackel in den Boden, steckte zwei Finger in den Mund und pfiff.

Sie wartete kurz und gab einen weiteren gellenden Pfiff von sich. Schrill und drängend durchschnitt er die nächtliche Stille.

Queenie begann zu rennen und kletterte auf den Zaun der Koppel, auf der Nareedah, ihr weißer Araberhengst auf ihre Pfiffe hin herangaloppiert kam. Queenie griff in die Mähne des Pferdes, schwang sich auf seinen Rücken und stieß ihm die Füße in die Flanken.

Blitzschnell setzte sich das Pferd in Bewegung, über die Koppel hinweg und nahm den Zaun mit einem mächtigen Sprung.

Das silberweiße Pferd galoppierte unter dem Mondlicht dahin, auf seinem Rücken ein Mädchen mit einem Kleid von der Farbe der Sterne. Das Gesicht des Mädchens schien wie aus Marmor gehauen, keine Träne lief ihm über die Wangen, kein Atemzug schien sich in seinem Körper zu regen, als sie auf die festlichen Klänge im Schuppen zurasten.

2. Kapitel

In einem Land mit sanftem Himmel und dunstigen Morgen geboren, fand Rose ihre letzte Ruhestätte in ausgedörrter roter Erde unter sengender Sonne. Es war noch früh am Tag, aber gnadenlos brannte die Sonne auf die kleine Trauergemeinde herunter, durchtränkte ihre ungewohnten Jacketts mit Schweiß und ließ die Blätter an den Bäumen schlaff herabhängen.

Queenie und Colin standen zu beiden Seiten ihres Vaters, während Reverend Peters die Schlußworte des Trauergottesdienstes sprach. Queenie hatte sich für ein einfaches hellgrünes, mit Blumen bedrucktes Kleid entschieden. Ihre Haare hingen ihr glatt über den Rücken. Auf ihrem Kopf saß ein breitkrempiger Strohhut mit schwarzem Band.

Als sie ihr Zimmer verließ, hatte sich Patrick zögernd erkundigt, ob das Kleid dem Anlaß gemäß war.

»Mum hätte es gefallen«, entgegnete Queenie, und nach einem Blick in ihr entschlossenes Gesicht erhob Patrick keine weiteren Einwände.

Immerhin trug sie ein Kleid und keine Hosen, wie er befürchtet hatte. Patrick erkannte, daß er sich auf derartige Belanglosigkeiten konzentrierte, um nicht wahrnehmen zu müssen, was mit ihm geschah. Er konnte noch nicht begreifen, daß er seine geliebte Rose verloren hatte. In den Nächten verfolgte ihn immer wieder der Alptraum, daß sie panische Angst und Schmerzen erlitten hatte, er aber nicht zur Stelle gewesen war, um ihr zu helfen.

Colin verhielt sich wortkarg und behielt seine Trauer für sich. Patrick hatte versucht, ihn zu trösten, aber als seine Stimme ins Stocken geriet, hatte sich Colin abgewandt, und Patrick ließ ihn in Ruhe. Queenie und Colin neigten beide dazu, ihre Gefühle nicht zu zeigen. Patrick hatte gelernt,

Emotionen mit seiner Lebenspartnerin zu teilen, und er wünschte sich, seine Kinder hätten etwas vom einfühlsamen und gütigen Wesen ihrer Mutter geerbt.

Mit rotgeweinten Augen griff Millie nach Jims Hand, als Patrick vortrat, um eine Handvoll Erde auf den Sarg zu werfen. Ihr war nicht entgangen, daß Queenie quasi Familienpflichten übernommen hatte, wie ruhig und gefaßt sie mit Freunden und Arbeitern von der Station gesprochen hatte, die ihr Beileid ausdrücken wollten. Jetzt sah Millie ihr ins Gesicht, als Reverend Peters die letzten Worte eines Gedichts zitierte, das Rose geliebt hatte. Keine Gefühlsregung war in Queenies versteinertem Gesicht zu erkennen.

»... and wherever I may die,
I know to what far country
my homing thoughts will fly.«

Sie muß dieser Trauer in sich endlich nachgeben, dachte Millie, oder sie wird daran zerbrechen.

Der Trauergottesdienst fand in der kleinen Kirche von Tingulla am Fuß der Blue Hills statt. Als Rose als jungverheiratete Frau ihre neue Heimat erkundete, hatte sie das verfallene Gebäude entdeckt.

Einst hatte die Kapelle als Andachtsstätte für Wanderminenarbeiter gedient. Die Fundamente aus Stein begannen einzustürzen, die Bretterwände zeigten tiefe Risse. Die Fensterscheiben waren zerbrochen mit Ausnahme eines Buntglasfensters hoch oben im Giebel unter dem rostenden Wellblechdach.

Das massive Holzportal hing schief in den Angeln, und die sechs Kirchenbänke aus Zedernholz waren mit Vogelkot beschmutzt. Kleinere Tiere hatten es sich zwischen hereingewehtem Laub und Zweigen heimisch gemacht. Spinnweben hingen in jeder Ecke, und als sich Rose Zentimeter um Zentimeter auf den Altar zubewegte, hatte Patrick sie vor Schlangen gewarnt, woraufhin sie schreiend zu ihm zurückgeflüchtet war und er sie lachend in die Arme genommen hatte.

Auf Roses Bitten hin war die Kirche restauriert worden und wurde danach zu familiären Anlässen benutzt. Queenie und Colin waren in ihr getauft, und Rose hatte gehofft, daß sie in ihr auch heirateten. Hinter der Kirche führte ein gewundener Pfad durch hohe Gummibäume hindurch zum kleinen Friedhof am Hügelhang. Er war von einem rostigen Eisenzaun umgeben, und die Grabsteine reichten zurück bis zu Urgroßvater Ned Hanlon.

Patrick atmete tief durch, als der Gesang der kleinen Trauergemeinde ihn aus seinen Erinnerungen riß. Sanft faßte Queenie nach seiner Hand.

Mit gesenktem Kopf blieb Patrick nach dem Ende des Gottesdienstes am Grab stehen, als die anderen zu ihren Autos und Pferden vor der Kirche zurückgingen. Mit festgeschlossenen Augen griff er nach den Händen seiner Kinder. Queenie wandte sich schließlich als erste ab.

Mit dem Hut in der Hand stand T.R. neben seinem Pferd und nickte Queenie voller Mitgefühl zu. Sie schien ihn nicht zu sehen.

Nach der Rückkehr ins Haus servierten Millie und Queenie den Trauergästen auf der Veranda Tee, Kuchen und Sandwiches. Der alte Polizeisergeant legte Patrick seine Hand auf die Schulter. »Bedauerlicherweise noch immer nichts Neues, mein Freund. Ich halte Sie auf dem laufenden.« Er schüttelte Patricks Hand und ging.

Es wurde angenommen, daß Rose von zwei entflohenen Strafgefangenen getötet worden war, doch bisher hatte man noch keine Spur von ihnen entdecken können.

Es gab weitere Beileidsbekundungen und Hilfsangebote, und schließlich waren sie allein. Patrick lehnte sich in seinem Sessel zurück und schloß die Augen. Colin saß auf der Verandatreppe und zupfte abwesend Blätter von einem Strauch. Queenie folgte Millie mit dem schmutzigen Geschirr in die Küche.

Millie sah die hochgewachsene junge Frau an. »Alles in Ordnung, Mädchen?«

Queenie nickte, sagte aber kein einziges Wort.

»Du mußt irgendwann endlich einmal weinen, Queenie, Liebes. Du kannst das nicht alles in dir verschließen.«

Queenie setzte den Stapel Teller fast heftig auf den Tisch, drehte sich um und rannte aus dem Haus.

»Ich bin hier, wenn du mich brauchst«, rief Millie, aber sie war bereits fort.

Queenie rannte und rannte, ohne Ziel und Plan. Erst als sie den kleinen Pferch erreicht hatte, in dem der ungezähmte braune Hengst stand, hielt sie inne.

Eine Szene, die sie auf ihrer Geburtstagsparty mitbekommen hatte, kam ihr ins Gedächtnis. Sie wollte auf der Veranda kurz Luft schöpfen, als sie Ohrenzeugin einer Unterhaltung zwischen Patrick und T.R. Hamilton wurde. Und als wäre ein Kassettenrekorder eingeschaltet worden, hörte sie ihren Vater wieder sagen:

»Dieser Hengst ist ein wilder Bursche. Unberechenbar und schlau. Bislang ist es noch niemandem gelungen, ihn zu zähmen. Wenn er nicht ein so guter Zuchthengst wäre, würde ich versuchen, ihn irgendwie loszuwerden, aber ich habe schon lange vor, mit ein paar guten Pferden eine eigene kleine Zucht aufzubauen.«

»Ich hätte nicht übel Lust, mich an ihm zu versuchen«, sagte T.R.

»Sie hätten nicht übel Lust, sich das Bein zu brechen, meinen Sie wohl! Hören Sie, T.R., wenn es Ihnen gelingt, dieses ungebärdige Biest zu zähmen, bekommen Sie den Job. Aber gehen Sie keine Risiken ein, die Verantwortung liegt ganz bei Ihnen, junger Mann!«

»Ich gehe nie Risiken ein, wenn ich nicht ganz genau

weiß, was dabei herauskommt. Wir sind im Geschäft, Mister Hanlon.« Dann hatten sie einander die Hände geschüttelt, und Queenie war wieder hineingegangen.

Als sich Queenie an diese Unterhaltung erinnerte, verwandelte sich ihre Trauer und Verzweiflung in blanke Wut. Was bildete sich dieser T.R. Hamilton eigentlich ein? Sie war die Zureiterin auf Tingulla. Und das würde sie diesem anmaßenden Kerl beweisen, der doch nur versuchte, sich einen Platz auf der Lohnliste ihres Vaters zu ergaunern.

Wenn ihre Mutter sie jetzt nur sehen könnte.

»Queenies Furchtlosigkeit ist eine wahre Freude. Ich bin sehr stolz auf sie«, hatte ihre Mutter immer gesagt.

»O Mum! Sieh mir zu! Sieh mir doch zu!« rief sie laut.

Mit eiskalter Gelassenheit holte sie einen Sattel, Zügel und ein Seil aus dem kleinen Schuppen neben dem Pferch. Langsam und emotionslos bewegte sie sich auf das Tier zu, bis sie dicht neben ihm stand, und sprach beruhigend auf es ein. Der Hengst rührte sich nicht, war aber aufs äußerste angespannt. Seine Muskeln zuckten. Er war bereit, beim geringsten Anlaß loszugaloppieren.

Ganz behutsam, fast unmerklich streifte Queenie die Seilschlinge über den Kopf des Pferdes und befestigte das andere Ende an dem Gatter, während der Hengst gereizt wieherte. Als sie den Rest des Sattelzeugs holte, ließ er sie nicht aus den Augen und schien bereit, jederzeit auszukeilen.

Sie ließ ihn die Pferdedecke riechen, bevor sie sie ihm auf den Rücken legte. Als sich der Hengst ein wenig an sie gewöhnt hatte, sattelte ihn Queenie und öffnete die Tür des Pferchs.

Bevor er recht wußte, was ihm geschah, hatte Queenie den Hengst losgebunden und saß auf. Als ihm das Gewicht auf seinem Rücken bewußt wurde, machte das Tier einen Satz nach vorn.

Zu Queenies Überraschung unternahm es gar keinen Versuch, sich aufzubäumen, auszukeilen oder sie abzuschütteln. Statt dessen sprengte der Hengst der Freiheit und dem felsigen und hindernisreichen Gelände am Wasserlauf entgegen. Queenies Arme fühlten sich an, als würden sie ihr aus den Schultern gerissen. Sie sah keine Möglichkeit, das erregte Tier in irgendeiner Form zum Stehenbleiben zu bewegen. Sie konnte lediglich versuchen, auf seinem Rükken zu bleiben, bis es das gefährliche Terrain durchquert hatte.

Aus der Ferne hörte sie Hufgetrappel, konzentrierte sich aber ganz auf den Hengst, der inzwischen den steinigen Hang hinunterraste. Aus dem Augenwinkel nahm sie wahr, daß der Schatten eines anderen Pferdes heranfegte, daß sich sein Reiter vorbeugte und nach den Zügeln des durchgehenden Hengstes griff.

Der Hengst wurde langsamer, warf wild den Kopf hin und her, versuchte dem Mann, der ihn so fest gepackt hielt, ebenso zu entkommen wie dem Pferd, das gegen seine Flanken drängte. Als die beiden Pferde zusammenstießen, drehte sich Queenie um und sah, wie T.R. auf den Hengst einschrie.

Wild schnaubend kamen beide Pferde zum Stillstand. »Was tun Sie da?« schrie Queenie. »Lassen Sie mich gefälligst in Ruhe!«

T.R. hatte seinen Griff um die Zügel des Hengstes nicht gelockert. »Setzen Sie sich hinter mich«, zischte er, ohne sie anzusehen. »Sobald ich loslasse, wird er bocken, und wir rollen beide den Hang hinunter.«

»Warum müssen Sie sich ständig einmischen?« rief Queenie. »Ich werde schon mit ihm fertig, wenn Sie mich nur lassen!«

Sie zerrte an den Zügeln und zog T.R. fast aus seinem Sattel, als der Hengst zu bocken anfing. Queenie sah, daß sie sich an einer gefährlich abschüssigen Stelle befanden und ein Sturz unvermeidlich war, wenn das Pferd sie abwarf.

Bevor sie irgendeinen Entschluß fassen konnte, beugte sich T.R. vor, griff blitzschnell um ihre Taille und hob sie vor sich in seinen Sattel. Noch immer hielt Queenie die Zügel des Hengstes.

»Lassen Sie nicht los, dann muß er uns folgen«, befahl T.R.

Vorsichtig lenkte T.R. sein Pferd den Hang wieder hinauf. Queenie hielt die Zügel mit ausgestrecktem Arm, und der Hengst folgte.

»Vertrauen Sie ihm nicht, er kann sich jederzeit wieder aufbäumen«, warnte T.R.

Queenie wandte ihre Aufmerksamkeit vom Hengst ab und T.R.s blauen Augen zu. »Das alles mache ich nur, weil ich nicht will, daß das Tier sich verletzt. Unten am Wasserlauf hätte ich ihn zur Vernunft bringen können.«

T.R. widersprach ihr nicht. »Ja, vermutlich wäre es Ihnen gelungen – wenn Sie beide heil unten angekommen wären.«

Queenie antwortete nicht, sondern drehte sich wieder zu dem ihnen folgenden Pferd um. Aber sie war sich der harten Muskeln in T.R.s Armen und der Wärme seines Körpers sehr deutlich bewußt.

Am Pferch angekommen, stieg T.R. aus dem Sattel, nahm ihr die Zügel ab, führte den Hengst wieder in den Pferch und band ihn am Gatter fest. Dann wandte er sich Queenie zu.

»Was wollten Sie damit eigentlich beweisen?« erkundigte er sich leise.

Zornig und verwirrt starrte ihn Queenie nur an. Plötzlich sehnte sie sich danach, in die Arme ihrer Mutter zu flüchten.

Abrupt drehte sie sich um und rannte auf das Haus zu. Als sie die Ecke zum Gemüsegarten umrundete, ging ihr Atem in heftigen, schmerzhaften Stößen. In der Nähe des alten Wassertanks gab es ein kleines Beet, in dem Rose ein paar Blumen gehegt und gepflegt hatte.

Als sie die Blumen sah, um die sich Rose so liebevoll gekümmert hatte, denen sie Eimer voller Badewasser brachte, wenn Wasserknappheit herrschte, denen sie etwas vorsang, wenn sie blühten, überfiel Queenie plötzlich das Gefühl, explodieren zu müssen. Sie rannte auf die Blumen zu, riß sie aus dem Boden, trat nach den hohen Stielen von Stockrosen und Mohn. Dann warf sie sich auf den Boden und begann zu schluchzen.

So fand Millie sie, nahm sie in die Arme, strich ihr über die Haare und summte ein Murri-Wiegenlied – das einzige, an das sie sich aus der Zeit erinnerte, als ihre eigene Mutter sie als Baby in den Armen gehalten hatte.

Tränenüberströmt sah Queenie zu Millie auf. »Warum, Millie? Warum? Sie fehlt mir so sehr ...«

Millie hatte das Gefühl, das Herz müsse ihr brechen. Sie schwor sich, auch weiterhin für dieses Mädchen zu sorgen, es zu lieben und zu schützen.

Das Gefühl eines unersetzlichen Verlustes verging nie, aber mit der Zeit wurde aus der brennenden Trauer ein dumpfer Schmerz, auch wenn es hin und wieder Momente gab, in denen Queenie sich dabei ertappte, daß sie nach ihrer Mutter Ausschau hielt, als wäre sie nur für eine Minute aus dem Zimmer gegangen. Nach einigen Wochen merkte Patrick, daß er über Rose sprechen konnte, aber Colin, der seine Semesterferien zu Hause verbrachte, vertraute seine Gefühle oder Gedanken niemandem an.

Sarah hatte damit begonnen, Queenie häufiger zu besuchen als in der Vergangenheit. Obwohl der Besitz der

Quinns der nächstgelegene war, dauerte es eine Stunde, um von Tür zu Tür zu gelangen.

Bei einem dieser Besuche saßen sie im Musikzimmer und spielten mit Colin Monopoly, während Patrick die Zeitung las.

»Du betrügst, Colin«, rief Queenie und warf ihm ihr letztes Spielgeld zu.

»Nur keine Beleidigungen. Ich bin eben geschäftstüchtiger als du«, grinste Colin, griff nach ihrem Geld und fügte es seinem riesigen Stapel hinzu.

»Aber du kannst einen wirklich zur Verzweiflung bringen«, seufzte Sarah. »Mußt du denn unbedingt jedes Spiel gewinnen? Du hast alle guten Straßen aufgekauft, so daß Queenie und mir keine Chance bleibt, dich zu schlagen. Laß uns aufhören und lieber über den Endurance Ride reden.«

»Kommt nicht in Frage. Wir spielen bis zum bitteren Ende«, entgegnete Colin.

»Nun, dann kannst du allein spielen«, verkündete Queenie und stand vom Spieltisch auf.

»Wie wäre es mit einer Kanne Tee, und gegen ein Stück von Millies Kuchen hätte ich auch nichts einzuwenden«, brummte Patrick hinter seiner Zeitung hervor.

»Das kannst du übernehmen, Colin. Schließlich bist du an der Reihe, und darüber hinaus kommt es dem Gewinner zu, sich großzügig zu zeigen«, schlug Sarah vor.

»Ich denke ja gar nicht daran«, murrte Colin.

»Colin ...« warnte Patrick.

»Ich werde nachsehen, ob Millie in der Küche ist.« Colin hörte sich gereizt an.

»Spar dir die Mühe«, fauchte Queenie. »Millie und Jim haben sich eine Ruhepause mehr als verdient. Komm, Sarah, gehen wir in die Küche.«

»Ich habe nachgedacht, Queenie«, begann Sarah, als sie

darauf warteten, daß das Wasser kochte, »warum kommst du im nächsten Monat nicht mit uns nach Europa? Wir fahren zu dritt. Es wäre doch ein Riesenspaß, und ein wenig Abwechslung würde dir guttun.«

»Ich glaube, das wird nicht möglich sein, Sarah«, erwiderte Queenie und löffelte Tee in die angewärmte Kanne. »Colin kehrt an die Universität zurück, und ich kann Dad nicht allein lassen.«

»Aber er hat doch jetzt T.R. als Hilfe. Und wie ich schon sagte – ein paar Abenteuer sind genau das, was du brauchst. Wenn du jetzt nicht verreisen willst, wann dann?«

Queenie lächelte ihre Freundin an, als sie das kochende Wasser aus dem alten schwarzen Kessel in die Kanne goß. »Und welche Art von Abenteuer schwebt dir da vor, Sarah Quinn?«

»Wer weiß?« lachte Sarah. »Jedenfalls ist es spannender, als hier inmitten einer Einöde herumzusitzen, in der Freunde und Bekannte meilenweit entfernt wohnen. Meine Eltern wollen zwar nicht gestatten, daß ich mir in der Stadt eine Arbeit suche, aber ins Ausland lassen sie mich fahren. Um meinen Horizont zu erweitern, wie sie sagen. Aber ich will mich einfach nur amüsieren.«

Queenie reichte Sarah die Teekanne und griff nach dem Tablett mit dem Geschirr. »Ich verspüre gar kein Verlangen, Tingulla zu verlassen. Ich liebe den Busch, Sarah. Mit meinen Pferden bin ich rundum glücklich, und ich lerne eine Menge über die Leitung der Station.«

»Aber wozu?« fragte Sarah, als sie Queenie über den Korridor folgte. »Colin wird irgendwann Tingulla übernehmen, darauf soll er sich doch auf der Uni vorbereiten, und du wirst wahrscheinlich einen Mann mit eigenem Grundbesitz heiraten.«

Queenie erwiderte nichts, und sie kehrten in den behaglichen Raum zurück, in dem Colin versuchte, dem batteriebetriebenen Radio etwas anderes als atmosphärisches Rauschen zu entlocken.

»Ich wollte Queenie gerade dazu überreden, uns nach Übersee zu begleiten, Mister Hanlon. Was halten Sie davon?«

Patrick senkte die Zeitung und faltete sie zusammen, während Queenie den Tee in die Tassen goß. Colin blickte kurz hoch.

»Nun, Sarah, das halte ich für eine hervorragende Idee. Es würde dir guttun, Queenie.«

»Das glaube ich nicht, Dad«, erwiderte sie und reichte ihm seine Tasse.

»Ich wäre auf und davon wie der Blitz«, bemerkte Colin.

»Besteh du erst einmal dein Examen, mein Sohn«, erwiderte Patrick trocken.

»Dad, ich möchte Tingulla nicht verlassen. Hier gibt es noch so vieles, was ich lernen und ausprobieren möchte. Was ist mit unseren Plänen für eine Pferdezucht?«

»Dabei kann T.R. Dad helfen«, warf Colin ein.

»Nein!« entfuhr es Queenie schärfer als beabsichtigt. Sie hätte es zwar nie zugegeben, aber sie war eifersüchtig auf T.R.s Geschick im Umgang mit Pferden, besonders jetzt, wo er auf Tingulla arbeitete. »Ich lasse nichts halberledigt liegen. Ich werde Tingulla nicht verlassen – niemals!«

»Eines Tages wirst du ...« knurrte Colin.

»Warum?« wollte Queenie wissen.

»Tingulla gehört dir schließlich nicht, Queenie«, erwiderte Colin.

»Jetzt ist es gut. Hört auf damit«, sagte Patrick und hob seine Teetasse.

Aber während er seinen Tee trank, musterte er Queenie nachdenklich.

3. Kapitel

Kevin Hooper, der »Fliegende Arzt«, dessen Praxis sich über Hunderte von Quadratkilometern im nordwestlichen Queensland erstreckte, saß am Steuer seiner neuen Cessna und erfreute sich an ihrer leichten Manövrierbarkeit. Das Flugzeug summte durch die Mittagshitze, ein silberner Fleck am endlos blauen Himmel.

Zweitausend Meter unter ihm erstreckten sich die Wellen und Wogen roter Sanddünen. Es war eine vom Wind geschaffene Mondlandschaft, nahezu ohne jedes Leben, und ihre ebene Fläche wurde nur gelegentlich durch Felsformationen oder Wagenspuren unterbrochen, die Geologen auf ihrer Suche nach möglichen Ölbohrstellen hinterlassen hatten. Aus der Luft betrachtet, schienen diese in Quadraten oder anderen geometrischen Mustern verlaufenden Spuren ins Nichts zu führen. Es war ein Wüstenlabyrinth ohne Ortshinweise oder spezifische Landschaftsmerkmale.

Nur selten kam Kevin über diesen öden Landstrich, da er meistens direkt zwischen den weit verstreut liegenden Farmen hin- und herflog. Vor etlichen Stunden war er zu einem isolierten Camp gerufen worden, in dem einer der Viehtreiber während einer nächtlichen Panik von Stieren zu Boden getrampelt worden war. Der Flying Doctor Service hatte die Nachricht über Funk erhalten, nachdem einer der Aborigine-Treiber zwei Tage lang zum nächsten bewohnten Besitz geritten war.

Jetzt lag der Mann, der etliche Rippen gebrochen hatte und dem eine Schulter ausgekugelt worden war, auf einer Trage in der Kabine hinter Kevin.

Während er auf das Cloncurry Hospital zuflog, blickte Kevin zu Boden, und da erregte irgend etwas seine Aufmerksamkeit. Er sah in dem Moment genauer hin, als sich die Sonne in einem glänzenden Objekt spiegelte. Neben einer Felserhebung schien ein Geländewagen zu stehen.

Kevin lenkte die Maschine in eine Kurve und flog niedriger, um sich das Ganze noch einmal genauer anzusehen. Die Türen des Fahrzeugs standen offen, aber Menschen waren nicht zu entdecken. Offensichtlich stand der Wagen schon längere Zeit dort, denn seine Reifenspuren waren nahezu zugeweht. Kevin kreiste und fragte sich, was aus dem Fahrer geworden, warum der Wagen verlassen worden war, und was er in dieser verlassenen Gegend eigentlich gewollt hatte. Das Spezialfahrzeug eines Petrographen war es mit Sicherheit nicht.

Kevin lenkte die Cessna noch tiefer und stieß unwillkürlich einen leisen Pfiff aus: Neben der offenen Tür, fast unter dem Fahrzeug, lag der Körper eines Menschen.

»Wir müssen jetzt mal kurz landen, Mann«, rief er dem verletzten Treiber über die Schulter hinweg zu. »Dauert aber nicht lange. Kein Anlaß zur Sorge.«

Der Mann öffnete die Augen nicht, hob aber zustimmend eine Hand.

Schwankend und schaukelnd setzte die Cessna auf dem unebenen Boden auf und kam schließlich zum Stehen. Kevin sprang aus der Maschine und prallte fast vor der Hitze zurück, die ihm entgegenschlug. Hundertfünfzig Meter vor ihm schien der Geländewagen in der heißen Luft zu tanzen.

Der Wagen mit Vierradantrieb mußte schon seit vielen Wochen hier gestanden haben. Kevin fand zwei bereits stark verweste Tote. Der neben dem Wagen liegende Mann war vermutlich verdurstet. Der zweite lag quer über dem Vordersitz, neben sich ein Gewehr.

Der arme Hund hat die schnelle Lösung gewählt, dachte Kevin, als er das versandete Gewehr aufnahm. Offenbar hatten sie sich verirrt – völlig unvorbereitet auf die unwirtliche, menschenfeindliche Umgebung, in die sie hineingeraten waren.

Kopfschüttelnd betrachtete Kevin die unzulängliche Ausrüstung des Wagens und griff dann ins Handschuhfach. Vielleicht konnten ihm irgendwelche Papiere nähere Aufschlüsse geben.

Der Landrover war auf den Namen Patrick Hanlon registriert, Tingulla, RMB 428, Queensland.

Als Sergeant Dick Harris in die Einfahrt nach Tingulla einbog, sah er Queenie. Sie ritt vor ihm, ein Kelpie-Hütehund lief neben ihr her.

Warnend drückte er auf die Hupe und fuhr an sie heran. Durch das heruntergekurbelte Autofenster hindurch berichtete er ihr von dem Fund des Landrovers und der beiden Männer. Sie waren aus der Strafanstalt von New South Wales entflohen. Rose mußte sie überrascht haben, als sie Lebensmittel und Gerätschaften stehlen wollten.

Mit trockener Kehle und wild klopfendem Herzen hörte Queenie zu und spielte mit Nareedahs Zügeln. Dann beugte sie sich vom Pferd herunter, um dem Sergeant die Hand zu schütteln. »Ich danke Ihnen, daß Sie persönlich gekommen sind, um uns die Nachricht zu überbringen, Sergeant Harris.«

Sie drehte das Pferd um und ritt davon.

Der Sergeant fuhr die Auffahrt weiter bis zum Haupthaus. Er stieg aus und wartete auf der Veranda darauf, daß Millie Patrick holte.

Schweigend und mit über der Brust verschränkten Armen hörte Patrick zu, als Harris ihn über die Einzelheiten informierte.

»Also ist die Sache soweit geklärt. Zumindest wissen wir, daß sie nicht ungeschoren davongekommen sind. Gott hat seine eigenen Methoden der Vergeltung. Wir können dafür sorgen, daß Sie Ihr Fahrzeug zurückerhalten, doch das wird einige Zeit dauern.«

Patrick ließ die Arme sinken. »Sparen Sie sich die Mühe, Dick. Schließen Sie den Fall. Wie wäre es mit einem kalten Drink oder einer Tasse Tee?«

Nach Millie rufend verschwand er im Haus. Der Sergeant ließ sich in einen der bequemen Rohrgeflechtsessel sinken und bedauerte, die schmerzliche Wunde von Roses Tod wieder aufgerissen zu haben.

Spätabends betrat Jim leise die Küche, in der eine Kerosinlampe auf dem Sideboard brannte. Im Bugholz-Schaukelstuhl neben dem Herd schlief Queenie.

Er goß gerade den Rest des Tees in zwei Tassen, als Millie in einem alten Chenille-Morgenrock hereinkam. Die Tage waren glühend heiß, doch nach Sonnenuntergang kühlte die Luft schnell und abrupt ab. Und obwohl Jim und Millie eigene Räume hatten, fühlten sie sich wie alle von der Behaglichkeit der Küche angezogen.

»Nun sieh dir das Mädchen an«, flüsterte Millie. »Sie ist zu Tode erschöpft. Ich weiß nicht, was wir mit ihr und Mister Patrick machen sollen. Arbeit und immer wieder Arbeit – das ist alles, woran sie denken können. Das ist nicht gut, Jim. Sie ist ein junges Mädchen. Sie braucht doch auch etwas Freude und Abwechslung in ihrem Leben.« Sie trank einen Schluck Tee und fügte dann hinzu: »In diesem Haus wird nicht mehr gelacht.«

»Du mußt ihnen Zeit lassen, Millie. Irgendwann werden sie auf ihre Weise schon damit fertig.«

»Ich kann ihrem Dad Vorwürfe nicht ersparen. Er überfordert sie. Als wollte er ihr alles auf einmal beibringen. Ich kenne mich mit ihm nicht mehr aus. Er wird von Tag zu Tag älter – und dünner. Ich mache mir Sorgen, Jim. Es scheint ihm alles egal zu sein.«

»Hör auf, dir um alles Sorgen zu machen, Millie, sonst klappst du uns auch zusammen, und was machen wir dann? Komm jetzt, ich muß bei Tagesanbruch wieder heraus.« Jim gähnte und stellte seine Tasse in das Spülbecken.

Millie beugte sich über Queenie und legte ihr eine Hand auf die Schulter. »Wach auf, Queenie, du mußt ins Bett.«

Queenie rührte sich, kuschelte sich ein wenig behaglicher zusammen und murmelte mit geschlossenen Augen: »Gute Nacht, Millie. In einer Minute gehe ich hinauf.«

Eine halbe Stunde später klopfte es an die Küchentür. Queenie rührte sich nicht. T.R. öffnete die Tür und kam herein. Er trat vor Queenie und sah auf sie hinunter: Sie hatte den Kopf zur Seite geneigt, eine Hälfte des Gesichts war von ihren im Schein der Lampe schimmernden Haaren beschattet. T.R. beugte sich vor und strich ihr sanft eine Strähne aus dem Gesicht.

Sie bewegte sich, und ein Lächeln trat auf ihre Lippen, als sie die Augen öffnete.

Als sie T.R. vor sich stehen sah, setzte sie sich abrupt auf. Verlegen trat T.R. einen Schritt zurück.

»Entschuldigen Sie, Queenie, ich wollte Sie nicht erschrekken. Bei der Stute haben die Wehen eingesetzt. Und ich dachte, Sie würden bei der Geburt vielleicht gern dabeisein.«

Queenie wurde hellwach, streckte sich und sprang auf. »Ja, selbstverständlich. Warten Sie, ich hole nur schnell meine Jacke.«

Schweigend liefen sie durch die kalte Nacht zu den Ställen. Schweratmend lag die Stute im Stroh und konzentrierte sich mit weit aufgerissenen Augen darauf, das Fohlen aus ihrem Körper zu pressen.

T.R. ging neben den Hinterläufen des Tieres in die Hokke, während sich Queenie neben seinen Kopf setzte, es sanft streichelte und beruhigend auf es einredete.

Zwanzig Minuten später stöhnte die Stute laut auf, als unter einer Preßwehe die Fruchtblase hervortrat. Doch anstatt sanft zu Boden zu gleiten, schien das Fohlen irgendwo festzustecken. Keuchend begann die Stute, sich auf die Füße zu quälen.

T.R. sprang hoch. »Festhalten, Queenie. Es hat sich verkeilt.«

T.R. warf die Jacke ab, streifte einen Hemdsärmel hoch, schob den Arm in den Geburtskanal und drehte den kleinen Körper behende herum. Die Stute preßte noch einmal, T.R. zog, und gleich darauf fiel das Fohlen ins Stroh.

T.R. und Queenie tauschten einen besorgten Blick aus. Eine Sekunde lang lag das Fohlen reglos im Stroh, dann drehte sich die Stute gelassen um und begann ihm das Fell sauberzulecken. Das Neugeborene hob den Kopf und blickte mit großen dunklen Augen in die Welt.

Queenie spürte, daß ihr Tränen in die Augen traten, während sie T.R. beobachtete, der Stute und Fohlen lächelnd musterte. »Wie wundervoll! Das haben Sie sehr gut gemacht, T.R. Ich hatte schon Angst, das arme kleine Ding müsse möglicherweise ersticken.«

»Sie hätte es wahrscheinlich auch allein geschafft, aber es war ganz gut, daß wir eingreifen konnten. Ein hübscher kleiner Kerl, nicht?«

Sie saßen noch eine Weile auf dem Stallboden und sahen zu, während die Stute ihr Fohlen ableckte, das bereits versuchte, auf die unsicheren, staksigen Beine zu kommen.

Im schummrigen Licht der Stallaterne sah Queenie zu T.R. hinüber. So sanft und versonnen hatte sie ihn noch nie erlebt, und sie erkannte, daß sie eigentlich nur sehr wenig von ihm wußte, obwohl sie täglich zusammen waren. Bisher war ihr Umgang mit ihm ausschließlich sachlich gewesen – aus Furcht, zu vertraut mit ihm zu werden. Die befremdenden Emotionen, die er auf ihrer Geburtstagsparty in ihr erregt hatte, waren unvergessen, und so bemühte sie sich um einen gewissen Abstand zu ihm.

T.R. stand auf und streckte sich. »Ich glaube, die beiden kommen jetzt gut allein zurecht. In meinem Raum steht noch warmer Kaffee. Möchten Sie vielleicht eine Tasse?«

Queenie zögerte. Seit T.R. zu Ernie, dem sechzehnjährigen Pferdepfleger und Jungen für alles, gezogen war, war sie nicht mehr in der Unterkunft gewesen. »Also gut ... Danke für das Angebot.«

Ernie schlief auf seiner Pritsche in einem abgetrennten Verschlag. Zwischen den beiden Schlafkojen standen ein Tisch und zwei Stühle vor einem alten Kanonenofen. T.R. nahm die Metallkanne von der Ofenplatte, goß starken schwarzen Kaffee in zwei Tassen und warf ein paar Holzscheite nach.

Queenie schloß die Finger um die dampfende Tasse. »Und wie werden Sie das Fohlen nennen?«

»Schätze, das ist Ihre Aufgabe, Queenie. Schließlich gehört es Ihrem Vater«, erwiderte T.R.

Das Lächeln wich aus Queenies Gesicht. »Ja, aber in letzter Zeit scheint er für nichts mehr Interesse aufzubringen ...« Nachdenklich trank sie einen Schluck Kaffee.

T.R. lehnte sich auf seinem Stuhl zurück und legte die Beine auf die Holzkiste neben dem Ofen. »Ja, das ist mir nicht entgangen. Ich habe versucht, ihn an die Verfolgung seiner Zuchtpläne zu erinnern. In den Blue Hills streunt eine große Herde Brumbies herum. Wenn man von denen ein paar gute Exemplare auswählt und mit Vollblütern kreuzt, ließe sich meiner Ansicht nach eine vielversprechende Zucht aufbauen. Mit Pferden ist immer noch Geld zu machen – trotz des Siegeszugs des Autos.«

»Wie viele Brumbies gibt es da draußen?« erkundigte sich Queenie.

»Offenbar einige Dutzend. Der Fliegende Arzt hat sie entdeckt und über Funk davon berichtet.«

»Wenn man die besten von ihnen zur Zucht verwendet und einige der anderen – falls sie überhaupt etwas taugen – zähmt, könnte man ein gutes Geschäft machen«, meinte Queenie nachdenklich.

T.R. lächelte sie an. »Und wer würde sie zähmen?«

Queenie errötete leicht, konnte sich aber ein Lächeln nicht verkneifen. »Okay, ich räume durchaus ein, daß Sie mit Pferden umgehen können. Sie sind der Zähmer.«

»Wir könnten es gemeinsam machen, wenn es Ihnen gelingt, Ihren Vater von der Idee zu überzeugen.«

Queenie sah ihn an. »Ich werde dabeisein, wenn sie ausgewählt werden – ebenso beim Zähmen und dem Verkauf«, sagte sie entschlossen.

»Oh, davon bin ich überzeugt.« T.R.s Mund verzog sich zum Ansatz eines Lächelns.

Queenie hielt ihm die Tasse entgegen. »Danke für den Kaffee. Ich werde mit Dad reden.« Sie stand auf und nickte zu seinem Bücherregal hinüber. »Sie mögen Bücher? Was lesen Sie?«

»Im Grunde alles, was mir so unter die Finger kommt. Im Moment vor allem Sachbücher über Pferde, aber auch Unterhaltendes. Mein Dad war ein unverbesserlicher irischer Romantiker, und offenbar habe ich von ihm die Liebe zu phantasievollen Erzählungen geerbt. Ich mag auch unsere walisischen Nachbarn sehr – Dylan Thomas beispielsweise ...« Er brach kurz ab. »Aber ich lese auch Henry Lawson.«

Queenie war bemüht, sich ihre Überraschung nicht anmerken zu lassen. »Nun, falls Sie sich je ein Buch aus der Bibliothek von Tingulla ausleihen wollen – jederzeit.« Sie lächelte ihn an. »Gute Nacht, T.R. Und vielen Dank.«

»Gute Nacht, Queenie. Ich bin sehr froh, daß Sie dabei waren.«

4. Kapitel

Einige Tage später beobachtete T.R. gerade die Stute mit ihrem Fohlen auf der Koppel, als Sarah im Auto ihres Vaters vom Haupthaus herangefahren kam.

»Hallo, T.R.! Und auf Wiedersehen!« rief sie aus dem Wagenfenster.

»Wohin soll es denn gehen, Sarah?« T.R. sprang über das Koppelgatter und schlenderte auf das Auto zu.

»Nach England, nach Europa, in die große weite Welt! Mein Schiff geht zwar erst in einigen Tagen, aber morgen fahre ich bereits nach Sydney. Gerade habe ich mich von Queenie verabschiedet.«

»Dann bleibst du wohl eine ganze Weile fort?« T.R. nahm den Hut ab und lehnte sich gegen das Auto.

Erneut machte sich Sarah bewußt, welch unglaublich gutaussehender Mann er doch war. »Nun, etwa ein Jahr. Wenn man sich nicht alles ansehen kann, braucht man gar nicht erst aufzubrechen. Natürlich wäre alles noch sehr viel schöner, wenn Queenie mitkommen würde. Auch ihr Dad fand, eine solche Reise würde ihr nur guttun«, fügte Sarah hinzu.

»Ich glaube, daß sie lieber hierbleibt und ihre Probleme auf ihre Art löst. Sie fühlt sich auf Tingulla geborgen.«

»Vermutlich hast du damit recht. Aber bevor sie eine eigene Familie gründet, sollte sie wenigstens etwas von der Welt sehen. Vielleicht kommt sie in ein paar Monaten nach und beteiligt sich an meiner Suche nach dem Richtigen«, lächelte Sarah.

»Dem Richtigen?« grinste T.R.

»O ja. Schon als kleine Mädchen haben Queenie und ich beschlossen, nur hochgewachsene, dunkelhaarige Männer zu heiraten, die wir in den Alpen oder auf einer Felseninsel im Mittelmeer kennenlernen!«

»Mädchenträume!« T.R. streckte Sarah die Hand entgegen. »Viel Glück und gib gut auf dich acht, Sarah. Und falls du den Richtigen nicht findest, solltest du nicht vergessen, daß es auch hier ein paar gutmütige Burschen gibt, die du in die engere Wahl ziehen könntest.« Augenzwinkernd drückte er ihre Hand.

»Ich werde es nicht vergessen, T.R. Aber im Ernst: Ich bitte dich, ein Auge auf Queenie zu haben. Colin ist auf der Universität und ohnehin nur auf sein eigenes Wohl bedacht, und Queenie scheint sich in letzter Zeit mehr um ihren Dad zu kümmern, als der sich um sie.«

»Das werde ich tun, Sarah.«

Sie startete den Wagen und winkte. »Auf Wiedersehen ... und viel Glück mit den Pferden!«

Queenie und T.R. suchten Patrick in seinem Arbeitszimmer auf. Seit Monaten hatten sie über die Pferdezucht nur geredet. Jetzt wollten sie eine Entscheidung.

»Das ist eine hervorragende Chance, Dad. Diese Brumbie-Herde wird bald weiterziehen. Unter den Pferden könnten sich durchaus ein paar ganz ausgezeichnete Exemplare befinden. Sie sind wild und durch Inzucht vermehrt, aber einige von ihnen könnten über gute Erbanlagen verfügen.«

»Und ihr Zurechtkommen da draußen bedeutet, daß sie zäh und widerstandsfähig sind. Genau das wünschen wir uns für unsere Zucht«, fügte T.R. hinzu.

Patrick lehnte sich zurück und sah in die flehenden Gesichter vor ihm. Queenies grüne und T.R.s blaue Augen blickten ihn unverwandt an.

»Das ist nicht ungefährlich.«

»Nie würde ich zulassen, daß Queenie irgendwelche Risiken eingeht«, erklärte T.R. Queenie warf ihm einen empörten Blick zu, hielt aber den Mund.

»Von den Jungen kann ich zur Zeit keinen entbehren.

Mir gefällt die Vorstellung ganz und gar nicht, euch beide da draußen allein in der Wildnis zu wissen. Bei jedem anderen würde ich nein sagen, T.R., aber ...« Bevor Patrick den Satz beenden konnte, sprang Queenie auf ihn zu und umarmte ihn. »Vielen Dank, Dad, du wirst es nicht bereuen. Wir werden mit ein paar sehr guten Pferden zurückkommen, das weiß ich genau! Schließlich hast du für diese Aufgabe die beiden besten Leute im ganzen Distrikt.«

»Das ist der einzige Grund für mich, diesem wahnsinnigen Unterfangen zuzustimmen.« Patrick wußte, daß seine Tochter sehr wohl in der Lage war, im Busch zu bestehen. Und er freute sich über ihre wiedererwachte Begeisterung. Das war wieder seine alte Queenie. Wie könnte er ihr etwas abschlagen? Darüber hinaus mußte er zugeben, daß sich das Ganze als durchaus profitables Unternehmen erweisen konnte.

Queenie rannte aus dem Zimmer, um Millie die Neuigkeit mitzuteilen.

Auch T.R. stand auf. »Ich brauche Ihnen nicht zu sagen, welche Verantwortung damit auf Sie zukommt«, bemerkte Patrick leise und musterte ihn ernst. »Ich vertraue Ihnen meine Tochter an, T.R.«

»In meiner Gegenwart wird sie stets sicher sein. Das verspreche ich Ihnen.«

Patrick nickte und umgriff die Finger des jüngeren Mannes kurz mit beiden Händen, bevor er sich seinen Papieren zuwandte.

T.R. und Queenie hockten im Halbschatten eines Gummibaums und beobachteten die Gruppe wilder Pferde, die in der Schlucht unter ihnen gelassen graste. In der Sonne glitzernde Eisensteinfelsen schützten die Kluft zu beiden Seiten.

Die Brumbies zeigten nahezu alle Fellfarben und Größen, ihre Mähnen und Schwänze waren lang und dicht, ihre Läufe kräftig und muskulös. Als sich die Tiere ins Gras legten, blieb eins der Pferde stehen und witterte mit wachsam gerecktem Kopf.

»Wie stolz sie wirken. Es kommt mir wie eine Schande vor, ihren Willen brechen zu wollen«, wisperte Queenie T.R. zu, der die Pferde durch ein Fernglas musterte. »Wie viele sind es?«

»Fünfzig vielleicht. Sehen Sie sich den großen schwarzen Hengst an. Ich wette, er ist das Leittier der Herde.«

»Er wirkt ein bißchen mißtrauisch, aber er kann uns nicht wahrgenommen haben. Wir sind zu hoch, und der Wind kommt aus dem Tal. Vielleicht ahnt er nur, daß irgend etwas nicht stimmt.«

T.R. reichte ihr das Fernglas. »Da unten sind ein paar ganz ansehnliche Exemplare. Manche vielleicht ein wenig klein, aber sie wirken sehr gesund.«

»Ich frage mich, woher sie kommen«, murmelte Queenie.

»Von überall her. Vermutlich schon vor Jahren aus Farmen ausgebrochen, und dann haben sie sich in der Wildnis vermehrt. Sie ziehen meilenweit, um Artgenossen zu finden und bilden dann große Herden.«

Während sie die Tiere weiter beobachteten, löste sich plötzlich ein Stein aus der Felswand der Kluft und stürzte donnernd in die Tiefe. Sofort sprangen die erschreckten Pferde auf und rotteten sich hinter dem schwarzen Hengst zusammen.

T.R. und Queenie lächelten sich an. »Na bitte, er ist der Boß«, flüsterte T.R. dicht neben ihrer Wange. »Wenn wir ihn treiben, wohin wir wollen, werden alle anderen folgen.«

»Er sieht aus, als wäre mit ihm nicht gut Kirschen essen. Ich überlasse ihn gern Ihnen.«

»Vielen Dank. Zu zweit wird es dennoch nicht leicht,

Queenie. Auch wenn wir die Hunde dabeihaben. Es wird ein anstrengender Ritt. Und riskant.«

»Das ist mir bewußt. Und es schreckt mich nicht. Schließlich weiß ich genau, was wir tun.«

»Nun reißen Sie mir nicht gleich den Kopf ab. Lassen Sie uns lieber überlegen, wie wir sie einfangen wollen.« Nahezu geräuschlos stand T.R. auf.

Schweigend liefen sie zu der Stelle zurück, wo sie ihre Pferde angebunden hatten, saßen auf und ritten zum Lager zurück. Sie hatten ihre Beute relativ leicht aufgespürt. Sie einzufangen würde sehr viel schwerer werden.

Queenie entzündete ein Feuer, und T.R. goß etwas von dem mitgebrachten Wasser in den Feldkessel.

»Und wie sollten wir sie Ihrer Meinung nach zusammentreiben?« fragte Queenie.

»Wenn wir sie in das trockene Bachbett hinunterbekommen, können wir sie ans Ende der Schlucht treiben, um dort diejenigen auszuwählen, die wir haben wollen. Wir müssen zwar eine Art Gatter und ein Schiebetor errichten, aber das kann kaum länger als ein paar Stunden dauern, wenn wir beide die Axt schwingen.«

»Ich kann sehr wohl mit einem Beil umgehen, T.R. Mir war von Anfang an klar, daß uns nichts anderes übrigbleibt.«

»Ich habe lediglich laut gedacht, mehr nicht. Ich habe keine Bedenken – nur großes Zutrauen zu den Hunden«, grinste T.R.

Spontan versetzte ihm Queenie einen Stoß, der ihn das Gleichgewicht verlieren und auf dem harten Boden landen ließ. »Die Hunde, daß ich nicht lache. Sie sind Hütehunde und werden genau tun, was ich ihnen sage«, erklärte Queenie, fest entschlossen, T.R. keine Handbreit Boden zu überlassen.

Queenie zog den Topf mit Hilfe eines Stocks vom Feuer und warf Teeblätter in das kochende Wasser, während T.R.

eine Scheibe Corned beef abschnitt und zwischen zwei Brotscheiben plazierte.

»Wir sollten das Lager bereits bei Tagesanbruch verlassen und versuchen, sie zu überlisten, bevor sie uns hören oder riechen können«, erklärte T.R. und biß von seinem Brot ab. »Am Nachmittag errichten wir den Pferch.«

Mit den Packpferden ritten sie zum Beginn der Schlucht zurück und arbeiteten sich zur Talsohle hinunter. Das Bachbett begann an der Stelle, an der sich in der Regenzeit ein Wasserfall die Felswand hinab ergoß.

Der Bau des Pferchs nahm fast den ganzen Nachmittag in Anspruch. Obwohl die von ihnen gewählte Stelle sehr schmal wirkte, mußten sie dennoch zu beiden Seiten einen Zaun von fast hundert Meter errichten, bis die Schlucht an hohen, von einem Gletscher in grauer Vorzeit gebildeten Felsklippen zu einem abrupten Ende kam.

Queenie und T.R. arbeiteten Seite an Seite. Ohne große Worte wußte jeder von ihnen genau, was zu tun war. Mit ihren Äxten schlugen sie junge Bäume, formten mit ihnen ein dichtes Zaungeflecht und setzten die Packpferde ein, um umgestürzte Stämme zur Verstärkung ihres Gatters heranzuschleppen.

Als die Sonne in die Schlucht hineinschien, wurde die Hitze nahezu unerträglich. Kein Windhauch regte sich. Selbst die Vögel waren verstummt, als wäre jedes Gezwitscher zuviel der Anstrengung. Unten im Flußbett hatten die Hunde im Schatten der Felswand Gruben in den Sand gescharrt. Dort lagen sie nun und hechelten nach Luft.

T.R. zog sein Hemd aus und ließ es zu Boden fallen. Der Schweiß auf seiner Haut ließ seinen gebräunten Körper glänzen wie poliertes Kupfer. Er schwang die Axt im gekonnten Rhythmus des erfahrenen Buschmanns, und Queenie`entgingen die eisenharten Muskeln seiner Arme, die

die Beilschneide in die für den Zaun benötigten Stämme trieben, keineswegs.

Aber auch Queenie strengte sich an. Sie hieb mit ihrer Axt vor allem die Schößlinge ab, die zur Verbindung der Stämme dienen sollten. Der Schweiß lief ihr in Strömen über den Körper, ihr Rücken schmerzte, an ihren Händen bildeten sich Blasen, aber sie beklagte sich ebensowenig wie sie sich Pausen gönnte. Irgendwann machte sie sich fast überrascht bewußt, daß sie die selbstverständliche Hand-in-Hand-Arbeit mit T.R. genoß.

Die Sonne sank bereits, als sie das Unterholz am Zugang zu ihrem Pferch beseitigten, so daß die Pferde direkt in ihre Umzäunung hineinlaufen mußten.

Sie bestiegen ihre Pferde, um zum Lager zurückzukehren. »Nun, was halten Sie davon?« fragte Queenie und betrachtete ihr Werk mit kritischem Blick.

»Einiges an Ihren Bemühungen sieht zwar ziemlich schlampig aus, aber ich schätze, es wird auch so gehen«, erwiderte T.R. grinsend.

»Vielen Dank. Wenn Sie alles besser machen, können Sie ja auch für das Abendessen sorgen«, erklärte Queenie und wandte sich um, damit er ihr Lächeln nicht sah. Sie wußte, daß er ihr auf die sehr indirekte Art der Buschmenschen ein Kompliment gemacht hatte. Wäre auch nur eine Stelle der Umzäunung mangelhaft, würden sie noch immer an ihrer Verbesserung arbeiten.

Später setzte sich Queenie ans Lagerfeuer und schonte ihre aufgesprungenen und von Blasen bedeckten Hände. Nachdenklich sah sie zum sich verdunkelnden Himmel auf.

»Der Himmel scheint eine andere Farbe anzunehmen, und es liegt ein seltsamer Geruch in der Luft«, meinte sie. »Wir werden doch nach all diesen Monaten der Trockenheit keinen Regen bekommen?«

Auch T.R. blickte nach oben. »Möglich wäre es. Die Trokkenheit hat lange genug gedauert. Hoffen wir, daß es bald regnet.«

Als er ihr einen Becher Tee reichte, bemerkte er den Zustand ihrer Hände. Aber da er Queenie kannte, hütete er sich, auch nur ein Wort darüber zu verlieren.

Im ersten grauen Licht der Morgendämmerung kroch T.R. aus seinem Schlafsack und begann im Feuer zu stochern. Bald züngelten Flammen empor. Er setzte den Wasserkessel auf und sah nach den in der Nähe grasenden Pferden. Zehn Minuten später und mit einer Tasse dampfendem Tee in der Hand, stieß er Queenie leicht mit der Stiefelspitze an. »Zeit zum Aufstehen, Queenie.«

Verschlafen nahm ihm Queenie den Becher ab und setzte ihn an die Lippen. T.R. deutete zum Himmel. »Sehen Sie sich das an. Ihre Vorhersagen könnten sich als wahr erweisen.«

Über dem ersten rosaroten Schimmer des Sonnenaufgangs hingen schwarze Wolkenfetzen.

»Derartigen Fehlalarm gab es schon häufiger. Die Wolken könnten bis Mittag wieder verschwunden sein. Das wäre nicht das erstemal.«

Als der Himmel heller wurde, sich violett und golden verfärbte, begannen sie mit ihrer Treiberarbeit. Unauffällig ritten sie hinter die Brumbies und folgten ihnen, als sich die Herde genüßlich grasend die Schlucht entlangbewegte.

Entscheidend war der Zeitpunkt ihres Eingreifens. Sie mußten hinter der Herde bleiben, so daß sich diese auf ihr Gatter zubewegte, aus der es kein Entrinnen gab.

Die beiden letzten der wilden Tiere bemerkten sehr wohl, daß ihnen zwei Pferde folgten, schenkten ihnen jedoch keine Beachtung, da sie sich gelassen und zurückhaltend verhielten. Die Hunde warteten außer Sichtweite auf Befehle.

Inzwischen schien der Hengst unruhig zu werden. Er

schüttelte wiehernd den Kopf, trottete weiter, hielt erneut inne und drehte sich zur Herde um. Queenie und T.R. zügelten ihre Pferde. Falls sich der Hengst entschloß, mit der ganzen Herde umzukehren und Queenie und T.R. anzugreifen, müßte es zu einer mehr als bedenklichen Situation kommen.

Der Hengst zögerte, schien zwischen Angriff und Rückzug zu schwanken. In dieser Sekunde hob T.R. seine Peitsche und ließ sie durch die Luft schnellen, daß das Geräusch wie ein Schuß von den Felswänden widerhallte. Gleichzeitig gab er seinem Pferd die Sporen und galoppierte los. »Jetzt!«

Auch Nareedah schoß los, als Queenie durchdringend nach den Hunden pfiff, die sofort die Schlucht entlanggeschossen kamen.

Die Abruptheit von Geräusch und Bewegung schien die Pferde zu lähmen. Schnaubend wandte sich der Hengst um. Laut trommelten seine Hufe auf der trockenen Erde des Bachbetts. Dann schoß er die Schlucht entlang der Umgatterung zu, der Rest der Herde hinter ihm her.

In Sekundenschnelle waren sie so dicht von Staub eingehüllt, daß sie keine Hand vor Augen mehr sehen konnten. Aber fest und sicher im Sattel sitzend, trieben Queenie und T.R. ihre Pferde vorwärts – unter dem Knallen ihrer Peitschen und dem ohrenbetäubenden Kläffen der Hunde.

Es war eine wilde, verwegene Jagd ins Unbekannte, und Queenies Erregung nahm zu, als Nareedah behende Unebenheiten und Felsbrocken übersprang und überhängenden Zweigen auswich, die drohten, ihr schmerzhaft ins Gesicht zu schlagen oder sie sogar aus dem Sattel zu heben.

Sie sah zu T.R. hinüber, der sich peitscheschwingend bemühte, etwaige Ausreißer nicht entkommen zu lassen.

Und dann, plötzlich und unvermittelt, teilte sich die Herde

– wie das biblische Rote Meer – vor dem schwarzen Hengst, der abrupt stehengeblieben war, um seinen Verfolgern entgegenzublicken. Die Herde wurde langsamer, schien ohne ihren Anführer nicht mehr recht zu wissen, wohin. In diesem Moment kam es Queenie so vor, als sähe ihr der Hengst herausfordernd in die Augen.

Queenie zögerte keine Sekunde. Entschlossen drückte sie Nareedah die Fußspitzen in die Seiten und preschte direkt auf das große schwarze Pferd zu. Durch das wilde Gekläff der Hunde und das Knallen ihrer Peitsche nahm Queenie gar nicht wahr, daß sie aus voller Kehle schrie.

Angesichts dieses unerschrockenen und bedrohlichen Angriffs schwang der Hengst herum und raste weiter die Schlucht entlang.

»Du kleines Prachtstück!« hörte Queenie T.R. über das Donnern der Pferdehufe hinweg rufen. Und dann galoppierte der Hengst in das Gatter hinein, gefolgt vom Rest seiner Herde.

Zu spät erkannten sie, daß es keinen Ausweg gab. Schon waren Queenie und T.R. von ihren Pferden gesprungen und schlossen das Tor der Umzäunung. Die letzten der Brumbies hatten es nicht in das Gatter geschafft und blieben nun außerhalb stehen, unwillig, ihr Leittier zu verlassen, aber voller Angst vor den Fremden vor ihnen. Als Queenie und T.R. die Tore zusätzlich mit Seilen sicherten, sprengten sie verunsichert davon.

Der Hengst und einige der anderen Brumbies keilten gegen die Zäune aus, doch die hielten. T.R. schlug Queenie anerkennend auf die Schulter. »Gut gemacht. Ich hatte schon Angst, der schwarze Teufel würde Sie angreifen und niedertrampeln.«

»Eine Sekunde später, und er hätte es getan!« Erfreut musterte Queenie die zwei Dutzend gefangener Pferde. Alles hatte weniger als eine Stunde gedauert.

Sorgsam überprüften sie von außen das Gatter. »Der Zaun hält mit Sicherheit. Die Pferde werden sich schnell beruhigen.« T.R. wischte sich über die Stirn und deutete auf die Erde. Eine Kolonne Ameisen verließ ihren Bau und hastete in langer Reihe einen Baumstamm hinauf. »Regen.«

Queenie sah zum dunklen Himmel empor und dann wieder auf die nervösen Pferde im behelfsmäßigen Pferch.

»Wir sollten die Pferde fortbringen, bevor es richtig losgeht.« T.R. zeigte über die Felsklippen hinweg auf den dunkelgrauen Vorhang unterhalb der Wolken. »So wie es aussieht, regnet es da hinten bereits.«

»Dad wird sich freuen. Die Reservoire sind praktisch leer.«

»Lassen Sie uns zum Lager zurückreiten und etwas essen. Wir lassen ihnen Zeit, sich ein wenig zu beruhigen. Morgen werden wir die anseilen, die wir mitnehmen wollen, die anderen lassen wir frei. Sie werden uns vermutlich nicht allzu unwillig folgen, sobald wir den Rest der Herde und den Hengst verjagt haben«, sagte T.R.

Sie redeten nur wenig miteinander, als sie am Ende des Tages die Pferde absattelten, ein Feuer entzündeten und ihre einfache Mahlzeit zubereiteten. Am Nachmittag hatten sie ihr Lager näher an die Schlucht verlegt. Beide waren so erschöpft, daß sie nicht nur kaum Lust zum Reden, sondern auch nahezu keinen Appetit hatten.

»Ich schätze, es sind ungefähr sechs gute Pferde darunter«, bemerkte T.R. »Der Rückritt mit ihnen wird nicht leicht. Werden Sie das auch schaffen?«

»Natürlich.«

Sie aßen schweigend und blickten gelegentlich zum Himmel empor, an dem die Sterne schnell hinter Wolken verschwanden.

T.R. sah noch einmal nach ihren Pferden, die an zwei Bäumen in der Nähe angebunden waren. Nach einem weiteren Blick zum Himmel rollte er sich in seinen Schlafsack.

»Lassen Sie uns schlafen, solange wir es noch können«, äußerte Queenie ihre Bedenken. »Ich fürchte, der Regen kommt schneller, als wir denken.«

Kurz vor Mitternacht war es soweit. Heftige Böen begleiteten die Regenfluten, die wie solide Wasserwände herabstürzten. Das Unwetter beinhaltete eine unglaubliche Kakophonie von Geräuschen: Donnerschläge, Blitze, Wind und Regen.

Hastig hüllten sich Queenie und T.R. in Ölzeug, rollten Decken und Schlafsäcke zusammen.

T.R. griff nach den Sätteln. Er beugte sich zu Queenie und schrie ihr ins Ohr: »Folgen Sie mir. Ich kenne eine Höhle in der Nähe. Die Pferde nehmen wir mit.«

In der Dunkelheit dauerte es eine Weile, bis sie den Zugang zu der kleinen Höhle in einer Felswand gefunden hatten. Sie banden Pferde und Packpferde an und tauchten unter einem Steinvorsprung hindurch in das Felsgewölbe ein, in dem sich das Toben des Unwetters schon sehr viel gedämpfter anhörte.

Im Strahl von T.R.s Taschenlampe wirkte die Umgebung trocken und sicher. »Keine Schlangen, Wallabies oder Gespenster«, stellte er befriedigt fest.

Gemeinsam zogen sie ihre Schlafsäcke von den Packpferden und entrollten ihre Decken.

»Mir genügt es. Zumindest ist es trocken«, sagte Queenie und streckte sich auf dem Höhlenboden aus. »Ich bin total erledigt. Ich kann nur hoffen, daß es hier keine Fledermäuse gibt. Die Biester kann ich nicht ausstehen.« Wenige Minuten später war sie eingeschlafen.

T.R. lehnte in unbequemer Lage an der Höhlenwand und döste vor sich hin, während die Hunde unter dem Felsvorsprung vor der Höhle Schutz vor dem Regen suchten und die Nasen zwischen ihren Pfoten versteckten.

Einige Stunden später wurde T.R. wach. Ihm war kalt, er fühlte sich wie zerschlagen. Er neigte den Kopf und lauschte nach Queenies Atem, knipste seine Taschenlampe an und leuchtete in der Höhle herum. Queenie war nicht da. Er richtete den Lichtstrahl auf seine Armbanduhr und sah, daß es drei Uhr war. Es regnete noch immer heftig, und er fragte sich gerade, ob ein dringendes Bedürfnis Queenie aus der Höhle getrieben hatte, da hörte er es.

Über das Prasseln des Regens hinweg war ein beständiges Rauschen zu vernehmen. Sofort wußte er, was das zu bedeuten hatte, und wohin Queenie gegangen war.

»Verdammt noch mal«, murmelte er vor sich hin, »warum hat sie mich denn nicht geweckt?« Beunruhigt und verärgert rief er nach den Hunden und eilte in die nasse Nacht hinaus.

Als er über den felsigen Hang stolperte, wurde das Geräusch strömenden Wassers immer deutlicher. Das zuvor trockene Bachbett mußte sich inzwischen in einen reißenden Strom verwandelt haben. Queenie mußte zu den Brumbies geeilt sein, wohl wissend, daß sie in einer gefährlichen Falle steckten.

»Queenie!« schrie er in die Dunkelheit. »Wo sind Sie?« Seine Worte wurden von Wind und Regen übertönt, und er wußte, daß alles Rufen sinnlos war. Aus Furcht um Queenies Sicherheit begann er zu rennen, hastete stolpernd weiter.

Blitze zuckten wild über den Himmel, als er das Gatter am Ende der Schlucht erreichte. Beim Wasserfall strömten und sprudelten Regenfluten die Felswand herunter und über die Flanken der verängstigten Pferde. Queenie hatte einige der Seile der Gatterbefestigung gelöst und stand bis zu den Hüften im Wasser.

T.R. sah, daß die nervösen Tiere sie jeden Moment überrennen konnten, wenn sie zu große Bereiche der Umzäunung niederlegte.

Er kämpfte sich durch die Fluten auf sie zu und packte ihren Arm. »Was zum Teufel machen Sie hier? Sie können jeden Moment niedergetrampelt werden!« schrie er.

»Sie werden ertrinken, wenn wir sie nicht freilassen«, schrie sie zurück.

»Sie auch! Hier – nehmen Sie das und kappen Sie die Seile von dem Baum da drüben.«

T.R. löste sein Taschenmesser vom Gürtel. »Ich werde das Gatter hier öffnen. Dann bringen Sie sich in Sicherheit. Die Brumbies werden durch die Lücke preschen.«

Queenie griff nach dem Messer, kämpfte sich durch das Wasser ans Ufer und hieb mit dem Messer auf die Seile ein. Seine ursprüngliche Sorgfalt verfluchend, begann T.R. an den nassen, festen Seilknoten zu zerren.

Queenie durchschnitt die Seile und begann, durch das schäumende Wasser wieder auf T.R. zuzulaufen. Als sie auf halbem Weg war, riß die Gewalt des Wassers die Gatterbefestigungen nieder und spülte sie mit sich fort.

Die verängstigten Pferde schienen zu spüren, daß sich ihnen ein Ausweg bot, wenn sie dem Wasser folgten. Als erster galoppierte der Hengst durch die entstandene Öffnung, und seine Hufe verfehlten Queenie nur um Zentimeter.

»Vorsicht«, schrie T.R., sprang auf Queenie zu und zog sie aus den Fluten.

Sie reichte ihm sein Messer, dann gaben ihre Knie nach, und sie ließ sich auf die Erde fallen. T.R. kappte das letzte Seil, und auch der Rest der Herde flüchtete sich halb schwimmend, halb galoppierend an das Ufer.

»Haben Sie den Verstand verloren? Warum haben Sie mich nicht geweckt?« wollte T.R. wissen. »Ich bin für Sie verantwortlich, aber Sie haben sich fast umgebracht.«

»Ich kann sehr gut für mich selbst sorgen«, schrie Queenie zurück.

»Nein, das können Sie nicht! Kommen Sie.«

Grob zog T.R. sie hoch und zerrte sie den Hang wieder hinauf. Sein fester Griff um ihren Arm lockerte sich erst, als sie die Höhle erreicht hatten, wo Queenie auf den Boden sank und am ganzen Körper zitternd ihre Knie umschlang.

Schweigend warf T.R. seine Jacke ab und suchte ein paar trockene Zweige und Blätter zusammen. Minuten später hatte er am Höhleneingang ein kleines Feuer entfacht. Während der Rauch in die Nacht hinaustrieb, ließ draußen der Regen nach. T.R. drehte sich um und betrachtete die durchnäßte, zusammengesunkene Gestalt.

Queenies nasse Haare hingen in Strähnen herab, um ihre Füße hatten sich Pfützen gebildet.

»Ziehen Sie endlich die Jacke aus«, forderte T.R., packte nach ihrem Fuß und begann am Stiefel zu zerren.

Sie streifte sich die Regenjacke von den Schultern. Ihre Moleskin-Hosen waren klatschnaß, Pullover und Bluse aber relativ trocken.

T.R. zog seine eigenen Stiefel und Socken aus, während Queenie ihre Hände über dem Feuer wärmte. Ihr Gesicht wirkte blaß, und sie erschauerte noch immer vor Kälte.

T.R. reichte ihr eine Decke. »Trennen Sie sich von den nassen Hosen. Hüllen Sie sich darin ein.«

Zögernd betrachtete Queenie die Decke in seiner Hand. Dann wandte T.R. den Kopf ab, als sie sich aus den vor Feuchtigkeit steifen Hosen schälte, sich die Decke um die Schultern legte und über ihren nackten Beinen zusammenschlug.

»Wollen Sie eine Tasse Tee?« fragte T.R., inzwischen schon weniger verärgert.

Sie schüttelte den Kopf. »Ich wurde wach, hörte den Regen, dachte an die Pferde und wußte, daß ich so schnell wie möglich zu ihnen mußte«, verteidigte sie sich.

»Schon gut, Queenie. Das verstehe ich. Dennoch war es verdammt schwachsinnig von Ihnen.«

»Nennen Sie mich nicht schwachsinnig!« fuhr sie ihn an.

»Verzeihung.« T.R. warf ein großes Aststück ins Feuer. »So, das müßte bis zum Morgen reichen.«

»Die Pferde sehen wir vermutlich nicht wieder«, seufzte Queenie.

»Das fürchte ich auch.« Doch als er Queenies enttäuschte Miene sah, fügte er schnell hinzu: »Aber sie werden irgendwo wieder auftauchen. Oder andere ... und dann fangen wir sie uns ein.«

»Ist das ein Versprechen?« fragte Queenie mit dem Hauch eines Lächelns.

»Aber sicher.« T.R. streckte den Arm aus und schüttelte feierlich ihre Hand. Ihre eiskalten Finger sagten ihm, wie sehr sie noch immer fror. Er nahm seine Decke und setzte sich dicht neben sie. »Hier, kommen Sie unter meine Dekke. So halten wir uns beide warm.«

Queenie erhob keine Einwände. Sie fühlte sich durchfroren bis ins Mark. Dankbar schmiegte sie sich an T.R., als er den Arm um sie legte und sie eng an sich zog.

Schweigend saßen sie nebeneinander, sahen ins Feuer, und Queenie spürte, wie seine Wärme in ihren Körper drang. Unwillkürlich erschauerte sie.

»Noch immer kalt?« erkundigte sich T.R. leise, fast rauh.

Sie schüttelte den Kopf, biß sich auf die Lippe und brachte kein Wort heraus. Seine Nähe machte sie benommen, und sie erzitterte. Wieder spürte sie die Erregung, die sie beim Tanz mit ihm empfunden hatte. Sie wollte sich ihm entziehen, schien sich jedoch nicht rühren zu können. Sie senkte den Kopf und verbarg das Gesicht hinter den feuchten Haarsträhnen.

»Queenie ...« Es war kaum mehr als ein Flüstern. Er streckte sehr langsam die Hand aus und strich ihr sanft die Haare aus dem Gesicht. Sie drehte den Kopf, sah ihn an. Seine Hand lag noch immer an ihrer Wange.

Im goldenen Schein des Feuers schienen Funken in Queenies grünen Augen zu glühen. Intensiv blickte sie in seine tiefblauen Augen und ihre Lippen öffneten sich. Aber noch immer brachte sie keinen Ton heraus.

Ein schmerzhafter Stich durchzuckte T.R. und er schloß die Augen, seine Hand griff in ihre Haare. Als er in ihr Gesicht blickte, entfuhr ein leiser Seufzer seinen Lippen. Er senkte den Kopf und fuhr mit den Lippen ganz zart über ihren Mund.

Einen Moment lang reagierte sie nicht. Ihre Augen standen weit offen, als sein Mund ihren berührte.

Hastig zog er sich zurück. »Nein, ich kann nicht ...« Er wandte sich ab, ließ seine Hand von ihrer Wange sinken.

Queenie berührte ihren Mund, spürte dem Gefühl nach, das sein Kuß auf ihren Lippen hinterlassen hatte. Langsam griff sie nach seiner Hand, hob sie an die Lippen und küßte seine Handfläche.

Sie sahen sich in die Augen und erkannten, daß sich die Kluft zwischen ihnen schloß. T.R. beugte sich vor, küßte sie sanft, und beide lächelten leise, als sich ihre Lippen berührten. Dann zog er sie an sich und bedeckte ihre Lider, ihr Gesicht, ihre Ohren, ihren Hals mit kleinen, wilden Küssen. Er verbarg sein Gesicht in ihren Haaren, und Queenie spürte, wie sie dahinschmolz, als sie ihre Arme um ihn schloß.

Ihr Atem ging in kleinen, keuchenden Stößen, als sie engumschlungen auf den Schlafsack sanken und einander tief in die Augen blickten.

»Willst du es wirklich?« flüsterte T.R.

Queenie nickte und zog sich mit einer schnellen Bewegung Pullover und Bluse aus.

Mit angehaltenem Atem betrachtete T.R. Queenies volle,

feste Brüste, ihre schmale Taille, sah, wie das Licht des Feuers über ihre elfenbeinfarbene Haut tanzte. Mit scheuem Lächeln sah Queenie zu, wie er ihre Schönheit bewunderte und wartete darauf, daß er sie Gefühlen entgegenführte, die sie noch nicht kannte; aber sie wußte, daß es der Zeitpunkt, der Ort und die Liebe war, auf die sie gewartet hatte.

Sanft umfaßte er ihre Brüste mit den Händen und küßte sie. Queenie schloß die Augen, als ihr Körper unter seiner Liebkosung erschauerte.

Zärtlich und liebevoll erregte T.R. ihr Verlangen, bis es so leidenschaftlich erglühte wie seines, und mit einem leisen, lustvollen Aufschrei umschlang sie seine Hüften mit ihren langen, geschmeidigen Beinen und bemühte sich, ihn so tief wie möglich in sich aufzunehmen.

Sie stöhnte verlangend auf, ihre Finger drückten sich in seinen Rücken, als sich seine Hände in ihren Haaren vergruben und er sie fest an sich zog.

»Queenie ... mein Liebling ...«

»T.R., laß mich nie wieder los ...«

»Niemals ...«

Engumschlungen lagen sie da, Herzschlag an Herzschlag. Schließlich griff T.R. nach seinem Hemd und wischte ihr sanft den Schweißfilm von der Haut. Dann warf er die Decke über sie beide, als sie sich eng aneinandergeschmiegt auf den Schlaf vorbereiteten. Der Widerschein der Flammen züngelte über die Höhlenwände, das Feuer knisterte und knackte behaglich.

Sie schliefen fest, als das Feuer zu düsterer Glut verglomm, während draußen vor ihrer warmen Höhle Regen von Sträuchern und Bäumen des Busches tropfte und die ersten Sterne durch die abziehenden Wolken funkelten.

Irgendwann in der Nacht wurden sie wach und küßten sich schläfrig, und als sich Queenie auf ihrer Seite zusammenrollte, zog T.R. sie wieder an sich heran, und sie liebten sich erneut. Erschöpft schliefen sie wieder ein; er noch immer in ihr, eine Hand auf ihre Brust gelegt, die Finger der anderen um ihre verschränkt.

T.R. wußte, daß er dieses Mädchen nie wieder aus seinem Leben verschwinden lassen würde, und Queenie fühlte sich wohl, sicher und geliebt. Sie war, wohin sie gehörte: in T.R.s Armen.

5. Kapitel

Unablässig strömte der Regen herab und ergoß sich über das ausgetrocknete, nicht aufnahmebereite Land. Rinnsale wurden zu reißenden Bächen, sie traten über die Ufer und vereinigten sich mit anderen zu weitflächigen Seen. Zuvor ausgetrocknete Flußbetten verwandelten sich in schäumende, donnernde Ströme. Das Wasser riß alles mit sich, was sich ihm in den Weg stellte.

Wegen seiner Lage auf dem Hügel war Tingulla ungefährdet, doch als ihr kleiner Wasserlauf überflutete und der weiter entfernte Fluß über die Ufer trat, wußte Patrick, daß er die wertvollen Merinoschafe auf höhergelegene Weiden bringen mußte.

Die ganze Nacht hindurch hatten sich alle auf der Farm Beschäftigten, auch Jim, unermüdlich darum bemüht, Vieh, Pferde und Gerätschaften in Sicherheit zu bringen. Geschichten von großen Überflutungen gehörten zum Alltag im Busch: Sie waren selten, aber wenn sie auftraten, dann verheerend. Auf einer Nachbarfarm hing hoch im Wipfel eines Baums der ausgeblichene Schädel eines Rindes, das Opfer einer solchen Flut geworden war. Die Einheimischen dokumentierten damit gern die Höhe der Wasserfluten, vergaßen jedoch zu erwähnen, daß der Baum seither rund fünf Meter gewachsen war.

Patrick sattelte ein Pferd und packte Proviant für mehrere Tage ein. »Nur für den Fall, daß ich irgendwo vom Wasser eingeschlossen werde«, erklärte er der besorgten Millie. Er umrundete zunächst den gesamten Besitz und sah überall nach dem Rechten, bevor er mit dem ihm treu ergebenen Bluey, dem besten Hütehund weit und breit, den Fluß an einer Stelle überquerte, die ihm sicher erschien.

Am Nachmittag ließ der Regen nach, und Millie wagte sich in den Schuppen hinüber, in dem sich Jim mit dem vom Wasser beschädigten Generator beschäftigte. »Bisher ist keiner von ihnen zurückgekehrt, Jim.«

»T.R. und Queenie werden längst auf dem Rückweg sein. Allerdings kann ich mir nicht vorstellen, wie sie bei diesem Wetter die Pferde heil nach Tingulla bringen wollen.«

»Mister Patrick wollte vor Einbruch der Dunkelheit wieder hier sein. Ernie hat gesagt, die Strömung des Flusses sei bedenklich heftig.«

»Nur keine Angst, Millie. Du solltest dich lieber um die Lampen kümmern und für genügend trockenes Holz sorgen. Wenn ich dieses Ding nicht wieder in Gang bekomme, sitzen wir heute abend im Dunkeln und frieren.«

In ihren alten Gummistiefeln stapfte Millie über den aufgeweichten Boden wieder zum Haus zurück.

Mit Unterstützung von Bluey hatte Patrick eine vom steigenden Wasser bedrohte Herde von siebzig Schafen aufgespürt und auf eine höhergelegene Weide getrieben. Sobald die Tiere in Sicherheit waren, ritt er weiter.

Das Unwetter hatte kurz vor dem Zeitpunkt der Schafschur zugeschlagen, zu dem die dichte Wolle eines Merinoschafes ein kleines Vermögen wert war. Aber Patrick wußte, daß die meisten der über das gesamte Farmgelände verstreuten 30 000 Tiere in Sicherheit waren – für den Moment zumindest. Flußaufwärts regnete es noch immer heftig.

Um die Pferde und wenigen Rinder hatten sich Ernie und Snowy gekümmert. Jetzt brauchte er sich nur noch um Queenie Sorgen zu machen. Patrick hatte zwar großes Vertrauen zu ihr und auch zu T.R., aber jetzt war die Situation gefährlich und unberechenbar.

Es dämmerte bereits, als er den Fluß wieder erreichte. Er zügelte sein Pferd und überblickte die weite, lehmbraun strudelnde Wasserfläche. Er stieg ab, brach einen Zweig von einem nahe stehenden Baum und warf ihn in den Fluß. In Sekundenschnelle wurde er von den Fluten ergriffen und trieb flußabwärts. Patrick lief am Ufer entlang zu einer Flußbiegung, an der das Wasser langsamer strömte und seichter zu sein schien.

Er wußte, daß eine Überquerung kein Kinderspiel sein würde, doch noch weniger behagte ihm die Vorstellung, die Nacht am Ufer verbringen zu müssen und Gefahr zu laufen, im Schlaf von den schnellfließenden Fluten überrascht zu werden.

Patrick ging in die Hocke und musterte nachdenklich den Fluß, während Bluey zärtlichkeitsbedürftig seinen Kopf in die Armbeuge seines Herrn drückte. Abwesend tätschelte Patrick den Hundekopf. Der Regen schien nachzulassen, und als Patrick aufstand, um zum Himmel emporzublikken, schimmerte das wäßrige Gelb des Sonnenuntergangs durch die dunklen Wolken.

Er saß wieder auf und ritt langsam zum schlüpfrigen Wassersaum.

Das Pferd schüttelte unwillig den Kopf, als spüre es, daß der Schlamm unter seinen Hufen nachgeben würde. Kaum hatte es zwei, drei vorsichtige Schritte getan, verlor es den

Boden unter den Füßen und mußte schwimmen. Patrick rutschte vom Pferderücken, hielt sich am Sattelknopf fest und ließ sich durchs Wasser ziehen. Ohne zu zögern, sprang Bluey ihnen nach.

Die Strömung wollte sie flußabwärts treiben, aber das kräftige Pferd hielt entschlossen eine diagonale Richtung über den Fluß ein. Beruhigend und ermutigend sprach Patrick auf das Tier ein, das seine Blicke fest auf das gegenüberliegende Ufer gerichtet hielt.

Er nahm das ferne Grollen nicht wahr. Das Nachlassen des Regens war zu spät gekommen: Das Wasser aus Hunderten von Wasserläufen und plötzlich entstandenen Seen schwoll an wie eine Wand, stürzte meereswogenähnlich den Fluß hinunter und riß alles in seinem Weg mit sich, entwurzelte sogar Bäume, die zahllose Überflutungen überlebt hatten.

Endlich hörte Patrick das Rauschen, drehte sich um und sah die neue Flutwelle mit ihrem Gewirr aus Ästen und Stämmen auf sich zukommen. Sie hatten den Fluß erst zur Hälfte überquert. Ein riesiger Gummibaum kam herangeschossen, legte sich an der Biegung quer zur Strömung und trieb so auf ihn zu.

Im letzten Tageslicht quälte sich das Pferd hinkend und blutend an Land. Ein paar Meter entfernt lag Bluey völlig erschöpft am Ufer. Mühsam kam der Hund auf die Beine und starrte über den Fluß. Er setzte sich und wartete geduldig auf Patrick, die braunen Augen fest auf das braune, tosende Wasser gerichtet.

Plötzlich riß der kleine Hund alle ihm verbliebene Kraft zusammen, sprang auf, stürzte sich in das wirbelnde Wasser. Ohren und Schnauze resolut in die Höhe gereckt, paddelte er durch die Fluten, die an seinen kleinen Beinen zerrten. Verzweifelt forschten seine Blicke im tosenden Wasser nach Patrick.

Bluey befand sich ungefähr in der Mitte des Flusses, als die Strömung noch heftiger zu strudeln begann. Er stemmte die Vorderbeine gegen die Flut an, aber innerhalb von Sekunden wurde der kleine Körper in die Tiefe gezogen und war nicht mehr zu sehen.

Millie zündete die Kerosinlampen an und bemühte sich, das Haus so behaglich wie möglich zu machen. Im Kamin im Wohnzimmer knisterte ein Feuer, und obwohl es noch immer keine Energie gab, schmorte auf dem Küchenherd ein appetitliches Stew vor sich hin, erwärmte sich Wasser in großen Kerosinkanistern für ein heißes Bad. Sie atmete tieferleichtert auf, als sie draußen Hufgetrappel und das Klirren von Zaumzeug hörte.

Sie griff nach einer Lampe, eilte zur Haustür und riß sie auf.

Im gelblichen Schein der Lampe stand ein Pferd mit herunterhängendem Zaumzeug. Es hielt den Kopf erschöpft gesenkt, aus einer klaffenden Beinwunde sickerte Blut.

Millies Schrei ließ Jim herbeieilen.

»Es ist Patricks Pferd«, stellte Jim grimmig fest. »Sieh nach, ob Snowy greifbar ist. Wir müssen nach ihm suchen.«

Bald darauf ritten Jim und Snowy los. Der Aborigine voran, da ihm die uralten Fähigkeiten seines Stammes ermöglichten, die Fährte von Patricks Pferd zu erkennen.

Sie waren noch nicht weit gekommen, als vor ihnen zwei Gestalten aus der Dunkelheit auftauchten.

»Wir haben eure Taschenlampen gesehen. Was ist los?« rief T.R., während Queenie hinter ihm ihr Pferd zügelte.

T.R.s Miene verdüsterte sich, als er Jims angespannten Gesichtsausdruck wahrnahm, wie auch die Art, in der Snowy Queenie anblickte.

»Patricks Pferd ist ohne ihn zurückgekommen. Er muß einen Unfall erlitten haben.«

»O Gott, nein! Wo war er? Was hatte er vor?« wollte Queenie wissen.

»Die letzten Schafe in Sicherheit bringen.«

»Aber die standen doch jenseits des Flusses!« rief Queenie entsetzt.

»Bei diesen Regenfluten muß der Fluß außer Rand und Band geraten sein. Reiten wir los«, sagte T.R. »Queenie, du wartest hier auf uns.«

»Nein! Ich komme mit.« Heftig drehte sie Nareedah um.

»Nein, Queenie. Nein!« schrie T.R. »Tu wenigstens einmal in deinem Leben, was man dir sagt!«

»Du hast mir nichts zu befehlen. Ich komme mit.«

»Queenie, ich liebe dich. Und genau deshalb will ich nicht, daß du mitkommst. Bitte. Reite zum Haus.« T.R. drückte seinem erschöpften Pferd die Stiefelspitzen in die Seiten, und die drei Männer ritten davon. Verwirrt und verzweifelt blieb Queenie zurück.

Da es seit geraumer Zeit nicht mehr geregnet hatte, konnte Snowy die Spuren von Patricks Pferd zum Fluß leicht verfolgen. Dort angekommen, schwärmten sie am Ufer aus und riefen laut seinen Namen.

Schon bald rief Snowy T.R. zu sich und leuchtete mit seiner Taschenlampe auf den schlammigen Boden. »Sieh her. Hier ist ein Hund herausgekommen, hat sich gesetzt und ist in den Fluß zurückgelaufen.«

»Bluey«, sagte T.R. tonlos.

»Ich wette, daß er Mister Hanlon retten wollte.«

Es war T.R., der ihn fand. Der riesige Gummibaum, der Patrick von seinem Pferd getrennt hatte, steckte an der nächsten Flußbiegung fest, und in seinen Ästen lag Patricks lebloser Körper.

Mit verschränkten Armen stand Queenie auf den Verandastufen. Sie trug den alten Armeemantel ihres Vaters, ihre Hände verschwanden in den Uniformärmeln. Die Haare wehten ihr in das regungslose Gesicht.

T.R. ritt langsam voran. Vor ihm, quer über dem Sattel, lag Patricks Körper. Mit einer Hand hielt T.R. die Zügel, die andere klammerte sich in Patricks Jacke. Jim und Snowy folgten in respektvollem Abstand.

Queenie rührte sich nicht, als T.R. absaß und auf sie zukam. Er streckte die Arme aus und fragte sich, wie er ihr helfen konnte, über den zweiten schweren Schicksalsschlag innerhalb so kurzer Zeit hinwegzukommen.

Sie ignorierte seine ausgestreckten Arme, lief auf ihren Vater zu, berührte sein Gesicht, legte ihre Wange an seine kalte, nasse Schulter.

Jim lief auf Millie zu, die leise zu schluchzen begann. Hilflos stand T.R. da und wurde von Mitleid mit Queenie nahezu überwältigt.

Snowy übergab T.R. die Zügel seines Pferdes, trat auf Queenie zu und berührte sie leicht an der Schulter. Als sie sich zu ihm umwandte, sackte sie zusammen, aber Snowy fing sie auf und trug sie ins Haus. Der alte Aborigine, dessen Wust schneeweißer Haare in eklatantem Kontrast zu seiner dunklen Haut stand, erinnerte sich an das kleine Mädchen, das er in jener Nacht zu seinem Vater zurückgetragen hatte, nachdem es sein Pferd erschießen mußte.

Er wußte, daß über Tingulla böse Geister schwebten. Irgendwie mußten sie vertrieben werden.

Patricks Begräbnis war eine kurze Zeremonie, an der nur die wenigen Freunde und Nachbarn teilnahmen, denen es gelang, ihren Weg durch die noch immer hochstehenden Fluten zu finden.

Colin überließ alle Vorbereitungen des traurigen Ereignisses Queenie und Millie. Reverend Peters hielt sich in Sydney auf, daher kam der junge Pfarrer aus der Nachbargemeinde nach Tingulla geflogen, um den Gottesdienst vorzunehmen.

»Irgendwie ist das nicht richtig. Er kannte Mister Patrick ja nicht einmal«, sagte Millie zu Jim. »Dennoch hoffe ich, daß er und Mistreß Rose jetzt in Frieden ruhen können. Seit ihrem Tod war er nur noch ein Schatten seiner selbst. Jetzt sind nur noch die Kinder da. Und Queenie trägt die ganze Last auf ihren Schultern.«

Queenie ließ sich nichts anmerken und erledigte ihre Pflichten auf selbstverständliche, sachliche Weise. Sie verbrachte lange Stunden in Patricks Arbeitszimmer, ging seine Papiere durch oder starrte tränenlos aus dem Fenster.

Am offenen Grab stand sie aufrecht und starr neben Colin. Keine Gefühlsregung war ihr anzumerken. Nach dem kurzen Gottesdienst trat Colin vor und warf eine Handvoll roter Erde auf den Sarg.

Dann trat auch Queenie vor, bückte sich und legte Patricks alten, abgetragenen Lieblingshut auf den Rosenholzsarg. Er wurde mit ihm begraben, denn nach Queenies Überzeugung hatte niemand das Recht, ihn nach ihm zu tragen.

Millie schob den Teewagen mit dem besten Geschirr und der silbernen Teekanne in die Bibliothek, in der Queenie und Colin mit Hamish Barton zusammensaßen, dem Anwalt der Familie. Der konservative, irgendwie farblose Mann genoß wegen seiner juristischen Fähigkeiten hohes Ansehen bei den alteingesessenen Familien der Region. Er war ausgesprochen diskret und fachlich kompetent.

Queenie goß den Tee ein, als Millie leise die Tür wieder hinter sich schloß. »Milch und Zucker, Mister Barton?«

»Ja, bitte. Macht es Ihnen etwas aus, wenn ich mich hinter den Schreibtisch setze? Dann hätte ich es leichter mit meinen Unterlagen.«

Colin ließ sich in einen Ledersessel fallen, Queenie zog einen zweiten für sich heran, und dann sahen sie schweigend zu, wie Mr. Barton die Papiere seinem Aktenköfferchen entnahm.

Er richtete seine goldgerahmte Brille, räusperte sich und senkte seine Stimme ein wenig, wie es seiner professionellen Rolle entsprach. »Wie Ihnen bekannt ist, sind wir zusammengekommen, um den Letzten Willen Ihres Vaters zu eröffnen. Es handelt sich um ein einfaches, eindeutiges Testament, das er nach ... nach dem Tod Ihrer Mutter aufgesetzt hat. Ich werde es zunächst einmal verlesen. Danach können wir über alle Fragen diskutieren, die Sie möglicherweise haben.«

Er begann zu lesen. Mit gesenktem Kopf blickte Queenie auf ihre Hände und achtete kaum auf den Wortlaut der eintönigen Stimme, aber ein scharfes Luftholen von Colin ließ sie aufblicken.

Colin funkelte den Anwalt an. »Vermutlich habe ich nicht richtig verstanden. Lesen Sie das noch einmal, Mister Barton.«

»Laß ihn doch erst einmal zu Ende lesen, Colin.«

»Oh, das könnte dir wohl gefallen, was? Ihn einfach weiterlesen zu lassen, ohne etwas dazu zu sagen! Weil du schließlich alles bekommst.«

»Wovon redest du, Colin? Verzeihen Sie, Mister Barton, aber ich war unaufmerksam. Könnten Sie es bitte wiederholen?«

Der Anwalt verlas das knappe und eindeutige Testament erneut. Tingulla und den weiteren, noch unbebauten Landbesitz Cricklewood sollte Queenie erhalten. Für Colin hatte Patrick eine große Geldsumme bestimmt, die bis zu seinem einundzwanzigsten Geburtstag treuhänderisch verwaltet werden sollte, dazu einen Apartmentblock in Double Bay, einem teuren Vorort von Sydney. Die Einkünfte aus diesen Wohnungen würden Colins Vermögen zufließen, aber er durfte sie fünf Jahre lang nicht veräußern.

Patricks persönliche Besitzgegenstände wurden Colin hinterlassen, Queenie erbte die ihrer Mutter. Vermächtnisse gingen an Millie und Jim, Roses Neffen in England und den Flying Doctor Service, während gute Freunde kleinere persönliche Erinnerungsstücke erhalten sollten – Snowy beispielsweise Patricks Lieblingspeitsche.

Queenie war fassungslos.

»Das hast du fein hingekriegt, während ich auf der Uni war«, fuhr Colin sie an. »Du hast Dad beschwatzt, dich zum Boß von Tingulla zu machen. Ich bin sein Sohn! Tingulla steht *mir* zu!«

»Aber Colin ... Ich hatte doch keine Ahnung ...«

Der Anwalt hob die Hand. »Bitte. Als Ihr Vater zu mir kam, um dieses Testament zu hinterlegen, übergab er mir auch Briefe an Sie beide, in denen er seine Gründe erläutert. Ich werde sie Ihnen gleich überreichen, aber vielleicht wollen Sie sie erst lesen, wenn Sie allein sind. Es kommt mir nicht zu, mich zum Inhalt dieses Testaments zu äußern. Es ist der Letzte Wille Ihres Vaters. Ich kann Ihnen lediglich meine Hilfe und meinen Rat anbieten. Sie werden vielleicht finanzielle Beratung benötigen, Colin, und Sie, Queenie, werden sich selbstverständlich jemanden suchen müssen, der Tingulla für Sie verwaltet.«

»Das wird nicht nötig sein, Mister Barton. Nachdem Colin sein Studium beendet hat, werden wir den Besitz gemeinsam verwalten. Bis dahin komme ich sicher ganz gut allein zurecht.«

Nachdenklich betrachtete der Anwalt die schöne, blasse junge Frau, die sehr aufrecht vor ihm saß. »Die Größe von Tingulla ist Ihnen doch sicher bewußt, Queenie. Soweit ich weiß, hatte Ihr Vater darüber hinaus ein paar neue Ideen. Sie glauben doch nicht ...«

»Die Pläne meines Vaters kenne ich sehr genau«, unterbrach ihn Queenie.

»Du vielleicht, aber was ist mit mir? Du erwartest doch nicht etwa, daß ich in Sydney für die verdammten Prüfungen büffele, während du dich hier als Gutsherrin aufspielst!« explodierte Colin.

»Du mußt deine Examina ablegen, Colin. Das war Vaters Wunsch. Er erwartete es von dir.«

»Du wirst mir nicht sagen, was ich zu tun habe – nur, weil du zwei Jahre älter bist.«

»Nun, Queenie ist einundzwanzig Jahre alt und damit voll geschäftsfähig, Colin. Und das heißt, daß sie das Recht hat, ihre eigenen Entscheidungen zu treffen. Daß Sie sich erregen, kann ich durchaus verstehen. Aber warum kommen Sie in den nächsten Tagen nicht zu mir in mein Büro, und dann sprechen wir die Einzelheiten noch einmal durch?«

Colin sprang auf. »Das werde ich tun. Und ich bin fest entschlossen, dieses Testament anzufechten. Es ist nicht gerecht.« Gleich darauf fiel die Tür hinter ihm ins Schloß.

»Es tut mir wirklich leid, daß er sich derart aufregt. Es ist ja auch ein wenig ungewöhnlich, daß die Tochter den Landbesitz erbt. Aber ich bin davon überzeugt, daß in diesen Briefen alles erklärt wird.« Der Anwalt schob Patricks Briefe über den Tisch. »Ich wünschte, auch Sie würden sehr sorgfältig über die Zukunft nachdenken, Queenie, und zu mir kommen, um mit mir darüber zu sprechen. Ich bin überzeugt davon, Ihnen behilflich sein zu können.«

»Vielen Dank, Mister Barton. Sobald ich Rat brauche, rufe ich Sie an.«

Colin saß in einer Ecke der Veranda und riß den Brief seines Vaters auf. Nach Sydney hatte ihm Patrick nur gelegentlich und recht knapp geschrieben. Rose war die Briefeschreiberin der Familie gewesen und hatte ihn über die Neuigkeiten auf Tingulla auf dem laufenden gehalten.

Er biß sich auf die Lippe und begann zu lesen:

»Mein lieber Sohn,

ich hatte gehofft, daß Du längst erwachsen bist und eine eigene Familie gegründet hast, bevor dieser Tag anbricht. Wahrscheinlich ist für Dich nur schwer verständlich, daß ich Queenie Tingulla hinterlassen habe.

Im Laufe der Jahre habe ich Euch beide beobachtet und bin zu der Erkenntnis gekommen, daß Dein Herz nicht am Land hängt. Ich weiß, daß Du an Tingulla hängst und stolz auf das bist, was unsere Familie hier geschaffen hat. Aber damit es so bleibt, muß der künftige Besitzer – wer immer das ist – Tingulla über alles andere setzen.

Ich weiß, daß das auch Queenies Überzeugung ist, und ihre Hingabe, ihre Fähigkeiten und die Tatsache, daß sie älter ist, hat meine Entscheidung bestimmt. Ihre Entscheidung ist es, wie sie Tingulla mit ihrem eigenen Leben vereinbaren kann, sollte sie heiraten. Ich habe das Gefühl, daß Du noch nicht recht weißt, was Du aus Deiner Zukunft machen willst. Vielleicht wirst Du mit der Zeit, wenn Du Deine Studien beendet hast, ein wenig herumgereist bist, Tingulla lieben lernen und klarer begreifen, was es bedeutet – so, wie es Queenie schon heute versteht.

In finanzieller Hinsicht ist für Dich gesorgt, doch auch hier habe ich Deinem jugendlichen Leichtsinn ein wenig vorgebeugt. Ich hoffe, daß Du in einigen Jahren meine Vorsicht verstehst.

Hoffentlich weißt Du, wie stolz ich auf Dich bin, mein Sohn – auch wenn ich das vielleicht nicht immer so offen gezeigt habe –, und ich hoffe, daß Du mich auch künftig stolz machen wirst. Zügele Dein unbeherrschtes Temperament, mein Sohn, kämpfe gegen Deine Aggressionen an und lerne es, Liebe und Toleranz zu zeigen. Sei Deiner Schwester Halt und Unterstützung: Sie hat eine große Aufgabe vor sich. Ich bete zu Gott, daß Du meine Entscheidung verstehst und mich noch immer liebst.

In großer Liebe und Zuneigung

Dein Dad.«

Colin faltete den Brief schnell zusammen, steckte ihn in seine Jackentasche, schob die Hände in die Taschen und lief mit gesenkten Schultern über den Rasen.

In der Abgeschiedenheit ihres Zimmers drehte Queenie den Brief in den Händen, öffnete ihn und glättete den mit Patricks vertrauten Schriftzügen versehenen Bogen.

»Meine liebste Queenie,

ich bin sicher, daß sich an Deiner Situation nichts verändert hat, denn nach Deiner Heirat hätte ich mein Testament entsprechend verändert. Davon ausgehend, daß alles so ist, wie es war, ist es mein Wunsch, daß das Schicksal von Tingulla in Deinen Händen liegt. Ich kenne Deine tiefe Liebe zu unserem Land, zu unserem Haus und allem, was damit zusammenhängt, also kann ich in der Gewißheit ruhen, daß Du es auch weiterhin in Ehren halten wirst. Ich bin überzeugt davon, daß Tingulla bleibt, was es ist – ganz gleich, was die Zukunft auch für Dich und Deine eigene Familie bereithalten mag. Ich hoffe, daß meine Enkel auf Tingulla aufwachsen und es gleichfalls so lieben lernen wie wir.

Und das bringt mich auf Colin. Er ist noch immer sehr jung, eigensinnig, mit einem Hang zur Unbekümmertheit, der mir Sorgen macht. So schmerzlich es auch ist, kann ich mich nicht davon überzeugen, daß seine Gefühle für Tingulla die gleichen sind wie die Deiner Mutter, meine und Deine. Ich weiß, daß Du Colin einen Platz neben Dir auf Tingulla einräumen wirst, aber ich möchte, daß Du allein alle Entscheidungen im Hinblick auf Tingulla triffst. Vertrau Deinen Instinkten und Deinem Wissen, aber – ich kenne Dich gut, Queenie – sei nicht allzu stolz, notfalls auch Rat und Unterstützung zu suchen und anzunehmen.

Ich hatte gehofft, noch lange genug zu leben, um Dir diese Last zu ersparen, aber ich bete zu Gott, daß Du Glück und Freude in Deinem Leben findest. Du bist stark, sehr schön, und ich bin sehr stolz auf dich.

Ich hoffe, Du weißt, wie sehr ich Dich liebe.

Dad.«

Diese Worte durchbrachen den Schutzwall, den Queenie um ihre Emotionen errichtet hatte. Sie rannte aus ihrem Zimmer, aus dem Haus, durch den Garten, an Schuppen und Ställen vorbei zur Unterkunft der Schafscherer. Dort hämmerte sie mit beiden Händen gegen die Maschendrahttür, bis sie aufflog.

T.R. saß am Tisch und las. Aber als er Queenie sah, sprang er so schnell auf, daß sein Stuhl nach hinten kippte, und breitete die Arme aus. Schluchzend klammerte sie sich an ihn, während er ihr zärtlich und beruhigend über die Haare strich, sie fest umschlungen hielt, ihr seinen Schutz und seine Liebe bot.

6. Kapitel

T.R. lief die Hudson Street in Charleville entlang, vorbei an der Viehbörse, vorbei am Getreidespeicher, zum *Empire Hotel* an der Ecke, auf dessen Veranda im Schatten des gewaltigen Affenbrotbaums ein paar Zecher vor ihren schaumgekrönten Bieren saßen.

Er ließ sie sitzen und betrat das kühle Innere des Schankraums. T.R. sah auf die Uhr: Viertel nach acht. Noch immer Zeit für ein Frühstück. Er suchte sich einen Tisch, nahm seinen Hut ab und legte ihn neben seinen Füßen auf den Boden.

Wenig später flog die Schwingtür zur Küche auf, hinter der T.R. Töpfe und Pfannen scheppern hörte. Eine wasserstoffblonde Frau mit grellgeschminkten Lippen und müden Augen erschien und legte eine maschinengeschriebene Speisekarte vor T.R. auf den Tisch.

»Was soll's denn sein, Darling?« erkundigte sie sich und zog einen Bleistiftstummel nebst Notizblock aus der Tasche ihrer schmuddeligen Schürze.

»Ich bin schon geraume Zeit auf den Beinen und könnte vermutlich ein deftiges Frühstück und eine Kanne Tee gut vertragen«, sagte T.R. und gab ihr die Speisekarte zurück.

»Mixed Grill? Steak und Spiegeleier? Speck, Eier und Würstchen oder Schinken und Tomate?«

»Ich probiere den Mixed Grill, aber verschonen Sie mich bitte mit der gebratenen Leber.«

»In Ordnung, Darling. Die gebe ich dem Hund, der schon gierig vor der Hintertür herumlungert.«

T.R. bestrich seine zweite Scheibe Toast gerade mit einer dicken Schicht Orangenmarmelade, als der Stuhl gegenüber unter dem Tisch vorgezogen wurde. T.R. erhob sich. »Tag, Dingo. Schön, dich zu sehen. Ich fürchte, ich habe schon mal ohne dich angefangen«, sagte er, als sie einander die Hände schüttelten.

»Auf Formalitäten kann ich verzichten, T.R. Die Fahrt hat ein bißchen länger gedauert, als ich annahm. Du hast deine Meinung über den Rodeo-Job also geändert? Dachte, du würdest auf Tingulla gebraucht, jetzt, da Patrick nicht mehr unter uns weilt.«

»Es gibt da ein paar Probleme, um die Wahrheit zu sagen. Ich arbeitete mit Patrick an einem Pferdezuchtprojekt, doch es scheint im Moment nicht der richtige Zeitpunkt zu sein, das fortzusetzen. Queenie hat schon genug um die Ohren, wenn sie nur die Farm am Laufen halten will. Sie fangen gerade mit der Schafschur an.«

»Queenie? Leitet sie denn den Besitz ganz allein?«

»Nun, die alten Arbeiter und Helfer sind alle noch da, und Patrick hat selbst noch die Scherer engagiert, aber ich sah mich irgendwie plötzlich in einer recht unbehaglichen Position – aus mehreren Gründen. Ich würde gern wissen, ob das Angebot über die Rodeos in Amerika noch steht.«

»Bitte nur Tee und Toast, Darling«, sagte Dingo zu der Kellnerin. »Ja, es steht noch. Du brauchst nur deine Überfahrt zu bezahlen, dann übernehmen sie alle anderen Unkosten, sobald du erst einmal den Vertrag unterzeichnet hast. Ich schätze, du kannst dir da einen ziemlichen Batzen verdienen, T.R. Und die Ladies werden von dir ganz hingerissen sein.«

»Die Überfahrt wird zwar meine ganzen Ersparnisse verschlingen, und ein gewisses Risiko bleibt bestehen, aber zum Teufel – was soll's? Wie soll man im Leben je weiterkommen, wenn man nicht auch einmal bereit ist, ein kleines Wagnis einzugehen?« grinste T.R.

»Stimmt, alter Junge. Ich wette, übers Jahr hast du ein fettes Konto auf der Bank. Dann kannst du wiederkommen und jedes Mädchen heiraten, nach dem dir der Sinn steht ... das heißt, wenn dich die Yankee-Ladies aus ihren Fängen lassen. Himmel, vielleicht wirst du sogar ein Filmstar.«

»Hör auf mit deinen Hirngespinsten. Ich möchte nur ein wenig Geld verdienen, um mir irgendwo ein kleines Stück Land kaufen zu können.«

Die Entscheidung war T.R. nicht leichtgefallen.

Queenie hatte die Zügel von Tingulla energisch in die Hand genommen. Sie war entschlossen, dafür zu sorgen, daß die Schafschur glatt über die Bühne ging und die Merinowolle einen guten Preis erzielte. Jeden Morgen stand sie schon beim Morgengrauen auf und unternahm einen schnellen, erfrischenden Ritt mit Nareedah, bevor sie sich den Anforderungen des Tages stellte.

T.R. beobachtete, wie sie sich tagsüber mit den Farmarbeitern und den Anforderungen des Hauses herumschlug, wohl wissend, daß sie bis spät in die Nacht über Papierkram und anderen Problemen von Tingulla brütete.

Eines Morgens ritt er ihr nach und traf sie schließlich auf einem Felsbrocken sitzend an, wo sie melancholisch in die Ferne starrte. Schnell saß er ab, ging auf sie zu, nahm ihre Finger zwischen seine Hände und küßte sie.

»Wir müssen miteinander reden, Queenie. Ich kann nicht mehr mit ansehen, wie du dich überanstrengst. Du mußt einige der Aufgaben anderen übertragen.«

»Ich schaffe das schon.«

»Ich weiß, daß du es schaffst. Du schlägst dich bewundernswert. Aber es ist nicht gut, daß du dich so überforderst. Bitte, denk doch darüber nach, einen Verwalter zu suchen. Zumindest bis Colin mit der Universität fertig ist.«

Schweigend preßte Queenie die Lippen zusammen.

»Aber da gibt es noch etwas anderes, Queenie«, fuhr T.R. leise fort. »Was ist mit uns?«

Mit ausdruckslosem Gesicht sah sie ihn an, verlor aber den Kampf um ihre Selbstbeherrschung. Tränen traten ihr in die Augen.

»O Queenie ... Ich liebe dich!« T.R. nahm sie in die Arme. »Bitte sag mir die Wahrheit. Liebst du mich?« Er legte beide Hände auf ihre Schultern und sah ihr intensiv in die Augen.

Unfähig zu sprechen, schloß Queenie die Augen und nickte, während ihr eine Träne über die Wange rollte.

Zärtlich zog T.R. sie wieder eng an sich. »Das ist alles, was ich wissen wollte. Ich möchte dich heiraten. Ich liebe dich von ganzem Herzen und werde dich immer lieben. Aber wir müssen warten ...«

Fast schüchtern fügte er hinzu: »Ich kann dich nicht heiraten, solange ich ein mittelloser Niemand bin, während du die Herrin von Tingulla bist. Dann würde jedermann denken, ich hätte dich nur wegen deines Geldes geheiratet.« Ein klägliches Lächeln überzog sein Gesicht.

»Mir ist egal, was die Leute denken«, erklärte Queenie heftig.

»Aber es sollte dir nicht egal sein, Queenie. Denk auch an mich.«

»Ich denke an dich. Du willst, daß wir ein Paar werden. Wir wissen, daß wir uns lieben. Da ist es doch gleichgültig, was andere klatschen!«

»Das ist wieder typisch für dich. Immer mit dem Kopf durch die Wand! Werde endlich erwachsen. Denk nach. Im Augenblick mag es dir nicht wichtig erscheinen, aber in der Zukunft könnte es durchaus zu einem Problem werden, daß du Tingulla besitzt, und ich mir vorkomme wie ein einfacher Farmarbeiter.«

»Sag mir nicht, ich soll endlich erwachsen werden!« explodierte Queenie und entzog sich seiner Umarmung. »Und wenn das deine Meinung ist, dann bleibe ein einfacher Farmarbeiter und vergiß ein Leben mit mir auf Tingulla.«

»Ich gehe nach Amerika, Queenie ... um ein bißchen Geld zu verdienen. Für uns. Gib mir eine Chance ... ein Jahr. Um mehr bitte ich nicht.«

»Ein Jahr!« Sie sprang auf. »Ich dachte, du liebst mich ...«

Sie stürmte los, schwang sich in Nareedahs Sattel und galoppierte davon. Kopfschüttelnd blickte T.R. ihr nach und murmelte: »Queenie, Queenie ... Ich liebe dich wirklich ...« Plötzlich packte ihn unbändiger Zorn, und er rief dem weißen Pferd nach: »Aber du machst es einem nicht einfach, dich zu lieben!«

In den folgenden beiden Wochen gingen sie einander bewußt aus dem Weg, und ehe sich Queenie versah, war T.R. fort.

Nachdem Jim T.R. in die Stadt zum Bahnhof gefahren hatte, übergab er ihr einen Brief.

Queenie las ihn im sonnigen Arbeitszimmer.

»Meine geliebte Queenie,

den Abschied von Dir hätte ich nicht ertragen. Ich bin auf dem Weg nach Amerika, um an einigen Rodeos teilzunehmen. Darin sehe ich eine Chance, recht schnell eine Menge Geld zu verdienen. Ich habe bestimmte berufliche Vorstellungen, doch dazu brauche ich Kapital. Und ich muß finanziell auf eigenen Füßen stehen, um Dich für mich beanspruchen zu können.

Ich liebe Dich, Queenie, werde Dich immer lieben. Und ich möchte Dich immer noch heiraten. Allerdings glaube ich, daß wir die Dinge ein wenig übereilt haben. Du brauchst Zeit, um mit dem Leid fertigzuwerden, das Du erlitten hast. Ich möchte nicht nur die Schulter sein, an der Du Trost suchst. Ich möchte, daß Du mich um meinetwegen liebst. Aber ich werde stets für Dich da sein, wenn Du mich brauchst.

Ich habe Deinem Vater versprochen, auf Dich zu achten, und das werde ich immer tun. Aber ich möchte, daß wir ebenbürtige Lebenspartner sind. Ich hoffe, daß Du auf mich wartest, mein schöner Liebling. Ich werde Dir schreiben. Allerdings war ich noch nie ein fleißiger Briefschreiber, also gib mir ein paar Wochen, bis ich mich eingewöhnt habe – wo immer das auch sein mag.

Und vergiß nicht, daß mit jedem Brief ein Kuß zu Dir kommt.

T.R.«

Später stellte Millie eine Tasse Tee auf den Schreibtisch, hinter dem Queenie über den Abrechnungen saß. »Zu schade, daß T.R. nach Amerika gegangen ist. Ich glaubte, er würde auf Tingulla bleiben. Hatte mich bereits an ihn gewöhnt.«

»Er möchte sich ein eigenes Leben aufbauen und mehr Geld verdienen als hier auf Tingulla. Mehr ist dazu nicht zu sagen, Millie. Vielen Dank für den Tee.«

Mit hochgezogenen Augenbrauen verließ Millie den Raum.

Queenie stürzte sich so vehement in die Schafschur, daß sich Jim zu Bemerkungen veranlaßt sah. »Die Männer lassen sich nicht gern von einer Frau herumkommandieren, Queenie. Dazu noch von einer so jungen. Sie beginnen zu murren. Vielleicht solltest du ihre Arbeit überprüfen, wenn sie es nicht merken ...«

»Das begreife ich, Jim. Aber ich möchte, daß sie wissen, daß ich sie im Auge behalte, auch wenn ich mein Gesicht künftig nicht mehr so häufig im Scherschuppen zeige.«

Oder dein hübsches Hinterteil in diesen knappsitzenden Hosen, dachte Jim, dem die leicht anzüglichen Bemerkungen der Scherer nicht entgangen waren. Vielleicht war es besser, wenn Millie ein Wort mit Queenie sprach. Sie schien sich ihrer Wirkung auf Männer nicht bewußt zu sein, besonders auf solche, die im Busch monatelang auf weibliche Gesellschaft verzichten mußten.

Schließlich waren die Schafe geschoren, ihre Wolle zu großen Ballen zusammengepackt, und Queenie hoffte, dafür einen guten Preis zu erzielen.

Colin kam für die Semesterferien nach Hause, zeigte aber

keinerlei Interesse an der wirtschaftlichen Situation von Tingulla.

»Aber es geht auch um deine Zukunft, Colin«, hielt ihm Queenie vor.

»Es gehört dir, also kannst du es auch verwalten. Wenn der Besitz den Bach hinuntergeht, ist das nicht meine Sache«, erwiderte er und stürmte aus dem Zimmer.

Queenie packte eine kleine Reisetasche und fuhr für den Verkauf der Wolle nach Brisbane. Sie hatte das Gefühl, eine kleine Abwechslung dringend nötig zu haben, da sie seit Monaten nicht mehr in der Stadt gewesen war. Als sie durch die Straßen von Brisbane auf die Wollbörse zuschlenderte, regten sich neue Energien in ihr, und sie gewann eine positivere Zukunftsperspektive. Sie hoffte, bald von T.R. zu hören.

In Tingulla saß Colin inzwischen hinter Patricks Schreibtisch und blätterte aus reiner Neugierde in Papieren und Geschäftsbüchern. Fast unwillig mußte er sich eingestehen, daß Queenie den Besitz voll im Griff zu haben schien.

Colin langweilte sich und wünschte, Sarah wäre nicht auf Reisen. Die meisten seiner Freunde waren mit Aufgaben auf den Besitztümern ihrer Eltern beschäftigt.

Er schlenderte auf die Veranda hinaus, als dort gerade der Postbote auf seiner wöchentlichen Runde Station machte. Er reichte Colin ein dickes Bündel Zeitungen, Zeitschriften und Briefe. »Siehst hier wohl ein bißchen nach dem Rechten, was? Hast du schon etwas über die Wollpreise gehört?«

Colin schüttelte stumm den Kopf. Er hatte keine Lust auf einen Schwatz mit dem Postboten, der die neuesten Neuigkeiten von Station zu Station trug.

»Nun, ich muß weiter. Schöne Grüße an Queenie. Ich sehe sie dann in einer Woche.«

Das Postauto verschwand unter Hinterlassung einer Staubwolke, während Colin müßig die Post durchsah. Drei für Queenie bestimmte Briefe fielen ihm ins Auge. Er drehte sie um und stellte fest, daß sie von T.R. stammten und als Adresse ein Postfach in Oklahoma trugen.

Er ging mit den Briefen ins Arbeitszimmer zurück und betrachtete sie nachdenklich. Schon bald gewann seine Neugierde überhand, und er schlich in die Küche. Millie war im oberen Stockwerk beschäftigt. Colin setzte den Wasserkessel auf den Herd und öffnete die Briefe behutsam über dem Dampf.

Was er las, weckte in ihm Verbitterung, Wut und ein Gefühl von Verrat.

»... Queenie, mein Liebling, ich weiß, was Du für Tingulla empfindest, und daß Du es nicht verlassen möchtest. Daher habe ich vor, mir in der Nähe ein Stück Land zu kaufen, um dort eine Pferdezucht aufzubauen und von Tingulla aus zu leiten – nach unserer Heirat. Was hältst Du davon? Du fehlst mir sehr ...«

Abrupt zerknüllte Colin den Brief. Plötzlich wurde ihm bewußt, wie gern er Besitzer von Tingulla wäre. Aber wenn T.R. Queenie heiratete, wäre jede Chance endgültig dahin. Die tägliche Plackerei auf der Farm würde er sich ersparen – dafür würde er einen Verwalter einstellen –, ihm ging es um das Ansehen, das mit dem Besitz einer der großen australischen Farmen verbunden war.

Queenie und T.R. konnten Pferde züchten oder tun, was ihnen auch immer beliebte. Tingulla gehörte rechtmäßig ihm. Sein Vater hatte falsch entschieden. Er hing an Tingulla. Er wollte es besitzen.

Am Abend saß Colin an dem großen Tisch im Eßzimmer, mit einem Glas Scotch neben seinem unberührten Abendessen.

In der Küche klapperte Millie verärgert mit dem Geschirr, als sie Jim sein Essen auftat. »Das gute Essen, glatt verschwendet«, murrte sie. »Aber ich gehe nicht mehr zu ihm hinein. Vorhin hätte er mir fast den Kopf abgerissen.«

»Laß ihn, Millie. Beruhige dich. Wo bleibt mein Steak?«

Colin schob seinen Teller zur Seite, nahm sein Glas und ging ins Arbeitszimmer. Aus einer Schublade zog er Briefpapier und begann mit schneller, entschlossener Hand zu schreiben. Er verschloß den Brief und adressierte ihn. Dann nahm er die drei Briefe von T.R. und warf sie in den Kamin, wo sie schnell Feuer fingen, sich kräuselten und zu grauer Asche wurden.

Im *Grand Hotel* des fernen Brisbane streckte sich Queenie auf dem quietschenden Eisenbett aus. Im Schein der Nachttischlampe starrte sie eine Weile lang blicklos an die fliegenbeschmutzte Zimmerdecke, ohne den Lärm aus der Hotelbar unter sich wahrzunehmen.

Sie schaltete das Licht aus, drehte sich auf die Seite, umschlang ihre angezogenen Knie und versuchte, mit der furchterregenden Tatsache fertigzuwerden, daß sie schwanger war.

7. Kapitel

Queenie saß am Wasserlauf nicht weit vom Haus entfernt unter einem Gummibaum und zeichnete mit einem Stock abwesend Muster in den Sand. Nun wußte sie endlich, was sie zu tun hatte, welchen Weg sie einschlagen mußte. Es würde nicht leicht werden, und sie benötigte die Hilfe des Menschen, der ihr am nächsten stand und dem sie vertrauen konnte – Millie.

Sie biß sich auf die Lippe und stieß den Stock tief in den

Sand. Millie würde ihre Entscheidung nicht billigen, aber sie war fest entschlossen.

Es war nicht leicht für Queenie, Millie ins Vertrauen zu ziehen. Als sie abends in der Küche noch eine Tasse Tee tranken, brachte sie lange Zeit kein Wort über die Lippen.

Obwohl T.R. so abrupt aus ihrem Leben verschwunden war, bereute Queenie es nicht, ihn geliebt zu haben. Sie empfand Trauer, Bedauern, auch Furcht vor der unbekannten Erfahrung der Schwangerschaft, aber wenn sie ganz ehrlich war, war sie über sich selbst erbost, sich in eine solche Lage gebracht zu haben.

Sie kam sich ungeheuer dumm, naiv und vertrauensselig vor. Sie konnte die hämischen Bemerkungen bereits hören, die in den Arbeiterunterkünften und Pubs die Runde machen würden: »Miß Queenie Hanlon kriegt einen Bankert«, »Sie hat sich anbumsen lassen« oder »Sie ist auch nicht besser als die eingeborenen Mädchen, die für ein paar Pfund mit betrunkenen Weißen schlafen.«

Auch Millie fehlte es nicht an Phantasie. Sie konnte sich das gehässige Gelächter in den Spelunken vorstellen, mit dem sich die Zecher versicherten, daß die Hanlons nicht anders waren als sie selbst. Spontan stand sie auf, lief um den Tisch herum und legte ihre Arme um die junge Frau, die krampfhaft ihre Teetasse umklammerte.

»Über den Vater werde ich nichts sagen, Millie. Bitte, frag mich nicht, wer er ist. Aber ich brauche deine Hilfe.«

»Aber selbstverständlich, Queenie, mein Schatz. Schließlich ist es kein Problem, hier einen weiteren kleinen Esser durchzufüttern.«

Queenie griff nach der Teekanne. »Ich werde das Kind nicht behalten, Millie. Ich gebe es zur Adoption frei«, sagte sie leise, aber entschlossen.

Millie kämpfte mit den Tränen und verkniff sich die

Bemerkung, die ihr bereits auf der Zunge lag. Am liebsten hätte sie Queenie geschüttelt, sie angeschrien, nicht so dumm zu sein. Doch das stand ihr nicht zu.

Sie sah Queenie an. »Aber warum? Wir können uns alle um das Kind kümmern, es lieben. Ich habe dich zusammen mit deiner Mutter aufgezogen. Ich kenne mich mit Kindern aus, auch wenn Jim und ich nie ein eigenes bekommen haben.« Jetzt liefen Tränen über Millies Wangen.

»Bitte, weine nicht, Millie. Es ist auch so schon schwer genug. Bei der Durchführung meines Entschlusses werde ich dich brauchen. Ich muß an Tingulla denken. Ich möchte nicht wie ein unvernünftiges, dummes Ding dastehen. Ich kann doch nicht beanspruchen, den Besitz wie eine reife Erwachsene zu leiten, wenn ich offensichtlich nicht einmal in der Lage bin, für mich selbst zu sorgen. Denk an die Schande, die ich damit über Mum und Dad bringen würde ...« Ihre Stimme versagte.

Millie setzte sich wieder und faltete die Hände. »Also, was sollen wir deiner Meinung nach tun?«

Ein leises, dankbares Lächeln überzog Queenies Gesicht. »Ich werde Doktor Miller aufsuchen, um mich von ihm über die medizinischen Details beraten zu lassen. Vermutlich werde ich das Kind in Brisbane zur Welt bringen oder sogar in Sydney. Doch bis es soweit ist, habe ich vor, nach Cricklewood zu ziehen ...«

»Cricklewood?« entfuhr es Millie. »Was willst du denn da? Da ist doch nichts. Nur ein alter, heruntergekommener Besitz, für den seit vielen Jahren nichts getan wurde.«

»Richtig, Millie. Dad und ich haben darüber gesprochen, eines Tages etwas daraus zu machen – vielleicht unsere Pferdezucht dort unterzubringen. Er hat mir Cricklewood hinterlassen und – nun ja – jetzt beginne ich eben ein wenig früher als gedacht mit der Verwirklichung dieser Pläne, das ist alles.«

Millie nickte. Sie verstand, daß Queenie sich allen neugierigen Blicken entziehen wollte.

»Ich möchte dich bitten, mich zu begleiten, Millie. Auch Snowy werde ich mitnehmen. Jim wird hierbleiben müssen, um für den Fortgang der Dinge zu sorgen, aber er kann dich natürlich immer besuchen, wenn er Zeit dazu hat. Die Fahrt dauert nur einen Tag. Dich brauche ich in meiner Umgebung. Ruthie kann den Haushalt übernehmen. Sie ist noch etwas jung, aber du hast sie gut angelernt.«

Millie zwinkerte unwillkürlich. Das alles ging ihr einfach zu schnell. »Aber wer soll Tingulla leiten? Colin hat sein Studium noch nicht beendet.«

Queenie stand auf. »Ich habe da bereits ein paar Fühler ausgestreckt und Erkundigungen über mögliche Verwalter eingezogen. Allen, auch Colin gegenüber, habe ich angedeutet, daß ich ziemlich erschöpft bin und ein wenig Abwechslung und Erholung brauche. Falls jemand neugierige Fragen stellt, mache ich lediglich ein wenig Urlaub.«

Sie hatte mit der Idee gespielt, sich Colin anzuvertrauen. Schließlich war er ihr nächster und einziger Verwandter. Aber ihr Instinkt hatte Queenie gewarnt, daß es nicht weise sein könnte, ihrem Bruder die Wahrheit zu erzählen.

Queenie stand auf dem Bahnsteig, auf dem neben ihr rund ein Dutzend anderer die Ankunft des Zugs aus Rockhampton erwarteten. Sie tauschte ein paar freundliche Worte mit dem Bahnhofsvorsteher aus, der so tat, als wäre die Ankunft des Zugs ein gesellschaftliches Ereignis, und bemühte sich, mit jedem der Anwesenden einige Sätze zu wechseln.

Sie lächelte. Als ein ferner Pfiff den nahenden Zug ankündigte, wußte jedermann, daß sie den neuen Verwalter von Tingulla begrüßen wollte.

Der Lokführer ließ noch einen letzten, schrillen Pfiff hören und brachte den Zug dampfschnaufend und metallscheppernd zum Stehen.

Viehtreiber warfen Bündel und Sättel heraus, Frauen stellten Koffer auf den Perron. Einige hatten Körbe oder Bastaschen bei sich, aus denen die unvermeidliche Thermosflasche herausschaute, die ihnen die lange Fahrt durch das Outback erleichtert hatte.

Queenie musterte die ausgestiegenen Fahrgäste und entdeckte zwei Männer, auf die die Beschreibung zutreffen könnte, die sie von Dingo McPherson erhalten hatte.

Einer war klein, rotverbrannt und muskulös, der andere hochaufgeschossen, dünn, aber drahtig, mit kurzen schwarzen Locken. Sie hoffte, daß Warwick Redmond der kräftige Mann war. Beide blickten sich suchend um, doch dann griff der große Mann nach seiner Reisetasche und kam lächelnd auf sie zu. »Sie müssen Miß Hanlon sein.«

»Muß ich?«

»Dingo sagte, Sie hätten wundervolle lange Haare. Ich bin Warwick Redmond.«

Sie schüttelten einander die Hände und gingen auf den Ausgang zu. »Vielen Dank, daß Sie mich persönlich abholen. Das hätte ich nicht erwartet.«

»Ich mußte ohnehin in die Stadt. Ich dachte, wir könnten vor der langen Fahrt nach Tingulla drüben im *Crown Hotel* noch schnell einen Happen essen.«

»Sehr gern. Mein Frühstück bestand aus einem undefinierbaren Meat-Pie, und ich konnte keinen Platz im Schlafwagen mehr bekommen, so daß ich mich stundenlang auf einem Sitz irgendwie zusammenfalten mußte.«

»In Autos und Zügen können lange Beine problematisch werden, nehme ich an.«

»Und auf Pferden. Ich hoffe nur, daß Sie über einen entsprechend großen Gaul verfügen, sonst nutzt das Nachschleifen der Absätze meine Stiefel zu schnell ab.«

Queenie lachte. »Ich denke, wir werden schon etwas Passendes für Sie finden.«

Während des Lunchs musterte sie Warwick Redmond unauffällig. Er war locker und umgänglich. Auch wenn er nicht mit Namen um sich warf oder protzte, wurde doch offensichtlich, daß er im Ausland gewesen war und mehr gesehen hatte, als die Schankräume von Bars.

Ihre Unterhaltung war sehr kurzweilig, und Queenie stellte fest, daß sie sich für ihren neuen Verwalter zu erwärmen begann.

Er wechselte das Thema, fragte höflich, aber direkt, nach den Bedingungen auf Tingulla. Schließlich deutete Queenie an, es sei Zeit zum Aufbruch und stand auf. »Wir haben eine lange Fahrt vor uns und damit genügend Zeit, auf alle Ihre Fragen zu antworten«, lächelte sie.

Galant nahm ihr Redmond die Rechnung ab und bestand darauf, sie zu begleichen.

Die Rückfahrt verging wie im Flug, und Queenie begann sich zu entspannen. Nachdem sie ihm auf entsprechende Fragen den Zustand von Tingulla geschildert hatte, verzichtete er auf alle Vorschläge, irgend etwas zu verändern. Er behandelte sie zwar mit einem gewissen freundlichen Humor, aber dennoch respektvoll, und es schien ihm absolut nichts auszumachen, eine um zehn Jahre jüngere Chefin zu haben.

Redmond wiederum war froh, daß Dingo ihn auf Queenie vorbereitet und ihm vom tragischen Tod ihrer Eltern erzählt hatte. Er hatte sie sich irgendwie härter vorgestellt. Sie trug einen Rock, ein voluminöses Männerhemd, Jakke, Reitstiefel und einen breitkrempigen Hut, und er sah auf den ersten Blick, wie hübsch sie war. Ihre glänzenden

Haare fielen ihr in lockeren Wellen über die Schultern, und sie wirkte fast verletzlich. Offenbar überforderte sie die Leitung einer so großen Station wie Tingulla. Der Besitz benötigte eben einen ordentlichen Verwalter.

In den folgenden Tagen geriet Redmonds Selbstsicherheit ein wenig ins Wanken, als er die Größe von Tingulla sah und erkannte, wie fähig und effizient Queenie alles im Griff hatte. Sie behandelte ihn freundlich, aber sehr sachlich, und stellte ihn gelegentlich unauffällig auf die Probe, wenn sie gemeinsam über den ausgedehnten Besitz ritten oder fuhren.

Warwick Redmond bestand darauf, sich auch den entlegensten Winkel von Tingulla zeigen zu lassen – entweder von Jim oder von Queenie. Es war diese Gründlichkeit, die jedermann davon überzeugte, daß der neue Verwalter es mit seiner Aufgabe ernst meinte.

Und es sah ganz so aus, als übe Tingulla seinen Zauber bereits auf den Neuankömmling aus. »Es ist ein wunderbarer Besitz«, sage er eines Tages leise zu Queenie, als er von einer kleinen Anhöhe auf eine der Koppeln hinabblickte.

Sie standen auf den Vordersitzen des offenen, alten Landrover und lehnten sich auf die Windschutzscheibe. Nach einer kurzen Pause fuhr er fort: »Jetzt begreife ich, warum jedermann hier so an Tingulla hängt. Im Laufe der Jahre ist viel Liebe in den Besitz geflossen.«

Diese Bemerkung überraschte Queenie, doch das ließ sie sich nicht anmerken. Derartige Gefühle äußerten die Männer im Outback nicht offen. Das vertrug sich nicht mit ihrer Vorstellung von Männlichkeit.

»Es ist noch längst nicht alles perfekt«, entgegnete sie. »Ich könnte mir vorstellen, daß gerade hier ein paar Veränderungen sinnvoll wären.«

Redmond überblickte nachdenklich das hügelige Gelände

mit den wenigen Sträuchern, vereinzelten Bäumen und dem ausgetrockneten Bett eines Wasserlaufs. »Hier müßte gebohrt werden, würde ich sagen. Für einen Weidegrund gibt es hier zu wenig Wasser.«

»Nun«, erwiderte Queenie und verbarg ihre Befriedigung über den Ausgang ihres Tests, »dann sollten wir in dieser Hinsicht etwas unternehmen.« Sie sprang vom Sitz, setzte sich hinter das Steuer und lenkte den Rover wieder in Richtung Haus zurück.

8. Kapitel

Ein größerer Gegensatz als der zwischen Tingulla und Cricklewood war kaum denkbar. Nicht lange nach dem Krieg hatte Patrick Hanlon den Besitz mit einem sicheren Blick für seine Entwicklungsmöglichkeiten erworben. Der frühere Eigentümer war nicht von der Front heimgekehrt, und seine Witwe hatte ein vernachlässigtes Anwesen verkauft, das seither nicht besser geworden war.

Patrick hatte zwar regelmäßig für die notwendigsten Unterhaltsmaßnahmen gesorgt, dennoch sahen sich Millie und Queenie einer Riesenaufgabe gegenüber, wenn sie das Haus wohnlich machen wollten.

Queenie aber schien es Freude zu machen, Fenster zu putzen, Treppen zu scheuern, Hammer und Säge zu schwingen. »Ich fürchte aber, ein guter Handwerker wird nie aus mir, Millie«, murmelte sie zwischen den Nägeln in ihrem Mund hindurch, während sie sich bemühte, Dielenbretter neu zu befestigen.

»Du machst das sehr gut, Queenie. Aber überlaß die schweren Arbeiten lieber Jim, wenn er wieder einmal vorbeikommt. Oder bitte Snowy, dir zu helfen.«

»Snowy hat mit den Zäunen und der Reparatur der Schuppen genug zu tun. Aber irgendwie schaffe ich es schon, dieses Haus bewohnbar zu machen. Wer weiß, vielleicht hat Colin eines Tages Lust, hier tätig zu werden.«

»Ich dachte, dein Dad hätte Cricklewood dir hinterlassen.«

»Das stimmt, aber ich habe es mir überlegt: Wenn ich meine Pferdezuchtpläne realisiert habe oder in das Rindfleischgeschäft einsteige, könnte Colin vielleicht an einer Partnerschaft mit mir interessiert sein.«

Millie ließ sich mit ihrer Antwort Zeit. »Warte lieber ab, bis er sein Studium beendet hat.« Millie konnte sich beim besten Willen nicht vorstellen, daß Colin bereit sein könnte, auf Cricklewood zu leben – ganz gleich, wie gut es auch wiederhergestellt war. Er war viel zu sehr Snob, um auf ein Leben auf Tingulla zu verzichten.

Die letzten Wochen ihrer Schwangerschaft schienen kein Ende nehmen zu wollen. Queenie gab das Reiten auf, unternahm lange Spaziergänge oder brachte Snowy zur Mittagszeit seinen Imbiß. Nach und nach machte sie sich mit den Gegebenheiten des Geländes vertraut und kartographierte das Land im Geist für künftige Vorhaben.

Als sie eines Vormittags wieder einmal unterwegs war, ließ sie ein plötzliches Geräusch zusammenzucken, und sie sah einen langen, dunklen Schatten im Unterholz verschwinden. Schnell machte sie kehrt und holte ihr Gewehr aus der Küche, überprüfte die Sicherung und legte es hinten in den Landrover.

Wenig später holperte das Fahrzeug auf das Gelände zu, wo Snowy Holz schlug und spaltete, um die Latten mit Hilfe von Draht zu einem soliden Zaun zu verarbeiten. Queenie lehnte sich aus dem Fenster, steckte zwei Finger in den Mund und pfiff.

Der Aborigine kam an den Wagen geschlendert und sah sie fragend an. »Steig ein, Snowy. Beim Spazierengehen habe ich da oben auf dem Hügel einen wilden Eber aufgestört.«

Es dauerte nicht lange, bis der alte Mann die Fährte des Ebers gefunden hatte. Die Flinte im Anschlag lief Queenie wachsam neben Snowy her, der sich nahezu geräuschlos durchs Unterholz bewegte. Sie wünschte sich, einen der Hunde mitgenommen zu haben und hielt den Finger am Abzug.

Wenige Minuten später blieb Snowy stehen, deutete auf ein zwanzig Meter entferntes Gebüsch und flüsterte: »Besser, wenn ich ihn mir vornehme. Gib mir das Gewehr, Queenie.«

»Nein, Snowy«, erwiderte sie leise, aber fest.

»Es ist ein Riesenbursche. Vielleicht gefährlich.«

Sie schüttelte den Kopf und bedeutete ihm, weiterzugehen.

Ein Rascheln in dem Gestrüpp ließ sie erneut innehalten. Schnell tauschten sie einen Blick aus, und Snowy lief schnell um das Gestrüpp herum, auf die andere Seite des Wildschweins.

Queenie hob die Flinte, fühlte sich aber durch ihren ausladenden Leib behindert. Sie setzte einen Fuß leicht hinter den anderen, um das Gleichgewicht nicht zu verlieren, doch in diesem Moment erschien ein Kaleidoskop wirrer Bilder vor ihrem inneren Auge, Bilder von Schafen und Rindern, die von Wildschweinen angegriffen und durch ihre Hauer zerfetzt worden waren. Die Visionen verschwammen, aber auch die Realität.

Das Gestrüpp verschwamm vor ihren Augen. »O Gott!« Plötzlich fühlte sich das Gewehr ungeheuer schwer an und ihre Knie ganz weich. Der Flintenlauf deutete auf den Boden, und es kam ihr vor, als wäre die Welt zum

Stillstand gekommen. Im Gestrüpp war es ganz still geworden.

Auf der anderen Seite brach Snowy, der von ihrer hilflosen Situation nichts ahnte, absichtlich Zweige ab. Es klang wie ein Schuß. Gefahr spürend, senkte der Eber den Kopf und griff die Bedrohung an, die er wittern konnte: Queenie.

Der gereizte schwarze Eber schoß aus dem Unterholz. Instinktiv hob Queenie das Gewehr, zielte ins Ungewisse, konnte aber den Abzug nicht auslösen. Sie wußte, daß ihr nur Zeit für einen Schuß blieb. Und der mußte töten, nicht nur verletzen.

Das zentnerschwere, muskelbepackte Tier war kaum noch drei Meter entfernt, als Queenie wieder klarer sehen konnte und schoß. Direkt vor ihren Füßen brach das riesige Schwein zusammen, Blut sprudelte aus dem Loch zwischen seinen Augen.

»Feiner Braten«, kommentierte Snowy.

Als sie das tote Tier zum Auto zerrten, wurde Queenie von plötzlichen Krämpfen überwältigt. Sie lehnte sich gegen den Landrover, schloß die Augen und holte langsam und tief Luft, bis die Schmerzen in ihrem Unterleib nachließen. Das Schleppen des schweren Ebers war zuviel für sie gewesen.

Schweigend stand Snowy neben ihr. Er hatte keine Fragen nach Queenies Zustand gestellt oder danach, warum sie nach Cricklewood gezogen war. Aber jetzt sah er sie mitfühlend an und wartete darauf, daß sie etwas sagte.

»Puh!« Sie öffnete die Augen und lächelte ihn kläglich an. »Das ist wirklich ein Riesenbiest. Laß es uns zu Millie bringen. Du kannst ihn schlachten, dann können wir wochenlang Wildschwein essen.«

Aber Queenie brachte es dann doch nicht über sich, etwas von dem Tier zu essen. Ihr war übel, sie fühlte sich unruhig und wartete ungeduldig auf den nächsten Besuch von Dr. Miller. In der kommenden Woche sollte sie sich nach Charter Towers begeben, um dort den Zeitpunkt der Geburt abzuwarten.

Zwei Tage später kamen die Krämpfe wieder, und als sie Anzeichen von Blutungen entdeckte, rief Queenie Millie zu sich und sagte ihr, daß sie schon jetzt nach Charter Towers fahren würde. »Ich warte nicht länger. Kümmere dich um alles hier, Millie. Sobald es mir möglich ist, werde ich mich bei dir melden.«

Millie schüttelte den Kopf. »Du wirst nicht allein fahren. Ich komme mit.« Sie marschierte aus dem Zimmer und begann, einen kleinen Koffer zu packen.

Dr. Reese war überrascht, Queenie bleich und verspannt in seiner Praxis zu sehen.

»Probleme?«

Queenie nickte und folgte ihm ins Behandlungszimmer.

Während sich Queenie wieder anzog, ging Dr. Reese zu Millie ins Wartezimmer. Er war sich über die Rolle der Halb-Aborigine im Leben seiner Patientin nicht ganz klar. »Sie wird in die Privatklinik gehen müssen, um bis zur Geburt unter Beobachtung zu bleiben. Wahrscheinlich dauert es lediglich wenige Tage. Es ist nichts wirklich Besorgniserregendes, aber sie sollte sicherheitshalber unter ärztlicher Obhut bleiben. Sie erzählte mir etwas von einer Konfrontation mit einem wilden Eber. In ihrem Zustand war das kein besonders guter Einfall.«

»Das ist Queenie«, erwiderte Millie gelassen. »Sie läßt sich von niemandem sagen, was sie zu tun und zu lassen hat.«

»Nun, jetzt kommt sie unter die Fuchtel der Sisters of Mercy. Und ich fürchte, die führen ein recht strenges Regiment.«

Auf dem Weg zur Klinik hielten Millie und Queenie an einer Milchbar im Zentrum von Charter Towers und kauften Sandwiches und Getränke, um sie auf dem Rasen des Stadtparks zu verzehren.

Elstern kreischten in den Bäumen, und zwei Kookaburras beäugten sie aufmerksam aus den Ästen, in der Hoffnung, daß für sie ein paar Brocken abfielen. Gepflegte Blumenbeete begrenzten den Rasen, und eine Bougainvillea verhüllte mit ihrer violetten Blütenpracht die Nüchternheit des öffentlichen WC.

»Hübscher Park«, kommentierte Millie.

»Hier kannst du spazierengehen, wenn du magst, Millie. Das Gästehaus der Klinik ist nur einen Block entfernt.«

»Das werde ich sicher tun. Ich habe das Gefühl, daß in diesem Park gute Geister sind.« Leise lächelnd sah Millie in die Ferne.

»Geister, Millie? Du kannst selbst in der Stadt Geister spüren?«

Queenie zupfte ein wenig Schinken aus ihrem Sandwich und warf es auf den Rasen. Ein Kookaburra zögerte einen Moment lang, bevor er herabschwebte, um es mit seinem kräftigen Schnabel aufzupicken. Sie erinnerte sich, wie ihr Millie von den traumhaften Weltvorstellungen der Aborigines erzählt hatte, als sie ein kleines Mädchen gewesen war. In den Geschichten war es stets um Bäume, Wasserläufe, Felsformationen und Landschaftsformen gegangen.

»Natürlich, Queenie. Das Land ist unser aller Mutter. Die Geister besitzen das Land, und wir Menschen gehören dem Land. Wir besitzen es nicht, es besitzt uns. Das spürst du auf Tingulla. Vielleicht kann man es Liebe nennen. Du sagst, daß du Tingulla liebst. Und das ist so, weil es der Ort deines Geistes ist. Es ist dein Mutterland.«

Queenie nickte. Trotz ihrer Erziehung auf einer Missionsschule hatte Millie die ersten Lektionen nie vergessen, die sie über ihre komplexe Herkunft erhalten hatte. Sie waren seit Zehntausenden von Jahren von einer Generation zur nächsten weitergegeben worden.

Auch wenn Millie es nicht sagte, wußte sie doch, daß der gleiche Geist auch in Queenies Kind sein würde: Ganz gleich, was mit dem Kind auch geschah, Tingulla würde immer sein spirituelles Zuhause sein.

Queenie brachte Millie ins Blue-Lagoon-Gästehaus und fuhr dann mit einem Taxi in die kleine Privatklinik der Sisters of Mercy.

Die Mutter Oberin wirkte energisch und sachlich, und Queenie hatte das Gefühl, von ihr verurteilt zu werden. Unter anderen Umständen hätte sie aufbegehrt, doch sie machte sich bewußt, daß sie für die Ordensschwester nur eine weitere junge Frau war, die unter ungünstigsten Umständen schwanger geworden war.

Und so starrte sie die weiße Wand hinter der Schulter der Oberin an, als diese sie über Details des Adoptionsvorgangs informierte. »Es ist besser, wenn Sie das Kind nicht sehen, aber seien Sie versichert, daß es ein gutes Zuhause bekommt. Wir wählen die Familien mit äußerster Sorgfalt aus. Ich gehe davon aus, daß der Arzt Sie über die rechtlichen Konsequenzen unterrichtet hat und Sie wissen, daß dieser Schritt endgültig ist.«

Queenie nickte.

»Also gut. Während Ihres Aufenthalts halten Sie sich bitte an unsere Vorschriften. Wenn es soweit ist, werden Sie in die gynäkologische Abteilung gebracht.«

Die Mutter Oberin erhob sich, und Queenie folgte ihr schweigend über einen schwachbeleuchteten Flur zu einem zellenähnlichen Raum. »Das ist Ihr Zimmer. Ich hoffe, es geht für Sie alles gut aus. Gott schütze Sie, liebes Kind.«

Queenie stellte ihre Tasche auf den hochlehnigen Holzstuhl, warf sich auf das schmale Eisenbett und drückte ihr Gesicht in das Kopfkissen. Was machte sie eigentlich hier? Sie wünschte sich, in ihrem Zimmer auf Tingulla zu sein, während ihre Mutter im Wohnzimmer Klavier spielte und Patricks fröhliche Stimme sie von unten zu einem Ausritt aufforderte.

Und dann hörte sie T.R.s leise Stimme: »Queenie, ich liebe dich. Ich werde dich immer lieben. Vergiß das nicht.«

Verbittert schlug Queenie auf das Kissen ein. »Wer von uns beiden hat vergessen, T.R.? Soviel zu deinen Versprechungen.«

Es war bereits dunkel, als es leise an die Tür klopfte. Queenie wischte sich über die rotgeweinten Augen, stand auf und öffnete. Vor ihr stand eine junge Ordensschwester mit einer Kerosinlampe und lächelte sie freundlich an.

»Guten Abend, ich bin Schwester Claire. Ich bringe Ihnen eine Lampe. Hier in diesem Flügel gibt es keine Elektrizität. Falls Sie sich waschen wollen – am Ende des Korridors finden Sie ein Bad. Dann zeige ich Ihnen die Kapelle, den Speisesaal und die Küche, damit Sie sich besser zurechtfinden können.«

Queenie dankte ihr, nahm das weiße Handtuch von der Kommode und folgte der zierlichen Ordensschwester über den Flur. Nachdem sie sich das Gesicht mit kaltem Wasser gewaschen hatte, fühlte sich Queenie ein wenig besser. Schwester Claire wirkte offen und aufgeschlossen, und schon bald ertappte sich Queenie dabei, über die humorvollen Bemerkungen der Ordensschwester zu lächeln.

Nachdem sie ihre gemeinsame Liebe zu Pferden und zum Busch festgestellt hatten – Schwester Claire war auf einer abgelegenen Station aufgewachsen –, begannen sie zu schwatzen wie zwei junge Mädchen, tauschten Anekdoten und Geschichten aus. Zwischen ihnen entwickelte sich fast so etwas wie der Beginn einer Freundschaft, und dafür war Queenie dankbar, denn sie vermißte Millies Gesellschaft.

Obwohl sie nur wenig getan hatte, fiel Queenie später physisch ausgelaugt auf ihr Bett und verfluchte T.R. und sich selbst für ihre Situation. Sie nahm sich vor, zweimal nachzudenken, bevor sie ihren Emotionen noch einmal gestattete, mit ihr durchzugehen.

In den frühen Morgenstunden wurde Queenie wach, warf die Bettdecke zurück und erschauerte, als ihre Füße den eiskalten Boden berührten. Sie hastete über den dunklen Korridor auf das Bad zu und spürte, daß ihr eine warme Flüssigkeit die Beine hinunterlief. Sie erkannte, daß das Kind unterwegs war. Furcht, Erregung und Einsamkeit erfaßten sie.

Auf Zehenspitzen eilte sie eine Treppe hinunter und klopfte leise an eine Tür. Gleich darauf stand Schwester Claire vor ihr – in einem langen weißen Baumwollnachthemd und mit einer Nachthaube auf dem kurz geschnittenen Lockenkopf. Im Schein der Kerze wirkte ihr Gesicht fast kindlich.

»Ist es soweit, Queenie?«

Queenie nickte. Ihr Arme umschlangen ihren unförmigen Leib, und sie fröstelte.

»Gehen Sie wieder ins Bett. Ich bin gleich bei Ihnen. Machen Sie sich keine Sorgen.«

Queenie legte sich auf ihr Bett und sah dem Spiel der Schatten zu, die ihre Lampe über Wände und Decke warf. Wiederholt verspürte sie Krämpfe, vermutlich hatten die Wehen eingesetzt.

Schwester Claire, nun wieder in ihrem Habit, kam leise in ihr Zimmer. »Doktor Reese ist benachrichtigt. Er wird rechtzeitig hier sein. Noch haben Sie einige Zeit vor sich, liebe Queenie.«

Die nächsten Stunden vergingen nur langsam. Die Mutter Oberin kam und verschwand wieder, aber Schwester Claire blieb bei Queenie, schüttelte ihr die Kissen auf, wischte über ihre Stirn und murmelte beruhigende Worte. Inzwischen waren die Wehen stärker, und Queenie konnte zusehen, wie sie durch ihren Körper zuckten.

Sie zog die Knie an und versuchte, sich auf die Seite zu legen, fand aber auch in dieser Position keine Erleichterung. »Ich möchte ein wenig herumlaufen«, sagte Queenie, stand auf und durchquerte tief durchatmend den kleinen Raum.

»Die Mutter Oberin sieht es aber nicht gern, wenn Patientinnen das tun«, warnte Schwester Claire.

Queenie marschierte weiter und legte sich dann erschöpft aufs Bett. Ihre Lippen waren wie ausgetrocknet.

Schwester Claire legte einen Arm in ihren Nacken und stützte ihren Kopf, während sie sie in kleinen Schlucken etwas Wasser aus einem Glas trinken ließ.

Ein paar Stunden später blickte Queenie in das müde Gesicht der Schwester und keuchte in einer Pause zwischen den Wehen: »Gehen Sie etwas essen, Schwester Claire. Mir geht es gut. Sie können mich für kurze Zeit allein lassen.«

Schwester Claire nickte und verließ den Raum, um etwas heißen Tee und Toast zu sich zu nehmen. Der Arzt rief an und teilte mit, daß er sich in Kürze auf den Weg machen würde. Die Ordensschwester seufzte. Diese körperlichen Qualen, und alles umsonst. Queenie ahnte nicht, daß die eigentlichen Qualen erst einsetzen würden, wenn sie sich von ihrem Kind getrennt hatte.

Schwester Claires besorgtes Gesicht tauchte vor Queenie auf, als sie spürte, wie sie hochgehoben und auf ein transportables Bett gelegt wurde. Eine Art Metallgitter ging hoch und wurde geschlossen. Queenie hatte das Gefühl, in einen Käfig gesperrt zu werden und trat heftig gegen die Metallstreben.

»Bringen Sie sie in den Kreißsaal und passen Sie gut auf sie auf, Schwester Claire.«

»Ich will Millie ... Bitte ... holen Sie Millie!« schrie Queenie verzweifelt.

Ihr Bett wurde in einen blendendhellen Raum gerollt. Queenie schloß die Augen und konzentrierte sich ganz auf ihren Körper, der in kurzen Schüben von nahezu unerträglichen Schmerzen geschüttelt wurde. Sie dachte nicht weiter als bis zur nächsten Sekunde.

Die sanfte Stimme von Dr. Reese ließ sie die Augen wieder öffnen. Ihr entging sein kaum merkliches Kopfschütteln ebensowenig wie der besorgte Blick, den er mit Schwester Claire tauschte.

»Millie. Holen Sie Millie«, verlangte Queenie.

»Sie wird bei Ihnen sein, wenn es überstanden ist, Queenie. Lange kann es nicht mehr dauern«, sagte Dr. Reese. »Ich komme bald wieder, um nach Ihnen zu sehen.«

Queenie wandte ihre flehenden Augen Schwester Claire zu und keuchte mühsam hervor: »Sie ist alles, was mir auf der Welt geblieben ist. Millie Nicholson. Sie wohnt im Blue-Lagoon-Gästehaus.« Tränen strömten ihr über die Wangen, sie warf den Kopf hin und her und stöhnte vor Schmerz.

Die Ordensschwester blickte in das schneeweiße Gesicht der jungen Frau, die so hart dagegen ankämpfte, sich von den Schmerzen nicht überwältigen zu lassen. Sie stand auf und verließ den Raum.

Millie hatte gewußt, daß Queenie sie brauchte. In stoischer Entschlossenheit saß sie seit dem Morgengrauen in Hut und Mantel in der kleinen Halle des Gästehauses und wartete. Als sie das Telefon klingeln hörte, stand sie bereits auf der Schwelle zum Büro, bevor man sie an den Apparat rief.

Schwester Claire ließ Millie ein. »Besucher sollen eigentlich im Vestibül oder im Amtszimmer der Oberin warten, aber ich glaube, Queenie braucht Sie. Es dauert schon so lange, und sie hat große Schmerzen.«

»Vielen Dank. Ich hoffe, Sie bekommen keine Schwierigkeiten«, erwiderte Millie und folgte der Ordensschwester die Treppe hinauf.

Queenie lächelte und entspannte sich ein wenig, als sie die Augen öffnete und Millie sah. Sie strich ihr die schweißnassen Haare aus der Stirn. »Wie tapfer du bist, Queenie. Du machst das ganz prächtig.«

Als Dr. Reese zurückkam, sah er, daß Queenie in hokkender Position auf dem Bett kauerte, während Millie ihren Rücken massierte.

Entschlossen sah sie den Arzt an. »Millie bleibt bei mir.«

»Das ist schon gut, Queenie. Ich werde versuchen, die Mutter Oberin zu einer Ausnahme zu überreden.«

Dann ging alles sehr schnell, und im letzten Moment forderte Dr. Reese Millie dann doch auf, den Kreißsaal zu verlassen. Aber Queenie bekam es gar nicht mehr mit.

Vierzig Minuten später kam Schwester Claire zu Millie und flüsterte ihr zu: »Es ist überstanden. Sie schläft. Möchten Sie sie sehen?«

»Und das Kind?«

»Dem Kind geht es gut. Ich bedauere sehr, daß sie es nicht sehen darf. Aber sie muß versuchen, es zu vergessen.«

Als Millie auf Queenie hinabblickte, begann sie tonlos zu weinen. Tiefe dunkle Ringe lagen unter Queenies Augen, ihr Gesicht wirkte ausgezehrt. Zärtlich streichelte sie ihre Hand.

Millie nahm Schwester Claire zur Seite. »Bitte, lassen Sie mich das Baby sehen, nur für einen Moment. Ich selbst konnte keine Kinder bekommen. Queenie ist für mich fast so etwas wie eine Tochter.«

Kurze Zeit sah Schwester Claire die Halb-Aborigine an, die offenbar soviel für die junge weiße Frau empfand. »Warten Sie hier. Ich dürfte es eigentlich nicht tun ... Aber wirklich nur ganz kurz.«

Wenig später kehrte Schwester Claire mit einem winzigen, in eine weiße Decke gehüllten Bündel zurück und legte es behutsam auf einen Behandlungstisch. »In zwei Minuten bin ich wieder da. Ich muß kurz mit dem Arzt sprechen.«

Sie schloß die Tür hinter sich, und Millie blickte auf das schlafende Kind hinunter. »Nun, ich werde dich erkennen, wenn wir uns jemals wieder begegnen.«

In diesem Moment öffnete das Kind die Augen und sah Millie an.

Millie lächelte. »Falls ich mich je gefragt habe, wer dein Vater ist, jetzt weiß ich es. Es kann gar kein Zweifel daran bestehen, wer das ist, mein Schätzchen.«

9. Kapitel

T.R. erwachte so plötzlich, daß er glaubte, eine Stimme hätte ihn geweckt. Queenies Stimme. Er hatte sie so deutlich gehört, als wäre sie im Zimmer. Es kam ihm vor, als könnte er den Duft ihrer Haare, ihrer Haut riechen. Instinktiv streckte er die Hand aus, doch das Bett neben ihm war leer.

Er hatte gedacht, die Erinnerung an sie erfolgreich verdrängt zu haben, doch innerhalb von Sekunden fühlte er sich von seinem Verlangen nach ihr überwältigt. Warum empfand er ihre Anwesenheit, ihre Nähe so stark? Er knipste die Lampe an.

T.R. schwang die Beine aus dem Bett und holte seine Brieftasche aus der Jacke, die über einem Stuhl des Motelbetts hing. Sein kräftiger, muskulöser Körper hatte seine Bräune verloren, seine Hüften zeigten die Folgen der Prellungen, die er bei Stürzen erlitten hatte. Er zog den Brief heraus und las erneut die Zeilen, die mit »Queenie« unterschrieben waren:

»... und daher halte ich es für besser, wenn wir uns trennen und die kurze Zeit vergessen, die wir miteinander verbracht haben. Ich bin zu jung, um mich dauerhaft binden zu können. Ich habe vor, auf Reisen zu gehen, um all den traurigen Erinnerungen hier zu entkommen. Um Tingulla wird sich ein Verwalter kümmern. Vergiß mich. Es ist besser so.«

Wieder ergriff ihn der Schmerz, den er beim ersten Lesen empfunden hatte. Er konnte diesen Brief einfach nicht begreifen. T.R. sah auf seine Uhr. In Australien war es bereits Mittag. Er griff zum Telefon.

Es meldete sich ein Mann, dessen Stimme T.R. nicht kannte.

»Ich würde gern mit Miß Queenie Hanlon sprechen«, sagte T.R. und hörte seine eigene Stimme widerhallen.

»Tut mir leid, aber sie ist nicht hier. Geht es um etwas Geschäftliches oder Privates?« fragte die fremde Stimme.

T.R. zögerte. »Privat. Ich würde gern mit ihr sprechen. Wann wird sie zurückerwartet?«

»Tut mir leid. Miß Hanlon macht ein wenig Urlaub. Ich bin Warwick Redmond, der Verwalter. Kann ich ihr etwas mitteilen, falls sie sich hier meldet?«

»Nein ... vielen Dank, das ist nicht nötig.«

T.R. legte den Hörer auf und starrte blicklos auf den

Boden des Superior Room im *Lone Star Inn*. Es hatte wenig Sinn, noch einmal ins Bett zu gehen. Er könnte sowieso nicht schlafen. Er zog Jeans, Stiefel und Jacke an und verließ das Zimmer.

Die Hände tief in die Taschen geschoben, lief T.R. mutlos und mit hängenden Schultern die Pennsylvania Street hinunter. Neonreklamen blitzten, gelegentlich kam ein Auto vorbei. Morgen würde er zu einem weiteren »atemberaubenden« Rodeo in einer anderen Stadt des Mittelwestens weiterziehen, bei dem junge Cowboys nur darauf warteten, dem Aussie endlich eine Schlappe beizubringen.

T.R. war müde. Körperlich und emotional ausgelaugt. Die Anfeuerungsrufe der Zuschauermengen, ihr Applaus, das Geld – alles hatte seinen Reiz längst verloren. In jeder Stadt gab es Mädchen, die begehrliche Blicke auf den gutaussehenden Australier mit den himmelblauen Augen und dem schiefen, jungenhaften Lächeln warfen. Sein distanziertes Verhalten machte ihn nur noch anziehender.

Die anderen Reiter, mit denen er durch Amerika zog, konnten nicht begreifen, warum T.R. die Chancen nicht nutzte, die sich so offensichtlich boten. »Zu Hause wartet ein Mädchen auf mich«, erwiderte er stets ausweichend.

Zu Hause. Vielleicht sollte er nach Australien zurückkehren. Er vermißte die klare, frische Luft, das intensive Blau des Himmels, den Gesang der Vögel, die Einsamkeit des Buschs. T.R. betrat einen rund um die Uhr geöffneten Drugstore, setzte sich am Bartresen auf einen Hocker und bestellte bei dem schläfrigen jungen Schwarzen einen Kaffee.

»Spät unterwegs«, bemerkte dieser, als er den heißen Kaffee vor T.R. hinstellte.

»Konnte nicht schlafen.«

»Woher kommen Sie?«

T.R. seufzte. Meistens hielt man ihn für einen Briten oder verwechselte Australien mit – Austria – Österreich. Mit

Ausnahme von Känguruhs und Tennisspielern war über Australien wenig bekannt. »Australien.«

»Tatsächlich? Das ist ja nicht zu fassen. Ich mache mich gerade mit einem Ihrer berühmten Autoren vertraut.«

T.R. war verblüfft. »Na, das ist wenigstens mal was anderes. Die meisten finden, daß ich ganz gut Englisch spreche.«

Der junge Mann lachte und goß sich auch einen Kaffee ein. »Ich habe auf dem College einen Lit-Kurs belegt.«

»Lit?«

»Literatur. Das, was man so schwarz auf weiß lesen kann, zwischen Buchdeckeln, Mann. Ich habe Morris West gelesen.«

»Wen?«

»Mich laust der Affe! Aus welchem Winkel Australiens kommen Sie, Mann? Er ist einer Ihrer besten Schreiber. Neben Patrick White.«

T.R. schüttelte den Kopf. »Ich komme aus dem Busch. Fragen Sie mich lieber nach Pferden.«

»Fragen Sie ihn, wer im letzten Jahr den Melbourne Cup gewonnen hat – das wird er wissen«, ertönte eine joviale Stimme hinter ihm.

T.R. drehte sich um und sah sich einem großen, stämmigen Mann gegenüber.

Der Mann schob seinen breiten Stetson in den Nacken und streckte die Hand aus. »Hallo, heiße Clayton Hindmarsh.«

T.R. schüttelte ihm lächelnd die Hand.

»Also ein Aussie? War mehrmals selbst *down under*«, sagte Clayton Hindmarsh und deutete mit einer Geste an, daß auch er einen Becher Kaffee wollte.

»Es ist ein bißchen viel für mich, mitten in der Nacht in einer kleinen Stadt in Idaho gleich zwei Leute zu treffen, die Australien kennen«, erklärte T.R.

»So spielt das Leben, Sonny. Um Sie noch weiter zu überraschen: Ich kenne Sie. Sie sind Hamilton. Ich habe Sie heute nachmittag reiten sehen. Wenn ich kann, lasse ich kein Rodeo aus.«

»Und was haben Sie in Australien gemacht?« erkundigte sich T.R.

»Das Übliche. Mir Pferde angesehen. Und Reiter und Trainer.«

»Sie sind in der Pferdebranche?«

»Könnte man sagen. Mir gehört eins der größten Gestüte in Kentucky. Hat mich ziemlich beeindruckt, wie Sie heute mit den verrückten Biestern fertiggeworden sind.«

»Danke. Aber langsam verliere ich irgendwie die Lust daran.«

»Tatsächlich? Was haben Sie vor, Junge? Wollen Sie wieder nach Hause?«

»Mein Vertrag endet erst in einem Monat. Was dann wird, weiß ich noch nicht recht. Eigentlich wollte ich nach Australien zurück, um ein paar anständige Arbeitspferde zu züchten, für den Viehtrieb.«

»Kennen Sie sich mit Rennpferden aus, Hamilton?«

T.R. lachte. »Kaum.«

»Wollen Sie es lernen?«

T.R. trank seinen Kaffee aus. Der Student füllte seine Tasse neu und lauschte der Unterhaltung mit offensichtlicher Faszination.

»Sprechen wir Klartext«, sagte Clayton Hindmarsh und warf seinen Stetson auf den Tresen. »Ich habe mich ein bißchen umgehört und erfahren, daß Sie Pferde nicht nur reiten können. Ich habe fest vor, Sie auf diese oder jene Weise für mich zu gewinnen. Diese Zufallsbegegnung ist keine, Junge.«

Zwei Tage später flog T.R. nach Kentucky, um sich mit Clayton Hindmarsh III auf dessen Grund und Boden zu treffen. Inzwischen hatte auch T.R. sich ein bißchen umgehört, reagierte aber dennoch erstaunt auf Größe und Ansehen des Hindmarsh-Besitzes. Hindmarsh wurde als eine Art Exzentriker angesehen, hatte seine Millionen jedoch mit harter Arbeit, Pfiffigkeit und ein paar klugen Schachzügen gemacht.

»Rennpferde sind eine ganz besondere Rasse: leistungsstark, aber nervös und sehr anfällig. Es bedarf nicht viel, um die Karriere eines Rennpferdes zu beenden.«

»Und dann enden sie hier als Zuchtpferde?«

»Nur die besten. Ich habe da einen alten Burschen, der weder lesen noch schreiben kann, aber ein wahrer Zauberer ist, wenn es um Pferde geht. Er hat einige wieder so zusammengeflickt, daß sie sogar wieder Rennen laufen konnten. Aber Tommy ist leider nicht mehr der Jüngste. Er sollte etwas von seinen magischen Kräften an andere weitergeben, bevor es dafür zu spät ist.«

»Vielleicht ist das seine ureigene Begabung und kann nicht erlernt werden«, erwiderte T.R. und dachte an die Fähigkeiten mancher Aborigines.

»Ich möchte, daß Sie von ihm lernen, was Sie lernen können. Ich habe so eine Ahnung, daß Sie ein verdammt guter Trainer werden könnten. Man braucht ein Händchen für Pferde, und ich spüre, daß Sie es haben. Erfüllen Sie Ihren Rodeovertrag und kommen Sie wieder. Sie können jederzeit anfangen.«

»Ich muß gründlich darüber nachdenken, Clayton. Das wäre ein sehr großer Schritt für mich. Damit würde mein Leben eine ganz andere Richtung nehmen.«

»Das Leben verläuft nur selten nach Plan, T.R. Lassen Sie es mich wissen, wenn Sie sich entschieden haben. Ich bin soweit gekommen, weil ich mich mit Pferden und Menschen auskenne. Ich bin davon überzeugt, daß Sie der richtige Mann für den Job sind.«

Er schlug T.R. auf den Rücken. »Lassen Sie uns zum Haus zurückkehren. Die Frauen kochen schon seit Stunden die köstlichsten Dinge.«

Das Wohnhaus des Bon Vite-Gestüts war ein elegantes Gebäude mit Säulenveranda inmitten perfekt geschnittener Rasenflächen und weißgestrichener Holzzäune. Es erinnerte T.R. an ein Bild, das er einmal von einem irischen Gestüt gesehen hatte: so grün, so gepflegt, so wohlhabend wirkend.

Clayton Hindmarsh machte T.R. mit seinen Angehörigen, Freunden und Geschäftspartnern bekannt. Er bekam Bourbon und Mint Julips in die Hand gedrückt und hatte seine Schwierigkeiten, sich die Namen aller Leute zu merken, die ihm vorgestellt wurden. Vor allem die Aufmerksamkeit der Frauen mit ihren sanften, leicht flirtenden Stimmen ließ ihn verlegen erröten – zu ihrem größten Entzücken.

Am nächsten Morgen stand eine Treibjagd auf dem Programm, und T.R. stellte erstaunt fest, daß jedermann in traditionellen roten Reitröcken erschienen war.

Er zupfte irritiert an seinem Tweed-Sakko. »Tut mir leid, Clayton, aber darauf war ich wirklich nicht vorbereitet.«

Mrs. Hindmarsh musterte T.R. von den Spitzen seiner glänzenden Reitstiefel bis zur Krempe seines Akubra. »Honey, Sie sehen ganz wundervoll aus, glauben Sie es mir. Und jetzt trinken Sie erst einmal einen Schluck.« Sie nahm ein Glas vom Silbertablett, das ein Butler bereithielt – perfekt gekleidet bis zu den weißen Handschuhen.

T.R. nippte an dem bernsteinfarbenen Getränk und unterdrückte ein Niesen, als ihm die Champagnerperlen in die Nase stiegen.

»Ich sehe Sie dann beim Frühstück, T.R.«, sagte Mrs. Hindmarsh lächelnd.

T.R. leerte den Inhalt seines Glases in einem Zug.

T.R. konnte mit Leichtigkeit mit dem Feld mithalten, vermied es jedoch, an die Spitze zu gehen: Er fand kein Vergnügen an dieser Art »Sport« und sehnte sich heftig nach einer guten Tasse Tee.

Als sich die kläffenden Hunde, lachenden Frauen und laut schreienden Männer zwei Stunden später wieder versammelten, murmelte Hindmarsh T.R. zu: »Gewinnen Sie keinen falschen Eindruck. So geht es hier nicht täglich zu. Dieses Wochenende soll Mistreß Hindmarsh bei Laune halten. Sie liebt nun einmal Parties.«

»Ist schon in Ordnung.« T.R. grinste und warf einen Blick auf das Frühstücksbuffet, das unter einer Markise aufgebaut war.

Das Frühstück wurde zu einem Brunch, gefolgt von ein paar Runden Tennis, einigen Partien Billard, Nachmittags-Cocktails und schließlich einem Barbecue am Abend.

Ein Gesellschaftsreporter machte unablässig Fotos, darunter etliche, auf denen T.R. mit reizvollen jungen Ladies posierte, und versprach Mrs. Hindmarsh, daß ihre Party mit Sicherheit in der Sonntags-Farbbeilage veröffentlicht würde.

Die Fotos veranlaßten die anderen Reiter beim nächsten Rodeo zu eindeutigen Kommentaren. »Unsere Gesellschaft ist dir wohl nicht mehr gut genug, was?« spöttelten sie oder: »Donnerwetter, seht euch nur diese Schönheiten an ...«

Das Angebot von Clayton Hindmarsh erwähnte T.R. mit keinem Wort, aber es verlangte ihn danach, mit jemandem darüber zu sprechen. Er telefonierte ein wenig in Australien herum und schaffte es schließlich, Dingo McPherson an den Apparat zu bekommen.

Dingo brüllte vor Lachen. »Was glaubst du denn? Selbstverständlich weiß ich, wer Clayton Hindmarsh ist! Ich weiß auch, daß das da drüben eine ganz andere Welt ist. Aber

Hindmarsh steht zu seinem Wort, und wenn du ein paar Jahre für ihn arbeitest, kannst du nach deiner Rückkehr nach Australien beliebig Bedingungen stellen.«

Das beruhigte T.R. Er könnte diesen Job als eine Art Lehre betrachten, um soviel wie möglich zu lernen, bevor er sich zu Hause etwas Eigenes aufbaute. Bisher hatte er in ihm eine Art Flucht gesehen, um den Erinnerungen an Queenie zu entkommen.

»Wahrscheinlich hast du recht, Dingo. Schätze, ich werde es tun. Gibt es sonst etwas Neues?«

»Müßte endlich einmal regnen, aber das ist ja nichts Neues. Nein, hier ist alles in bester Ordnung. Laß mich wissen, wie sich die Dinge entwickeln. Wenn ich in den Staaten bin, komme ich dich besuchen.«

Nachdem er den Hörer aufgelegt hatte, fiel Dingo ein, daß es doch die Neuigkeit gab, daß Warwick Redmond inzwischen als Verwalter auf Tingulla tätig war. Aber im Grunde schien das belanglos. Wenn er nach Australien zurückkehrte, würde T.R. nicht wieder auf Tingulla arbeiten, sondern einen eigenen Besitz erwerben. Und dazu wünsche ich ihm viel Glück, dachte Dingo. T.R. hatte es verdient.

T.R. rief Clayton Hindmarsh an – in Amerika schien niemand mehr Briefe zu schreiben, sondern nur zu telefonieren – und nahm die Position als Assistenztrainer auf Bon Vite an. Er sollte unter der Obhut des alten Tommy arbeiten, und Hindmarshs Auftrag war klar und deutlich: »Holen Sie aus dem alten Hexenmeister heraus, was Sie können, T.R.«

In einem Monat würde er nach Kentucky gehen, ein ganz neues Leben beginnen. Australien, Tingulla und Queenie waren Vergangenheit.

10. Kapitel

Es war vorbei.

Queenie stand auf der ruhigen, baumgesäumten Straße vor den hohen Mauern der Ordensklinik, in der sie ihr Kind zur Welt gebracht hatte, und wartete auf ein Taxi.

Sie fühlte sich schuldig, nicht darauf bestanden zu haben, das Kind zu sehen, wußte jedoch, daß der Verlust dann noch sehr viel schwerer zu ertragen gewesen wäre. Es regnete. Durch die Zweige des Baums, unter dem sie Schutz gesucht hatte, fielen große Tropfen auf sie herab, ließen ihr die Haare schnell strähnig über Stirn und Augen hängen.

Queenie blickte zu dem Baum empor, einer importierten Ahornart, die auf ihre ans Outback gewöhnte Augen so fremd wirkte. Du gehörst nicht hierher, dachte sie. Und ich auch nicht. Sie schloß die Augen und ließ den Regen über ihr Gesicht rinnen.

»Schnell, Lady. Steigen Sie ein, sonst schlagen Sie in dem Regen noch Wurzeln.« Sie hatte gar nicht wahrgenommen, daß ein Taxi vor ihr gehalten hatte.

Der Fahrer setzte Queenie vor dem Blue-Lagoon-Gästehaus ab, wo Millie sie bereits auf der Veranda erwartete und umarmte. »Komm in mein Zimmer hinauf und laß dich erst einmal abtrocknen. Du siehst aus wie eine nasse Katze.«

In dem geräumigen Zimmer mit den viktorianischen Möbeln und dem glänzenden Messingbett rieb sich Queenie die Haare trocken, während Millie den elektrischen Wasserkessel in Betrieb setzte und Pulverkaffee in Tassen löffelte.

»Wie fühlst du dich?« fragte sie über die Schulter hinweg.

»Gut.«

Millie drehte sich um und sah sie an.

»Lausig«, korrigierte Queenie und bemühte sich um ein Lächeln. Doch statt dessen begannen ihr Tränen über die Wangen zu laufen.

Liebevoll wischte Millie sie fort. »Nun, das ist wohl kaum überraschend, oder? Aber jetzt ist nicht der richtige Zeitpunkt für Tränen, Queenie. Du mußt dein Leben wieder aufnehmen. Vor dir liegt deine ganze Zukunft. Was hast du als nächstes vor?«

Tief und zitternd holte Queenie Atem. »Genaue Pläne habe ich noch nicht. Ich dachte, ich könnte in den Norden fahren, mir vielleicht das Barrier Reef ansehen. Eine tropische Insel könnte für gewisse Zeit genau das richtige sein.«

Sie lächelte, nahm ihre Kaffeetasse und setzte sich in einen Rohrgeflechtsessel. Obwohl sie das nie zugegeben hätte, fühlte sie sich physisch und psychisch erschöpft. In wiederkehrenden Alpträumen war sie von einem wilden Tier angegriffen worden, das ihr das Kind mit allen Eingeweiden aus dem Körper riß. Sie kam sich leer, hohl und ausgelaugt vor.

Einige Zeit später war Queenie in einer anderen Welt. Auf dem Rücken lag sie im weichen, silbernen Sand und nahm die Wärme der Sonne mit jeder Körperfaser auf. Schwankende Palmwedel filterten die aggressivsten Strahlen, halbvergessen lag ein Buch neben ihr, und sie döste ein.

Sie wurde wach, als die Sonne weitergewandert war und auf ihre Beine brannte. Queenie richtete sich auf und überblickte den leeren Strand. Hinter den Wellenbrechern sah sie die Wogen weiß aufschäumen.

Queenie richtete schnell die Träger ihres Badeanzuges, lief auf das Wasser zu und stürzte sich in das kühle Naß. Mit langen, kräftigen Zügen schwamm sie unter Wasser, während ihre Haare wie Seetang auf der Oberfläche trieben.

Als sie wieder in der Sonne trocknete, sah sie Alf, den Pächter von Neptune Island in seiner Uniform aus abgerissenen Shorts, ausgeblichenem T-Shirt und löchrigem Strohhut auf sich zugeschlendert kommen. »Guten Tag.«

»Guten Tag«, erwiderte Queenie und nahm die Sonnenbrille ab.

»Flach wie eine Echse beim Trinken. Vermutlich gleichen Sie den Druck aus.«

Queenie lachte. »Gelingt mir ganz gut. Aber wie werden Sie mit dem Druck des Pächter-Daseins fertig?«

»Oh, man schlägt sich durch. Ich bemühe mich, den Dow-Jones und den Londoner Goldpreis zu ignorieren.«

Dieses angenehme Geplänkel gehörte inzwischen zu ihrem Alltag. Alf schien ständig auf seiner Insel unterwegs zu sein, entweder zu Fuß oder auf einem verrosteten alten Fahrrad, plauderte mit den Gästen oder reparierte irgend etwas.

»Welche unternehmerischen Entscheidungen haben Sie denn heute getroffen?« erkundigte sich Queenie lächelnd.

»Ob ich mittags Seebarsch oder Brassen serviere. Dabei fällt mir ein: Der Lunch steht bereit. Die anderen hauen schon kräftig rein.«

»Und was gibt's? Barsch oder Brasse?«

»Beides. Und Garnelen, die ich gestern abend gefangen habe.«

»Ich komme sofort!«

Alf hatte jahrelang auf Neptune Island, einer kleinen Insel in der Whitsunday Passage vor der Nordküste von Queensland, von der Hand in den Mund gelebt, bis er bei einem Aufenthalt auf dem Festland ein Lotterielos kaufte und ein kleines Vermögen gewann.

Damit hatte er seine Unterkunft am Strand ein wenig ausgebaut, sich ein größeres Boot gekauft und beherbergte nun eine Handvoll Feriengäste. Es war ein etwas primitives, aber friedliches Paradies, das nur wenige kannten. Alf verzichtete auf jede Werbung, jedoch Empfehlungen garantierten ihm eine beständige Nachfrage von gleichgesinnten Gästen, die nicht allzu anspruchsvoll waren.

Queenie stellte fest, daß sie sich zu erholen begann. Sie nahm jeden Tag, wie er kam. Ihre schwierigsten Aufgaben bestanden in der Entscheidung, auf welcher Seite der Insel sie heute schwimmen oder sonnenbaden, oder ob sie nicht doch lieber am Riff schnorcheln sollte, um sich in dessen faszinierender Farben- und Formenvielfalt zu verlieren.

Dabei erholte sie sich so gut, daß sie eines Tages beschloß, weiterzuziehen.

Queenie zahlte bei Alf ihre Rechnung, und er brachte sie mit dem Boot auf eine der größeren Inseln, von der aus sie mit einem Wasserflugzeug zum Festland zurückkehrte. Ihr Wagen stand noch immer unter dem Mangobaum, unter dem sie ihn zurückgelassen hatte.

Sie hob einige der reifen Früchte auf und legte sie auf den Beifahrersitz. Die Küste entlang fuhr sie zurück, war aber noch nicht bereit für die Rückkehr nach Tingulla. Sie fuhr weiter nach Süden, durchquerte Brisbane und machte in Surfers Paradise Station, wo sie sich in der höchsten Etage eines der neuen Luxushotels am Strand einquartierte.

Hier komme ich mir vor wie ein Vogel in seinem Nest, dachte sie, als sie aus dem fünfzehnten Stockwerk aus dem Fenster blickte.

Nachdem sie geduscht hatte, streckte sich Queenie auf dem breiten Bett aus und blätterte in der neuesten Ausgabe von *Women's Weekly*. Plötzlich hielt sie inne, setzte sich auf und starrte wie gebannt auf ein Foto.

Es war während des Kentucky Derby aufgenommen und zeigte T.R., der den Sieger am Zügel hielt. In dem darunterstehenden Artikel wurde betont, wie erfolgreich der Australier T.R. Hamilton für das Gestüt Bon Vite tätig war, das Clayton Hindmarsh gehörte, der zusammen mit seiner Tochter Virginia abgebildet war.

Nachdenklich betrachtete Queenie das Foto. T.R. arbeitete jetzt für einen amerikanischen Millionär, der neben siegreichen Rennpferden auch eine hübsche blonde Tochter besaß.

Langsam schlug sie die Zeitschrift zu, stand auf und legte sie auf den kleinen Tisch. Sie holte ihren Koffer hervor, öffnete den Einbauschrank und begann wieder zu packen.

Queenie wußte nun, daß ihre Ferien zu Ende waren. Wie man ein Buch zuschlägt, verdrängte sie alle Erinnerungen an T.R., an vergangenes Glück und verlorene Träume. Sie war bereit, nach Tingulla zurückzukehren und ihr Leben wieder aufzunehmen.

Unwiderstehliche Backgerüche lockten Queenie sofort in die Küche. Und da, am großen Holztisch saß Sarah und sah zu, wie Millie ein Blech mit Scones aus dem Ofen zog. Sie ließ es fast fallen, als sich hinter ihr die beiden Mädchen jubelnd umarmten.

»Großer Gott, Queenie, hast du mich erschreckt! Du hättest uns ruhig mitteilen können, daß du zurückkommst. Und so schnell«, rief Millie.

»Weshalb denn, Millie? Soweit ich gesehen habe, ist alles hervorragend in Schuß. Du hast Scones gebacken, der Tee ist fertig, und meine beste Freundin sitzt am Tisch!« lachte Queenie und wandte sich Sarah zu. »So, und nun will ich alles wissen! Erzähl!«

Wortlos hob Sarah ihre linke Hand und wedelte damit vor Queenies Nase herum. Diamanten und Saphire blitzten auf.

»Das ist doch unmöglich! Verlobt! O Sarah ... Wer ist es, wer?« fragte Queenie und betrachtete den Ring genauer.

»Du kennst ihn nicht. Aber er ist einfach wundervoll.«

»Das ist mir klar. Nein, sag nichts. Ein Schweizer Bankier? Ein österreichischer Skilehrer? Ein venezianischer Gondoliere?«

»Nein, er lebt in Sydney, stammt aber ursprünglich aus Invernell. Er heißt John Maxwell.«

»Ein Busch-Boy aus dem Saphir-Country ... Kein Wunder, daß du einen so herrlichen Ring bekommen hast. Was macht er? Beruflich, meine ich.«

John Maxwell hatte als Immobilienmakler zunächst im ländlichen New South Wales Farmen und Häuser verkauft, bevor er den Schritt nach Sydney wagte und sich einen Ruf als ausgezeichneter Geschäftsmann erwarb. Sie hatten sich auf der Überfahrt nach England kennengelernt und waren einander in London wiederbegegnet. Der hingerissene John war ihr quer durch Europa gefolgt und hatte ihr im Schatten des Turms von Pisa einen Antrag gemacht.

»O Sarah ... Das hört sich ja an wie ein Märchen«, lachte Queenie und umarmte sie. »Ich wünsche dir alles Glück dieser Welt. Wann werdet ihr heiraten? Was sagen deine Eltern zu ihm?«

»Sie mögen ihn. Da Dad inzwischen alle Hoffnung auf eine berufliche Karriere für mich aufgegeben hat, glaube ich, daß sie ganz zufrieden sind. Mum gefällt es natürlich nicht besonders, daß ich in Sydney leben werde. Sie hofft, daß John eines Tages herzieht, um große Stationen zu verkaufen, aber das behagt ihm nicht sonderlich. O Queenie, er ist ungeheuer gescheit, kann ungemein gut mit Leuten umgehen, und er ist sehr offen und aufrichtig.«

Unvermittelt griff Queenie nach Sarahs Hand. »Heirate doch hier auf Tingulla. Bitte, Sarah, erlaube, daß ich dir die

Hochzeitsfeier schenke ... Oder wäre das deinen Eltern nicht recht?«

Sarah strahlte. »Das wäre herrlich. Tingulla ist ein so schöner Besitz – etwas ganz Besonderes. Würdest du das wirklich tun?«

»Selbstverständlich. Wir können Johns Familie und Freunde jederzeit bei uns unterbringen, wenn du nichts dagegen hast, und ihr könntet euch in der kleinen Kirche hier trauen lassen. Wir werden dir die schönste Hochzeit ausrichten, die je gefeiert wurde. Stimmt's, Millie?«

»Die allerschönste«, erwiderte Millie und dachte daran, wie gut es wäre, wenn die Kirche endlich auch einmal aus einem erfreulichen Anlaß genutzt wurde.

Bevor sie sich in die Pläne für Sarahs Hochzeit stürzte, bat Queenie nach dem Abendessen Warwick Redmond zu einem Gespräch ins Arbeitszimmer. »Ihre Probezeit ist um, Warwick, und ich bin sehr zufrieden mit dem, was Sie auf Tingulla geleistet haben. Ich würde Ihnen gern einen langfristigen Vertrag anbieten ... Wenn Sie daran interessiert sind.«

Redmond zögerte einen Moment. »Ja, ich bin interessiert. Aber, offengestanden, es wäre mir sehr lieb, wenn ich mehr als reine Verwalteraufgaben übernehmen könnte. Sie erwähnten Pläne, eine Pferdezucht aufzubauen, und darüber hinaus bin ich der Ansicht, daß sich die Qualität der auf Tingulla produzierten Wolle verbessern ließe. Einige Nachbarn haben beachtliche Erfolge mit Angora- und Cashmere-Ziegen.«

»Ziegen! Das sind gräßlich langweilige Tiere und müssen ständig betreut werden, soweit ich gehört habe. Es freut mich, daß Sie sich konstruktive Gedanken machen, aber ich kann es mir nicht leisten, mich zu übernehmen. Ich würde sehr gern expandieren, aber ...«

»Sie brauchen lediglich ein wenig Beratung und Unterstützung, das ist alles«, erklärte Redmond und sagte sich, daß Queenie offenbar nicht gern zugab, unsicher zu sein.

Sarahs Hochzeitstag hätte perfekter nicht sein können. Die Sonne strahlte vom wolkenlosen Himmel, aber ein leichter Wind verhinderte, daß es zu heiß wurde: Er raschelte in den Blättern der Gummibäume und bauschte Sarahs Schleier auf. In der kleinen Kirche, die auf Queenies Wunsch mit Girlanden aus Akazienzweigen und scharlachroten Banksienblüten geschmückt worden war, drängten sich die Hochzeitsgäste.

Nareedah, mit bunten Bändern in Mähne und Schwanz sowie einer Blütengirlande auf dem Kopf, zog den kleinen Sulky, in dem Braut und Bräutigam von der Kirche zum Haus fuhren.

Veranda und Wohnzimmer glichen einem Blütenmeer. Millie und Mrs. Quinn hatten sich mit der Vorbereitung des verschwenderischen Buffets, das sich über die gesamte Veranda erstreckte, fast übertroffen. Im Schatten der Bäume waren auf dem Rasen Tische und Stühle aufgestellt.

Der Farbe von Sarahs Hochzeitskleid entsprechend, hatte Queenie die Tafeltücher in einem blassen Apfelgrün einfärben lassen, und auf jedem Tisch stand ein Bouquet cremefarbener Gardenien. Auch die dreistöckige Hochzeitstorte war mit Gardenien aus Zuckerguß dekoriert, und um die Pfosten des Baldachins über dem Tanzparkett schlangen sich von grünen Bändern gehaltene weiße Rosen.

Die Familie Quinn hatte zusätzliche Hilfskräfte geschickt, aber auch jeder auf Tingulla Tätige war in die Hochzeitsfeierlichkeiten eingeschlossen.

Warwick Redmond hatte zugestimmt, als »Conférencier«

zu fungieren – und er entpuppte sich als ausgezeichnete Wahl. Mit seiner charmanten, witzigen Art traf er stets genau den richtigen Ton.

Als es dämmerte, wurden die Lichter im Garten entzündet, und die Band ging von diskreter Hintergrundmusik zu romantischer Tanzmusik über.

Sarah raffte die Schleppe und zog John zum Tanzparkett, gefolgt von Queenie und Warwick Redmond. Im Gegensatz zum Bräutigam, der sich mit den Grundschritten abquälte, führte Redmond Queenie schwungvoll und unter großem Applaus über das Parkett.

»Sie tanzen so gut wie Sie Reden halten«, stellte Queenie fest. »Welche Talente verbergen Sie sonst noch vor mir?«

»Warten Sie's ab«, scherzte Redmond und zog sie noch ein wenig näher an sich heran. Ihr Anblick hatte ihm fast den Atem verschlagen. Sie sah wundervoll aus in dem smaragdgrünen Seidenkleid, das so gut zu ihren Augen paßte. Ihre Locken waren zu einer Hochfrisur zusammengesteckt. Um ihren Hals lag die Opalkette, die sie von ihren Eltern erhalten hatte. Sie wirkte sehr subtil und sehr elegant.

»Ich bin nur froh, daß Sie nicht täglich so herumlaufen«, sagte Redmond provozierend. »Sonst würde ich nicht mehr zum Arbeiten kommen.«

Queenie errötete leicht, freute sich aber über das Kompliment. Überraschenderweise fühlte sie sich von Redmond angezogen. Er erzählte ihr von seinen Auslandsreisen, seinen beiden gescheiterten Liebesbeziehungen und davon, daß seine einst wohlhabenden Eltern ihr Vermögen verloren hatten. »Und so habe ich mir mein Leben mit eigener Kraft aufgebaut, Queenie. Ich gebe zu, daß ich ehrgeizig bin – doch nie auf Kosten anderer. Vermutlich werde ich nie so reich werden wie mein Dad. Dazu fehlt mir die nötige

Rücksichtslosigkeit.« Ihre Augen trafen sich, sie lächelten einander an und spürten, daß ihre Bekanntschaft eine neue Richtung eingeschlagen hatte.

Einige Wochen später kam Redmond zu Queenie und fragte nach Cricklewood.

Erstaunt sah sie ihn an. »Warum?«

»Soweit ich hörte, liegt der Besitz brach. Weshalb nutzen Sie nicht die Weideflächen für die neuen Rinderzüchtungen – Brahmans und Charolais – von denen man jetzt soviel hört? Es sind widerstandsfähige Tiere und sie bringen viel Fleisch.«

»O Warwick, ich habe meinen Kredit bei der Bank nahezu ausgeschöpft. Ich müßte neue Leute einstellen, und die Rinder wären bestimmt nicht billig.«

»Aber die Verdienste könnten phänomenal sein, Queenie.« Warwick zog einen Stuhl heran, setzte sich neben Queenie und breitete seine mitgebrachten Unterlagen auf dem Schreibtisch aus.

Gemeinsam studierten sie Auslagen, Unterhaltskosten und geschätzte Gewinne. Gedankenverloren kaute Queenie an ihrem Stift, und Redmond wurde sich plötzlich bewußt, daß sich ihre Köpfe fast berührten, als sie sich über die Papiere beugten. Eine angenehme Wärme breitete sich in ihm aus, und er atmete den Duft ihrer Haare ein.

»Nun? Was meinen Sie?«

Queenie lehnte sich zurück. »Das sieht wirklich vielversprechend aus. Aber der Kapitaleinsatz macht mir Sorgen.«

»Ich würde mir Cricklewood gern ansehen. Könnten wir nicht bald einmal hinüberfahren?«

»In letzter Zeit war es sehr trocken, also sind die Straßen vermutlich in Ordnung. Dennoch würde es eine lange Fahrt.« Queenie zögerte.

»Kommen Sie schon, Chefin«, drängte Redmond.

»Also gut, in zwei Tagen«, erklärte Queenie schließlich und schob ihren Stuhl zurück.

Sie waren noch einen halben Tag von Cricklewood entfernt. Sie fuhren auf einer wenig benutzten Abkürzungsroute, doch die befand sich in einem jämmerlichen Zustand. Die wenigen Fahrzeuge, die hier in der Regenzeit entlanggekommen waren, hatten tiefe Reifenfurchen hinterlassen, inzwischen so hart wie Beton. Über allem lag roter Staub, fein wie Talkumpuder.

Redmond saß am Steuer. Queenie hatte sich eine Jacke in den Nacken geschoben und döste in der Hitze vor sich hin, während sich der Landrover voranquälte.

Die Landschaft war sonnenüberflutet. Grell strahlte das Licht der Nachmittagssonne von den orange- und ockerfarbenen Felsen wider. Redmond rieb sich geblendet die Augen und wandte seine Aufmerksamkeit kurz von der Fahrbahn ab. In diesem Moment tauchte ein riesiger rotbrauner Schatten vor ihnen auf.

Instinktiv riß er das Steuer herum, konnte aber einen Zusammenprall mit dem massigen Känguruh nicht mehr verhindern. Der Rover kam von der Straße ab. Mit durchdrehenden Hinterrädern bemühte sich Redmond, den Wagen zu stoppen. Vor einem Felsbrocken kam er endlich zum Stehen.

Fluchend wandte sich Warwick Queenie zu, die sich mit einer Hand am Armaturenbrett abstützte und mit der anderen ihre Stirn hielt. Blut sickerte zwischen ihren Fingern hindurch.

»Großer Gott, alles in Ordnung, Queenie? Wir sind mit einem Känguruh zusammengestoßen, ich konnte nicht mehr rechtzeitig ausweichen.« Er beugte sich zu ihr und zog ihre Hand fort, um die Verletzung zu begutachten.

»Sie haben sich sehr gut gehalten. Ich befürchtete schon,

wir würden uns überschlagen. Zum Glück ist es ein robuster Wagen.«

Er stieg aus und überprüfte den Schaden am Fahrzeug. Queenie zog die Erste-Hilfe-Kiste unter dem Vordersitz hervor.

»Lassen Sie mich das machen.« Warwick säuberte die Wunde mit einem Aseptikum und klebte zwei Pflaster über den Riß. »Allzuschlimm sieht es nicht aus. Ich hoffe nur, daß keine Narbe zurückbleibt.«

»Vielen Dank, Warwick. Wenn ich mich richtig erinnere, steht das Entfachen eines Feuers ganz oben auf der Liste für Notsituationen im Outback«, sagte Queenie.

Sie sah zu, wie Redmond trockenes Holz zu sammeln begann. In ihrem Hinterkopf pochte es dumpf.

Warwick griff nach dem Ast eines gestürzten Baumes und wollte ein Stück der trockenen Rinde abbrechen. Plötzlich schrie er auf, ließ das Rindenstück fallen, sprang zurück und hielt sich den Arm.

Hastig lief Queenie auf ihn zu.

»Holen Sie die Waffe. Es ist eine verdammte Schlange!« schrie Warwick und wandte keinen Blick von dem bronzefarbenen Reptil, das sich eng zusammengerollt hatte. Sein gereckter Kopf fuhr hin und her, als wolle es erneut zuschlagen.

Queenie zielte und schoß. »Ich habe sie erwischt. Eine Schwarzotter – verdammt gefährlich. Nur gut, daß sie Sie nicht gebissen hat, Warwick.«

Er streckte ihr sein Handgelenk entgegen. Zwei rote Punkte waren zu sehen. »Ich fürchte, sie hat es doch getan.« Seine lakonische Bemerkung und ein gelassenes Lächeln verbargen die Angst, die in ihm aufzusteigen begann.

Queenie holte tief Luft. »Es wird alles gut. Nur keine Panik. Kommen Sie zum Wagen.«

Redmond nahm ein scharfes kleines Messer aus der Erste-Hilfe-Kiste, schnitt in die Bißstellen und ließ sein Blut auf den Boden tropfen.

»Saugen Sie die Wunde nicht aus, Sie könnten das Gift schlucken«, mahnte Queenie, stapelte das gesammelte Reisig, entzündete ein Feuer und setzte den Wasserkessel auf.

»Glauben Sie an Tee als Allheilmittel?« erkundigte sich Warwick.

»Ich brauche kochendes Wasser für ein Gegenmittel der Aborigines. Vor Jahren hat mir Snowy davon erzählt und mir die dazu nötigen Pflanzen gezeigt.«

Skeptisch runzelte Redmond die Stirn. »Mir ist klar, daß die meisten Leute das Wissen der Aborigines abtun. Aber sie leben hier seit Zehntausenden von Jahren, und Snowy kennt sich im Busch hervorragend aus. Wir müssen es versuchen. Eine Wahl bleibt uns ohnehin nicht.«

Redmond hatte die Augen geschlossen. Jetzt öffnete er sie leicht. »Okay.«

Queenie holte ein kleines Beil unter dem Vordersitz des Rovers hervor. »Atmen Sie langsam und ruhig, Warwick. Halten Sie den Arm nach unten und bewegen Sie sich so wenig wie möglich. Ich bin gleich wieder da.«

Sie lief davon und fand schnell, was sie suchte. Sie streifte papierähnliche Rinde von einem kleinen Baum, zupfte dornige Blätter von einem Strauch und hastete zum Fahrzeug zurück.

Mit geschlossenen Augen lag Warwick auf der Erde. Er hatte sich übergeben und wirkte benommen. Das Gift entfaltete bereits seine Wirkung.

Queenie stocherte im Feuer, zerrupfte die Blätter und gab sie in das kochende Wasser. Die Baumrinde ließ sie am Rand der Flammen verkohlen.

Sie schöpfte einen Becher des Tees aus dem Topf, und als er sich ein wenig abgekühlt hatte, hob sie Warwicks Kopf an und bat ihn, etwas davon zu trinken. Er sah sie mit glasigen Augen an und schien nicht zu verstehen, was sie von ihm wollte. Doch dann trank er ein paar Schluck und bemühte sich, seinen Blick auf Queenie zu konzentrieren.

»Versuchen Sie nicht zu sprechen. Bleiben Sie ganz ruhig. Es wird alles wieder gut.«

Dann nahm sie die verkohlte Rinde, zerrieb sie zu einem Pulver, bestrich damit die Bißstellen an seinem Handgelenk und verband es mit einer Binde aus dem Erste-Hilfe-Kasten. Warwick schloß wieder die Augen und schien in ein Stadium zwischen Fieberwahn und Realität zu gleiten.

Als nächstes wandte sie ihre Aufmerksamkeit dem Landrover zu. Sie begutachtete das auf dem Felsen festsitzende Vorderrad und die Achse. Das Rad wirkte verschoben, aber Aufhängung und Achse schienen nicht allzusehr beschädigt zu sein. Sie holte den Wagenheber und rammte ihn unter die Stoßstange, bis es nicht weiterging. Die Achse hatte sich höchstens zwei Zentimeter vom Felsen gehoben.

Das reicht, dachte Queenie. Wenn der Rückwärtsgang funktioniert, komme ich vielleicht mit ein wenig Glück frei.

Vorsichtig kletterte sie hinter das Steuer und legte den Rückwärtsgang ein – mit dem linken Fuß auf dem Kupplungspedal, der linken Hand an der Handbremse. »Jetzt ... auf geht's!« schrie sie, ließ die Kupplung kommen, trat auf das Gaspedal und bediente die Handbremse.

Die Räder des Landrover drehten durch, das ganze Fahrzeug erzitterte und bewegte sich dann plötzlich rückwärts. Der Wagenheber kam frei, die Achse krachte donnernd auf den Boden, der Rover setzte sich auf alle vier Räder und schwang zurück auf die Straße.

Queenie gönnte sich keine Ruhepause. Sie zerrte Redmond zum Auto und hob ihn unter Aufbietung aller Kräfte auf den Beifahrersitz.

Von rasenden Kopfschmerzen überwältigt, sank sie neben dem Wagen auf den Boden. Nach Luft ringend, blieb sie ein paar Sekunden lang sitzen, sprang dann wieder auf, löschte das Feuer, bedeckte die Reste sorgsam mit Sand und stieg wieder in das Fahrzeug.

Sie setzte sich hinter das Steuer, bettete Redmonds Kopf auf ihren Schoß und startete den Motor.

Kurz vor Morgengrauen erreichten sie Cricklewood. Hinter ihnen lag eine lange und beschwerliche Fahrt. Der Landrover ächzte und stöhnte unter seinen Beschädigungen, und Queenie spürte, daß Redmond heftig fieberte.

Das Anwesen war genauso, wie es Millie zwei Monate zuvor verlassen hatte: aufgeräumt und – abgesehen von ein wenig Staub – sauber. Schnell zündete Queenie eine Kerosinlampe an und zog Warwick in ihrem Schein aus dem Auto. Er war bewußtlos, und Queenie erkannte, daß ihre Kraft nicht ausreichte, ihn ins Haus zu tragen. Sie holte ein Laken aus einem der Schlafzimmer, schlang es ihm unter den Armen durch und um den Oberkörper und zerrte ihn damit hinein.

Sie eilte zum Funkgerät, blieb aber wie angewurzelt stehen. Im Regal stand statt des Geräts eine Notiz von Millie: »Funkgerät defekt. Jim hat es zur Reparatur nach Tingulla mitgenommen.«

Blicklos starrte Queenie vor sich hin. Jetzt gab es keine Möglichkeit, Kontakt zu den Fliegenden Ärzten aufzunehmen oder von anderswoher Hilfe herbeizurufen. Und Millie ging davon aus, daß sie ein paar Tage lang fortbleiben wollten und würde sie nicht vermissen.

Sie ging zu Redmond zurück. Er warf sich inzwischen auf dem Boden herum und murmelte unzusammenhängend. Queenie goß die Reste des Tees in einen Becher und setzte ihn ihm an die Lippen.

Er würgte, schluckte, seine Augen öffneten sich kurz.

Queenie zerrte ihn in ein Schlafzimmer auf ein Bett und brach dann auf dem Fußboden neben ihm zusammen.

Heiß und sengend schien die Sonne auf das Blechdach von Cricklewood. Queenie saß neben Warwick und wusch ihm das Gesicht mit kaltem Wasser. Er war kalkweiß, schweißgebadet und sein Puls raste.

Stunden verbrachte sie an seinem Bett, kühlte ihn unablässig mit Wasser aus dem Tank hinter dem Haus. Irgendwann sank ihr Kopf auf die Brust, sie schlief ein.

»Queenie!« Warwicks Schrei ließ sie hochfahren. Er war im Delirium und schlug wild um sich. »Queenie!«

»Es ist gut, Warwick. Ich bin bei Ihnen.« Da sie sich keinen anderen Rat wußte, warf sie sich quer über das Bett, hielt ihn mit ihrem Körper fest und murmelte beruhigend auf ihn ein.

Langsam entspannte er sich wieder und schlief schließlich ein. Queenie richtete sich auf, betrachtete ihn einen Augenblick lang und ging dann in die Küche, um Tee zuzubereiten.

Er schlief tief und fest, langsam begann er wieder normaler zu atmen. Lächelnd beugte sich Queenie über ihn, strich ihm eine feuchte Haarsträhne aus der Stirn und stopfte die Bettdecke um ihn fest. Die Krise war vorüber.

Er verschlief fast den ganzen Tag, und am frühen Abend hörte Queenie, wie er leise ihren Namen rief. Schnell eilte sie zu ihm.

»Was zum Teufel ist mit mir los?«

»Ruhig, Warwick, ganz ruhig. Erinnern Sie sich nicht mehr an die Schlange? Sie waren ein bißchen weggetreten. Wir sind in Cricklewood. Bewegen Sie sich nicht. Ich bringe Ihnen einen Tee.«

»Allmächtiger, ich komme mir vor, als wäre ich unter einen Laster geraten. Wie bin ich hierhergekommen?«

»Keine weiteren Fragen. Nicht, bevor es Ihnen bessergeht.« Warwick schwieg erschöpft.

Der heiße Tee schien ihn dann wiederzubeleben. »Ich glaube nicht, daß ich das noch einmal durchmachen möchte. Vermutlich muß ich Ihnen danken, Queenie. Sie haben mir das Leben gerettet.«

»Danken Sie lieber Snowy dafür, daß er mir einige Buschgeheimnisse verraten hat«, lächelte Queenie.

Zwei Tage später erklärte Warwick, daß er gern einen kleinen Spaziergang unternehmen würde. Queenie griff nach seinem Arm und stützte ihn, als sie draußen ein paar Schritte liefen und die frische, klare Luft tief einatmeten. Sie redeten nicht viel, sondern genossen den Sonnenschein und die Wärme ihrer Gemeinsamkeit.

Nachmittags schlief Warwick meist eine oder zwei Stunden, um sich dann in einen Sessel in der Küche zu setzen, während Queenie ein einfaches Abendessen aus den Konservenvorräten zubereitete.

»Es ist fast so, als spielten wir Familie, nicht?« lachte er.

Queenie stimmte in sein Lachen ein. Aber sie war sich seiner Nähe sehr wohl bewußt und froh, daß sie ihn nicht mehr zu intensiv zu pflegen brauchte.

Eines Morgens weckte sie das Klirren von Metall, und als sie aus dem Fenster blickte, sah sie, daß sich Redmond an dem Landrover zu schaffen machte.

»Es ist alles ziemlich behelfsmäßig, aber ich denke, nun wird er uns überallhin bringen, wonach uns der Sinn steht.«

»Wollen Sie schon nach Tingulla zurück?«

»Nein. Aber Sie haben versprochen, mir Cricklewood zu zeigen. Also?«

Sie packten einen Imbiß ein, Warwick setzte sich hinter das Steuer, während ihn Queenie über das ausgedehnte Gelände dirigierte.

»Sie sollten diesen Besitz wirklich nicht länger ungenutzt lassen, Queenie. Ein paar der neuen Rinder könnten Ihnen eine Menge Geld einbringen.«

»Darüber haben wir bereits ausführlich gesprochen. Sie sind sehr kostenaufwendig. Und ich habe bereits sehr viel Geld in Tingulla investiert.«

»Dann ... dann nehmen Sie sich doch einen Partner.« Er zögerte. »Wenn ich ein bißchen Geld aufbringen könnte ... Würden Sie mich dann als möglichen Partner in Betracht ziehen?«

»Könnten Sie das denn? Geld aufbringen, meine ich.«

»Unter Umständen.«

Sie sahen einander an, und Queenie spürte plötzlich, daß Warwick noch etwas anderes sagen wollte. Er beugte sich zu ihr, aber sie wandte sich verunsichert ab. »Lassen Sie uns darüber entscheiden, wenn wir wieder auf Tingulla sind. Fühlen Sie sich der langen Fahrt bereits gewachsen?«

»Ja. Wollen wir morgen aufbrechen?«

In der Nacht lag Queenie wach und konnte nicht einschlafen. Unvermittelt hörte sie, daß Warwick sie rief. »Queenie?« Und dann noch einmal: »Queenie?«

Sie zögerte. Träumte er oder brauchte er etwas? Sie hüllte sich in ein Bettuch und ging leise in sein Zimmer. Fahles Mondlicht schien durch das Fenster. Warwick lag auf seinem Bett.

Sie wollte sich schon wieder umdrehen. »Kommen Sie einen Moment her, Queenie.«

»Fühlen Sie sich nicht wohl?« Sie trat näher.

»Nein.«

»Was ist denn?« Besorgt setzte sie sich auf den Bettrand und streckte den Arm aus, um nach seiner Stirn zu fühlen. Er griff nach ihrer Hand, zog sie an sich, legte den anderen Arm um ihre Schulter.

»Queenie ...« Er zog ihren Kopf herunter und drückte seinen Mund auf ihre Lippen. Einen Moment lang erwiderte sie seinen Kuß, dann riß sie sich los und sprang hoch.

»Was bilden Sie sich ein, Warwick?«

»Ich sehne mich schon so lange nach dir ...«

»Nein!« Sie rannte aus dem Zimmer und schlug die Tür hinter sich zu.

Erbost und unruhig schlief Queenie erst im Morgengrauen ein. Als wollte sie sich vor der Welt verbergen, hatte sie sich Kissen und Decke über den Kopf gezogen.

Warwick tippte leicht auf ihre Schulter. Verärgert warf Queenie die Decken von sich und setzte sich auf.

Er war bereits angezogen und streckte ihr schweigend eine Tasse Tee entgegen. »Ich habe Tee gebrüht, und auf dem Herd steht Porridge. Ich habe bereits alles im Rover verstaut. Sobald Sie fertig sind, können wir los.«

Stumm trank sie den Tee und starrte ihn mit zornig blitzenden grünen Augen an. Ihre Haare waren zerzaust, ihr Nachthemd zerdrückt. Warwick fand, daß sie hinreißend aussah.

Sie reichte ihm den leeren Becher. »Danke. Dann werde ich mich jetzt anziehen.« Ihre Stimme klang kühl, und Warwick verließ den Raum.

Sie wusch sich mit kaltem Wasser, wechselte ihr Hemd und ging zu Redmond in die Küche, wo das Frühstück bereitstand. Sie aßen schweigend, und Warwick tat ganz so, als wäre in der vergangenen Nacht absolut nichts geschehen.

Vielleicht will er mir vormachen, das wäre alles ein Traum gewesen, dachte sie. Oder er hätte wieder gefiebert und wüßte nicht, was er getan hat. Wütend drehte sie sich zu ihm um und ließ ihren Teller scheppernd in die Spüle fallen. »Warwick, das gestern nacht ...«

Ungerührt von ihrer eisigen Stimme hob er die Hand.

»Verzeihen Sie mir. Ich hätte Sie nicht so überfallen dürfen. Es ist nicht leicht, die Verteidigungsmauer zu durchbrechen, die Sie um sich errichtet haben. Aber ich entschuldige mich nicht dafür, daß ich Sie sehr attraktiv und begehrenswert finde.«

Queenie wandte den Blick ab, beschwichtigt, aber nicht völlig besänftigt.

Er beugte sich zu ihr, sah in ihr gesenktes Gesicht, unternahm aber keine Anstalten, sie zu berühren. »Es ist mir ernst mit dem, was ich gestern über eine Partnerschaft gesagt habe. Ich kann das Geld aufbringen. Aber ich möchte nicht nur, daß wir Partner werden, Queenie. Ich möchte, daß Sie mich heiraten.«

Verblüfft sah sie zu ihm auf. In seinen Mundwinkeln saß ein hoffnungsvolles Lächeln, seine grauen Augen blickten zärtlich und verlangend.

Sie drehte sich um. »Ich weiß nicht, was ich dazu sagen soll ... Das kommt alles so überraschend und ...«

»Warum, Queenie? Ich glaube, wir passen ausgezeichnet zusammen. Können Sie sich nicht vorstellen, mich zu lieben?«

»Ich weiß nicht ... Ich ...« Tief verunsichert wandte sie sich wieder dem Geschirr zu.

Warwick griff nach den Tellern, trocknete sie ab und stellte sie in den Schrank. »Denken Sie darüber nach. Ich werde Sie nicht drängen. Wir können weitermachen wie bisher.«

»O nein, das können wir nicht!« entfuhr es Queenie. »Das ist völlig ausgeschlossen.«

Warum war das Leben nur so kompliziert? Alles hatte sich doch so gut angelassen. Warum mußten immer wieder Emotionen Probleme entstehen lassen? Sie wollte das nicht. Sie hatte ihre Aufgaben zu bewältigen, ihr Leben. »Ich bin zu einer Ehe nicht bereit. Ich kenne Sie doch kaum ... als Mann, meine ich.«

Warwick legte die Hände auf ihre Schultern und drehte sie zu sich herum. Ganz sanft strich er ihr über die Wange. »Dann lernen Sie mich kennen, Queenie.«

Ohne sich zu rühren, ließ sie zu, daß er sie auf eine Wange, auf die andere, auf ihre Stirn küßte. »Lassen Sie uns nach Hause fahren.«

11. Kapitel

Sofort nach ihrer Rückkehr bemerkte Millie, daß irgend etwas vorgefallen war. Sie sorgte rührend für Warwick und kochte ihm nahrhaftes Essen, um ihn wieder zu Kräften kommen zu lassen, war sich aber der Spannung zwischen ihm und Queenie sehr wohl bewußt.

Mitunter gab sie sich kühl-sachlich oder fast abweisend, aber Millie bemerkte, daß ihre Blicke Warwick folgten. Er wiederum schien völlig unbeeindruckt von ihren wechselnden Stimmungen. Er zog sie hin und wieder scherzhaft auf und brachte sie unwillkürlich zum Lächeln, und sie tauschten einen schnellen Blick aus, bevor Queenie sich abwandte.

Warwick hielt sich an sein Versprechen und verlangte keinerlei Entscheidungen von Queenie, auch wenn er sich unübersehbar Mühe gab, so aufmerksam, charmant und witzig wie möglich zu sein. Dann erklärte er, für ein paar Wochen in den Westen zu wollen, um Verwandte und Freunde zu treffen und ein paar finanzielle Angelegenheiten zu regeln. Queenie stimmte zu, und Warwick flog nach Perth.

Sie gab es zwar nicht gerne zu, aber schon nach wenigen Tagen kam ihr Tingulla ohne ihn merkwürdig leer vor. Eines Morgens traf sie bei einem morgendlichen Ausritt mit Nareedah auf Ernie, der mit einem seiner Kollegen Richtung Norden unterwegs war. »Alles in Ordnung, Ernie?«

Die beiden jungen Männer tippten sich an die Hüte und zügelten ihre Pferde. »Eins der trächtigen Schafe scheint ein Problem zu haben. Muß unbedingt mit dem Boß reden, sobald er wieder hier ist.« Ernie lächelte sie strahlend an.

»Was für ein Problem? Vielleicht kann ich helfen.«

»Schon gut. Sparen Sie sich die Mühe. Ich spreche mit Warwick.« Und schon ritten sie davon.

Queenie drehte Nareedah um. »Mit dem Boß reden ...« murmelte sie vor sich hin. »Noch bin ich Boß auf Tingulla.« Sie gab Nareedah unnötig fest die Sporen und galoppierte weiter.

Ein paar Tage später wurde die Monotonie durch Sarahs Ankunft unterbrochen, sie kam zu Besuch nach Hause.

»John ist für eine Woche an die Küste gefahren, um sich nach Immobilien umzusehen«, erzählte sie, als Queenie sie bei den Quinns aufsuchte. »Und da dachte ich, diese Zeit könnte ich bei Mum verbringen. O Queenie, du kannst dir gar nicht vorstellen, wie glücklich ich bin. Komm doch ein paar Tage zu uns nach Sydney. Dann könnten wir ins Theater gehen und einen Einkaufsbummel machen. Und John hat ein paar sehr sympathische ledige Freunde«, fügte sie scherzend hinzu.

»Hör auf mit deinen Verkupplungsversuchen, Sarah. Mir geht es blendend.«

»Und warum fährst du nicht ins Ausland? Dort könntest du dir einen höchst aufregenden Mann suchen«, beharrte Sarah. »Wenn du immer nur auf Tingulla hockst, lernst du doch nur langweilige Bushies kennen.«

»Die sind keineswegs alle langweilig. Und ich brauche

nicht erst ins Ausland, um einen Heiratsantrag zu erhalten, Sarah. Wenn du es genau wissen willst, hat mir vor einiger Zeit jemand einen Antrag gemacht.«

»Ach ja? Wer denn? Vermutlich der unerträgliche Michael O'Rourke.«

»Durchaus nicht. Warwick Redmond hat mich gebeten, seine Frau zu werden.«

Sarahs Unterkiefer fiel herab, dann überzog ein breites Grinsen ihr sommersprossiges Gesicht. »Du machst Witze.«

»Keineswegs. Und was ist daran so komisch?«

»O Queenie, das ist ja wundervoll. Es hat mich nur ein wenig überrascht. Ich meine, da ist er die ganze Zeit direkt vor unserer Nase. Aber er sieht gut aus, ist witzig, liebenswürdig, charmant, und er kennt sich mit dem Land aus. Er ist genau der Richtige für dich! Ich hielt ihn nur für einen unverbesserlichen Junggesellen. Hast du schon zugestimmt?« sprudelte Sarah hervor.

Plötzlich bedauerte Queenie, Warwicks Antrag erwähnt zu haben. »Nein. Es kam auch für mich ziemlich überraschend. Ich habe in ihm nie mehr als einen Geschäftspartner und Freund gesehen. Darüber hinaus ist er ein Stück älter ...«

»Aber das ist doch gerade gut! Queenie, ich will dich nicht wütend machen, aber als Freundin kann ich mir die Frage nicht verkneifen: Er will dich doch nicht etwa wegen deines Geldes heiraten? Ich meine, Tingulla zu verwalten ist eine Sache, die Besitzerin zu heiraten aber eine andere.«

»Die Frage habe ich mir auch schon gestellt«, gestand Queenie ein. »Aber er ist nach Hause gefahren, um mit seiner Familie zu reden. Offenbar steht ihm da noch einiges Geld aus seinem Erbteil zu. Und er meinte, eine größere Summe aufbringen zu können. Er möchte mit mir eine Partnerschaft eingehen, um Cricklewood besser zu nutzen. Er denkt an Rinderzucht.«

»Nun, das beweist doch, daß er sich auf Tingulla nicht einschleichen will. Ihr werdet Partner, und darum geht es schließlich in einer Ehe.«

Queenie mußte lachen. »Du hast gut reden. Du hast den perfekten Mann, die perfekte Ehe, das perfekte Leben.«

»Ich weiß«, erwiderte Sarah ernst. »Aber eine wichtige Sache hast du bislang noch nicht erwähnt, Queenie. Liebst du ihn?«

Queenies Lächeln erlosch. »Das weiß ich nicht, Sarah. Ich liebe ihn nicht so, wie ... ich es mir immer vorgestellt habe. Aber ich bin gern mit ihm zusammen, er bringt mich zum Lachen. Ich habe Achtung vor ihm und vermisse ihn seit dem Tag, an dem er nach Perth geflogen ist. Ist das Liebe?«

»Diese Frage kannst du dir nur selbst beantworten«, erwiderte Sarah leise. »Aber heirate nicht aus den falschen Gründen. Laß uns zu Mum gehen. Ich glaube, sie hat den Lunch fertig.«

Plötzlich war sich Sarah gar nicht mehr sicher, was sie Queenie raten sollte. Sie wußte, wie einsam und verletzlich Queenie war. Sie mochte Warwick, aber sie wünschte sich, ihre Freundin hätte sich Hals über Kopf verliebt – ohne alle Bedenken. Sarah seufzte. Wie glücklich konnte sie sich schätzen, John gefunden zu haben. Wenn Queenie doch auch erleben dürfte, was tiefe, leidenschaftliche Liebe war. Nicht jeder hatte das Glück, sie zu finden.

Als Queenie abends unter den Sternen nach Hause fuhr, dachte sie darüber nach, daß ihr die wahre, leidenschaftliche Liebe nur Unglück und Leid gebracht hatte. Vielleicht war die Entscheidung für ein Leben mit Warwick die bessere Lösung. Sie verstanden sich und würden bestimmt gut miteinander auskommen. Queenie mußte sich sogar eingestehen, daß sie Warwick attraktiv fand. Sie dachte an ihren ersten, flüchtigen Kuß. Sie hatte ihm diesen Übergriff längst verziehen, denn seither hatte er sich ihr gegenüber nicht anders als tadellos verhalten – auch wenn ihr seine verlangenden Blicke in ihre Richtung seine Gefühle deutlich genug verrieten. Er empfand etwas für sie – davon war sie fest überzeugt.

Aber Sarahs Befürchtung, er könnte sie unter Umständen wegen ihres Geldes heiraten wollen, beunruhigte sie doch ein wenig. Sie würde eben abwarten, was er nach seiner Rückkehr zu sagen hatte.

An diesem Sonntagnachmittag war es besonders heiß, und Queenie zog sich mit einem Kissen und einem Buch in eine Hängematte zwischen zwei schattigen Bäumen zurück. Schon bald sank das Buch aus ihren Händen, und sie schlief ein.

Sie träumte, daß Hunderte von Schmetterlingen sie umflatterten, wischte sich im Halbschlaf über ihr Gesicht und fühlte etwas zwischen ihren Fingern. Sie öffnete die Augen und sah, daß Warwick sie anblickte.

»Oh! Hallo.« Sie wollte sich aufsetzen und stellte fest, daß sie von Geldscheinen bedeckt war. Warwick hielt ein Bündel Banknoten in den Händen und ließ weitere Scheine auf sie herabsegeln.

Queenie begann schallend zu lachen. »Was tun Sie denn da?«

»Sie sahen aus, als wäre Ihnen kalt. Ich sagte Ihnen doch, daß ich Geld besorgen würde. Wir können jederzeit darangehen, die Brahman-Rinder zu kaufen ...«

»Aber das sind doch Tausende von Dollars, Warwick ...« Ein leichter Windzug regte sich, und einige der Geldscheine flatterten ins Gras.

»Warwick ... Sie sind total übergeschnappt!«

Lachend liefen sie durchs Gras und sammelten die Banknoten wieder ein.

»Hier, legen Sie das in den Safe«, sagte Queenie und übergab ihm das Geld. »Morgen reden wir über das Geschäftliche.«

»Es gehört Ihnen ... Partnerin«, entgegnete Warwick und drängte ihr die Banknoten wieder auf. Er sah sie lange an und hob dann seinen Hut auf. »Ich könnte eine Tasse Tee gebrauchen. Es war eine lange Reise.«

Wenn Queenie zu einem Entschluß kam, setzte sie ihn auch unverzüglich in die Tat um. Als Millie am Abend ihre Dessertteller forträumte, schob Queenie ihren Stuhl zurück. »Bring uns den Kaffee bitte ins Arbeitszimmer, Millie. Kommen Sie, Warwick, wir haben etwas zu besprechen.«

Warwick setzte sich in den Ledersessel, schlug ein Bein über das andere und betrachtete Queenie mit leicht amüsierter Miene.

Sie schob die Unterlagen auf dem Schreibtisch zu einem ordentlichen Stapel zusammen. »Ich habe mich gründlich über diese neuen Rinderrassen informiert und halte das Projekt für eine gute Idee. Ich habe auch schon mit der Bank gesprochen, und Frank ist bereit, jederzeit mit uns zu reden, sobald wir in der Stadt sind. Sie haben recht, Cricklewood sollte nicht länger ungenutzt bleiben. Ich bin bereit, das Risiko einzugehen und nehme Ihr Angebot an, sich als gleichberechtigter Partner daran zu beteiligen.«

Sie brach ab und bemühte sich um eine unverändert gleichmütige Miene. »Und was Ihr anderes Angebot anbetrifft – auch das nehme ich an. Ich glaube, wir werden gut miteinander auskommen.«

Warwicks Gesicht wurde ernst. Er stand schnell auf, beugte sich über den Schreibtisch und sah ihr intensiv in die Augen. »Sie nehmen meinen Heiratsantrag an, Miß Hanlon?«

»Ich gehe doch davon aus, daß er noch gilt?« scherzte sie.

»Aber selbstverständlich.« Er trat um den Schreibtisch herum und ergriff ihre Hand, um ihr beim Aufstehen zu helfen. Queenie blickte unverwandt zu ihm auf.

Er nahm sie in die Arme und zog sie an sich. »Darf ich?« Er küßte sie lange und leidenschaftlich.

Queenie empfand nichts.

Warwick sah sie an. Seine Augen blickten hart und verletzt. Er ließ die Arme sinken, machte auf dem Absatz kehrt und lief auf die Tür zu. »Du bist ein verdammt harter Brokken, Queenie. Das muß man dir lassen.«

Queenie antwortete nicht. Sie schloß die Augen und schluckte.

Ohne große Umschweife und ganz unaufgeregt erzählte Queenie Millie, daß sie Warwick Redmond heiraten würde. »Viel wird sich nicht ändern, Millie. Aber es wird mir die Dinge in Zukunft sehr erleichtern. Warwick wird mir bei der Verwaltung von Tingulla helfen wie bisher, und er investiert in Cricklewood, so daß wir den Besitz endlich profitabel nutzen können.«

»Wirst du auch glücklich werden?«

»Das hoffe ich«, lächelte Queenie.

»Liebst du ihn?«

Queenie sah sie nicht an. »Was ist Liebe, Millie?«

»Ich dachte, du wüßtest das, Queenie.«

»Vielleicht wußte ich es früher einmal. Aber ich ziehe Kameradschaft, Freundschaft, Verläßlichkeit und einen Mann vor, der in allen Wechselfällen des Lebens zu mir steht. Das halte ich für wesentlich wichtiger.«

Millie griff nach dem Wasserkessel. »Es ist dein Leben, Queenie. Und Warwick ist ein anständiger Kerl, soviel ist sicher.« Schweigend füllte sie den Kessel. »Und wann soll ich anfangen, für den großen Tag zu kochen?«

»Wir werden keine große Hochzeit auf Tingulla veranstalten, Millie. Ich möchte keine Umstände. Nur eine kleine Feier.«

»Du willst nicht auf Tingulla heiraten? Das würde deiner Mutter aber gar nicht gefallen. Warum, Queenie?«

»Eine große Hochzeit habe ich für Sarah ausgerichtet. Ich habe keine Familie mehr. Colin meldet sich nur noch selten bei mir ... Es wäre nicht das gleiche, Millie. Ich könnte das einfach nicht ertragen. Wir lassen uns in Brisbane auf dem Standesamt trauen und machen dann eine kleine Hochzeitsreise.«

»Hört sich für mich ganz so an, als wolltest du vor etwas davonlaufen.« Mit hörbarem Knall setzte Millie den Kessel auf den Herd.

II

Cricklewood

In den siebziger Jahren

12. Kapitel

Gehorsam trabte das gescheckte Pony im Kreis herum, und die kleine Gestalt auf seinem Rücken hüpfte im Sattel jauchzend auf und ab.

»Weiter, Snowy ... weiter ...«, bettelte das kleine Mädchen, als Snowy vortrat, um die Vierjährige vom Pferd zu heben.

»Jetzt ist es genug, Sassy. Millie wartet mit dem Lunch auf dich.«

Er setzte das Kind auf den Holzzaun und drehte sich um. Es sprang ihm auf den Rücken und verschränkte die Arme um seinen Hals, um sich von dem alten Aborigine zum Haus tragen zu lassen.

Millie lächelte, als sie sah, wie Snowy mit dem kleinen Mädchen durch den Kräutergarten auf die Küche zugelaufen kam.

Sie öffnete die Gazetür. »Saskia, du Wildfang. Du bringst den armen Snowy ja ganz außer Puste. Komm und wasch dir die Hände. Mum und Dad warten schon auf dich.«

Snowy schmunzelte, als das kleine Energiebündel von seinem Rücken sprang und mit wehenden Locken davonrannte.

»Sie liebt Pferde. Genau wie ihre Mumma.«

»Als ob ich das nicht wüßte, Snowy. Man darf sie keine Sekunde aus den Augen lassen, sonst läuft sie zur Koppel. Ich wage es kaum, dem kleinen Teufel den Rücken zuzukehren.«

Saskia hielt vor der Tür zum Eßzimmer inne, wischte sich schnell die feuchten Hände an der Bluse ab und schüttelte kurz die Locken, bevor sie – das Bild eines artigen Mädchens – den sonnendurchfluteten Raum betrat.

»Das wird aber auch Zeit, kleine Miß. Wir warten bereits. Ich hoffe, du hast dir die Hände gewaschen.«

»Ja, Dad«, erwiderte sie ohne mit der Wimper zu zucken und setzte sich auf den Stuhl ihrer Mutter gegenüber.

Queenie lächelte sie zärtlich an. »Ich wette, ich weiß, wo du gesteckt hast.«

Warwick reichte seiner Tochter eine dicke Scheibe von Millies frischgebackenem Brot. »Du verbringst zuviel Zeit bei den Pferden. Ich fände es angebracht, daß du endlich etwas beginnst, was entfernt an Schularbeiten erinnert.« Sein Ton klang ernst, aber als er die Begeisterung sah, die seine Worte hervorriefen, brach er in Lachen aus. »O Saskia, für dich ist wohl alles ein Abenteuer, was?«

Queenie stimmte in das Lachen ein. »Vielleicht könnten wir tatsächlich damit anfangen, nur eine Stunde am Tag, Sas. Ich bringe dir ein paar Anfangsgründe bei, dann fällt es dir im nächsten Jahr auf der Schule in Air leichter. Wir werden Lesen und Schreiben üben.«

»Nur Saskia und Mummy?« fragte das kleine Mädchen.

»Nur wir beide, dennoch wird es Arbeit, kein Vergnügen«, antwortete Queenie fest.

Zufrieden nickend begann das Kind seine Kürbissuppe zu löffeln.

»Sie lernt eine Menge von Millie«, stellte Warwick fest. »Neulich kam ich dazu, wie sie Schoten enthülste und nebenbei die Erbsen zählte.«

Er sah seiner Tochter beim Essen zu. Wie ähnlich sie Queenie doch war. Sie hatte seine dunklen Locken und grauen Augen, aber ihren Gesichtsschnitt. Sie würde so groß werden wie er und so schön wie ihre Mutter.

Er sah, daß Queenie Saskia liebevoll betrachtete. »Was denkst du, Queenie?«

»Wie glücklich wir über Saskia sein können.«

Warwick beugte sich vor und fuhr dem Kind liebevoll durch die Haare. »Das hat nichts mit Glück zu tun. Sie ist perfekt wie alles, was du machst, Queenie. Ich wußte vorher, daß du ein Baby zur Welt bringen würdest.«

»Ich bin kein Baby«, empörte sich Saskia.

»Nein, das bist du nicht. Nicht mehr«, bemerkte Queenie seufzend, als Millie mit dem kalten Lammbraten erschien.

Wo waren die Jahre nur geblieben? Wenige Monate nach der Heirat mit Warwick war Queenie schwanger geworden. Und das bedeutete, daß sie die Reise nach Europa nie antreten konnten. Aber Saskia hatte ihnen unendlich viel Freude gebracht. Warwick und Queenie führten ein ruhiges, zufriedenes Leben. Und auch wenn sich Queenie von Zeit zu Zeit nach ein wenig Leidenschaft, Aufregung oder Abenteuer sehnte, so verdrängte sie diese Wünsche doch jedesmal schnell wieder. Sie erinnerte sich daran, wie glücklich sie sich schätzen konnte, einen Mann zu haben, der sie verehrte, ihr Kind anbetete und sie – abgesehen von gelegentlichen geschäftlichen Fahrten nach Sydney oder Brisbane – kaum einen Tag allein ließ.

Vielleicht war es das, was Queenie unbewußt beunruhigte. Warwick nahm sie nie mit auf diese Reisen, da sie diese doch nur langweilen würden. Sie wußte, daß er sich in Sydney mit Colin traf, aber häufig fragte sie sich doch, was er tat, wenn er von ihr fort war.

Sie hatten zwei Reisen nach Neptune Island unternommen, wo Saskia innerhalb weniger Tage schwimmen lernte wie ein Fisch und Alfs Herz eroberte. Er herrschte noch immer über sein Inselkönigreich. Und doch – irgendwo tief in Queenies Herz regten sich Fragen. Wie wäre ihr

Leben verlaufen, wenn sie T.R. geheiratet hätte? Was war aus ihrem Kind geworden? Wie sah es aus?

Entschlossen schüttelte Queenie den Kopf. Solchen Gedanken durfte sie nicht nachhängen. Statt dessen verließ sie das Haus und strebte den Ställen zu. »Nareedah, du träges, altes Mädchen. Höchste Zeit, dich etwas zu bewegen.«

Colin hatte sich gut im Gesellschaftsleben von Sydney eingewöhnt, sobald er von einer anderthalbjährigen Rundreise durch Europa zurückgekehrt war.

Er empfand kein Verlangen nach Arbeit auf dem Land und hatte über Queenies Vorschlag, Cricklewood zu bewirtschaften, nur verächtlich die Nase gerümpft. »Ich habe ein abgeschlossenes Studium, das ich überall zu Geld machen kann. Vielleicht suche ich mir einen Job in Sydney.«

Doch noch mehr behagte ihm das Leben eines Playboys.

Eines Abends machte er im Chequers Nightclub in Sydney die Bekanntschaft einer dunkelhaarigen, kurvenreichen Italienerin namens Andina.

Colin nahm an, daß sie etliche Jahre älter war als er, und er fühlte sich sofort von ihrem sinnlichen Aussehen, ihrer Eleganz und Welterfahrenheit angezogen. Schon bald erfuhr er, daß sie aus einer sehr wohlhabenden Familie stammte. Ein familiäres Geburtstagsessen hatte sie in den Club geführt, und ihre Eltern – Signor Alfredo und Signora Maria Camboni – machten keinen Hehl aus ihrem Reichtum. Sie waren aufwendig gekleidet, und Mutter wie Tochter trugen ebenso kostbare Pelze wie wertvollen Schmuck.

Colin und sein Begleiter, ein Freund aus Studientagen, der die Familie Camboni kannte, wurden an ihren Tisch gebeten. Sobald es die Höflichkeit gestattete, bat Colin Andina um einen Tanz.

»Bitte, nennen Sie mich Dina«, erwiderte sie und streckte ihre Hand aus, um sich von ihm zum Parkett führen zu lassen. Als sie miteinander tanzten, genoß er die sinnliche Fülle ihres Körpers und zog sie eng an sich, während sie locker miteinander plauderten.

Er erzählte ihr, daß er gerade aus Europa zurückgekehrt wäre und nun Australien, besonders aber den Busch, recht langweilig fände.

»Leben Sie denn auf dem Land?«

»Nicht unbedingt. Meinem verstorbenen Vater gehörte eine der größten Farmen in Queensland.«

»Aber Sie wollen nicht in ... den Busch zurück?«

»Dafür amüsiere ich mich hier viel zu gut.« Er zog sie noch fester an sich und wirbelte mit ihr auf dem Parkett herum.

»Ah, also sind Sie ein Playboy!«

»Was ist mit Ihnen? Sind auch Sie ein Playgirl? Oder sind Sie verheiratet ... oder verlobt?«

»Nein. Meine Eltern hoffen zwar, daß ich einen Freund der Familie in Rom heirate, doch daran bin ich nicht interessiert. Mein Vater liest mir jeden Wunsch von den Augen ab. Aber meine Mutter würde mich lieber verheiratet sehen. Für sie bin ich schon fast eine alte Jungfer!«

»Dann sind Sie eine hinreißende alte Jungfer. Ihnen liegt doch bestimmt ganz Sydney zu Füßen. An Ihrer Stelle würde ich das in vollen Zügen auskosten. Oder sind Ihre Eltern sehr streng?«

Sie plauderten unbefangen miteinander, aber ihre Körper sprachen eine andere Sprache: Jeder von ihnen spürte eindeutig Verlangen.

»Ich bin eine erwachsene Frau und führe mein eigenes Leben. Ich habe ein sehr nettes Apartment am Vaucluse. Mein Vater ist ausgesprochen großzügig.«

»Vielleicht besuche ich Sie dort einmal ... Ich wohne in Double Bay«, flüsterte ihr Colin ins Ohr. »Können wir uns nicht irgendwann treffen?«

Dina sah den gutaussehenden jungen Mann an. Ein Lächeln lag um ihren tiefroten Mund. »Es geht nichts über die Gegenwart. Wollen wir nicht gehen? Zu Ihnen oder zu mir?« Sie lachte.

Sie entschuldigten sich am Tisch, verließen den Club getrennt und trafen sich draußen wieder. Dina reichte ihm die Schlüssel zu ihrem am Straßenrand geparkten Kabrio. »Ich denke, wir fahren zu mir.« Sie ersparte sich jede mädchenhafte Scheu und legte während der Fahrt ihre Hand auf seinen Oberschenkel. In ihrem eleganten Apartment angekommen, fielen sie ins Bett und liebten sich, schliefen ein, liebten sich erneut und standen am nächsten Mittag auf, um zum Lunch zu gehen.

Von da an erkundeten sie die Freuden des Müßiggangs auf hohem Level, besuchten die modischsten Clubs und teuersten Restaurants von Sydney – die Rechnungen bezahlte Andinas großzügiger Vater.

»Er fragt nie, was ich mit seinem Geld mache, solange ich glücklich bin. Er weiß, daß ich irgendwann heiraten und eine brave italienische Hausfrau werden muß. Aber im Augenblick bin ich eine emanzipierte Australierin.«

Colin zog in Dinas Penthouse, behielt jedoch seine Wohnung in Double Bay als mögliches Schlupfloch bei. Offiziell wohnte er dort, war aber nur selten anwesend.

»Warum vermietest du deine Wohnung nicht? Du verbringst ja doch die ganze Zeit mit mir«, schlug Dina vor.

Lachend erwiderte Colin, daß er sich in der Wohnung insgeheim eine Geliebte hielte und auf das Geld ohnehin nicht angewiesen sei.

»Dann bezahle zur Abwechslung mal einige dieser Restaurantrechnungen«, fauchte Dina und warf ihm die Kreditkarten-Abrechnung zu. »Mein Vater hat sich in diesem Monat beschwert, daß ich zuviel ausgebe. Es würde ihm gar nicht gefallen, daß ich mir einen Gespielen halte.«

Tief gekränkt stürzte sich Colin auf Dina, warf sie aufs

Bett und hielt sie auf den zerdrückten Satinlaken fest. »Du kannst deinem alten Herrn sagen, daß du deine Zeit nicht mit irgendeinem hergelaufenen Gigolo verbringst, sondern mit dem künftigen Besitzer von Tingulla Station.«

»Und was ist dieses Tingulla? Eine Ansammlung baufälliger Gebäude fernab jeder Zivilisation?«

»Eines Tages wird mir Tingulla gehören, Dina. Und dann zeige ich dir, was wirkliche Klasse ist.«

»Darling, ein Leben im Busch wäre nichts für mich! Bleib hier und verwöhne mich ...« Schmeichelnd schlang sie ihre Arme um Colin, denn das harte, zornige Blitzen in seinen Augen gefiel ihr gar nicht. »Aber wenn du wirklich ein reicher Junge vom Land bist, dann solltest du zu uns nach Hause kommen und mit meinem Vater reden.«

»Und dann?« erkundigte sich Colin mißtrauisch.

Dinas Lippen zupften an seinem Ohr. »Dann wird Papa wissen, daß du nicht auf mein Geld aus bist und weiter die Rechnungen bezahlen, *caro mio* ...«

Als Clayton Hindmarsh T.R. nach Bon Vite geholt hatte, war er wohlhabend gewesen – jetzt war er reich, superreich. Und er ließ T.R. an seinem Wohlstand teilhaben, überhäufte ihn mit Gratifikationen und beteiligte ihn an den Verdiensten.

T.R. fiel es nicht leicht, diese Extrazuwendungen leichten Herzens anzunehmen. Er hatte in den vergangenen Jahren zwar hart gearbeitet und großen Erfolg mit einigen der problematischen Pferde gehabt. Aber er spürte auch, daß ihn das Geld und die Geschenke an die Familie binden sollten – die hoffte, daß er Virginia, der Tochter des Hauses, einen Heiratsantrag machte.

Ginny hatte sich inzwischen von einer koketten Schülerin in eine zurückhaltende junge Frau verwandelt. Doch hinter ihrem sanften Äußeren vermutete T.R. eine eiserne

Energie. Sie war ein Mädchen, das es gewohnt war, seinen Willen mit weiblicher List durchzusetzen.

Ginny war sehr hübsch, höflich und liebenswürdig. Aber auch wenn sie die Tugendhafte spielte, hegte T.R. keinen Zweifel daran, daß sie zu ihm ins Bett springen würde, sobald er entsprechende Interessen erkennen ließ. Um Mrs. Hindmarsh einen Gefallen zu tun, hatte er sie verschiedentlich zu gesellschaftlichen Ereignissen begleitet, und ihren übermütigen Tändeleien im Auto – die von ihr ausgegangen waren – entnahm T.R., daß Ginny bei aller vorgetäuschten Unschuld eine fordernde und anspruchsvolle Bettgefährtin sein würde.

Ginny fühlte sich fasziniert von T.R. Er war so ganz anders, als die Männer, mit denen sie sonst zusammenkam. Von seiner lockeren, selbstverständlichen Art ging ein hoher erotischer Reiz aus. Sie spürte, daß T.R. ein Mann war, der in der Wildnis überleben, der eine Frau beschützen würde, ein Mann, den andere Männer respektierten und besser nicht herausforderten. Und doch war da eine scheue Verletzlichkeit an ihm, die Ginnys Sehnsucht weckte.

Er wurde für sie zu einer Obsession, die sie geschickt verbarg, aber ihr Verlangen nach ihm ließ nie nach. Für sie war er nicht nur eine jugendliche Vernarrtheit, sondern ein Preis, den sie glühend begehrte.

Dieses Spiel dauerte zwei Jahre, aber im Alter von dreiundzwanzig Jahren mußte Virginia Mae Hindmarsh endlich nach einem Ehemann Ausschau halten. Clayton nahm T.R. beiseite und sprach mit ihm.

»Meine Absichten im Hinblick auf Ginny? Sie ist mehr als nur attraktiv, und ich habe sie sehr gern, aber um ganz ehrlich zu sein, Clayton – an eine Ehe denke ich nicht.«

»Warum nicht, T.R.? Laß uns nicht um den heißen Brei herumreden. Sie ist ein reizendes kleines Ding, und ihre Mutter hat ihr alles beigebracht, was eine gute Ehefrau, Mutter und

Gastgeberin wissen muß. Eine familiäre Verbindung mit dir wäre, offengestanden, auch in geschäftlicher Hinsicht nur klug, und wir wären sehr stolz, dich zu uns zählen zu können. Außerdem weiß ich, daß Ginny dich sehr, sehr gern hat.«

»Ich habe sie auch gern, Clayton. Aber mehr auch nicht. Einer Heirat fühle ich mich irgendwie nicht gewachsen.«

Clayton spürte sein Unbehagen. »Ich fürchte, da gibt es noch etwas anderes. Aber ich will nicht in dich dringen. Das ist allein deine Angelegenheit. Nur, verschwende dein Leben nicht an eine verlorene Sache.«

T.R. sah ihn scharf an, erkannte aber, daß er damit nicht Queenie meinte, sondern Martine Hoxburgh, eine attraktive Rothaarige, die in Louisville eine Boutique führte. T.R. hatte eine diskrete Affäre mit der ehemaligen Schönheitskönigin. Die geschiedene Martine hätte ihre Beziehung zwar gern dauerhafter gestaltet, wußte jedoch, daß T.R. aus der Vergangenheit emotionale Narben trug, und drängte ihn nicht. Sie war eine ebenso elegante wie kluge Frau, und T.R. fühlte sich wohl in ihrer Gesellschaft.

Ginny wußte nichts von dieser Beziehung, denn sie hielten ihre Treffen so geheim wie möglich und verbrachten die Wochenenden häufig auf Martines luxuriöser Ranch. Sie war von ihrem zweiten Ehemann ungewöhnlich großzügig abgefunden worden, und wenn man ihr eigenes Familienvermögen dazurechnete, war sie das, was gemeinhin als »guter Fang« bezeichnet wurde.

Sie ließ T.R. nicht einmal ahnen, wie entschlossen sie war, ihn zu ihrem Ehemann Nummer drei zu machen, da sie wußte, daß sie ihn damit nur verschrecken würde. Wie ein Angler eine scheue Forelle, belauerte sie ihre Beute. Sie war jedoch nicht bereit, ewig zu warten, und hatte beschlossen, in den nächsten zwei Jahren ein Kind zu bekommen. Möglichst eins mit T.R.s strahlendblauen Augen.

T.R.s Gefühle gegenüber amerikanischen Frauen waren durchaus zwiespältig. Ausnahmslos attraktiv und charmant, vermittelten sie ihm das Gefühl, der »Größte« zu sein, doch hinter der anziehenden Fassade vermutete er eine barracudaähnliche Entschlossenheit, die ihm jede Minute das Fleisch von den Knochen reißen konnte.

»Deine Fähigkeiten im Umgang mit Pferden sind unschätzbar«, unterbrach Clayton seine Gedanken. »Und ich bin zu klug, um mir von einer Frau meine Geschäfte beeinträchtigen zu lassen. Selbst wenn sie meine Tochter ist.«

»Aber Clayton, Ginny ist eine der begehrenswertesten Partien in ganz Kentucky ... und darüber hinaus. Die Verehrer reißen sich doch um sie! Auf einen einfachen australischen Cowboy ist sie wohl kaum angewiesen«, lächelte T.R.

»Sicher, es hängen jede Menge hoffnungsvoller Jünglinge auf unserer Veranda herum. Aber ich hatte irgendwie gehofft, sie würde sich einen richtigen Mann suchen. Nun, T.R, ich denke, es ist an der Zeit, meine Fühler nach Australien auszustrecken. Bist du bereit, in deinem Heimatland für mich tätig zu werden?«

T.R. ließ sich Zeit für sein Gespräch mit Ginny. Er wartete ab, bis er sie allein auf der Hollywoodschaukel antraf.

Er hockte sich neben sie und setzte die Schaukel mit einem Stoß seiner Stiefel in Bewegung. »Wahrscheinlich hat dir dein Dad erzählt, daß ich nach Australien gehe, um dort für ihn zu arbeiten.«

»Du mußt nicht dorthin fahren, T.R. Aber vermutlich hält dich hier nichts.« Sie wandte den Kopf ab.

»Bitte sei nicht gekränkt, weil ich dich nicht bitte, mitzukommen. Dort drüben führe ich ein Leben, das dir nicht gefallen würde. Da gibt es nur Wildnis und Einsamkeit ...«

Tränen stiegen in Ginnys große blaue Augen. »Aber ich wäre mit dir zusammen, T.R. ...«

Tröstend legte er seine Arme um sie. »Glaub mir, Ginny, es würde nicht lange dauern. Eines Tages wirst du mir dafür dankbar sein. Und denk nun bloß nicht, daß ich dich nicht ungemein anziehend und begehrenswert finde ... denn das bist du.«

Ein Lächeln schimmerte durch ihre Tränen. »Findest du das wirklich?«

T.R. nickte. »Und du weißt genau, wie viele junge Männer sich ein Bein für dich ausreißen würden. Du brauchst nur mit deinen hübschen kleinen Fingern zu schnippen.«

»Aber die will ich nicht!«

Hätte Ginny gestanden, hätte sie mit dem Fuß aufgestampft, dachte T.R. »Auf dieser Welt gehen nicht immer alle Wünsche in Erfüllung, Ginny. Und mitunter ist es besser, sich seine Träume zu bewahren, als von der Wirklichkeit enttäuscht zu werden. Laß uns gute Freunde bleiben.«

»Für mich gehörst du eher zur Familie, T.R.«

»Genauso empfinde ich auch. Ich sehe in dir meine süße kleine Schwester.« Er nahm ihre Hand und küßte ihre Fingerspitzen. »Leb wohl, Ginny ... und werde glücklich.«

Ginny sah ganz und gar nicht glücklich aus. »Aber ich werde dich doch irgendwann wiedersehen, T.R., oder?«

»Selbstverständlich. Ich werde in regelmäßigen Abständen wiederkommen, um mit deinem Vater zu sprechen.«

Ginny stand auf. »Dann werde ich auf dich warten, T.R.« Sie lächelte ihn durchtrieben an und schlenderte mit provokativ schaukelnden Hüften davon.

T.R. seufzte. Aber er rechnete damit, daß Ginny schneller über ihn hinwegkam, als sie jetzt glaubte.

Der Abschied von Martine war nicht ganz so leicht gewesen, aber schließlich zeigte sie Verständnis und bewahrte Haltung. »Vielleicht komme ich dich besuchen ...« Zu Martines Bedauern reagierte er mit Schweigen auf diese Andeutung. Er wußte, daß sie sich die Reise leisten konnte, jedoch nicht, wie sie nach ihrem luxuriösen Leben mit den harten Realitäten des australischen Busches klarkommen würde. Die Vorstellung der eleganten Martine im Outback ließ ihn unwillkürlich lächeln.

Clayton schüttelte den Kopf über die Eile, die T.R. plötzlich an den Tag legte.

»Deine unziemliche Hast kann einen fast mißtrauisch machen, T.R.«, scherzte er, als sie über ihr geplantes Gestüt für Rennpferde im nördlichen New South Wales sprachen. »Es besteht keinerlei Veranlassung, den Laden da drüben schon in der nächsten Woche zu eröffnen. Laß dir Zeit, such dir die Leute und Pferde mit Sorgfalt aus. Sobald du mich brauchst, komme ich rüber.«

»Ich halte dich regelmäßig über alles auf dem laufenden, Clayton, aber deine Anwesenheit wird mir fehlen. Ich bemühe mich nach Kräften. Innerhalb kürzester Zeit wird Guneda ein wahres Schmuckkästchen, das verspreche ich dir.«

»Vergiß nicht, daß du weiterhin auch an Bon Vite beteiligt bist, T.R. Du bekommst einen Anteil der Gewinne. Aber es freut mich, daß du so begeistert an die neue Aufgabe gehst. Viel Glück ... *mate.*«

Seine Anwendung des australischen Ausdrucks ließ T.R. lachen. Herzhaft drückte er Clayton Hindmarsh die Hand. Er war mehr als begierig darauf, ein neues Kapitel seines Lebens zu beginnen.

Er kehrte in das riesige, weite Land zurück, das er liebte, um Tingulla nahe zu sein, und der einzigen Frau, die ihm etwas bedeutete. Nah – und doch so fern.

13. Kapitel

Colin und Dina schlenderten in der warmen Frühlingssonne über die Macleay Street und mußten lachen, als die Fontäne des El-Alamein-Springbrunnens sie in einen Wassernebel hüllte.

Signor Camboni hatte das Paar zu einem Lunch mit einigen seiner Freunde geladen.

»Warum will mich dein Vater dabeihaben?«

Dina zuckte mit den Schultern. »Er weiß, daß ich mich seit geraumer Zeit mit dir treffe ...«

»Treffen! Wir sind täglich fast vierundzwanzig Stunden zusammen, mein Schatz.«

»Nun, er will dich vermutlich ein bißchen unter die Lupe nehmen. Wie du weißt, ist er im Hinblick auf mich sehr eigen.«

»Befürchtet er noch immer, ich wäre nur hinter deinem Geld her?«

»Mitunter kann Papa sehr altmodisch italienisch sein. Mach dir keine Sorgen, genieße einfach das Essen. Natalino ist ein alter Freund der Familie und kocht immer etwas ganz Besonderes.«

Natalino begrüßte sie herzlich und führte sie auf eine kleine, efeuumschlungene Terrasse hinaus. Sechs Männer in dunklen Anzügen saßen um einen Tisch, an dem noch zwei Plätze frei waren. Signor Camboni stand auf, küßte seine Tochter auf beide Wangen und streckte Colin die Hand entgegen. Die anderen Signori wurden vorgestellt, doch Colin konnte sich keinen einzigen Namen merken. Er kam sich vor wie ein Komparse in einem europäischen Film.

Das Tischgespräch wurde hauptsächlich in Italienisch geführt, unterbrochen von gelegentlichem lauten Lachen. Verstohlen drückte Dina Colins Knie und lächelte ihm hin und wieder aufmunternd zu.

Plötzlich erschollen laute Begrüßungsrufe, als der australische Box-Champion Rocky Gattarelli mit seiner Begleitung die kleine Trattoria betrat. Rocky kam an ihren Tisch, und Dina sowie Colin wurden vorgestellt.

Der gutaussehende junge Boxer küßte Dina die Hand und zwinkerte Colin zu. »Sie haben doch nichts dagegen?«

»Keineswegs. Schön, Sie kennenzulernen«, erwiderte Colin und schüttelte die schmale, aber ausdrucksstarke Hand.

Er wünschte sich, an dem Tisch sitzen zu können, an dem Gattarelli mit seinem Manager, Trainer und ein paar Journalisten Platz nahm. Doch pflichtbewußt wandte er seine Aufmerksamkeit wieder Signor Camboni zu.

Nach dem Essen standen Colin und Dina auf und verabschiedeten sich von den Geschäftsfreunden ihres Vaters. Colin dankte Signor Camboni für die Einladung und erklärte, sie hätten eine nachmittägliche Verabredung.

Signor Camboni streckte ihm eine gepflegte Hand entgegen. »Sie sind uns jederzeit in unserem Haus willkommen. Falls ich Ihnen irgendwann in irgendeiner Form behilflich sein kann ...« Ein leichtes Schulterzucken begleitete dieses Angebot.

Dina ergriff Colins Hand, und sie überließen die Männer ihrem Espresso. »Papa findet dich *simpatico*. Es stimmt, was du mir erzählt hast ... über dein Tingulla.«

»Woher weißt du das?«

»Papa hat überall Freunde. Er hat nichts dagegen, daß wir unsere Beziehung fortsetzen. Offensichtlich bist du tatsächlich ein wohlhabender junger Mann.«

»Eines Tages wird mir Tingulla gehören, und dann braucht niemand mehr Erkundigungen darüber einzuholen, wer Colin Hanlon ist.«

Queenie war gerade von ihrem Ausritt auf Nareedah zurück, als im Arbeitszimmer das Telefon klingelte. »Hallo, ich bin es, Sarah. Wie geht es denn so auf Tingulla?«

»Wie schön, dich zu hören. Es ist ein bißchen trocken und wird langsam warm, auch wenn es heute nacht noch leichten Frost gab.«

»Jetzt ist kaum der rechte Zeitpunkt für Gespräche über das Wetter. Hast du mir keine Neuigkeiten zu berichten? Neuigkeiten, die die Familie betreffen?«

»Wovon redest du eigentlich, Sarah?«

»Ich habe mich schon gefragt, ob du es überhaupt weißt. Vorhin habe ich die Sonntagszeitung aufgeschlagen und auf der Gesellschaftsseite ein Foto von Colin entdeckt. Mit seiner Verlobten.«

»Seiner was? Wer ist sie?«

»Hier steht, daß Colin Hanlon seine Verlobung mit Signorina Andina Camboni bekanntgegeben hat, einer jungen Italienerin, die früher ihren Wohnsitz am Comer See hatte, nun aber in Sydney lebt.«

»Warum hat er mir davon nichts gesagt? Er hat doch noch nicht einmal einen ordentlichen Job, Sarah! Wie sieht sie aus?«

»Du kennst doch Colin. Die Signorina wirkt sehr elegant, sehr ›italienisch‹ und ein wenig älter als er. Offenbar ist ihr Daddy sehr reich, obwohl ich von John weiß, daß er über zweifelhafte Beziehungen verfügt ... Wenn du verstehst, was ich damit meine.«

»Es kränkt mich, daß er uns nichts davon gesagt hat. Wahrscheinlich befürchtete er, daß wir ihm die Verbindung ausreden könnten. Ich kann nur hoffen, er weiß, was er tut.«

»Ich bin sicher, daß du eine Einladung zur Hochzeit bekommst. Liest sich ganz so, als würde es die Hochzeit des Jahres.«

»Danke, daß du mich angerufen hast, Sarah. Ich melde

mich bald wieder bei dir. Liebe Grüße an John.« Langsam legte Queenie den Hörer auf.

Als die pompöse Einladung der Familie Camboni eintraf, fühlte sich Queenie versucht, sie nicht anzunehmen.

»Reagiere nicht über, nur weil er zu unserer Hochzeit nicht gekommen ist«, riet ihr Warwick. »Du bist die einzige Verwandte, die ihm noch geblieben ist, Queenie. Es würde einfach nicht gut aussehen. Wie du weißt, ist Colin nun einmal ein wenig gedankenlos.«

Queenie fand diese Einschätzung zwar unzulässig untertrieben, stimmte aber zögernd zu, nach Sydney zu fahren.

»Wir lassen Saskia in Millies Obhut und bleiben ein paar Tage länger in Sydney. Wir können Einkäufe machen und die Oper besuchen. Die Abwechslung wird dir gefallen, Queenie.«

Die Hochzeitsfeierlichkeiten verliefen für Queenie wie ein verwirrender Traum. Sie kam sich vor wie in einem italienischen Film, dessen Besetzung aus Immigranten aus Kalabrien bestand und der in einer unangenehm neureichen Gesellschaftsschicht spielte.

Neben Warwick saß sie in der St. Mary's Cathedral und ließ die Hochzeitsmesse über sich ergehen – mit Chorgesang, Harfenspiel und zwölf Brautjungfern, die Dina eskortierten, die unter einem Berg von perlenbesticktem Tüll und einer langen Spitzenschleppe förmlich verschwand.

Nach der Trauung versammelten sich die Gäste auf dem Rasen vor der Kirche, während das frischvermählte Paar auf den Stufen des Gotteshauses für die obligatorischen Fotos posierte.

»Colin wirkt sehr zufrieden mit sich selbst«, flüsterte Warwick. »Aber das überrascht mich nicht: Dina ist eine sehr sexy wirkende Lady.«

»Hoffentlich weiß er, daß er auch die Familie geheiratet hat«, erwiderte Queenie und betrachtete unauffällig die Männer in dunklen Anzügen und Sonnenbrillen sowie die Frauen, die entweder in Witwenschwarz gekleidet waren oder übertrieben aufwendige Cocktailkleider, Pelze und Schmuck trugen.

Eine Prozession langer schwarzer Limousinen glitt vor das Kirchenportal, um die Hochzeitsgesellschaft zum Empfang in einen privaten Club zu bringen.

»Das Ganze sieht mehr nach einem Leichenzug aus als nach einer Hochzeit«, bemerkte Queenie und kletterte in ihren gemieteten Chrysler.

Der Gesellschaftsreporter folgte ihnen zum Mandotti Club, wo er weiter eifrig auf seinen Auslöser drückte. Er ging jedoch vor dem üppigen Hochzeitsmahl mit sieben Gängen und den zahllosen Ansprachen. Großzügig wurde der von Alfredo Camboni aus Italien importierte Wein ausgeschenkt, und die Musik, das Tanzen und Lachen wurden lauter und schneller.

Wenige Stunden später ähnelte der Hochzeitsempfang einem ausgelassenen Volksfest.

»Warwick, ich kann dieses Tanzen auf den Tischen, das laute Singen der Männer kaum noch ertragen. Mit den Frauen kann ich mich nicht unterhalten, und Colin und Dina sind bereits vor Stunden gegangen«, sagte Queenie und unterdrückte verstohlen ein Gähnen.

»Wie du meinst«, erwiderte Warwick, der offensichtlich nicht auf einen schnellen Aufbruch erpicht war. »Aber wir müssen uns von den Cambonis verabschieden.«

Mrs. Camboni, mit blaugetönten Dauerwellen und in zyklamenfarbenen Satin gehüllt, streckte ihnen eine juwelengeschmückte Hand entgegen und dankte ihnen dafür, die weite Reise auf sich genommen zu haben.

»So wie sie das sagt, klingt es, als kämen wir vom Mond«,

wisperte Queenie, als sie sich Signor Camboni näherten, um sich von ihm zu verabschieden.

»Aber Sie können doch nicht jetzt schon gehen wollen! Ich habe ja noch nicht einmal mit der schönen Schwägerin meiner Tochter getanzt.«

Bevor sie sich versah, wurde Queenie von ihm umklammert und aufs Tanzparkett gezogen. »Wie ich hörte, haben Sie einen ganz wundervollen Besitz in Tingulla. Aber weitab von allem, oder?«

»Das kommt darauf an, welche Nähe man schätzt, Signor Camboni. Ich fühle mich ganz und gar nicht isoliert.«

»Bitte, nennen Sie mich doch Alfredo. Und wie steht es finanziell um Tingulla? Vielleicht können wir ins Geschäft kommen – jetzt, da wir eine Familie sind?«

Queenie legte den Kopf zurück, betrachtete sein unverwandt lächelndes Gesicht und fragte sich, ob er sich die Haare färben ließ. »In welcher Branche sind Sie eigentlich tätig ... Alfredo?«

Er zog sie wieder an sich und vollführte eine schnelle Drehung. »Import und Export. Ein bißchen dies, ein bißchen das.«

»Nun, ich fürchte, da werden wir kaum ins Geschäft kommen. Es sei denn, Sie importieren Bullensamen«, lächelte sie zuckersüß.

Unsicher erwiderte Camboni das Lächeln. »Bullen? Ich dachte, Sie züchten Schafe.«

»Beides, Signor. Vielleicht haben Sie und Mistreß Camboni Lust, Tingulla irgendwann einen Besuch abzustatten?«

Ein breites Lächeln überzog sein Gesicht. »Das würde ich sehr gern tun. Bei Mistreß Camboni bin ich nicht so sicher. Sie verläßt das Haus nicht allzu gern.«

»Nochmals vielen Dank für Ihre Gastfreundschaft. Ich bin davon überzeugt, daß Colin und Dina sehr glücklich miteinander werden.«

»Ich kann ihm nur raten, meine Tochter glücklich zu machen, sonst ...« Lachend fuhr sich Camboni mit der Handkante über die Kehle.

»Also dann gute Nacht ... Alfredo.«

»Gute Nacht, *bella* Queenie. Ich freue mich schon darauf, Tingulla eines Tages kennenzulernen.«

Sie warteten vor dem Club darauf, daß ihr Wagen vorgefahren wurde. »Ich hoffe, daß Colin weiß, worauf er sich da eingelassen hat. Dem Himmel sei Dank, daß sie an Landbesitz nicht interessiert sind. Kannst du dir vorstellen, daß all diese schwergewichtigen Männer in ihren schwarzen Anzügen und mit ihren Lacklederschuhen auf Tingulla herumtrampeln?« lachte Queenie. »Alfredo hat zugesagt, Tingulla irgendwann einen Besuch abzustatten. Ich habe das unbestimmte Gefühl, daß das noch lange hin ist.«

»Aber es wäre doch auch ein Spaß. Wir könnten ihnen die berühmte Gastfreundschaft von Tingulla zeigen. Und Camboni könnte durchaus nützlich sein. Er hat vielfältige Kontakte.«

»Darauf können wir verzichten. Bisher sind die Hanlons immer noch ganz gut allein mit ihren Angelegenheiten fertiggeworden«, erwiderte Queenie spitz, kletterte auf den Beifahrersitz des Chryslers und schleuderte ihre hochhakkigen Schuhe von den Füßen.

Am nächsten Tag waren die Hochzeitsgäste zum Frühlingsfest auf der Randwick-Rennbahn eingeladen. Warwick erzählte Queenie, daß Familie Camboni gewisse Verbindungen zum Rennsport hätte und sie mit Sicherheit ein paar »gute Rennpferde« zu sehen bekämen.

»Geh du. Ich könnte es nicht ertragen. Ich werde mich mit einem Buch an den Pool legen. Oder ich mache vielleicht einen Einkaufsbummel.«

»Nun sei doch keine Spielverderberin, Queenie. Es ist das Gesellschaftsereignis des Jahres. Laß uns hingehen. Nur für die ersten Rennen. Vielleicht gewinne ich Unsummen, die kannst du dann hemmungslos verprassen. Zieh dich an und zeige diesen protzigen Frauen, was wahre Klasse ist.«

»Aber Warwick, ich verspüre auch nicht das geringste Verlangen, mich an einem Modewettbewerb zu beteiligen«, lachte Queenie.

»Warum denn nicht? Du würdest mit Sicherheit den Preis der bestgekleideten Frau einheimsen.«

Tatsächlich drehten sich viele Köpfe zu der hinreißend schönen jungen Frau in dem maßgeschneiderten Kostüm und dem breitkrempigen Hut, der nur ansatzweise hohe Wangenknochen und strahlendgrüne Augen sehen ließ.

Schon bald verließ Queenie die lärmende Gesellschaft in der Camboni-Loge, schlenderte zum Sattelplatz und bewunderte die rassigen Vollblutpferde.

Nach einer Weile trat Warwick zu ihr und drückte leicht ihren Arm. »Ich fürchte, Cambonis Tips bringen mir kein Glück. Aber das gleiche ich schon wieder aus, keine Angst.«

»An deiner Stelle würde ich auf Nummer elf da drüben setzen, Warwick.«

»Wie kommst du darauf? Hat dir irgend jemand einen Tip gegeben?«

»Meine Güte, Warwick, du brauchst dir das Tier doch nur anzusehen. Wenn es nicht eine Tonne Gewicht mit sich schleppen muß, ist es mit Sicherheit doppelt so schnell wie alle anderen Pferde in diesem Rennen.«

Da er ihr Verständnis für Pferde kannte, argumentierte Warwick nicht länger. Er eilte auf die Wettschalter zu, um seine Verluste auszugleichen.

Aus Interesse blieb Queenie in der Nähe des Sattelplatzes und sah dem Rennen zu, das Nummer elf gewann – genau, wie sie vorhergesagt hatte. Befriedigt lächelte sie vor sich hin. Es war aber auch ein wundervolles Pferd, wie es mit dem Siegerkranz um den Hals nervös tänzelte, während sich Besitzer und Trainer für ein Foto um das Tier versammelten.

Plötzlich wurde Queenie schneeweiß, ihre Hand griff haltsuchend um die weißgestrichene Umzäunung. Inmitten der Gruppe stand T.R. und zeigte sein vertrautes schiefes Lächeln.

In diesem Moment hob T.R. den Kopf, und ihre Blicke begegneten sich. Er ignorierte die Rufe der Fotografen und ging auf sie zu. Keine Sekunde lang wandte einer von ihnen den Blick ab. Elektrizität knisterte zwischen ihnen, zog sie zueinander.

Er erreichte sie und sah ihr noch immer gebannt in die Augen. Keine Regung zeigte sich in ihrem Gesicht, bis er seine Hand auf ihre legte.

»Queenie ...«, sagte er leise.

Sie schwieg, mißtraute ihrer eigenen Stimme. Sie starrten einander an, als hätte es die vergangenen Jahre nie gegeben, empfanden die gegenseitige Anziehung wie einen körperlichen Schlag.

T.R. entging nicht, daß man sie beobachtete. Er duckte sich unter der Umzäunung hindurch, umfaßte ihren Ellbogen und führte sie vom Sattelplatz fort. »Wir müssen miteinander reden.«

Queenie schwieg noch immer. Sie kam auf ihren hochhackigen Schuhen ins Stolpern, und er verstärkte seinen Griff um ihren Ellbogen, während sie eine Hand hob, um ihren Hut festzuhalten.

Er lächelte sie an. »Dein Hut gefällt mir.«

Unvermittelt blieb Queenie stehen und riß ihren Arm los. »T.R. ... bitte ...«

Bevor sie noch etwas sagen konnte, hörte sie ihren Namen, und Warwick kam breit lächelnd auf sie zugelaufen. »Du bist wirklich ein schlaues Mädchen. Nummer elf hat gewonnen!« Er wedelte mit einem Bündel Geldscheine.

»Du hast auf mein Pferd gesetzt?« T.R. hob eine Braue.

»Ich wußte nicht, daß es dir gehört«, erwiderte Queenie leise, dann lauter: »Warwick, das ist T.R. Hamilton. Mein Mann, Warwick Redmond.«

Die beiden Männer schüttelten sich die Hände. »T.R. Hamilton, natürlich. Sie haben auf Tingulla gearbeitet. Es ist fast ein Wunder, daß wir uns nicht schon früher begegnet sind. Die Männer sprechen häufig von Ihnen. Jetzt besitzen Sie also Rennpferde? Sie haben es weit gebracht.«

»Sie gehören mir nicht. Ich helfe ihnen nur beim Gewinnen.«

»Das verlangt nach einem Schluck. Komm, Queenie, laß uns zur Loge zurückkehren.«

Ohne T.R. anzusehen, schüttelte Queenie den Kopf. »Entschuldige, Warwick, aber ich habe Kopfschmerzen und würde lieber ins Hotel zurückkehren.«

»Dir geht es nicht gut? Was ist mit dir?« erkundigte sich Warwick besorgt.

»Nichts. Nur ein leichter Kopfschmerz. Wirklich. Du kannst gern noch bleiben. Gib mir den Schlüssel, wir sehen uns dann im Hotel.«

»Nun, wenn du ganz sicher bist«, meinte Warwick zögernd und reichte ihr den Schlüssel mit dem Emblem des *Chevron Hotel*. »Der Wagen wartet da drüben. Komm, ich bringe dich hin.«

»Es war sehr schön, dich wiederzusehen, T.R.« Sie streckte die Hand aus, die er festhielt, bis sie sie ihm wieder entzog.

T.R. trat einen Schritt zurück und sah zu, wie Warwick – gutaussehend, elegant gekleidet – Queenie den Schlag zum Rücksitz des von einem Chauffeur gesteuerten Wagens öffnete. Von Dingo hatte er erfahren, daß Queenie inzwischen verheiratet war.

In ihrer Hotelsuite streifte Queenie ihre Jacke ab und warf ihren Hut auf das Bett. Sie fühlte sich, als hätte man ihr Gewalt angetan. Innerhalb von Sekunden war die Schutzmauer zerbrochen, die sie um sich errichtet hatte.

Sie zog sich aus und ging unter die Dusche. Nie würde sie T.R. verzeihen, in ihr dieses Gefühl von Verlust, dieses Bedauern und – Verlangen geweckt zu haben. Die feinen Nadelstiche des Wassers prickelten auf ihrer Haut, seine Wärme besänftigte sie ein wenig.

Sie trat aus der Dusche, zog sich einen Bademantel an und bestellte beim Room Service Tee und einen leichten Salat.

Unruhig begann sie in dem großen Wohnraum hin und her zu laufen. Sie trat an das hohe Panoramafenster und blickte auf den geschäftigen Hafen hinaus. In der Ferne verband der »alte Kleiderbügel« die Nord- mit der Südhälfte der Stadt, Jachten und Fähren trieben am spektakulären Gebäude der Oper vorbei.

Der Türsummer ließ sie zusammenzucken. Sie zog den Gürtel ihres Bademantels fester und öffnete.

Vor ihr stand T.R. mit einem Tablett und lächelte verhalten.

Sie war wie erstarrt vor Verblüffung.

Er trat an ihr vorbei und stellte das Tablett auf den Tisch. »Ich bin unterwegs dem Kellner begegnet und habe ihn bestochen«, lächelte er.

»Was willst du hier?«

»Wir müssen miteinander reden, Queenie. Darf ich mich setzen?«

»Wo ist Warwick?«

»Noch immer auf der Rennbahn. Keine Angst, er weiß nicht, daß ich hier bin.« T.R. stand wieder auf und kam auf sie zu. »Ich konnte dich nie vergessen, Queenie. Keine Sekunde lang ...«

»Hör auf damit, T.R. Es ist sinnlos.« Queenies Stimme klang hart und verletzt.

»Sinnlos? Verdammt, Queenie, zumindest das bist du mir schuldig!«

»Ich bin dir etwas schuldig? Daß ich nicht lache.« Am liebsten hätte sie ihn angeschrien und gefragt, warum er ihr nie geschrieben hatte. Sie wollte ihn schlagen, treten ...

»Warum hast du nicht auf mich gewartet, Queenie?«

»Wie lange sollte ich denn warten, T.R.?«

»Du hättest mir wenigstens eine Chance geben können ...«

»Die habe ich dir gegeben. Jetzt ist es zu spät.«

So viele Mißverständnisse, die vertanen Möglichkeiten, die Wahrheit, die keiner vom anderen wußte ...

»Diese ganze Situation ist einfach zu schmerzlich für mich, T.R. Es ist vorbei.«

Aber ihr Gesicht widerlegte ihre Worte. T.R. griff nach ihr und zog sie an sich. Für einen Augenblick war ihre Leidenschaft füreinander neu entfacht – so heftig und unwiderstehlich wie damals, als sie sich erstmals berührten.

Mit einem energischen Stoß befreite sich Queenie. Sie wußte, wenn sie auch nur einen Moment zögerte, wenn sie sich von ihm küssen ließ, gäbe es kein Zurück. »Ich bin verheiratet, T.R.«

»Dann laß dich scheiden. Ich lasse dich nicht wieder aus meinem Leben gehen.«

Sie setzte sich auf die Couch. »So einfach ist das nicht. Ich habe ein Kind. Ein kleines Mädchen. Nie würde ich es über mich bringen, ihm weh zu tun. Und ich bin recht glücklich.«

T.R. kniete sich neben sie und sah ihr ernst in die Augen. »Recht glücklich. Mehr verlangst du nicht vom Leben? Ich werde dich umfassend, wahnsinnig, wundervoll glücklich machen. Queenie, tu es nicht, lehne diese neue Chance nicht ab. Wir müssen zusammenbleiben.«

Ein leises Lächeln über seine leidenschaftliche Bitte überzog Queenies Züge. »Das kann ich Warwick und Saskia nicht antun. Und ich kann Tingulla nicht verlassen. Nein, T.R., wir haben unsere Chance vertan – aus welchen Gründen auch immer. Ich würde sehr gern mit dir befreundet sein, doch im Moment regt mich ein Zusammensein mit dir zu sehr auf.«

Wütend und verletzt sprang T.R. auf. »Freunde! Das Zusammensein mit mir regt dich auf! Großer Gott, Queenie, ich verbrenne innerlich.«

Queenie kämpfte mit den Tränen. »Geh jetzt, T.R., bitte. Laß mich allein.«

Mit großen Schritten ging T.R. auf die Tür zu. »Ich werde gehen. Aber ich gebe dich nicht auf, Queenie. Ich weiß, daß du mich liebst. Ich werde warten.« Er schloß die Tür hinter sich.

Schluchzend brach Queenie auf der Couch zusammen. Sehr viel später, und als sie sich ein wenig beruhigt hatte, nahm sie den Telefonhörer ab und rief die Ansett Airlines an.

Sie mußte nach Hause, in die tröstliche Abgeschiedenheit von Tingulla. Und versuchen zu vergessen.

14. Kapitel

T.R. beschloß, seine Energien zunächst einmal auf den Aufbau des Gestüts zu konzentrieren. Er engagierte ein Team von Handwerkern, die den kilometerlangen Zaun um das Gelände reparierten und neu anstrichen. Einige der alten Gebäude wurden abgerissen und Pläne für neue Ställe und Zureit-Einrichtungen gefertigt. Guneda sollte zwar nicht so anspruchsvoll werden wie Bon Vite in Kentucky, aber T.R. verband das erhaltenswerte Alte mit moderner Technik.

Einige der neuen Gebäude wirkten mit ihren Holzschindeldächern wie Blockhütten aus der Kolonialzeit, während andere aus behauenen, einheimischen Steinen errichtet waren und sich harmonisch in die Landschaft einfügten. Sie erhielten eine Isolierung, so daß sie im Sommer kühl und im Winter warm waren, und das Innere wurde weiß gestrichen. Die Böden wurden in Betonzement gegossen, und jede Box war behaglich und gut belüftet. Die Pferdepfleger erhielten eine moderne Unterkunft sowie einen besonderen Raum in der Nähe der Pferde für den Fall, daß diese auch nachts beobachtet werden mußten.

Für das Training wurde ein drei Kilometer langes Geläuf aus dem Busch gehauen, und T.R. verblüffte die erfahrenen Pferdekenner damit, daß er ein riesiges Wasserbecken ausheben ließ. Um fit zu bleiben, sollten die Vollblüter regelmäßig in dem Becken schwimmen, während ein Pfleger sie von einem Ponton aus an der Longe hielt.

Das alte Wohngebäude wurde gründlich renoviert, und T.R. hatte vor, einen zusätzlichen Flügel mit Gästezimmern für Käufer und Züchter anzubauen. Doch das käme später. Zunächst einmal mußte er Pferde kaufen.

Er hatte zwei junge Stallburschen eingestellt, zwei fähige Jockeys, die für Galopprennen zu groß geworden waren, aber dennoch das Reiten nicht aufgeben wollten. Sie sollten die Pferde trainieren und versorgen. Außerdem hatte er zwei ältere Aborigines engagiert, die Wildpferde zureiten konnten. Er wünschte, ein Ehepaar wie Millie und Jim finden zu können, das sich um das Haus kümmerte und eine Art Aufsicht über den gesamten Besitz führte, entschied sich aber statt dessen für Mum Ryan, eine fähige, energische Witwe, die zehn Kinder aufgezogen und zwei Ehemänner begraben hatte. Es gab nicht viel, was Mum in ihrem Leben als »Busch-Ehefrau« nicht erlebt hätte: von Hausgeburten ohne jede Hilfe bis zu Buschbränden und Schlangen im Bett. Mum kochte, wusch, putzte und kommandierte jedermann herum.

Und so blieb nur noch ein Mann, den T.R. für sich gewinnen wollte: Bobby Fenton, den legendären Stallmeister, der in den dreißiger Jahren für die besten australischen Rennpferde gesorgt hatte. Inzwischen längst über sechzig, hatte sich Bobby in den Ruhestand zurückgezogen. T.R. erinnerte sich, daß ihm sein Vater von Bobby erzählt hatte.

Nach unzähligen Briefen und Telefongesprächen erfuhr T.R. endlich, daß er in einem Vorort von Brisbane bei seiner Tochter lebte. T.R. schrieb ihm, rief ihn an und stöberte ihn schließlich persönlich auf, um ihn dazu zu überreden, auf Guneda für ihn zu arbeiten.

Old Bobby kratzte sich nachdenklich den Kopf. »Ich weiß nicht recht. Für derartige Kapriolen bin ich vielleicht doch schon ein bißchen zu alt. Auch wenn mir die Pferde fehlen.«

»Womit vertreiben Sie sich denn so die Zeit, Bobby?«

»Oh, ich werkele ein wenig im Garten herum, gehe gelegentlich ins Pub, löse die Kreuzworträtsel in der Zeitung und habe ein Auge auf die Rösser«, fügte er lächelnd hinzu. »Wage dann und wann eine kleine Wette.«

»Schätze, Sie könnten sehr wertvoll für mich sein und mir eine Menge beibringen, Bobby. Es wäre doch eine Schande, wenn Sie Ihr ganzes Wissen mit ins Grab nehmen würden.«

»Ja, und auch ein paar Geheimnisse«, grinste der drahtige alte Stallmeister. »Ihr Vater ist also geritten, und Sie versuchen sich als Trainer. Woher kriegen Sie das dafür nötige Geld?«

T.R. lachte. »Das habe ich längst, Bobby. Ich arbeite für

einen reichen amerikanischen Pferdezüchter, der hier bei uns investieren will. Ich bin mit von der Partie, weil ich gute Pferde liebe und darüber hinaus ein oder zwei Pfund verdienen will.«

»Nicht mehr als gerecht. Sie scheinen ein aufrichtiger Kerl zu sein. Ich werde es mir überlegen.«

»Kommen Sie zu uns und sehen Sie sich alles an, bevor Sie sich entscheiden.«

Wenige Wochen später tauchte Bobby unangekündigt auf Guneda auf. Er verstaute den Sack mit seinem speziellen Handwerkszeug »für den Moment« unter dem Bett und – blieb für immer.

Mit Mum Ryan verstrickte er sich unverzüglich in einen offenen, aber nicht unfreundlichen Kriegszustand: Jeder widersprach grundsätzlich dem anderen. »Hält einen fit, verhindert die Vergreisung, wenn man ihr dann und wann Zunder gibt«, vertraute Bobby T.R. an.

Mum bezeichnete Bobby als »diesen alten Narren mit seinen hirnverbrannten Ideen«, schaffte es aber stets, das zarteste Steak auf Bobbys Teller zu plazieren oder servierte ihm den Rest des Melassepuddings am nächsten Morgen zum Frühstück.

Eines Morgens schlenderte T.R. in die Ställe und sagte zu Bobby: »Halten Sie sich bereit. Morgen geht es zu den Vollblut-Auktionen. Höchste Zeit, daß wir uns ein paar gute Hengste und Stuten besorgen.«

Die Verkäufe der Jährlinge in Sydney wurden so etwas wie ein gesellschaftliches Ereignis.

In der Nähe der Randwick-Rennbahn waren rund um einen Ring, in dem die Pferde vorgeführt wurden, Tribünen errichtet worden. Vor den Auktionen konnten Kaufinteressenten die Tiere in ihren Boxen, an deren Türen ihr

Stammbaum angeschlagen war, oder im Auktionskatalog begutachten.

Modisch gekleidete Frauen waren zu sehen und fächelten sich in der schwülen Hitze mit den Katalogen Luft zu. In privaten Zelten rund um das Auktionsgelände wurden üppige Lunch-Buffets aufgetischt. Gesellschaftsreporter und Sportjournalisten sorgten dafür, daß nichts von Bedeutung oder Interesse unveröffentlicht blieb.

Bobby war in seinem Element. Er traf alte Kollegen wieder, von denen einige noch immer arbeiteten, während andere wie er im Ruhestand waren, sich der besonderen Atmosphäre der Auktion jedoch nicht entziehen konnten. Bobby kannte Züchter und Besitzer, ihre Erfolge und Fehlschläge und wußte die Abstammung der meisten Pferde auswendig.

Die Tweedmütze in den Nacken geschoben, eine Zigarette im Mundwinkel, die Hände im Rücken verschränkt, schlenderte Bobby an den Ställen entlang, sah sich alle Tiere genau an und gab Kommentare von sich. Die schrieb T.R. in ein kleines Notizbuch und setzte sich finanzielle Limits für die vier Pferde, die er kaufen wollte. Kräftige, prachtvolle Pferde mit guter Abstammung. Keine aufsehenerregenden Tiere, keine »Stars«, aber alle hatten das Potential, mögliche Sieger zu produzieren.

Am Spätnachmittag des Tages vor der eigentlichen Auktion setzten sie sich mit einem kleinen Imbiß auf eine Bank.

»Ich habe da noch ein Tier erspäht, das Sie sich unbedingt ansehen sollten, T.R.«, sagte Bobby und biß in seinen Meat Pie.

»Noch ein Pferd kann ich mir nicht leisten, Bobby. Clayton hat mir bestimmte Grenzen gesetzt. Es sei denn, wir verzichten auf eines der anderen.«

Bobby schüttelte den Kopf und wischte sich mit dem Handrücken Tomatensauce aus den Mundwinkeln. »Nein.

Aber ich glaube, diesen Hengst sollten Sie für sich selbst kaufen. Um ihn ins Rennen zu schicken.«

»Was soll das, Bobby? Ich kann es mir nicht leisten, ins Renngeschäft einzusteigen. Wir sind hier, um Pferde für Zuchtzwecke zu kaufen. Mit Geld, das uns nicht gehört.«

»Er ist noch sehr jung. Sie würden ihn für tausend Dollar bekommen. Ich weiß ein bißchen was von seiner Herkunft.«

»Hört sich für mich an wie ein ziemlich riskantes Glücksspiel.«

»Pferde sind immer ein Glücksspiel, T.R. Aber manche haben da so was an sich. Hol's der Teufel, aber ich bin bereit, meinen Sparstrumpf zu leeren und mit Ihnen halbehalbe zu machen!«

»Sie sind also tatsächlich bereit, diese Summe für ein unbekanntes, untrainiertes Fohlen aufs Spiel zu setzen?«

Bobby knüllte die Papiertüte seines Meat Pie zusammen und grinste T.R. an. »Himmel, ich habe schon früher auf Pferde gesetzt und verloren. Aber auch gewonnen. Hält das Leben interessant.«

»Na, dann zeigen Sie mir mal dieses Wunderpferd.«

Bobby führte ihn zu einer Box und nickte dem jungen Stallknecht zu, der neben der Tür auf einem Stuhl hockte und eine Zeitschrift las. »Ich möchte mit ihm nur bis dahinten zu den Wasserstellen und zurück, Ginger.«

Der Junge hob die Schultern. »Gut, Bobby. Nur zu.«

»Kannte seinen Dad«, bemerkte Bobby, als er den Hengst aus dem Stall führte und tätschelte. »Komm, Blinky Bill.«

»Allmächtiger! Was für ein Name für ein Pferd!«

»Haben Sie als kleiner Junge denn nie die Abenteuer von Blinky Bill gelesen? Wundervolles Buch. Blinky war ein sehr schlauer Bursche.«

»Er war ein dicker kleiner Koala, der von einem Problem ins nächste stolperte.«

»Sie haben recht. Nun, der Großvater dieses Bürschchens

lief stets mit *blinkers* – Scheuklappen. Drehte durch, wenn er sie nicht hatte. Hieß offiziell Sir William von Oranien, wurde aber stets nur Blinky genannt. Das hier ist sein Enkel, Sweet William. Seine genaue Abstammung erkläre ich Ihnen später. Sehen Sie ihn sich gut an.«

Fast stolz führte Bobby das Pferd im Kreis vor den Ställen herum.

T.R. seufzte. »Besonders ansehnlich ist er nicht gerade, Bobby. Offengestanden sogar ziemlich häßlich mit diesen langen, spindeldürren Beinen. Und sein Kopf ist zu groß. Wie alt ist er?«

»Oh, in seine Beine wächst er schon noch hinein. Was, Bill?« Das junge Pferd senkte den Kopf und schnupperte an Bobbys Hand, die er in seine Tasche gesteckt hatte.

Langsam lief T.R. um das Tier herum, fuhr prüfend mit der Hand über seine Beine, hob die Hufe an und befühlte dann die Brustmuskeln und den Herzschlag. Das Pferd tänzelte einen Schritt zur Seite.

»Ganz ruhig, Bill«, murmelte Bobby. »Er wird ein großer, kräftiger Bursche.«

»Eine verdammt große Portion«, murrte T.R. und blickte zu dem Pferd auf. »Und da er immer noch wächst, wird er ein wahres Monster. Aber heißt das, daß er auch schnell wird?«

»Er hat ein großes Herz, T.R. Und das heißt, daß er ausdauernd ist. Und er hat Persönlichkeit – vielleicht nicht hübsch, aber schlau.«

Sie liefen mit dem Pferd zum Stall zurück.

»Ich weiß nicht recht, Bobby«, meinte T.R. skeptisch, als er die Halbtür von Bills Box entriegelte. In diesem Moment senkte das Pferd den Kopf und versetzte T.R. einen so heftigen Stoß in den Rücken, daß er in einem Strohhaufen landete.

Bill wieherte und Bobby lachte schallend. »Du hältst dich

wohl für sehr schlau«, sagte T.R. zu dem Pferd und klopfte sich Stroh von der Kleidung.

»Der hat Temperament, was?« meinte Bobby, als sie die Box verließen.

»Hm«, machte T.R. nur nachdenklich. Schweigend schob sich Bobby eine Zigarette zwischen die Lippen.

Bei der Hauptauktion hielt sich T.R. an die Ratschläge, die ihm Dingo irgendwann gegeben hatte. Er verhielt sich äußerlich uninteressiert, bis er glaubte, daß das letzte Gebot abgegeben war, um dieses dann gelassen zu überbieten. Diese Taktik zahlte sich aus, und da die Pferde, die er sich ausgesucht hatte, ohnehin keine »Stars« waren, bekam er sie für weniger als die Summen, die er sich selbst gesetzt hatte. Bobby wartete hinter den Tribünen auf ihn. Er fand die Ereignisse der Auktion bei weitem zu aufregend.

Später sahen T.R. und Bobby der Jährlingsauktion zu, bei der Abkömmlinge von Melbourne-Cup-Gewinnern und anderer bekannter Rennpferde hohe Preise erzielten.

Bobby schnaubte nur verächtlich, als ein nervöses junges Pferd für einen Rekordpreis unter den Hammer kam. »Daß seine Eltern Preise eingeheimst haben, heißt noch lange nicht, daß er jemals ein Rennen gewinnen wird«, murrte er. »Sie sehen nur auf den verdammten Papierkram, nicht auf das Tier.«

T.R lächelte den alten Mann an und dachte, daß er diesmal vermutlich recht hatte. Doch als Sweet William vorgeführt wurde, fragte er sich, wie gut Bobbys Einschätzungsvermögen tatsächlich war. Das Pferd wirkte irgendwie ungelenk, und es überraschte T.R. durchaus nicht, daß nur halbherzig geboten wurde.

Zu T.R.s Entsetzen sprang Bobby plötzlich hoch und schrie: »Vierhundert!«

»Setzen Sie sich und verhalten Sie sich ruhig, Bobby. Wenn wir ihn kaufen, dann werde ich das tun.«

»Was meinen Sie mit ›wenn‹?«

In ihrer Umgebung belächelten ein paar Leute Bobbys Gebot. Ein Mann flüsterte seinem Begleiter etwas zu. Er hob die Hand.

T.R. legte schnell seine Hand auf Bobbys Arm, als zwei weitere Gebote genannt wurden. Wie ein Zuschauer bei einem Tennisspiel wandte der Auktionator den Kopf erst in die eine, dann in die andere Richtung, und der Preis ging in 100-Dollar-Sprüngen hoch.

Bobby ächzte und stöhnte vor sich hin, aber T.R. blieb ruhig und desinteressiert.

»Siebenhundert ...«

»Zum ersten ... zum zweiten ...«

»Achthundert«, sagte T.R. gelassen.

»Es liegt ein neues Gebot vor, Ladies und Gentlemen. Höre ich mehr?«

»Neunhundert«, erscholl es von der anderen Seite.

»Neunhundert, vielen Dank, Sir.« Der Auktionator sah fragend in T.R.s Richtung.

T.R. nickte. Und lächelte. Bobby senkte den Kopf, betrachtete seine verschränkten Hände.

Der andere Bieter sah T.R. an und schüttelte den Kopf. Der Auktionator schwang den Hammer. »Zuschlag. Der Hengst geht für eintausend Dollar an Mister Hamilton.«

»Heilige Maria und Joseph! Sie haben mich ganz schön ins Schwitzen gebracht, T.R.«

»Ich habe Ihnen doch gesagt, Sie sollen sich keine Sorgen machen, Bobby. Bis zum Gebot von sechshundert hatte ich ohnehin nicht die Absicht, ihn zu kaufen.«

»Nun, jetzt haben Sie es getan.«

»Wir haben es getan, meinen Sie wohl. Wollen Sie noch

immer halbe-halbe machen? Oder habe ich mir gerade ein Pferd gekauft?«

»Nur keine Angst. Sie können auf mich zählen. Sweet William wird ein Sieger.«

»Daß eins von Anfang an klar ist, Bobby: Wir nennen ihn Bill. Okay?«

»Ganz wie Sie wollen, T.R. Für mich ist er immer noch Blinky.«

T.R. lachte. »Lassen Sie uns ein Bier trinken. Aber ich weiß noch immer nicht, ob ich Grund zum Feiern habe.«

Vor seiner Abreise aus Sydney wurde T.R. von einigen Bekannten zu den Rennen eingeladen. Er wäre zwar lieber sofort nach Guneda zurückgekehrt, hielt es aber für angebracht, seine Kontakte zu pflegen und dabei ausführlich zu erläutern, welche Pläne er in Guneda hatte.

Es war ein kluger Schachzug. Etliche Pferdebesitzer zeigten sich sofort interessiert und fragten, ob sie sich das Gestüt ansehen könnten. Andere waren allein auf Grund seines und Bobbys Ruf bereit, ihm ihre Pferde zum Training zu überlassen.

Gegen Ende des Tages beschloß er, endlich auch einmal auf ein Pferd zu setzen. Bislang war er zu beschäftigt gewesen, um an Wetten denken zu können. Er schlenderte hinüber zu den Buchmachern, die mit Geldbeuteln um den Hals die Einsätze unter ihren Sonnenschirmen hervorschrien und mit Kreide an Tafeln malten.

T.R. stellte sich an und dachte über seine Wahl nach, als am Nebenstand eine lautstarke Diskussion entstand. »Was ist denn da los?« fragte T.R. den Mann neben ihm.

»Irgendein Typ streitet über seine Einsätze herum. Mein Buchmacher erzählte mir, daß er einen ziemlichen Batzen verloren hat.«

T.R. sah zu dem glücklosen Wetter hinüber und hielt

unwillkürlich den Atem an. Wütend zerriß Warwick seine Wettscheine.

Er zögerte. Sollte er ihn begrüßen oder so tun, als hätte er ihn nicht gesehen? Dann war T.R. an der Reihe, und als er seine Wette abgegeben hatte, war Warwick bereits in der Menge verschwunden.

T.R. kehrte in den exklusiven Mitgliederclub zurück, bestellte sich einen Kaffee und hielt nach einem bestimmten Mann Ausschau: Freddy the Fly, der dafür bekannt war, auch die allerneuesten Rennbahngerüchte zu kennen.

Als er Freddy erspäht hatte, begrüßte er ihn, bestellte eine Runde Drinks und hörte sich geduldig dessen Berichte über seine jüngsten Erfolge an, bevor er beiläufig fragte: »Kennen Sie eigentlich Warwick Redmond? Aus Tingulla?«

»Aber ja. Ich sehe ihn jedesmal, wenn er in Sydney ist. Und einmal habe ich ihn auf der Doomben-Rennbahn in Brisbane getroffen.«

»Ein ziemlicher Wetter, oder?«

»Ein ziemlicher? Der würde sogar sein Hemd auf zwei Fliegen verwetten, die eine Wand hinauflaufen.«

»Ich nehme an, er weiß, was er tut.«

»Ich habe erlebt, daß er die ganze Bar freihält, wenn er gewinnt. Von seinen Verlusten erfährt man natürlich nichts. Aber ich weiß, daß er beträchtliche Summen verwettet.«

T.R. fragte sich, ob Queenie die Wettleidenschaft ihres Mannes bekannt war. Wenn er große Summen verlor, mußte sie es wissen – es sei denn, er setzte sein eigenes Geld ein. Dennoch machte sich T.R. große Sorgen. Er hatte zu häufig erlebt, daß Männer auf der Rennbahn ihr gesamtes Hab und Gut verloren.

Hinter Warwick lag eine unangenehme Woche. In der Bankzentrale in Sydney hatte man ihm glatt eine Erhöhung seines Kredits verweigert. Ein todsicherer Tip für Rosehill war um eine Pferdenasenlänge in die Hose gegangen, und seine Schulden bei den illegalen SP-Buchmachern, bei denen er mangels Bargeld Zuflucht gesucht hatte, stiegen immer weiter an.

Obwohl Colin und Dina noch auf der Hochzeitsreise weilten, beschloß Warwick, Alfredo Camboni anzurufen.

»Mein lieber Freund. Sie müssen uns unbedingt besuchen und mit uns essen. Ich bestehe darauf.«

Zwischen Kalbsschnitzel Parmigana und Insalata mista deutete Warwick an, daß er gewisse finanzielle Probleme hätte, daß Tingulla ungeheure Barmittel verschlinge.

Beruhigend tätschelte Alfredo seinen Arm. »Ich habe sehr gewiefte Berater. Ich bin sicher, daß sie Ihnen helfen können. Wollen wir uns nicht gleich morgen in meinem Büro treffen? Vielleicht gegen elf? Aber nun langen Sie erst einmal zu ... Das Essen ist wirklich *magnifico*, oder?«

15. Kapitel

Erschöpft kehrten Colin und Dina von ihrer langen und kostspieligen Hochzeitsreise zurück. Sie schlossen sich in Dinas neugestaltetem Apartment ein, schliefen lange und standen erst nachmittags auf, um im Cosmopolitan Café in Double Bay einen Kaffee zu trinken. Hier traf sich die betuchte europäische Gemeinde, um zu klatschen und ihre neuesten Statussymbole vorzuzeigen: Schmuck, Autos, Kleidung, Ehefrauen und Geliebte.

Dina fühlte sich wohl in dieser Umgebung, Colin weniger.

»Und ich dachte, dir gefällt Europa und die europäische Kultur, Darrrrling«, gurrte Dina.

Colin wedelte eine Wolke Zigarrenrauch vom Nebentisch beiseite. »So ist es auch, aber dieser Mob setzt sich nur aus reichen Flüchtlingen zusammen. Es ist eine Art Club. Sie verkehren nicht mit jedem.«

»Du bist nur neidisch, weil du nicht zu ihnen gehörst.«

»Das will ich gar nicht. Ich ziehe Bushies deinen lautstarken italienischen Freunden bei weitem vor. Bei denen weiß man wenigstens, woran man ist.«

»Ich muß deine ›Bushies‹ wirklich irgendwann einmal kennenlernen. Aber jetzt, geliebter Mann, sage mir erst einmal, wie du mir auch künftig den Lebensstandard garantieren willst, an den ich gewöhnt bin.«

Das war etwas, worüber sich Colin schon seit längerem Gedanken machte. »Ich kann jederzeit eine der Wohnungen in meinem Apartmentblock verkaufen. Dennoch brauche ich irgendeine berufliche Tätigkeit. Aber das müßte schon etwas mit Anspruch sein. Ich habe keine Lust, mich wie ein Hund auf dem Land abzurackern oder von neun bis fünf in einem Büro zu schuften.«

»Du Armer! Vielleicht solltest du eine wohlhabende, ältere Frau heiraten!«

»Ich weiß, was sie glücklich machen würde.«

Dina stand auf, während er einige Geldscheine in die Lederhülle auf dem Tisch legte, um ihre Rechnung zu begleichen.

»Worauf wartest du dann noch?«

Hilfsbereit wie immer, machte Dinas Vater Colin mit einem seiner Freunde bei der European Mercantile Merchant Bank bekannt und betonte, mit seinem Studienabschluß, guten Aussehen, den gesellschaftlichen Kontakten und einem soliden familiären Hintergrund hätte Colin die nötigen Qualifikationen für eine ansprechende Position. Er wurde genommen, erhielt einen nichtssagenden Titel sowie ein beträchtliches Gehalt und wurde auf die Jagd nach potentiellen Investoren und Kunden geschickt.

Und wieder war es Sarah, die diese Neuigkeit Queenie bei einem ihrer ausführlichen Telefongespräche mitteilte.

»Es freut mich, daß er endlich einen Job hat. Aber ausgerechnet bei einer Bank? Was versteht er denn schon von dieser Branche?«

»Ich glaube, er ist eher so etwas wie ein Scout, Queenie – ein Späher, der mögliche Kontakte für die eigentlichen Banker aufspürt. Und dabei ist er offensichtlich recht fleißig. Er hat John angerufen und ihn nach reichen Klienten gefragt, die Immobilien kaufen oder verkaufen wollen.«

»Das sieht wirklich ganz danach aus, als hätte Colin allem den Rücken gekehrt, was Dad aufgebaut hat.« Queenies Stimme hatte einen bedauernden Unterton.

»Wenn du mich fragst, halte ich es so für besser, Queenie. Du bist mit Colin doch nie besonders gut ausgekommen.«

»Ich habe es wirklich versucht, Sarah. Aber irgendwann, irgendwie haben wir uns entzweit.«

»Vielleicht ist geschwisterliche Rivalität daran schuld. Er hat dich schon immer abgelehnt, Queenie.«

»Und das macht mich traurig. Nie wollte ich, daß sich die Dinge zwischen uns so entwickeln.«

»Laß ihm Zeit, Queenie. Vielleicht wird Colin eines Tages doch noch erwachsen.«

»Wahrscheinlich hast du recht. Wann kommst du wieder einmal nach Hause?«

»Aber ich bin jetzt hier zu Hause, Queenie. Warum besuchst du uns nicht endlich einmal? Bring Saskia mit, damit sie mit Tim spielen kann.«

Die beiden jungen Frauen tauschten die neuesten Geschichten über ihre Kinder aus. Queenie hatte Sarahs und Johns zweijährigen Sohn erst wenige Male gesehen, und sie wäre gern mit Saskia zu deren Patentante Sarah nach Sydney gefahren.

»Bedauerlicherweise kann ich im Moment hier nicht fort, Sarah. Die Station steckt zur Zeit in etlichen Schwierigkeiten. Wir hoffen auf Regen und haben finanziell einige Engpässe. Ich fange langsam an, mir große Sorgen zu machen.«

Als Sarah John später seinen Drink vor dem Abendessen eingoß, erzählte sie ihm von ihrem Gespräch mit Queenie. »Ich kann mir kaum vorstellen, daß Tingulla finanzielle Schwierigkeiten hat. Sicher, sie brauchen endlich Regen, doch das war bei Mum und Dad nicht anders. An so etwas ist man auf dem Land gewöhnt und sorgt rechtzeitig vor.«

»Du vermutest, daß Warwick ein wenig über die Stränge geschlagen ist, oder? Ich kann mir nicht vorstellen, daß Queenie die Dinge derart schleifen läßt«, erwiderte John nachdenklich.

»Ich glaube lediglich, daß Queenie größere Sorgen hat, als sie zugibt.«

Gähnend bog Warwick in die Zufahrt nach Tingulla ein. Großer Gott, war es trocken. Das ganze Land wirkte wie ein Pulverfaß: Ein Funken, und alles stünde in Flammen.

Wasser war mehr als knapp und die Reservoire nahezu aufgebraucht. Die Schafe, an denen er vorbeikam, waren von einer dicken Staubschicht bedeckt, so daß sie sich farblich kaum noch von der ausgedörrten Erde unterschieden. Aber immerhin würde er Queenie mitteilen können, daß sie sich finanziell keine Sorgen mehr zu machen brauchten. Das Gespräch mit Alfredo Cambonis Beratern war positiv verlaufen. Sie hatten sich nach Details der Erträge von Tingulla erkundigt und ihm versichert, sie hätten Investoren an der Hand, die bereit wären, das fehlende Kapital zuzuschießen.

Er verschob seine Neuigkeiten, bis er geduscht und etwas gegessen hatte. Queenie wirkte abwesend und schweigsam, also nahm er sie in die Arme. »Mach dir keine Gedanken mehr, mein Schatz. Ich weiß, wie du um unsere wirtschaftliche Situation gebangt hast. Aber ich habe für Abhilfe gesorgt. Es wird alles wieder gut«, beruhigte er sie.

»Wie das, Warwick?«

»Ich hatte ein paar Besprechungen in Sydney, und wir haben Investoren gefunden, die bereit sind, uns über die nächste Zeit hinwegzuhelfen.«

»Was für Investoren? Was hast du ihnen als Sicherheit angeboten? Man gibt kein Geld ohne irgendeine Gegenleistung.«

»Hier ginge es eher um eine Gewinnbeteiligungsvereinbarung. Abgesehen davon habe ich noch gar nichts abgeschlossen. Aber das Angebot steht für den Fall, daß wir es tatsächlich brauchen sollten.«

»So, wie es im Moment aussieht, ist mit Gewinnen auf Tingulla nicht zu rechnen. Durch wen bist du auf diese Leute gekommen? Hoffentlich nicht durch Colin.«

»Nicht direkt. Alfredo hat mich mit ein paar Leuten bekanntgemacht. Wohlhabenden Leuten, die gewisse Steuerprobleme haben. Sie müssen Geld investieren, um es abschreiben zu können.«

Fassungslos sah Queenie ihren Mann an. »Ich höre doch wohl nicht recht, Warwick. Du willst Cambonis Kumpanen erlauben, Geld in Tingulla zu stecken? Wahrscheinlich wollen sie damit nur Mafia-Geld waschen!«

Warwick lachte. »Nun übertreibe aber nicht. Nur weil sie Italiener sind ...«

»Kalabresen! Offengestanden frage ich mich schon seit längerem, woher Cambonis Geld kommt. Sarah und John haben mir erzählt, daß er einen mehr als anrüchigen Ruf hat.«

»Unsinn! Hier geht es lediglich um eine Art Darlehen, das uns über eine Durststrecke hinweghelfen soll. Aber wenn du so strikt dagegen bist, werde ich Alfredo sagen, er könne das Ganze vergessen.«

Schweigend verließ Queenie den Raum.

Zwei Tage später goß Queenie ihrem Mann nach dem Dinner gerade eine zweite Tasse Kaffee ein, als er sagte: »Alfredo hat mich heute früh angerufen. Er hat ein interessantes Angebot für uns.«

»Warwick! Ich dachte, wir wären übereingekommen, sie nicht in Tingulla investieren zu lassen.«

»Diesmal geht es um etwas ganz anderes. Um eine Möglichkeit, für die nächsten Monate zusätzliches Geld zu verdienen. Er kennt ein paar Amerikaner, für die Tingulla geradezu perfekt wäre.«

»Als was? Wollen wir jetzt eine Pension eröffnen?«

»Nein, Queenie. Sie wollen auf unserem Gelände einen Film drehen.«

»Einen was?«

Warwick zuckte mit den Schultern. »Ich habe ihm gesagt, ich müßte erst mit dir darüber sprechen. Wie gesagt, sie wollen einen Film drehen, der im Outback spielt, und benötigen dazu ein repräsentatives Haus, Pferde, Reiter und eine Unterkunft für das Team. Sie sind bereit, pro Woche eine beträchtliche Summe zu zahlen.«

»Das kann doch nur ein Scherz sein! Und was sollen wir in der Zwischenzeit tun? In ein Zelt ziehen und ihnen das hier alles überlassen?«

»Nein. Sie würden uns bezahlen – eine hohe Miete und zusätzlich jeden Mann, den wir entbehren können. Sie brauchen Zureiter, Stuntmen und Leute, die ihnen ein wenig zur Hand gehen. Und ich denke, wir könnten sie in den Schafschererschuppen ganz gut unterbringen und Stan einstellen, damit er für sie kocht. Sie wollen wirklich verdammt gut zahlen.«

»Du hast dir offenbar alles bereits bis ins kleinste Detail überlegt.«

Queenies eiskalte Stimme ließ Warwick unbehaglich auf seinem Stuhl hin und her rutschen. »Natürlich nicht. Das waren nur ein paar Ideen, die mir durch den Kopf geschossen sind. Es geht um ein gewaltiges Filmprojekt, Queenie, um etliche tausend Dollar pro Woche.«

Energisch schob Queenie ihren Stuhl zurück und stand auf. »Wenn sie bereit sind, derartige Summen auszugeben, kann das nur bedeuten, daß sie jede Menge Ärger verursachen und mit einer Menge Ärger rechnen.«

»Für mich klingt es nach leichtverdientem Geld«, entgegnete Warwick.

Am nächsten Tag ritt Queenie mit Nareedah an den ausgetrockneten Koppeln vorbei, auf denen die Bäume in der Hitze die Äste mit den verdorrten Blättern hängenließen. Die Futtervorräte für die Schafe nahmen rapide ab, und schon bald würden sie neue kaufen müssen. Die Dürre hatte die Futterpreise in astronomische Höhen klettern lassen. Die Ausgaben würden ihre ohnehin beträchtlichen Schulden weiter steigern.

Vielleicht wäre das Geld der Filmleute doch nicht so schlecht. Die Vorstellung, daß eine Schar von Filmemachern, Schauspielern, Technikern und Filmfans überall herumwieselten, ließ sie zwar erschauern, aber das alles würde schließlich nur wenige Wochen dauern, und mit dem Geld könnten sie Futter für die Schafe kaufen.

Behutsam schnitt sie das Thema Warwick gegenüber an. »Ich bin keineswegs einverstanden mit dieser wahnsinnigen Idee, aber nimm nur einmal an, wir würden ja sagen.

Ich habe überlegt, wenn sie tatsächlich gut zahlen, könnte das die Futterkosten für etliche Monate decken.«

»Mit Sicherheit wäre es so, Queenie. Ich werde mich ausführlich nach allen Einzelheiten erkundigen. Bisher ist es auch nur so eine Idee. Camboni sagte, sie hätten jemand vorausgeschickt, der sich nach möglichen Drehorten umsieht.«

Eine ungeheure Staubwolke hinterlassend holperte die gecharterte Cessna über den Landstreifen von Tingulla. Warwick wedelte mit dem Hut den Staub fort und sah zu, wie der nur mit Shorts und Hemd bekleidete Pilot die Tür öffnete und dem Amerikaner beim Aussteigen half, der nun nach seinem Aktenköfferchen griff.

Warwick hatte mit Alfredo Camboni gesprochen, der ihn an Roger Ambrose verwies, den für Drehorte zuständigen Abteilungsleiter von Mountain Pictures mit Sitz in Los Angeles. Es schien nur logisch zu sein, Mr. Ambrose nach Tingulla einzuladen, damit er sich persönlich ein Bild von Haus und Umgebung machen konnte.

Der Abgesandte der Filmgesellschaft war Mitte dreißig, mit unmodisch kurzgeschnittenen Haaren, eher klein und sehr braun. Er trug leichte Baumwollhosen, ein Polohemd und Leinenschuhe.

Die drei Männer bestiegen den Landrover und fuhren zum Haus. Als sie sich dem eindrucksvollen, zweistöckigen Gebäude näherten, hielt Ambrose den Atem an. »Mein Gott, ist das schön! Das sieht ja aus wie eine der Prachtvillen im amerikanischen Süden. Nur irgendwie ... selbstverständlicher. Es paßt hervorragend in die Umgebung. Sehr eindrucksvoll. Ich hatte ja keine Ahnung ...«

Lächelnd blickte Warwick an der eleganten Fassade empor. Trotz der Dürre gelang es Millie auf geheimnisvolle Weise, die Blumen mit wiederverwendetem Wasser zu gießen, und der Springbrunnen sprühte und funkelte in der Sonne. Es war in der Tat ein prachtvolles Haus. Kein Wunder, daß Queenie es so liebte.

»Der Urgroßvater meiner Frau hat es bauen lassen. Es ist ein fester Bestandteil der Geschichte des Landes.«

»Es ist aber auch schlichtweg herrlich. Es wäre schön, es mit unserem Film Menschen in aller Welt zeigen zu können. Von ihm geht ein ganz eigener Zauber aus, den man mit dem Kulissenbau niemals erreichen kann«, begeisterte sich Ambrose.

»Ich sollte vielleicht nicht unerwähnt lassen, daß meine Frau von den Filmplänen hier nicht allzu begeistert ist. Im Moment ist sie bei den Pferden, aber wir können später hinüberfahren, und dann stelle ich Sie einander vor. Ich bin überzeugt, wenn Sie ihr erst einmal alles erklärt haben ...«

»Dafür bin ich schließlich hier«, lächelte der Amerikaner. »Aber jetzt freue ich mich erst einmal auf das Haus.«

Millie servierte auf der Veranda kalte Getränke, Tee und Sandwiches, und danach führte Warwick Roger Ambrose im Haus herum. Der interessierte Pilot schloß sich ihnen an.

Der Amerikaner sprach mit leichtem Akzent, wirkte sehr sympathisch und äußerte seine Begeisterung ohne unzulässige Übertreibungen. »Die Zimmer sind sehr geräumig, mit ausreichend natürlichem Licht. Geradezu perfekt für Innenaufnahmen. Wie ist es mit dem Geräuschpegel vor dem Haus? Straßenverkehr gibt es offensichtlich nicht. Wie ist es mit Flugzeugen? Kommen hier viel rüber?«

»Nur, wenn man sie anfordert, oder wenn jemand gesucht wird«, mischte sich der Pilot ein.

»Ausgezeichnet, ganz ausgezeichnet.«

»Manchmal machen die Vögel einen ziemlichen Lärm.«

»Dazugehörige Geräuschkulisse. Damit können wir leben. Es sieht alles sehr gut aus, Warwick. Ich würde zu gern Ihre Frau kennenlernen und versuchen, sie zu der Erlaubnis zu überreden, uns hier drehen zu lassen. Nach allem, was ich aus dem Flugzeug gesehen habe, wirkt auch die Umgebung so, als würde sie haargenau in unser Konzept passen.«

Sie fuhren den Piloten zu seiner Maschine zurück und sahen zu, wie er abhob. »Ich würde mit Ihnen jetzt gern eine kleine Besichtigungstour über das Gelände und die weiter entfernten Koppeln machen. Dabei können Sie auch gleich Queenie kennenlernen.«

Während der nächsten zwei Stunden machte sich Roger Ambrose eifrig Notizen.

»Wegen der anhaltenden Dürre sieht alles nicht ganz so gut aus wie es könnte. Seit Jahren war es nicht mehr so trocken.«

»Diese roten und orangefarbenen Erdtöne sind wundervoll. Wenn wir auf saftiggrüne Wiesen aus wären, würden wir in Irland drehen. Wie viele Schafe haben Sie hier doch gleich?«

»Fünfzigtausend auf zweihunderttausend Morgen Land. Ein paar hundert Meilen weiter nordöstlich haben wir noch einen weiteren, aber kleineren Besitz – Cricklewood. Doch der ist erst im Aufbau. Queenie experimentiert dort mit einer neuen Rinderrasse.«

»Himmel, das sind ja texanische Ausmaße! Sie haben hier nicht zufällig auch Öl?«

»Wer weiß? Bisher hat sich noch niemand die Mühe gemacht, danach zu bohren.«

Roger Ambrose schüttelte den Kopf. »Dieses Land steckt voller Überraschungen. Die meisten Amerikaner haben keine Ahnung, was es hier alles gibt. Bei Australien fallen uns nur Känguruhs, Eingeborene und Pioniersiedlungen ein. Schon Sydney hat mich umgehauen, und jetzt sehe ich auch noch einen so wundervollen Besitz im ... Wie nannte es der Pilot doch gleich? ... ›Nevernever Land‹. Unglaublich.«

Inzwischen versank die Sonne hinter den blauen Bergen. Warwick lenkte den Landrover dem Trainingsplatz zu, auf dem Queenie arbeitete.

Die große Fuchsstute erwies sich als überaus eigensinniges Tier. Grinsend sah Queenie zu, wie Ernie das Pferd im Kreis führte und sanft, aber fest auf es einsprach. Unwillig warf die Stute den Kopf zurück, wehrte sich mit zitternden Flanken gegen den leichten Sattel auf ihrem Rücken.

Warwick schaltete den Motor ab, und die beiden Männer beobachteten Queenie schweigend. »Wer ist der schwarze Mann?« erkundigte sich Ambrose leise.

»Ernie – einer unserer fähigsten Mitarbeiter. Ein ausgezeichneter Mann, treibt manchmal auch die Herden zusammen.«

»Warum reitet er das Pferd nicht zu?«

»Das werden Sie noch sehen.«

Queenie hielt das Pferd an, drehte seinen Kopf zur Seite, setzte einen Fuß in den Steigbügel und schwang sich leicht in den Sattel, bevor die Stute mitbekam, was geschah.

Das Pferd hob die Hinterläufe und bockte. Aber auch wenn ihr der Hut vom Kopf fiel, blieb Queenie fest im Sattel und paßte sich den Bewegungen des Tiers an. Nach wenigen Minuten ergab sich die Stute in ihr Schicksal und verfiel, von Queenie angeleitet, in einen leichten Trab.

»Sehen Sie sich an, wie sie dem Pferd mit den Zügeln Anweisungen gibt. Beobachten Sie, wie sie seinen Kopf wendet, aber sie geht unglaublich sanft mit seinem Maul um. Wenn Queenie ein Pferd zureitet, bleibt es ein gutes Pferd. Ein schlecht zugerittenes Pferd wird ein schlechtes Pferd«, erklärte Warwick.

Queenie glitt vom Pferd, nahm den Sattel ab und reichte

ihn Ernie. Sie suchte in der Tasche ihres Hemdes nach ein paar Zuckerstückchen und gab sie dem Pferd. Dann griff sie ohne Vorwarnung in die Mähne des Pferdes und schwang sich auf seinen Rücken. »Öffne das Gatter, Ernie. Ich möchte, daß sie sich an das Gefühl gewöhnt, jemanden auf dem Rücken zu tragen – nicht nur einen Sattel.«

Er nahm die Drahtschlinge vom Pfosten und schob das Tor auf. Queenie drückte der Stute leicht die Beine in die Flanken und durchquerte mit ihr das Gatter.

Sie ritt ohne alle Probleme, und ihre goldbraunen Haare schimmerten im Licht der untergehenden Sonne.

Die beiden Männer verließen den Landrover und liefen auf Ernie zu. Roger Ambrose blickte zu Queenie hinüber. Sie hatte eine hervorragende Figur und saß besser auf dem Pferd, als jeder Mann es könnte, aber er fragte sich, wie sie aus der Nähe aussah.

Sehr zufrieden mit sich selbst, kam Queenie mit der Stute zurückgeritten, und folgsam trabte sie zur Umzäunung. Queenie glitt zu Boden, schlang die Zügel um einen Zaunpfosten und wandte ihnen das Gesicht zu.

Ambrose hatte schon viele schöne Frauen gesehen, aber Queenie verschlug ihm den Atem. Die dichten Haare fielen ihr locker auf die Schultern und umrahmten ein herzförmiges Gesicht mit lebhaften smaragdgrünen Augen, langen, dunklen Wimpern und hohen Wangenknochen. Ein großzügig geschnittener, sinnlicher Mund lächelte kindlichbegeistert.

»Das ist meine Frau. Queenie, ich möchte dir Roger Ambrose vorstellen.«

»Hallo. Herzlich willkommen auf Tingulla.«

»Es ist mir ein großes Vergnügen, hier sein zu dürfen. Sie sind eine prachtvolle Reiterin. Und dazu wunderschön. Sie sollten zum Film gehen!«

Queenie lachte. »Mit Schmeicheleien und Komplimenten können Sie mich nicht einwickeln. Aber dennoch danke ich Ihnen.«

Sie wechselte ein paar kurze Worte mit Ernie, bevor sie sich wieder den Männern zuwandte. »Wollen wir zum Haus zurückkehren? Und sagen Sie mir, Mister Ambrose, wie gefällt Ihnen mein Tingulla?«

»Nennen Sie mich bitte Roger. Ich bin von ihm absolut hingerissen – von allem.« Er sah Queenie direkt in die Augen, bezog sie in seine Feststellung mit ein.

»Das freut mich. Aber das Beste kommt noch. Sie haben Millies Kochkünste noch nicht getestet.«

Das Essen schmeckte vorzüglich, doch das bemerkte Roger Ambrose kaum. Er hörte auch Warwick nicht zu. Er beobachtete Queenie.

Das hinreißende Mädchen vom Trainingsplatz war im Kerzenlicht zu einer verführerischen, eleganten Lady erblüht.

Roger Ambrose traf seine Entscheidung. Tingulla bot für die Dreharbeiten von *Red Jack* mehr Möglichkeiten, als er sich je hätte träumen lassen.

16. Kapitel

Mühsam bahnte sich Jim seinen Weg an Autos, Lastwagen, Wohnmobilen und Regiestühlen vorbei, stolperte über Kabel und wich jungen Männern in Shorts und buntbedruckten T-Shirts aus, denen die Haare bis auf die Schultern hingen. Fast wäre er mit einem Mädchen mit bodenlangem Gewand in psychedelischen Farben zusammengestoßen. Es hielt ein Klemmbrett mit flatternden Papierbögen in den Händen und trug eine Stoppuhr um den Hals. Blicklos hastete es an ihm vorbei.

Als er die Gazetür zur Küche erreicht hatte, atmete er erleichtert auf, als er drinnen nur Millie und Stan entdeckte, der gerade ein Blech Scones für das Frühstück der Filmcrew in den Ofen schob.

»Da draußen sieht es aus wie in einem Flüchtlingslager. Tun diese Leute eigentlich auch mal was? Sieht so aus, als würden sie den ganzen Tag nur rumstehen.«

»Sie schwatzen viel und essen jede Menge«, verkündete Stan, der vom Schafschererkoch zum Versorger einer Filmcrew aufgestiegen war.

»Und wo sind die berühmten Filmstars? Was tun sie eigentlich für ihre immensen Gagen?« erkundigte sich Jim, tauchte einen Finger in die Teigschüssel und leckte ihn ab.

»Die verbringen ihre Zeit ausschließlich in ihren schikken kleinen Wohnmobilen. *Sie* will nicht in den Dreck hinaus und *er* hält sich an der Flasche fest.«

»Weiter, Stan. Du scheinst ja einiges zu wissen.«

Stan grinste. »Sieht ganz so aus, als hätte der amerikanische Fernsehstar das australische Bier entdeckt. Ich frage mich nur, ob ihm jemand gesagt hat, daß es stark genug ist, um einem kahlköpfigen Truthahn die Federn vom Hinterteil zu fetzen.«

»Gegen Mittag ist der sternhagelvoll. Wirkt ohnehin so aufgedonnert wie eine Biberratte mit einem Goldzahn. Diese Filmbranche ist ziemlicher Mist, wenn du mich fragst.«

»Aber dich fragt niemand, Jim. Und nun schwirr ab, Stan und ich haben zu tun.«

Roger Ambrose rückte sehr nahe an Queenie heran, als sie in ihrem Arbeitszimmer über Details der Dreharbeiten sprachen. »Wie Sie wissen, geht es zunächst einmal um Innenaufnahmen. Ich denke, wir müssen das Wohnzimmer mit Beschlag belegen.«

Queenie hob eine Hand. »Tun Sie, was Sie wollen. Hauptsache, die Dreharbeiten kommen endlich voran.«

Roger berührte ihren Arm und schenkte ihr sein bezauberndstes Lächeln. »Ich weiß, es sieht ein wenig chaotisch aus, doch in Wirklichkeit haben wir alles unter Kontrolle. Aber nun zu Ihrer Arbeit als Double für uns, Queenie ...«

Queenie stand auf. »Falls es Ihnen entgangen sein sollte, Roger – es hat inzwischen geregnet, und das nicht zu knapp. Ich muß Hunderte Schafe von überschwemmten Weiden holen. Tut mir leid, aber ich habe zuviel zu tun.«

»Dafür habe ich Verständnis. Aber wir können die Reitszenen sowieso erst drehen, wenn sich die Verhältnisse draußen bessern. Und das kann zwei Wochen dauern. Würden Sie es sich bitte noch einmal überlegen, Queenie? Wir haben da einen Spitzenreiter aufgetan, der neben Ihnen den Benton doubeln könnte.«

»Wie heißt er?«

»Der Name ist mir entfallen. Das Castingteam hat ihn in New South Wales aufgespürt. Soll einer der besten Reiter im ganzen Land sein.«

»Ich würde ihn gern kennenlernen. Wenn Sie mich jetzt bitte entschuldigen ...«

Lächelnd sah Ambrose ihr nach. Langsam glaubte er, Queenie zu kennen. Sie liebte die Herausforderung. Sie hatte es nicht ausdrücklich abgelehnt, mit diesem Wunderknaben zu reiten. Er war sich fast sicher, daß sie die Doubleszenen übernahm – nur um zu sehen, ob sie besser reiten konnte als dieser andere Bursche.

Die Filmleute schwärmten mit Scheinwerfern, Kameras, Tonaufnahmegeräten und Kabelrollen ins Haus. Während ein Mann damit begann, Miniatur-Eisenbahngleise von der Halle in den Wohnraum zu verlegen, befestigte ein anderer farbige Plastikblenden vor den Fenstern. Zwei Mädchen stellten Möbelstücke um, entfernten alle Familienerbstücke und ersetzten sie durch zeitgenössische Dekorationsgegenstände. Schlammige Fußabtritte verunzierten die blankpolierten Holzdielen und Orientteppiche. Teebecher wurden auf Mahagonitischen abgestellt und hinterließen dort häßliche Ränder.

Millie stemmte die Hände in die Hüften, lief von Raum zu Raum und schrie über das Getöse hinweg: »Alle mal herhören, Jungs! Im Haus wird weder gegessen noch getrunken. Tee gibt es auf der Veranda, und die Tassen bleiben draußen, wenn ich bitten darf ...«

Die Teppiche wurden zusammengerollt und schützendes Zeitungspapier auf dem Boden ausgebreitet. Millie ließ alle privaten Dinge in einen Nebenraum bringen und überwachte sechzehn Leute auf einmal mit Adlerblick.

Sie zupfte den Mann am Ärmel, der die Bahngleise zusammensteckte. »Wofür soll das denn gut sein?«

»Für einen Kamerawagen, Verehrteste. Damit kann die Kamera den Darstellern problemlos folgen, wenn sie sich in den Raum hinein bewegen.«

Millie schüttelte den Kopf. Sie konnte nur hoffen, daß sie Queenie für all das anständig bezahlten. Sie beugte sich zu einem knienden Mann mit Nägeln zwischen den Lippen hinunter.

»Wenn auch nur ein Nagel in die Dielen geht, kastriere ich Sie höchstpersönlich mit einem stumpfen Messer.«

In einem bodenlangen, gerafften Rock, einem altmodischen Männerhemd und mit einem Hut mit zurückgeschlagenem Schleier auf langen roten Locken saß Queenie zwei Wochen später auf einem Stuhl, während eine Maskenbildnerin ihr Gesicht mit orangefarbenem Puder betupfte.

»Ist das denn wirklich nötig? Mein Gesicht wird doch mit Sicherheit niemand sehen.«

»Die Teintfarbe muß stimmen, selbst aus der Entfernung. Der Regisseur besteht darauf, daß jedes kleine Detail stimmt.«

Dann entspann sich eine viertelstündige Diskussion darüber, ob Red Jack im Damensitz reiten sollte, oder nicht. Schließlich entschloß sich Queenie zum Eingreifen. Ganz gleich, was dabei herauskam – es mußte endlich eine Entscheidung getroffen werden, sonst stritten sie noch am Abend herum.

»Damals ritten Frauen aus formellen oder öffentlichen Anlässen im Damensitz. Aber Sie können mir nicht erzählen, daß eine so mutige junge Frau und gute Reiterin auf ihrem eigenen Besitz oder im Busch nicht ritt wie ein Mann.«

»Queenie hat recht. Genau das hätte Red Jack getan«, sagte Roger Ambrose. »Verzichtet auf den Damensitz.«

Dann erklärte ihr Roger die Szene. »Hier handelt es sich um den Zeitpunkt, an dem Benton Red Jack darüber informiert, daß das Schicksal ihres väterlichen Besitzes vom Ergebnis des Pferderennens am folgenden Tag abhängt. Alles, was wir in dieser Szene sehen, sind die beiden, die einander auf dem Pferderücken begegnen und dann losreiten, um ihren Vater zu holen. Das Rennen spielt sich vor anderer Kulisse ab und an einem anderen Tag.«

»Ich habe verstanden ... glaube ich«, sagte Queenie, irgendwie skeptisch. »Sagen Sie mir doch einfach, was ich tun soll. Wo ist eigentlich der Bursche, mit dem ich reiten soll?«

»Der wird noch eingekleidet. Wenn Sie inzwischen aufsitzen würden, könnten wir schon mal die Lichtverhältnisse überprüfen.«

Queenie sah zwar keine Notwendigkeit, den strahlendhellen Tag durch zusätzliche Scheinwerfer auszuleuchten, verkniff sich aber jede Bemerkung, hob den schweren Rock und schwang sich auf Nareedahs Rücken. Beruhigend tätschelte sie die große weiße Stute, die – besonders gebürstet und gestriegelt – noch prachtvoller aussah als sonst.

»Wie ich sehe, erhält auch Nareedah eine Starrolle!« Beim Klang dieser Stimme glaubte Queenie, der Erdboden würde sich öffnen.

Sie schwang auf Nareedah herum und sah T.R. strahlend lächelnd auf einem herrlichen Pferd auf sich zukommen. Auch er trug ein zeitgenössisches Kostüm, ein Tuch um den Hals, und ein Strohhut beschattete sein braungeschminktes Gesicht. Seine blauen Augen und weißen Zähne blitzten, und er sah unglaublich gut aus.

»Vermutlich hätte ich wissen müssen, daß du es bist.«

Roger Ambrose sah von einem zum anderen. »Sie beide kennen sich?«

»Gewissermaßen«, murmelte T.R. und wandte keinen Blick von Queenie. »Dich hat man aber herausgeputzt.«

Roger starrte die beiden an und wurde sich bewußt, daß es zwischen ihnen spürbar knisterte. Sie gaben ein weitaus charismatischeres Paar ab als die beiden Hauptdarsteller, für die sie doubelten.

Seit seinem Besuch im Hotel in Sydney hatte Queenie ihn nicht gesehen. Sie wußte, daß Jim und Millie Kontakt zu ihm hielten, und Warwick hatte erwähnt, ihn ein- oder zweimal in Sydney getroffen zu haben. Doch da Queenie nie irgendein Interesse an Neuigkeiten über T.R. zeigte, wurde in ihrer Gegenwart auch nicht über ihn gesprochen. Insgeheim war sie sehr wohl interessiert, wußte aber auch, wie riskant es war, sich an ihn zu erinnern.

»Können wir endlich beginnen?« erkundigte sie sich leicht gereizt.

»Okay, fangen wir an«, rief der Regisseur. »Bringen wir diese Einstellung endlich auf die Reihe. Alle auf Position.«

Queenie konzentrierte sich auf ihre Aufgaben. Mit Nareedah Aufstellung nehmen und das Pferd drehen. Darauf warten, daß T.R. auf sie zukam. Sich umdrehen und erneut warten. Es war ebenso eintönig wie anstrengend. Sobald sie andere Positionen einnahmen, mußten Kamerastand und Lichteinstellung verändert werden.

»Was für ein Aufwand«, murmelte T.R.

Um sich die Zeit zu vertreiben, sprachen sie leise über Pferde, Brahman-Rinder und Cricklewood. Für das Filmteam war ihre Unterhaltung so fremd, wie dessen technischer Jargon für T.R. und Queenie. Doch Queenie spürte, wie sie sich zu entspannen begann. In dieser künstlichen Atmosphäre, im Kostüm einer fiktiven Frau, fühlte sie sich nicht mehr von der Vergangenheit bedroht.

Ein paar Stunden später machten sie eine Teepause.

Warwick kam zu ihnen und begrüßte T.R., bevor er sich Queenie zuwandte. »Ich fahre jetzt in die Stadt, um mit dem Bankdirektor zu sprechen und ein paar Dinge einzukaufen. Vermutlich bin ich erst gegen Abend zurück.« Er wechselte ein paar Worte mit Roger Ambrose, winkte ihnen noch einmal zu und verschwand.

Noch einmal wurden ein paar Probeaufnahmen mit Queenie und T.R. gemacht, dann ging es offenbar wirklich zur Sache.

»Jetzt wird es ernst«, sagte Roger. »Sie beide reiten los, im Trab, aber Seite an Seite, Hals an Hals, wie auch immer. Dort an dem dritten Pfosten drehen Sie um und gehen in einen leichten Galopp über – bleiben aber weiterhin dicht beieinander. Okay?«

Queenie und T.R. nickten und tauschten ein Lächeln aus. Was für ein Theater um eine doch offensichtlich recht belanglose Szene.

Die Crew begann um sie herumzuflattern, der Kameraassistent vermaß mit einem Band den Abstand zwischen

Queenie und der Kamera, während eine Maskenbildnerin T.R. bat, sich ein wenig herabzubeugen, damit sie ihm noch einmal die Nase pudern konnte.

Als die beiden Pferde an der vorgegebenen Stelle standen, Regisseur, Kamera und Crew hinter ihnen Position bezogen hatten, blickte Queenie zu T.R. hinüber. Er zwinkerte ihr zu.

»Ruhe auf der Szene ... Achtung, Kamera ... Klappe ... und ... Action!«

Sie trabten los, Seite an Seite, wie befohlen, und gingen an der angeordneten Stelle in einen Galopp über. Sie sah auf die gestreckte Nase von T.R.s Pferd. Offensichtlich freute es sich über die Bewegung, nach dem stundenlangen Stillstehen und Warten. Sie gab Nareedah einen leichten Schenkeldruck, um mit T.R. auf gleicher Höhe zu bleiben. Er wurde eine Spur schneller, Queenie paßte sich an.

Der Kameramann blickte in seinen Sucher. Die beiden Pferde näherten sich dem Punkt, an dem sie anhalten und herumschwingen sollten.

Die beiden Pferde galoppierten weiter, an der bezeichneten Stelle vorbei, Sand wirbelte hinter ihnen auf.

»Was zum ...« Der Kameramann hob den Kopf von der Linse, spähte seitlich um die Kamera herum.

»Schnitt!« rief der Regisseur. Inzwischen verschwanden die Pferde in der Ferne.

»Was zum Teufel geht da eigentlich vor?« schrie der Regisseur und drehte sich empört zu Roger Ambrose um.

Mit einer riesigen Teekanne stand Stan außerhalb der Reichweite der Kamera. »Was da vorgeht? Ein verdammtes Rennen! Genau das geht da vor. Zeig's ihm, Queenie!«

Die Pferde galoppierten an ein paar Bäumen vorbei auf den Wasserlauf zu – mit einem leichten Vorsprung für Nareedah. Beifallrufe klangen unter der Crew auf, und der

Regisseur trat mit einem eleganten texanischen Stiefel fluchend nach einem Haufen Pferdeäpfel.

»Lunch«, brüllte Stan.

T.R. und Queenie waren in ihrer eigenen Welt: einer Welt schneller Entschlüsse und donnernder Hufe, der Erregung und Begeisterung zweier prächtiger Pferde, die vorwärts preschten.

Sie rasten den Abhang hinunter auf den Wasserlauf zu, nahmen aber sofort das Tempo zurück, als die Pferdehufe auf den noch immer schlammigen Grund trafen.

»Bezeichnen wir es als unentschieden«, rief T.R.

»Okay, für diesesmal erspare ich dir die Niederlage«, lächelte Queenie.

T.R. sprang vom Pferd und kam auf sie zu. Sie schwang die Beine aus dem Sattel, raffte den Rock und glitt, gestützt von T.R.s Armen, zu Boden. Sie liefen in den Schatten einer Weide und lehnten sich gegen den knorrigen Stamm.

»Und wie geht das Leben so mit dir um, Rotschopf?«

Sie fuhr sich über die Haare. »Ich hoffe nur, daß sich das Zeug herauswaschen läßt.«

»Sieht doch sehr reizvoll aus. Aber ich bleibe lieber bei Queenie, als dich ›Red Jack‹ zu nennen. Wie ist diese Filmgeschichte eigentlich zustande gekommen? Die Leute wirken auf mich wie eine Bande hirnloser Chaoten. Aber vermutlich wissen sie, was sie tun.«

»Das wage ich zu bezweifeln. Ich wünschte, wir könnten unsere Geldforderungen verdoppeln. Ich hatte ja keine Ahnung, wie lästig das alles ist ...«

»Wie steht Warwick dazu?«

»Er genießt jede Sekunde.«

»Vielleicht bieten sie ihm einen Job in Hollywood an.«

Queenie lachte. »Irgendwie kann ich mir das nicht recht vorstellen ...«

Sie blickten über das Wasser. In den Bäumen am Ufer zwitscherten die Vögel und jagten, ungestört von ihrer Anwesenheit, nach Insekten.

»Hier habe ich viele Stunden verbracht. Seit ich ein kleines Mädchen war. Immer, wenn ich traurig oder besonders glücklich war. Jeder Quadratzentimeter von Tingulla hat eine ganz besondere Bedeutung für mich«, sagte Queenie leise und schloß die Augen.

T.R. beugte sich vor und küßte sie sacht auf den Mund. Sie öffnete die Augen nicht, aber ihre Lippen teilten sich leicht, als T.R. langsam und sanft erst ihre obere, dann ihre untere Lippe küßte. Zart wie Schmetterlingsflügel legten sich seine Lippen auf ihre Wange, ihre Stirn, ihre Nasenspitze und erneut auf den Mund, der nun leise lächelte.

Queenie regte sich nicht, öffnete nicht einmal die Augen.

T.R. zog sie an sich, preßte seine Lippen fest und besitzergreifend auf ihren Mund. Ihre Arme schlossen sich um seinen Nacken, als sie seinen Kuß leidenschaftlich erwiderte – wie verloren an eine Erinnerung, einen Traum und die Vorstellung, durch eine Membrane vor der Realität beschützt zu werden.

Ein schriller Pfiff und Rufe durchbrachen ihren Kokon. »He ... Sie da! Der Regisseur will, daß Sie zurückkommen! Er ist außer sich!«

Benommen schüttelte Queenie den Kopf. T.R. drehte sich um und sah einen jungen Mann auf einem alten Motorrad auf sie zukommen.

T.R. und Queenie sahen sich einen Moment lang stumm in die Augen. Dann half er ihr in den Sattel, und schweigend ritten sie zurück.

»Die Nadelstreifen sind da«, zischte der Assistent dem Kameramann zu.

»Tu beschäftigt und sage kein Wort«, seufzte der und spähte wieder durch den Sucher.

Die Investoren von *Red Jack* wirkten extrem fehl am Platz. Plötzlich hatten sie sich aus einem gecharterten Jet in den roten Sand einer Outback-Station ergossen. Sich die Sakkos über die Schultern zu hängen und die Krawatten zu lockern, half nicht viel. T-Shirts, Shorts und schmuddelige Jeans waren die Uniform des Tages – auch für die Frauen. Keiner der Besucher trug einen Hut, und ihre blankpolierten Schuhe bedeckte sehr schnell eine orangefarbene Staubkruste.

Queenie ging auf sie zu und begrüßte Alfredo Camboni, hocherfreut, daß es nur vier Gäste waren. Ihr Lächeln gefror ein wenig, als Warwick ihr sagte, daß die anderen direkt ins Haus gegangen wären, um etwas zu trinken.

»Warwick, vorhin bin ich an der Koppel am Wasserreservoir vorbeigekommen. Einige Schafe scheinen kurz vor der Geburt zu stehen, und ich glaube, wir müssen da etwas tun.«

»Im Moment kann ich leider nicht Hebamme spielen, Queenie. Schaffst du es nicht allein?«

»Natürlich.« Sie nickte den Männern zu und ging schnell davon.

Als sie ein paar Stunden später total erschöpft und verschmutzt zurückkehrte, sprang sie aus dem Landrover und lief die Verandatreppen hinauf. Ohne nachzudenken wischte sie sich mit der verschmierten Hand über die Stirn.

Helles Lachen ließ sie aufblicken. Auf der Veranda saßen die Besucher und genossen ihre Nachmittagsdrinks, als befänden sie sich in Double Bay.

Wie hingegossen lag Colin in einem Rohrsessel, neben ihm Dina, hochelegant in weißem Leinen und in der Hand ein mit Eiswürfeln gefülltes Glas. Camboni, inzwischen in lässigen weißen Hosen und einem offenen Hemd, das seine Goldkette zeigte, stand auf, um sie zu begrüßen. Auch Warwick hatte offenbar geduscht und sich frische Sachen angezogen.

Dina hob ihr Glas. »*Salute*, Queenie. Du siehst aus, als könntest du einen Drink vertragen. Mindestens ...« lächelte sie. »Ich wußte ja gar nicht, wie zivilisiert es hier zugeht. Ich bin sehr beeindruckt.«

»Du glaubst mir eben nie«, beklagte sich Colin.

»Wir haben einen überaus angenehmen Nachmittag verbracht. Wollen Sie uns nicht bei einem Glas Gesellschaft leisten? Ihr Mädchen macht ganz ausgezeichnete Gin-and-Tonics«, lächelte Camboni gnädig.

»Millie ist nicht unbedingt ein ›Mädchen‹ ...« begann Queenie.

Warwick stand auf und legte eine Hand auf ihren Arm. »Queenie, Darling, warum machst du dich nicht ein wenig frisch und setzt dich zu uns? Die anderen werden auch in Kürze hier sein.«

»Ja, hinter mir liegen ein paar anstrengende Stunden.« Sie lächelte Dina in ihrem weißen Leinenkleid zuckersüß an. »Ein totgeborenes Lamm aus dem Leib eines schmerzgepeinigten Schafes zu ziehen, ist nicht die angenehmste aller Aufgaben, findest du nicht auch?« Sie machte auf dem Absatz kehrt und stürmte ins Haus.

Warwick lachte kurz auf. »Selbst bei fünfzigtausend Schafen nimmt sie sich jede einzelne Fehlgeburt zu Herzen.«

»So ist Queenie nun einmal«, bemerkte Colin ohne zu lächeln.

»Ah, da kommt Roger mit den anderen«, rief Warwick erleichtert.

Das Abendessen wurde für Queenie zu einer einzigen Qual. Millie hatte sich selbst übertroffen. Silber schimmerte im Kerzenlicht, Warwick goß Wein in Kristallgläser, und ein leichter Wind trieb den Duft der Nachtblüten in die hohen, eleganten Räume. Die Gäste genossen das Ambiente sichtlich, aber Queenie konnte es kaum erwarten, ihnen zu entkommen.

Sie entschuldigte sich bei erstbester Gelegenheit mit ihrer Erschöpfung nach einem langen Tag, der bereits im Morgengrauen begonnen hatte. Ihre Ledercouch im Arbeitszimmer war hart und kalt, aber sie war froh, mit ihren Gedanken und ihrer Ermüdung allein zu sein.

Colin und Dina bezogen Colins altes Zimmer. In ein Spitzen-Negligé gehüllt, trat Dina auf den Balkon hinaus und zeigte mit ihrem Brandyglas Richtung Sterne, die über den stillen Gärten funkelten. »Das ist doch wundervoll, Colin. Warum willst du hier nicht leben? Ich könnte hier leben. Jederzeit.«

»Ausgerechnet du! Eine unverbesserliche Städterin!« Lachend trat er hinter sie, umschlang sie mit den Armen und liebkoste ihre Brüste durch die dünne Spitze.

»Ich meine es ernst, Colin. Hier könnten wir doch ein sehr stilvolles Leben führen, und wenn es irgendwann zu langweilig wird, können wir jederzeit nach Sydney oder an die Küste düsen.«

»Und was sollen wir hier *tun*? Ich kann mir nur schwer vorstellen, wie du tote Lämmer aus Schafhinterteilen zerrst.«

»Das wäre dein Job, Darling. Du kennst dich mit dem Landleben aus. Dafür bist du schließlich ausgebildet. Aber nimmt man sich eigentlich keinen Verwalter für einen so großen Besitz? Damit er sich um alles kümmert?«

»Nicht unbedingt, wenn sich der Besitzer auskennt und auf der Station lebt. Aber laß uns nicht weiter darüber debattieren, Dina. Komm ins Bett.« Er küßte sie auf die Wange.

Aber Dina war nicht bereit, das Thema fallenzulassen. Sie schmiegte ihren Kopf an Colins Schulter und sagte leise: »Ich glaube, man hat dich betrogen, mein Liebster. Eigentlich sollte das alles hier dir gehören.«

Schweigend hob Colin sie hoch und trug sie zum Bett. Dina erwiderte seine Zärtlichkeiten, aber ihre Gedanken waren woanders.

Als sich Colin abwandte, strich Dina sanft mit dem Fuß über sein Bein und flüsterte: »Eines Tages wird Tingulla uns gehören, *caro mio*. Das verspreche ich dir.«

17. Kapitel

Es war nichts anderes als ein Pferderennen auf dem Land, aber im Gegensatz zu den bierseligen, turbulenten Veranstaltungen, die ansonsten für Ereignisse im Busch typisch sind, waren die Scone Races auch bei der High-Society beliebt.

Die kleine Stadt am Oberlauf des Hunter River war eins der bedeutendsten Pferdezuchtzentren von New South Wales. Ihre alljährliche Cup-Verleihung wurde zu einer Bühne für Pferde und Menschen. Jedermann holte Handschuhe, Hüte und Krawatten hervor und brachte die besten Stiefel auf Hochglanz. Picknickkörbe wurden gepackt, Klapptische mit Leinentüchern, Silber und Servietten gedeckt. In Kübeln standen importierter Champagner und einheimischer Wein auf Eis. Großspurig wurden immense Wetten abgegeben, große Verluste mit einem Schulterzukken abgetan.

In einem neuen Wollsakko und mit seiner Kriegsteilnehmer-Medaille am Revers schlenderte Bobby zwischen den neben ihren Autos picknickenden Gruppen hindurch und blieb hin und wieder stehen, um ein paar Worte zu plaudern oder ein Glas Bier zu trinken. Vor Bills Box traf er wieder mit T.R. zusammen und berichtete ihm, wer sich alles eingefunden hatte und was die örtlichen Züchter zu sagen hatten.

»Ist Bill bereit, im Hauptrennen zu starten?« fragte T.R.

»So bereit wie immer ... Habe noch kein Pferd erlebt, das Rennen so liebt, wie dieser Bursche.«

»Immerhin, Bobby, wenn er dieses Rennen gewinnt und noch einige mehr, könnten wir ihn für den Metropolitan Circuit melden. Und dann ... wer weiß ... vielleicht für das Rennen um den Melbourne Cup.«

Bobby strich über die braune Pferdenase, und Bill schnupperte an Bobbys Jacke – auf der Suche nach den Leckerbissen, die er stets in irgendeiner Tasche versteckt hatte. »Na, das wär' doch was, oder?« Seine Stimme klang fast zärtlich, und T.R. sah an seiner Miene, wieviel Bobby dieses Pferd bedeutete, und was er an Genugtuung und Stolz empfinden würde, wenn es für das Rennen um den bedeutendsten australischen Preis angenommen würde.

Bobby schob die Pferdenüstern von sich. »Hör auf zu betteln, du Ganove. Warte, bis du das Rennen gewonnen hast. Dann hast du dir eine Belohnung verdient.«

In letzter Minute wurden Wetten für das Hauptrennen abgegeben, und die Zuschauer begannen, ihre Stehplätze am Geläuf sowie ihre Sitzplätze auf der alten, aber frischgestrichenen Tribüne einzunehmen. Nervös tänzelten die Pferde vor den Starttoren. Der Rennleiter behauchte die Gläser seines Fernglases, putzte sie sorgfältig und überprüfte die Lautsprecheranlage.

Bobby half Mick, ihrem Jockey, in Bills leichten Sattel. Der zierliche junge Aborigine zog sich den Kinnriemen seiner Rennkappe fester und zupfte an seinem rosa- und marineblauen Seidenjersey – den Farben, die schon Riann Hamilton, T.R.s Vater, getragen hatte.

»Laß Bill von Anfang an die Zügel, halte ihn nicht zurück, Mick. Ich gehe davon aus, daß er die Distanz in Null Komma nichts bewältigt.«

Mick grinste breit. »Der Typ würde sich auch gar nicht zurückhalten lassen. Er liebt es, die Nase stets vor allen anderen zu haben. Sieht das Ziel und rast darauf zu. Brauchte ihn noch kein einziges Mal mit der Peitsche anzutreiben.«

Bobby strich Bill über die Nase. »Benimm dich. Mach Mick bloß keine Schwierigkeiten. Tu einfach, was er dir sagt.«

Der Fuchs hob den Kopf. Ein Zittern durchlief seinen muskulösen Körper, als wäre er begierig, es endlich hinter sich zu bringen.

»Los geht's. Viel Glück, Mick.«

Bill schoß an die Spitze des Feldes und ging in einen machtvollen, aber beständigen Galopp über. Keine Sekunde schien er zu zögern oder im Tempo nachzulassen. Er sah weder nach rechts noch links auf die schreiende, vielfarbige Zuschauermenge, als er über die Rennstrecke donnerte.

Die an Pfosten rund um die Rennbahn befestigten Lautsprecher dröhnten auf, als die Pferde über das Ziel hinausschossen: »... und Sieger ist Sweet William, die Nummer neun, mit zwei Längen.«

Bobby und T.R. führten den riesigen Braunen in den Siegerring. »Gut gemacht, Mick.«

»Ich brauchte gar nichts zu tun. Dieser Kerl hat von Anfang an geführt. Bin nur oben geblieben. War offenbar für ihn ein Kinderspiel.« Er glitt zu Boden und ging zum Wiegen.

Bobby und T.R. nahmen dem Pferd den Sattel ab und führten es zum Podium, damit ihm die grüne Satin-Siegerdecke mit der goldgestickten Aufschrift »Scone Cup Winner« umgelegt werden konnte. Die Zuschauer applaudierten, Bill hob den Kopf und nickte seinen Fans zu, als ihn Bobby zu einer Ehrenrunde durch den Ring führte.

Einer der Farmer, der auch einige Rennpferde besaß, gratulierte T.R. »Da haben Sie sich aber ein gutes junges Pferd ausgesucht. Wenn Ihnen mal wieder etwas Ähnliches unter die Augen kommt, lassen Sie es mich wissen. Wie macht sich Guneda?«

»Recht gut, danke. Zwei Stuten werden bald fohlen, und eine von ihnen könnte durchaus einen starken Renner zur Welt bringen. Für Dan Westbaker habe ich ein junges Hengstfohlen trainiert, das vielversprechend ist. Es wäre im Moment für einen günstigen Preis zu haben.«

»Ich werde mich bei Ihnen melden. Glückwunsch, T.R.«

»Bill ist die beste Werbung für uns, was, T.R.?« rief Bobby herüber.

»Ja, danke Ihnen. Ich hätte ihn nie ausgesucht.«

»Unsinn. Sie haben den richtigen Blick. Wenn Sie erst einmal all meine Trainingstricks kennen, schlagen Sie mich um Längen.«

»Sie haben bei mir stets ein Zuhause, Bobby. Solange Sie wollen. Ich haben vor, mit Clayton Hindmarsh darüber zu reden, Ihnen eine Art Beteiligung vorzuschlagen.«

»Nicht doch. Brauche kein Geld. Meine Tochter ist auch ganz gut versorgt, ihnen fehlt es an nichts. Wenn ich etwas auf die Seite lege, dann für die Enkel. Wofür brauche ich schon Geld?«

»Um noch ein Pferd zu kaufen?«

»Keine Angst. Bill nimmt meine ganze freie Zeit in Anspruch. Abgesehen davon würde er es mir schwer übelnehmen, wenn ich mich noch um ein anderes Pferd kümmerte.«

»Okay, Bobby«, lachte T.R. »Aber falls Ihnen je danach sein sollte, einmal das Kentucky Derby oder das Grand National in England zu besuchen ... Das geht auf meine Kosten.«

»Danke, T.R. Aber ich werde Ihnen was sagen: Ich hätte

nichts dagegen, mir mal zu überlegen, ob ich nicht nach Melbourne fahre. Wäre das nicht 'ne tolle Sache?« Kopfschüttelnd schlenderte Bobby davon.

T.R. sah ihm nach, voller Zuneigung zu dem alten Mann, der für ihn zu einer Art Ersatz für seinen Vater geworden war, dem Erfolge im Pferderennsport versagt geblieben waren. »Wir lassen Bill um den Cup starten«, murmelte er vor sich hin. »Und wenn es das letzte ist, was wir tun, Bobby.«

T.R. kehrte für seine letzten Filmaufnahmen nach Tingulla zurück, während Bobby Bill wieder nach Guneda brachte.

Doch am nächsten Tag entschuldigte sich Roger Ambrose bei T.R. »Es gibt da eine kleine Verzögerung. Wir werden Sie etliche Stunden nicht brauchen. Tut mir leid.«

T.R. nickte und ersparte es sich, nach den Gründen zu fragen. Er lief zur Küche und klopfte an die Tür. »Komm herein und trink einen Tee, T.R.«, rief Millie herzlich. »Saskia hat gerade Anzec-Kekse gebacken.«

Feierlich streckte ihm Saskia einen Teller mit noch warmen Haferplätzchen entgegen. T.R. nahm einen Keks und gratulierte der jungen Bäckerin, während Millie Tee eingoß.

»Mir ist zu Ohren gekommen, daß du ein paar Rennen gewonnen hast und sehr erfolgreich als Züchter und Trainer bist. Das freut mich sehr, T.R.«

Saskia zupfte ihn am Ärmel. »Hast du wirklich ein Rennpferd?«

»Aber sicher. Einen Hengst. Er heißt Bill, ist sehr groß und sehr schlau. Bobby, sein Pfleger, hat ihm ein paar Tricks beigebracht.«

Sehnsüchtig seufzte Saskia auf. »Ich würde so gern auf einem Rennpferd reiten. Hast du nicht auch kleine Rennpferde?«

T.R. lachte, als sie ihn ganz ernst anblickte. »Du kannst

Bill jederzeit besuchen, Saskia. Vielleicht in ein paar Monaten, wenn die Fohlen zur Welt kommen.«

»O Millie ... wäre das nicht wunderschön?«

»Zunächst wirst du mit deiner Mutter darüber sprechen müssen, junge Lady. Guneda ist von Tingulla sehr weit entfernt.«

»Mummy und Daddy sind für zwei Tage bei den Quinns ... Sie feiern eine Party zu ihrem Hochzeitstag. Und Daddy hat ein riesiges Überraschungsgeschenk gekauft. Aber ich darf dir nicht verraten, was es ist. Ich kann dir nur sagen, daß es so groß ist, daß wir es nicht einpacken können«, sprudelte Saskia mit funkelnden Augen hervor.

T.R. hatte das Gefühl, Queenie als Kind vor sich zu sehen. Das kleine Mädchen hatte zwar die grauen Augen und dunklen Locken seines Vaters, aber ihr Körperbau, ihre Bewegungen, ihre Begeisterungsfähigkeit waren ganz Queenie.

Er bemerkte, daß Millie seine Unterhaltung mit Saskia schmunzelnd beobachtete. Es machte ihn verlegen.

»Es macht dir Freude, wieder hier sein zu können, nicht wahr?« fragte Millie.

»Ja. Es ist sehr ...« Er brach ab, suchte nach den richtigen Worten, fand sie aber nicht. »Nun ... nostalgisch. Sehr nostalgisch.«

Er schob seinen Stuhl nach hinten und wechselte das Thema. »Dürfte ich vielleicht in Guneda anrufen? Um mich zu vergewissern, daß Bobby und Bill gut nach Hause gekommen sind?«

»Nur zu, T.R. Benutz das Telefon in Queenies Arbeitszimmer.«

Zwei Tage später zogen Warwick und Saskia Queenie hinter die Stallgebäude.

»Mach die Augen zu, Mummy. Wir sagen dir, wann du sie wieder öffnen kannst.«

Sie ließ sich von den beiden noch ein bißchen weiterführen, dann sagte Warwick: »Jetzt! Herzlichen Glückwunsch zum sechsten Hochzeitstag, Queenie.«

Queenie öffnete die Augen und erstarrte. Ihre Hände flogen an ihren Mund. Saskia hüpfte von einem Bein auf das andere. Hinter einem der Ställe stand ein kleines Flugzeug mit einer riesigen roten Schleife um die Bugnase. »Warwick.., was um alles in der Welt ... Das muß doch ein Vermögen gekostet haben«, stotterte Queenie.

Er legte einen Arm um ihre Schultern, drückte sie an sich. »Sieh dir den Namen an ...«

Queenie lief um die kleine rotweiße Piper herum und las gleich hinter dem Cockpit die Worte »Red Jack«. »Aber das können wir uns doch nicht leisten, Warwick ... Ich meine ... es ist eine ganz wundervolle Idee, aber ...«

»Nur keine Sorge. Betrachte es als Vorschuß auf die Einnahmen durch die Dreharbeiten. Ich kann fliegen, müßte aber noch ein paar Auffrischungsstunden nehmen und brauche eine neue Lizenz. Denk doch nur, wie schnell wir damit in Cricklewood sein können, bei den Auktionen oder in Brisbane.«

Queenie lächelte ihn an. Er wirkte wie ein kleiner Junge mit einem neuen Spielzeug. »Dann laß uns hoffen, daß beide Red Jacks abheben. Vielen, vielen Dank, Liebling.« Sie küßte ihn und versuchte die dunklen Vorahnungen zu verdrängen, die ihr im Hinblick auf diesen kostspieligen Luxus kamen.

»Na, gefällt Ihnen Ihr Geschenk?« schmunzelte Roger Ambrose augenzwinkernd, als Queenie ihn wenig später vor dem Haus traf.

»Es war eine große Überraschung. Ich wußte weder, daß wir ein Flugzeug brauchen, noch, daß wir es uns leisten können. Aber es war eine liebe Geste von Warwick ...«

»Wenn auch eine extravagante«, fügte Roger hinzu.

»Ja«, seufzte Queenie. »Warwick neigt ein wenig zu Übertreibungen. Er scheint sicher, die Maschine mit den Mietzahlungen für Tingulla als Drehort bezahlen zu können. Aber so wie die Crew beim Essen zulangt, wird davon kaum etwas übrigbleiben!«

»Vielleicht meinte er die Gewinne aus seiner Beteiligung an dem Film.«

Queenie starrte ihn fassungslos an. »Warwick hat Geld in den Film gesteckt?«

»O weh! Habe ich etwa schlafende Hunde geweckt? Wußten Sie es nicht?«

»Nein, ich hatte keine Ahnung.« Verwirrt dachte Queenie laut nach. »Wie konnte er in den Film investieren und es sich gleichzeitig leisten, dieses Flugzeug zu kaufen? Wir leben doch von einem Kredit zum nächsten.«

»Es geht mich ja nichts an, Queenie, aber ich könnte mir vorstellen, daß Alfred Camboni ein wenig ausgeholfen hat.«

»Ausgeholfen!« Queenies Augen sprühten Funken. »Das tut dieser Mann doch nicht aus Herzensgüte!« Sie schwieg einen Moment, versuchte sich zu beruhigen. »Dies war ein vertrauliches Gespräch, Roger. Bitte glauben Sie nicht, irgend etwas ausgeplaudert zu haben.«

Sie stürmte davon, und Roger Ambrose war froh, nicht in Warwicks Haut zu stecken und Queenie eine Erklärung liefern zu müssen.

T.R. übersprang für die Kamera gerade eine Hürde, die das Team unten am Wasserlauf aufgebaut hatte, als das Postauto vor dem Haus vorfuhr.

Millie kam die Verandastufen herunter und wischte sich die Hände an der Schürze ab. Lächelnd kletterte der Fahrer hinter dem Steuer hervor. Neugierig spähte Millie über seine Schulter hinweg auf die Frau auf dem Beifahrersitz. »Wen hast du da bei dir, Tom?«

»Besuch.« Das Lächeln wurde zu einem Grinsen. Tom schob sich den breitkrempigen Hut in den Nacken. »Hey«, rief er über die Schulter hinweg. »Wir sind da. Sie können aussteigen.«

Offensichtlich hatte die Frau darauf gewartet, daß ihr die Tür geöffnet wurde. Jetzt zerrte sie gereizt am ungelenken Griff und schob ihren engen Rock hoch, damit sie den langen Schritt auf den sicheren Boden machen konnte. Noch immer grinsend betrachtete Tom ihre langen, wohlgeformten Beine. Sie schlug die Tür zu und kam auf sie zu.

»Eine Freundin von T.R., Millie. Kommt direkt aus Amerika«, erklärte Tom und es klang so, als künde er den Besuch einer Außerirdischen an.

Mit großen Augen eilte Millie auf die Frau zu. »Hallo, hallo. Kommen Sie doch aus der Sonne. Sie wirken ja ganz verschwitzt und verstört.«

»Das kann man wohl sagen«, näselte sie und fächelte sich Luft zu, während sie Millie auf die Veranda folgte. »Ich bin Martine Hoxburgh. Ich erwartete, T.R. hier zu sehen. Ist er da? Hinter mir liegt eine wirklich schreckliche Fahrt. Ich hatte ja keine Ahnung, daß Australien so ... primitiv ist.«

Sie sank auf einen Rohrsessel. Tom reichte Millie den Poststapel. »Ist noch eine Tasse Tee da, Millie?«

»Selbstverständlich. Und was ist mit Ihnen, Miss Hoxburgh?«

»Ein kalter Drink wäre wundervoll. Ich kann Ihnen gar nicht sagen, was ich durchmachen mußte.«

»Oh, nur zu. Erzählen Sie's ihr«, lachte Tom.

Martine Hoxburgh funkelte ihn verärgert an, sagte aber kein einziges Wort. Tom folgte Millie in die Küche. »Ich werde dir helfen, Millie. Mannomann, Millie, sie tut mir fast leid. Taucht hier auf wie irgendein piekfeines Glamourgirl, nicht unsympathisch, aber offenbar an die besseren Dinge im Leben gewöhnt. Sie war so erpicht darauf, zu T.R. zu kommen, daß sie mit drei Postautos unterwegs war. Ich habe sie erst heute früh aufgegabelt. Alles, was schiefgehen konnte, ist prompt schiefgegangen. Du würdest es nicht glauben. Auf einer Tour brach das Fahrzeug zusammen, auf der nächsten rutschten sie in einen Creek und mußten erst herausgezogen werden, und dann entdeckten sie auch noch eine Schlange mitten zwischen der Post. Sie bekam so oft hysterische Anfälle, daß sie kaum noch sprechen kann. In Longreach ließ sie mich an einem Hotel anhalten, damit sie sich frischmachen konnte. Auf dem Klo im *George* ...«

»Im *George*! Warum hast du sie denn dorthin gebracht? In diese üble Kaschemme würde ich keinen Hund schikken.«

»Ich hatte Post für sie. Wie auch immer ... Sie kommt neu aufgedonnert wieder raus und bahnt sich ihren Weg an den Schluckspechten vorbei, als zwei von ihnen eine Schlägerei anfangen und ihr glatt gegen die feine Kledage taumeln. Das bringt die Hunde auf Trab. Laut kläffend beginnen sie übereinander herzufallen. Und sie ergreift die Flucht, rennt auf ihren hohen Hacken die Straße hinunter ... Ich dachte, ich würde vor Lachen tot umfallen.«

Toms Lachen erstarb, als er Millies finstere Miene sah. »Ich finde das überhaupt nicht komisch, Tom Higgins. Hier, trag das Tablett hinaus und halte lieber den Mund.«

Als Queenie nach Hause kam und eine schöne rothaarige Frau in cremefarbenem Rock, Seidenbluse und mit Sonnenbrille auf der Veranda entdeckte, die in einer Zeitschrift blätterte, reagierte sie nicht allzu überrascht. Sie war es inzwischen gewöhnt, jederzeit fremde Leute auf Tingulla zu sehen.

»Guten Tag, ich bin Queenie Redmond«, stellte sie sich höflich vor. »Sie müssen eine Schauspielerin sein, aber ich habe gar kein Flugzeug gehört.«

Martine Hoxburgh schüttelte ihre Hand und blickte sie über die dunkle Brille hinweg an. »Flugzeug? Ich war drei Tage lang in Postautos unterwegs. Sie erzählten mir, die Station wäre ›direkt am Wege‹. Eine sehr eigenwillige Auslegung von Entfernungen, muß ich schon sagen, aber offenbar eine sehr australische Untertreibung. Und diese Männer! Einfach unglaublich. Wenn sie typische Vertreter der männlichen Bevölkerung Australiens sind, kann ich die Mädels hier draußen nur bedauern.«

Queenie lachte. »Ja, die Jungs hier gehen mitunter ziemlich ruppig mit Frauen um, aber unter der harten Schale verbirgt sich oft ein guter Kern. Aber warum um alles in der Welt hat man Sie mit dem Postauto herfahren lassen? Das ist wohl kaum die richtige Behandlung für einen Star. Entschuldigen Sie, aber müßte ich Sie kennen? Bedauerlicherweise kenne ich mich im Filmgeschäft nicht allzugut aus ...«

»Ich bin Martine Hoxburgh und keineswegs Filmschauspielerin, sondern in der Modebranche tätig. Ich kam hierher, um meinen ... einen Freund zu besuchen. Ich dachte, ich könnte ihn überraschen. Eine ziemlich verrückte Idee, wie sich herausstellt.«

»Im Gegenteil, eine ganz wundervolle Idee. Sind Sie eine Freundin von Roger?«

»Nein. Von T.R. Hamilton. Kennen Sie ihn?«

Queenie zögerte einen Moment lang. »Ja, ich kenne T.R., Martine. Möchten Sie vielleicht noch etwas trinken? Wenn Sie mich bitte entschuldigen würden? Ich kam her, um Serum für ein krankes Pferd zu holen. Ich bin gleich wieder da.« Sie lief ins Haus. »Millie ...«

Millie kam die Treppe heruntergeeilt. »O Queenie. Hast

du T.R.s Freundin schon kennengelernt? Sie ist gerade angekommen. Armes Ding. Hat eine grauenhafte Reise hinter sich. Ich habe sie in einem der Gästezimmer einquartiert. War das richtig?«

»Für den Moment«, rief Queenie über die Schulter hinweg und verschwand in den hinteren Bereich des Hauses.

Kurze Zeit später trat sie wieder auf Martine Hoxburgh zu. »Haben Sie Lust, mit hinunter zu den Dreharbeiten zu fahren? Dort finden Sie T.R.«

»Oh, das wäre großartig!«

Auf keinen Fall hätte es sich Queenie entgehen lassen, beim Treffen zwischen T.R. und Martine dabeizusein. Sie startete den Landrover energischer, als nötig war.

Roger Ambrose eilte auf die beiden Frauen zu, und Queenie stellte ihm Martine vor. Seine Blicke musterten die elegante Rothaarige ausgesprochen wohlgefällig. »T.R. ist da hinter dem Hügel. Sie filmen, wie er über den Wasserlauf hinwegsetzt. Er doubelt für Ty, den Hauptdarsteller«, fügte er erklärend hinzu.

Am Landrover lehnend, sahen sie den Aufnahmen zu. Als der Regisseur »Schnitt!« rief, hielt T.R. sein Pferd an und saß ab. Er drehte sich um und kam näher. Bevor er auf Martines Anblick reagieren konnte, warf sie sich in seine Arme.

»Großer Gott, Martine! Wie kommst du denn hierher?«

»Frag nicht, Honey.« Auffordernd hob sie das Gesicht. Er küßte sie flüchtig. Martine klammerte sich an seinen Arm. »Ihr kennt einander bereits?«

»Ja. Wir haben gehört, daß sie Sie auf Guneda überraschen wollte, dort hörte, daß Sie hier filmen und sich kurz entschlossen auf den Weg durch die australische Wildnis machte. Nette Überraschung, was, T.R.«, lächelte Roger.

»Sie ist gelungen.« Er sah Queenie an. »Ich hoffe, das macht keine Umstände?«

»Das Haus ist groß genug. Sie können bleiben, solange Sie möchten, Martine. Aber ich fürchte, jetzt habe ich zu arbeiten.«

Queenie drehte sich um und kletterte hinter das Steuer des Landrover. Sie wußte, es war ungerecht, derart eifersüchtig zu sein. T.R. hatte ein Recht auf eine Frau in seinem Leben – aber nicht unter meinem Dach, dachte sie empört.

»T.R., wann können wir endlich miteinander allein sein? Es ist doch entsetzlich, daß ich im Haus wohne, du aber in diesem Schuppen. Schließlich kam ich her, um mit dir zusammensein zu können.«

»In zwei Tagen bin ich hier fertig, Martine. Dann können wir nach Guneda. Aber du mußt dich auf eine lange Autofahrt gefaßt machen.«

»Mit dir habe ich nichts dagegen. Offengestanden kann ich das Benehmen dieser australischen Männer kaum noch ertragen. Sie wissen einfach nicht, wie man eine Lady behandelt. Du bist die sprichwörtliche Ausnahme von der Regel. Aber selbst du wirkst ein wenig gereizt. Je schneller wir von hier fort sind, desto besser.«

»Warum bist du gekommen, Martine?«

»Aber Honey, ich hatte so lange nichts mehr von dir gehört und dich sehr vermißt. Abgesehen davon hast du so viel von Australien erzählt, daß ich es mir selbst einmal ansehen wollte.«

Sie schlang einen Arm um seine Taille, als sie auf die Ställe zugingen. »Martine, du solltest wirklich nicht auf diesen hohen Absätzen herumlaufen. Du wirst dir noch die Knöchel brechen.«

»Aber T.R, ich wollte mit Roger in die Stadt. Ich dachte, ich könnte mich dort ein wenig umsehen, vielleicht einen Friseur und eine Maniküre aufsuchen.«

T.R. unterdrückte ein Lächeln. »Ich glaube kaum, daß in der Stadt ein Damensalon existiert, Martine. Es gibt einen Herrenfriseur. Und soweit ich weiß, wirst du im Umkreis von etlichen hundert Meilen keine einzige Maniküre finden. Frag Roger, ob die Mädchen vom Filmteam dir behilflich sein können.«

»Meine Haare kann ich mir selbst waschen, aber meine Pflegemittel wirken hier draußen nicht. Ungünstige Luft- und Wetterbedingungen. Kein Wunder, daß die Frauen so schlicht wirken. Bis auf Queenie natürlich. Weißt du, vielleicht liegt es daran, daß die Männer so gar keine Manieren haben. Die Frauen schenken sich selbst keinerlei Aufmerksamkeit, also warum sollten es die Männer tun? Eine Kosmetikerin könnte hier draußen ein Vermögen verdienen.«

»Das bezweifle ich. Im Busch setzen die Frauen andere Prioritäten. Aber keine Sorge, du siehst großartig aus.«

Bevor er nach Guneda zurückkehrte, suchte T.R. Queenie und fand sie im Raum hinter den Pferdeboxen, wo sie zwischen Zaumzeug und Sätteln kramte.

»Na, suchst du die Ausrüstung für deinen Viehtrieb zusammen?«

»Ja, und ich freue mich direkt darauf«, erwiderte Queenie. Auf das telefonische Angebot eines Viehhändlers hin hatte sie beschlossen, eine kleine Herde guter Rinder zu kaufen, da der Preis günstig war. Es hatte einige Diskussionen mit Warwick gegeben, aber schließlich hatte sie sich durchgesetzt, obwohl das eine weitere Erhöhung ihres Überziehungskredits bedeutete.

»Nur zu verständlich. War in der letzten Zeit aber auch ein ziemlicher Zirkus hier, oder?«

»Kann man wohl sagen. Willst du mit Martine nach Guneda zurück?«

»Ja. Ich wollte mich von dir verabschieden und ...« T.R. fuhr sich mit der Hand durch die dichten blonden Haare – eine Angewohnheit, die Queenie als Anzeichen von Verlegenheit kannte.

Sie sahen sich an. T.R. wollte ihr sagen, daß ihm Martine kaum etwas bedeutete, auch wenn ihm das in Kentucky anders vorgekommen war. Vielleicht hatte das an ihrer Selbstsicherheit gelegen, an ihrer Fähigkeit, ein eigenes Geschäft zu führen. Doch im australischen Busch wirkte sie wie ein Fisch auf dem Trockenen. Aber da gab es noch etwas anderes, etwas Wichtigeres ...

»Queenie, du kannst jetzt sagen, es ginge mich nichts an, aber da ist etwas, was ich dir sagen muß. Du bist meine ...« ›Freundin‹ wollte er sagen, doch dann kam es ihm mehr als unpassend vor. »Ich weiß, wie sehr du an Tingulla hängst, und ich möchte verhindern, daß du in Schwierigkeiten gerätst ...«

»Wovon redest du eigentlich, T.R.?«

»Bitte, geh nicht gleich an die Decke. Es geht um Warwick. Um seine Spielleidenschaft ... Ich frage mich nur, ob du eigentlich weißt, welche Summen er auf der Rennbahn verliert. In Sydney und an anderen Orten.«

»Spielleidenschaft? Großer Gott, T.R., der Mann wettet hin und wieder ein bißchen. Das macht ihn doch nicht zum Glücksspieler. Warum erzählst du mir das eigentlich? Was bezweckst du damit?« wollte Queenie gereizt wissen.

Aber T.R. ließ sich nicht aus der Ruhe bringen. »Hör mir zu, Queenie. Ich weiß zufällig, daß Warwick im letzten Jahr viel Geld bei den Rennen verloren hat. Sehr viel Geld. Er steht bei etlichen SP-Buchmachern tief in der Kreide. Mir ist bewußt, welche Probleme die Dürre verursacht hat, und es macht mir Sorgen, daß Warwick dazu neigt, mehr Geld auszugeben, als er hat ...«

»Du bist verrückt, T.R. Wie kannst du es wagen, mir hier

so wilde Gerüchte aufzutischen, meinen Mann zu beleidigen und anzudeuten, ich wäre eine einfältige Frau, die nicht weiß, was unter ihrem eigenen Dach vorgeht ...«

»Das war nicht meine Absicht, Queenie, das weißt du genau. Aber wenn du nicht bereit bist, auf einen Freund zu hören, dann bist du in der Tat töricht«, gab T.R. zurück.

»Halt dich aus meinen Angelegenheiten heraus, T.R. Und aus meinem Leben«, schrie Queenie. Die Kehle wurde ihr eng, ein unsagbarer Schmerz drückte ihre Brust zusammen, Tränen traten ihr in die Augen.

»Wie du willst. Aber behaupte dann nicht, ich hätte nicht versucht, dir zu helfen – oder dich zu warnen.« Zornig und tiefgekränkt ließ T.R. sie stehen. Ein paar Stunden später verließ er Tingulla, ohne Queenie noch einmal zu sehen.

In einer Ecke des Balkons stand Queenie hinter einem jasminumrankten Stützpfosten und sah dem Rangerover nach, der mit T.R. und Martine davonfuhr. Schon bald war er nur noch eine winzige Staubwolke am Horizont. Mit schwerem Herzen drehte sich Queenie um und ging wieder hinein.

18. Kapitel

Colin und Dina saßen mit Alfredo Camboni und seinem Anwalt in Cambonis dunkelgetäfelter Bibliothek zusammen. Der Anwalt überreichte Alfredo einen Stapel Dokumente. »Das ist reine Routine, Alfredo, mein Freund. Sie waren in den letzten beiden Jahren außerordentlich hilfreich und ungewöhnlich großzügig. Aber Geschäft ist Geschäft. Es ist an der Zeit, um Rückzahlung zu bitten.«

»Und wenn die Schulden nicht zurückgezahlt werden können?«

Der Anwalt hob die Schultern. »Sie haben die Mehrheit der Schuldverpflichtungen. Sie müssen sie einfordern.«

Dina warf Colin ein leichtes Lächeln zu, aber er betrachtete das Muster des chinesischen Teppichs und sah es nicht.

Alfredo faltete die Unterlagen zusammen. »Also gut. Du verstehst doch, daß das alles ausschließlich in unserem Interesse ist, Colin?«

Colin hob den Kopf und sah seinen Schwiegervater teilnahmslos an. Alfredos Gesicht drückte Mitgefühl aus. Aber Colin sah nur die Hängewangen, die wäßrigen Augen, die dicken, blassen Lippen.

»Sie wird zunächst vielleicht nicht begreifen, daß es auch für sie das beste ist, aber die Dinge könnten sehr viel problematischer werden, wenn er versucht, uns auszuzahlen und sich dafür nur tiefer bei den falschen Leuten verschuldet. So bleiben die Verpflichtungen wenigstens in der Familie. Du stimmst doch sicher zu, daß es so besser ist, *sí*?«

Colin nickte, stand auf und verließ wortlos den Raum.

Stirnrunzelnd wandte sich Alfredo seiner Tochter zu.

»Er muß sich erst noch damit abfinden«, sagte Dina.

»Er fühlt sich vielleicht ein wenig manipuliert, Dina«, sagte der Anwalt leise. »Sie sollten etwas für sein Ego tun.«

Roger Ambrose rieb sich erschöpft die Augen. Die gesamte Filmcrew hatte sich auf der Veranda versammelt und hörte seit rund zwanzig Minuten Rogers Erklärungen zu. Im Hintergrund stand Warwick, mit verschränkten Armen und grimmiger Miene.

»Und was bedeutet das alles nun für uns?« erkundigte sich ein Beleuchter, nachdem Ambrose geendet hatte. »Seit vier Wochen haben wir kein Geld mehr gesehen. Einige von uns haben nicht einmal Rückflugtickets. Wird nun wenigstens dafür gesorgt, oder nicht?«

»Um eine Transportmöglichkeit nach Sydney habe ich mich gekümmert. Von dort aus ist für Flüge in die Vereinigten Staaten gesorgt. Und was die Löhne betrifft, so kann ich Ihnen versichern, daß ich mein Bestes versuche. Doch von hier aus ist die genaue Situation nur schwer einzuschätzen. Wenn ich wieder in Los Angeles bin, habe ich weitaus mehr Möglichkeiten.«

»Sicher«, murrte jemand.

»Der Gewerkschaft wird das aber gar nicht gefallen«, meldete sich ein anderer.

»Ich weiß. Und offengestanden habe ich alles Verständnis, wenn Sie das Studio unter Druck setzen.«

»Wenn sich das herumspricht, wird wohl kaum noch jemand Lust auf Außenaufnahmen in Australien haben«, erklärte der Kameramann.

»Sehr richtig. Wir liefern ein ausgesprochenes Negativbeispiel. Ist der Film überhaupt noch zu retten?«

Roger wirkte unbehaglich. »Es sind nur wenige Szenen nicht im Kasten. Die könnten in L.A. nachgestellt werden. Das Problem besteht in den fehlenden Mitteln für die Fertigstellung des Streifens, den Schnitt, die Postproduction und so weiter.«

»Und was ist mit den Nadelstreifen? Den Investoren? Ich wette, die kriegen ihr Geld.«

»Nein. Ich fürchte, die meisten Investoren waren damit einverstanden, erst von den Nettoeinnahmen ausgezahlt zu werden, nachdem alle Herstellungskosten beglichen sind.« Roger sah Warwick nicht an.

»Was genau ist da eigentlich schiefgegangen?« wollte die Maskenbildnerin wissen.

»Das Szenario ist bekannt. Eine Machtverschiebung an der Spitze, Druck der Banken auf das Studio. Die neuen Jungs haben sich entschlossen, zunächst einmal ihre eigenen Projekte voranzutreiben. In den oberen Etagen spielen sich Machtkämpfe ab, die mit uns absolut nichts zu tun haben. Es hört sich zwar schwachsinnig an, einen Film zu kippen, der fast fertig ist, aber ich glaube, wir sind die Opfer einer persönlichen Vendetta.«

»Himmel, was für eine Branche. Eigentlich will ich nichts anderes, als Filme machen. Warum kommt einem so ein Mist immer wieder ins Gehege?«

Roger stand auf. »Da widerspreche ich Ihnen nicht. Ich kann mich nur wiederholen: Ich tue, was ich kann. Obwohl mir die Entscheidungen aus der Hand genommen sind, fühle ich mich verantwortlich und werde mit allen Mitteln für *Red Jack* kämpfen.«

»Sorgen Sie nur dafür, daß wir bekommen, was uns zusteht«, rief der Kameramann.

Die Teammitglieder erhoben sich. Ambrose ging auf Warwick zu.

»Das war für Sie bestimmt nicht leicht«, meinte Warwick mit mitfühlendem Lächeln.

»Nein. Und ebensowenig leicht fällt es mir, Ihnen und Queenie zu sagen, daß ich keine Ahnung habe, wann Sie für unseren Aufenthalt hier bezahlt werden – ob überhaupt. Und was Ihre Investitionen betrifft ... Nun, da habe ich noch größere Zweifel.«

»Wie ein Crewmitglied schon sagte: Was für eine Branche! Geschieht so etwas eigentlich häufiger?«

»Ich fürchte, ja. Volles Risiko, wie man so schön sagt. Aber es macht süchtig. Jeder einigermaßen vernünftige Mensch würde sich einen anständigen Job in einem Büro suchen oder Bohnen züchten, aber sobald irgendein erfolgversprechendes Projekt auftaucht, stürze ich mich Hals über Kopf in die nächste Katastrophe.«

Warwick antwortete nicht. Schweigend verließen die beiden Männer die Veranda.

»Sie können von Glück sagen, hier mit Ihrer reizenden

Familie weitab dieses Wahnsinns leben zu können, Warwick. Im Grunde haben Sie trotz allem das bessere Los gezogen.« Roger strebte den Schafschererunterkünften zu, in denen Bier bereitstand, um über diesen Schlag hinwegzutrösten.

Warwick zog sich mit einer Flasche Rum ins Arbeitszimmer zurück. Gott sei Dank war Queenie nicht da. Wie sollte er ihr diese Hiobsbotschaft nur beibringen? Warwick zog eine Schublade auf, holte eine kleine Schatulle heraus und öffnete sie mit einem im Regal versteckten Schlüssel. Er breitete die darin enthaltenen Papiere auf dem Schreibtisch aus und studierte sie sorgfältig.

Im Morgengrauen fuhr er hoch. Sein Kopf lag auf den Armen, sein Nacken war steif, die Flasche leer. Die Zahlen in den Unterlagen hatten sich nicht verändert.

Für gewöhnlich ist Channel Country im südwestlichen Queensland trocken, öde und unfruchtbar. Ein dichtes Netz von Sprüngen und Erdspalten überzieht seine rote Oberfläche wie die Falten ein alterndes Gesicht. Wenn weiter nördlich und im Golf Country schwere Regenfälle niedergehen, strömen die Wasser nach Süden, schießen in die Spalten und Sprünge, bilden Bäche und Flüsse, die sich irgendwann vereinigen, so daß das Land zu einem riesigen See wird. Wenn das Wasser schließlich zurückgeht, beginnen Gräser, Pflanzen und Blumen zu sprießen und bedecken die feuchte, ockerfarbene Erde mit einem dichten Teppich. Er bietet Herdentieren ausreichend Futter, und für kurze Zeit sieht das Land jung und fruchtbar aus.

Einst gehörte es den Aborigines. Es war ihre Mutter: die Quelle allen Lebens, sein Sinn. Überall gab es dort geheimnisvolle Orte und landschaftliche Merkmale von besonderer spiritueller Bedeutung, greifbare Verbindungen mit der

Schöpfung: Orte für Traum und Trance. Es war diese Beziehung zum Land, zur Vergangenheit, zur Ewigkeit, von der nur wenige weiße Menschen wußten und noch weniger verstanden.

Für die meisten Weißen war Channel Country in der Trockenzeit ebenso unerträglich wie während der Regenzeit. Nur wenn es dort grünte und Viehherden ernährte, war es von irgendeinem Nutzen.

Queenie und ihre Helfer übernahmen ihre siebenhundert Hereford-Rinder in der kleinen Ortschaft Boulia am Rand von Channel Country. Die Rinder befanden sich auf sehr engen Koppeln und waren entsprechend nervös und verängstigt.

Queenie schüttelte dem Verkäufer die Hand und setzte sich neben Ernie auf den Koppelzaun. In der Nähe bemühten sich zwei Treiber verzweifelt, ihre Rinder in einen großen Transporter zu bekommen. Immer wieder glitten die Hufe der Tiere auf der Rampe aus, und peitschenknallend versuchten die Männer, sie in den dunklen Laderaum zu treiben.

»Ich glaube, das ist ein sehr guter Kauf«, bemerkte Queenie.

Ernie sah den Treibern zu. »Warum verladen wir die Tiere eigentlich nicht und fahren mit ihnen nach Cricklewood?«

»Ich habe mich schon gefragt, wann du damit herausrückst«, lächelte Queenie. »Erstens kostet es zuviel, zweitens glaube ich, daß es für die Tiere besser ist, und wenn wir es langsam angehen, verlieren sie auch nicht an Gewicht. Und drittens ...« Queenie blickte in die Ferne, schien fast zu sich selbst zu sprechen, »wird es auch mir guttun. Ich brauche ein bißchen Zeit zum Nachdenken. Ich möchte zur Ruhe kommen, mein inneres Gleichgewicht wiederfinden. Ich liebe dieses Land, brauche aber ab und zu ganz engen Kontakt zu ihm: Muß seine Luft atmen, auf der Erde schlafen, mich seinem Rhythmus anpassen, in Einklang mit ihm kommen.«

Ernie lächelte nur schweigend.

Wenig später trieben sie die Herde in einer Staubwolke und unter lautem Peitschenknallen die Straße hinunter.

Auf der Veranda des Pub sahen zwei Männer mit Bierkrügen in den Händen ihrem Aufbruch zu. »Ist es zu fassen? Ein Viehtrieb, bei dem ein Mädel das Sagen hat.«

»Verdammter Pfeffer, was ist aus der Welt geworden? Weiß sie überhaupt, auf was sie sich da einläßt?«

»Denke schon. Es ist Hanlons Tochter Queenie. Du weißt, der Bursche, dessen Frau ermordet wurde, und der dann während der großen Überschwemmung ertrank.«

»O ja. Hat offenbar nicht genügend Transporter. Aber die Rinder machen einen guten Eindruck.«

»Wenn du mich fragst – ich vermisse die gute alte Zeit. Die Tiere auf Motorrädern zu sichten und dann auf Laster zu pferchen ... Das ist doch nicht mehr dasselbe wie der Trieb über Land.«

»Ja, hast recht. Mir fehlt es auch ein bißchen. Noch ein Bier?«

Die beiden alten Treiber verschwanden im Pub, als der Rest von Queenies Herde mit Ernie als Nachhut vorbeitrabte.

Bei Sonnenuntergang des zweiten Tages erreichten sie den Diamantina River, ein breites, tiefeingeschnittenes Flußbett, das nichts als ein Rinnsal Wasser führte. Tubby hatte bereits ein Lager aufgeschlagen, und der dampfende Teekessel war ein willkommener Anblick.

Nachdem sie gegessen hatten, war auch das letzte Tageslicht verschwunden, und neben dem Mond funkelte der einsame Abendstern. Queenie erklärte sich bereit, die zweite Nachtwache zu übernehmen. Angenehm müde kroch sie in ihren Schlafsack und dachte an die Stadtbewohner, die sich nach langen Stunden in überfüllten Büros auf unterschiedlichen Wegen in Verkehrsstaus heimwärts quälten. Hier draußen wurde der Tag vom Aufgang und Untergang der Sonne bestimmt.

Sie hatte sich Sparky als Reitpferd für die Nacht ausgesucht, eine kleine Stute, die von allen Pferden die beste Nachtsicht hatte. Gesattelt stand sie in der Nähe des Lagers für den Fall bereit, daß es unter den Rindern aus irgendeinem Grund zu Unruhe kam. Ernie hatte die erste Wache, also schloß sie die Augen und schlief ein.

In den frühen Morgenstunden kam ein Wind auf, fuhr pfeifend durch die große Herde und ließ das Lagerfeuer aufflackern.

Dann legte er sich wieder so abrupt, wie er aufgefrischt war. Queenie verspürte eine merkwürdige Unruhe – vielleicht lag das an der fast unheimlichen Stille, vielleicht aber auch an einer Vorahnung. Sie wollte gerade ihren Schlafsack verlassen, als das leise Muhen der Rinder beunruhigend anschwoll und sie Ernies Schrei hörte: »Sie gehen durch!«

Eine schwankende, dunkle Masse Tierleiber stürmte, getrieben von Angst vor dem Unbekannten, in die Dunkelheit. Ernie war es gelungen, die Herde vom Lager fernzuhalten, doch er konnte nicht erkennen, wo die Leittiere waren, als er neben den verschreckten Rindern dahinraste.

Innerhalb von Sekunden saß Queenie im Sattel und setzte der Herde nach. Instinktiv galoppierte Sparky der Spitze der Herde zu und schien genau zu wissen, wohin sie ihre Hufe zu setzen hatte. Queenie drückte sich flach an den Pferdeleib und ließ dem Tier seinen Willen.

Sie überholten die meisten der durchgehenden Tiere, und Queenie knallte wild mit ihrer Peitsche, um sie zum

Umdrehen zu bewegen. Eine Staubwolke stieg über der Herde auf und verdunkelte das ohnehin schwache Mondlicht. Über das Donnern der Hufe hinweg hörte sie eine weitere Peitsche und wußte, daß Ernie sich auf der anderen Seite der Herde und mit ihr auf gleicher Höhe befand. Aber noch hatten sie die Leittiere nicht erreicht.

In diesem Augenblick wurde auch Queenie von Angst erfaßt. Sie hörte ein fernes Donnern und wußte, was die panische Flucht der Tiere ausgelöst hatte. Sie hatten das unterirdische Beben einer plötzlichen Überschwemmung gespürt oder geahnt.

Derartige Überschwemmungen sind ein Phänomen des australischen Outback. Wenn es im Norden regnet, ergießt sich das angestaute Wasser Wochen später in ein ausgetrocknetes Flußbett und verwandelt es innerhalb von Minuten in einen gurgelnden Strom, der alles mit sich reißt. Jetzt, als die Rinder in der Dunkelheit auf das Flußbett zurasten, befürchtete Queenie eine Katastrophe gigantischen Ausmaßes.

»Wenn sie in den Fluß stürmen, werden wir sie verlieren!« schrie sie in die Nacht, obwohl sie niemand hören konnte.

Sie drückte Sparky die Füße in die Seite und wendete die Stute dem vor kurzem noch nahezu ausgetrockneten Flußbett zu. Queenie hoffte, den Fluß vor der Herde zu erreichen und diese irgendwie zur Umkehr bewegen zu können.

Schon bald machte sie sich verblüfft bewußt, daß ihr Pferd schwamm. Das Wasser stand höher als erwartet, und die Strömung war stark. Sie drehte sich wieder zum Ufer um und spürte, wie die Strömung sie zu erfassen begann.

Trotz der Dunkelheit sah sie, daß die Leittiere das Flußbett erreichten. Als ihre Hufe im Schlamm einsanken, begannen sie verängstigt zu brüllen, und in diesem Moment dachte Queenie, die Tiere zur Umkehr bringen zu können. Aber sie war von der Strömung bereits zu weit stromabwärts getrieben worden, und der Druck der Herde hinter den Leittieren drängte diese ins Wasser.

Hilflos sah Queenie zu, wie die Herde ins Flußbett stolperte. Plötzlich entdeckte sie Ernie, der am Ufer entlangritt und sein Pferd ins Wasser lenkte.

»Wir müssen sie begleiten!« schrie er.

Queenie erkannte, daß es jetzt keine Möglichkeit mehr gab, die Tiere zurückzutreiben. Nun mußte die Herde dazu gebracht werden, ans andere Ufer zu schwimmen. Mit ein wenig Glück konnten sie sie vor dem Ertrinken bewahren.

Queenie und Ernie hielten sich eng an beide Flanken der Herde und redeten beruhigend auf die Tiere ein.

Irgendwo mitten im Fluß tauchte Ernie plötzlich neben ihr auf. »Einige der Nachzügler hinten scheinen Probleme zu haben!«

Einige Tiere waren bei der wilden Jagd der Herde niedergetrampelt worden. Zwei steckten im Schlamm fest, aber es sah so aus, als könnten sie gerettet werden. Behende löste Queenie ihr Lasso vom Sattel, warf es einem Rind über den Kopf und zog es so aus dem Schlamm und ins Wasser.

Sie rettete auch das andere Tier auf diese Weise und trieb die beiden ihrer Herde zu, die inzwischen erschöpft, aber ruhig am anderen Ufer stand.

»Wie viele haben wir verloren, Ernie?«

»Das werden wir erst bei Tagesanbruch wissen. Aber eine ganze Menge, fürchte ich.« Nachdenklich betrachtete Ernie die Herde.

Queenie warf einen Blick auf den Horizont. »In ein paar Stunden wird es hell. Dann werden wir Ausrüstung und

Packpferde herüberholen. Tubby wird mit dem Wagen flußaufwärts fahren müssen, um uns dort zu treffen.«

»Ich werde ein Feuer anmachen, damit wir ein wenig trocknen können«, schlug Ernie vor.

Queenie erschauerte und erkannt erst jetzt, daß sie bis auf die Haut durchnäßt war.

Ernie suchte trockene Zweige und Blätter zusammen und entnahm seinem Sattelsack sein Feuerzeug für Notfälle: zwei kleine Feuersteine, die er so lange aneinanderrieb, bis sie Funken schlugen. Er legte trockene Blätter darauf und blies sanft, bis erst Rauch und dann eine winzige Flamme hochzüngelte.

Minuten später brannte ein behagliches kleines Feuer. Sie benutzten ihre Sättel als Kopfkissen, entspannten sich schließlich und schliefen ein.

Die letzten der Laster und Wohnmobile mit der Aufschrift »Mountain Pictures« holperten die Auffahrt hinunter der Straße zu und ließen Tingulla nach Wochen hektischer Betriebsamkeit leer und verlassen zurück.

Jim fuhr in die Stadt, um bestellte Ersatzteile für den Bulldozer abzuholen, und Millie machte sich an einen Frühjahrsputz. Stan zog zu einer anderen Arbeitsstelle weiter, und unten am Wasserlauf, wo Reste der Filmkulissen stehengeblieben waren, schlug eine Aborigine-Familie ihr Lager auf. Warwick blieb im Arbeitszimmer verschanzt und beschäftigte sich mit Papierkram.

Millie klopfte an die Tür. »Lunch ist fertig.«

Sie bekam keine Antwort, daher öffnete sie vorsichtig die Tür. Warwick schlief im Schreibtischsessel. Er hatte sich seit Tagen nicht rasiert, sein Gesicht wirkte erschöpft. Millie seufzte, als sie die offene Rumflasche auf dem Schreibtisch sah. Leise schloß sie die Tür wieder.

Am späten Nachmittag verließ Warwick sein Refugium.

Millie sah, wie er gedankenverloren im Garten herumlief. Sie brühte Tee auf und brachte ihn zusammen mit ein paar Sandwiches auf die Veranda. »Tee, Warwick.«

Er zuckte zusammen und hob grüßend eine Hand. Millie ging wieder hinein, war aber erleichtert, als sie seine Schritte auf der Veranda hörte, ein wenig später das leise Klappern von Geschirr.

An diesem Abend kehrte Warwick zum erstenmal seit Beginn der Filmarbeiten wieder in das eheliche Schlafzimmer zurück. Doch es fehlte die friedliche Atmosphäre, die stets über dem Haus gelegen hatte. Die Räume wirkten leer und einsam. Warwick sehnte sich nach Queenie. Er brauchte ihre Stärke, ihre Liebe, ihr Verständnis.

Er warf sich auf das Bett und verbarg das Gesicht in den Kissen. »Queenie, Liebste, ich habe versagt.«

In derselben Nacht blickte Queenie in ihrem Schlafsack in der Nähe des Lagerfeuers zum Kreuz des Südens empor. Sie dachte an Warwick und fühlte sich ihm sehr nahe. Sie wußte, daß sie ihn nie so lieben würde wie T.R., aber Warwick hatte sich als loyaler, guter und verläßlicher Ehemann erwiesen. Wenn es in ihrer Ehe in letzter Zeit kriselte, dann lag das daran, daß sie Tingulla, Cricklewood und Saskia Vorrang eingeräumt hatte. Wenn sie wieder zu Hause war, würde sie sich bemühen, Warwick gegenüber aufmerksamer und liebevoller zu sein.

Lächelnd erinnerte sie sich daran, daß sie über ein zweites Kind gesprochen hatten, und wurde plötzlich von tiefen Schuldgefühlen gegenüber jenem Kind erfaßt, das sie fortgegeben hatte. Die Erinnerung an dieses Geheimnis, das nur Millie, Jim und Snowy kannten, war wie ein qualvoller, ferner Alptraum, der sie von Zeit zu Zeit heimsuchte.

Sie sehnte sich nach Warwicks vertrautem Körper neben sich und drehte sich seufzend in ihrem Schlafsack um.

Bei Sonnenaufgang wurde Millie wach und öffnete die Augen. Sie drehte sich auf die andere Seite, um noch einmal einzuschlafen, doch dann wurde ihr bewußt, was sie geweckt hatte. Über den Morgengesang der Vögel hinweg hörte sie die Flugzeuggeräusche.

Sie hüllte sich in ihren ausgeblichenen Frotteemorgenrock, tappte verschlafen ins Freie und blickte zum Himmel. Wer kam da so früh und unangekündigt? Dann erkannte sie, daß das Flugzeug startete, nicht landete. Die rotweiße Piper stieg in den golden und lila gestreiften Morgenhimmel und flog Richtung Osten.

Schon bald wurde die kleine Maschine durch den über den blauen Bergen aufsteigenden Sonnenball ihren Blikken entzogen.

Wohin will Warwick nur? fragte sie sich. Seltsam, daß er gestern abend gar nichts davon erwähnt hatte. Aber seit der Abfahrt der Filmleute war er schließlich mehr als zerstreut gewesen.

Sie lief in die Küche, um wie üblich den Wasserkessel aufzusetzen, hielt dann aber inne, drehte sich um, ging zurück in ihr Bett, um den ungewohnten Luxus zu genießen, endlich einmal ein wenig länger schlafen zu können.

Wie ein Lauffeuer verbreitete sich die Nachricht in Longreach. Jim hatte die Stadt gerade verlassen wollen, als Kevin Hooper, der Fliegende Arzt, ihn aufspürte und leise auf ihn einredete. Eine halbe Stunde später rollten sie über den Startstreifen.

Mit einer Karte auf den Knien saß Jim neben Kevin, als sie über den Tarmac rollten. Kevin sprach über sein Mikro mit dem kleinen Kontrollturm. »Hier Charlie Alpha November Sechsnullneun. Bitte um Starterlaubnis.«

»Starerlaubnis erteilt. Steigen Sie auf fünftausend Fuß,

Richtung Westen. Melden Sie sich in tausend Metern wieder. Irgendein bestimmtes Ziel?«

»Vor zwei Tagen hat sie Windorah verlassen, also dürfte es nicht allzuschwer sein, sie zu lokalisieren. Sie ist mit einer ziemlich großen Herde unterwegs. In der Gegend gibt es Tonpfannen, auf denen ich landen kann.«

»Roger, halten Sie uns auf dem laufenden. Sagen Sie Queenie, es täte uns sehr leid. Ende.«

Kevin hängte das Mikrophon wieder in seine Halterung am Armaturenbrett und warf Jim, der teilnahmslos in die Ferne starrte, einen kurzen Blick zu. Jims verarbeitete Hände krallten sich um die Karte. Er fragte sich, woher er die Worte nehmen sollte, um Queenie zu sagen, daß Warwicks Flugzeug abgestürzt war.

19. Kapitel

Queenie schickte alle fort. Sie wollte mit ihrer Trauer allein sein. Sie war es leid, tapfer und stark zu sein. Zu viele Freunde waren herbeigeeilt, um ihr Trost zuzusprechen, Hilfe anzubieten und sie für ihre Haltung zu bewundern.

Nach dem ersten Schock hatte ihre größte Sorge Saskia gegolten. Sie tröstete sie, gab ihr aber auch Zeit, auf ihre eigene Weise um ihren Vater zu trauern. Sie war fest entschlossen, sich nicht an ihre Tochter zu klammern und sie nicht mit Beteuerungen wie »Du bist alles, was mir geblieben ist« zusätzlich zu belasten.

Warwick wurde eingeäschert und seine Urne auf Bitten der Familie heim nach Western Australia geflogen. Seine Mutter war zur Reise nicht in der Lage gewesen, aber seine Schwestern hatten an der Trauerfeier und dem Gedenkgottesdienst in der kleinen Kirche von Tingulla teilgenommen, die die vielen Trauergäste kaum fassen konnte.

Colin kam allein, die Cambonis hatten ein nahezu peinlich großes Blumengebinde aus Sydney geschickt. Colin traf am Abend vor dem Gottesdienst auf Tingulla ein. »Warwick war ein guter Mann, Queenie. Ich hoffe, Saskia kommt einigermaßen über den Verlust hinweg«, sagte er leise zu seiner Schwester in einer Ecke des fast überfüllten Wohnzimmers.

Queenie nickte schweigend. Unbehagen breitete sich zwischen ihnen aus. Mißverständnisse und Abneigung hielt sie voneinander fern. Colin murmelte etwas Unverständliches und Queenie fiel nichts ein, um die Barriere niederzureißen, die im Lauf der Jahre zwischen ihnen entstanden war.

»Wie geht es Dina?« fragte sie schließlich.

»Sie läßt dich grüßen und entschuldigt sich dafür, nicht kommen zu können. Es geht ihr nicht gut.« Und in einer Anwandlung von spontaner Vertraulichkeit fügte er hinzu: »Sie hatte eine Fehlgeburt.«

»Oh, Colin, wie schrecklich.« Aufrichtig betroffen legte ihm Queenie eine Hand auf den Arm. »Beim nächsten Mal wird es gutgehen, davon bin ich fest überzeugt. Bitte sag ihr, wie leid es mir tut.«

»Ich bezweifle, daß wir es noch einmal versuchen. Sie glaubt, sie wäre zu alt.«

Einen Augenblick lang war Colin versucht, sich Queenie, die ihn voller Mitgefühl ansah, anzuvertrauen. Aber wie stets, hinderte ihn irgend etwas daran und er wandte sich ab. »Du bist nicht die einzige auf dieser Welt, die leidet, Queenie.«

Traurig sah Queenie ihm nach. Was ist mit dir geschehen, Colin? fragte sie sich. Was hat dich so bitter gemacht? Seufzend ging sie in die Küche, um Millie zu bitten, das Buffet aufzufüllen.

Unauffällig mischte sich T.R. unter die Trauergäste und

wartete auf einen geeigneten Moment, um mit Queenie zu sprechen. Geduldig wartete er ab und beobachtete sie. In ihrem einfachen, schmalgeschnittenen Kleid, die Haare mit einer schwarzen Schleife im Nacken zusammengebunden, wirkte sie sehr jung und zerbrechlich.

In diesem Moment sah er, daß Saskia mit einer Platte kaltem Braten hereinkam, sich auf die Zehenspitzen reckte und sie auf eine Kommode stellte. T.R. ging auf sie zu. »Erinnerst du dich an mich? Wie geht es dir, Saskia?«

»Ja, du bist T.R. Mir geht es gut, danke«, erwiderte das Kind leise.

»Komm, hier drinnen ist es sehr voll. Gehen wir ein bißchen im Garten spazieren. Weißt du, daß wir auf Guneda sieben neue Fohlen haben?«

»Wie sehen sie aus?« fragte sie neugierig. T.R. nahm ihre Hand, und gemeinsam gingen sie über die Veranda in den abendlichen Garten hinaus.

Als sie sich wieder dem Haus zuwandten, leuchteten die Fenster bereits sanft in die Dunkelheit. Noch immer redete Saskia angeregt über Pferde und Reiten.

»Hat dir dein Dad eigentlich jemals die komische Geschichte erzählt, wie ihn die Jungs auf Tingulla auf ein Pferd gesetzt haben?«

Wie angewurzelt blieb Saskia stehen. Tränen schossen ihr in die Augen. Einen Moment lang hatte sie den Tod ihres Vaters fast vergessen, doch nun hatte T.R.s achtlose Bemerkung diese Wunde wieder geöffnet.

Er ging vor ihr in die Knie. »Du mußt über ihn reden, Saskia. Er war ein sehr wichtiger Bestandteil deines Lebens, und du kannst nicht so tun, als hätte es ihn nie gegeben. Du kannst und wirst ihn nicht vergessen, also bewahre und schätze alle Erinnerungen an ihn. Ich weiß, wie schwer sich das anhört, aber es wird dir deinen Schmerz erleichtern, wenn du ihn nicht in dir verschließt. Je mehr du über ihn sprichst, desto näher wirst du dich ihm fühlen.«

T.R. zog das kleine Mädchen fest an sich, als Queenies Stimme durch den dunklen Garten klang: »Saskia, bist du da draußen?«

»Ja, wir sind hier. Wir kommen sofort«, rief T.R., dem die Angst in Queenies Stimme nicht entging.

Saskia lief auf ihre Mutter zu, die von Licht umflutet im Eingang stand. »Was machst du denn da in der Dunkelheit?«

»Ich bin mit T.R. spazierengegangen.« Fast schüchtern drehte sie sich zu ihm um. »Wir haben über Dad geredet.« Saskia umarmte ihre Mutter und lief ins Haus.

Langsam ging T.R. die Verandastufen hinauf. »Ich glaube, sie kommt irgendwie darüber hinweg. Sie ist ein großartiges kleines Mädchen, Queenie. Und was ist mit dir? Wie trägst du es?«

»So sehr ich es zu schätzen weiß, daß du dir Zeit für Saskia genommen hast, würde ich doch vorziehen, wenn sie mit ihren Problemen zu mir kommt. Ich ... schaffe es irgendwie. Jetzt muß ich wieder hinein.«

Aber T.R. griff nach ihrem Arm und zwang sie dazu, sich wieder zu ihm umzudrehen. »Du kannst dein Leid nicht weiter so verdrängen, Queenie. Auch du mußt dich deiner Trauer stellen. Du brauchst mich, Queenie. Bitte, laß mich für dich sorgen.«

»Ich brauche niemanden, T.R. Ich kann für mich selbst sorgen. Ich möchte dich nicht sehen, T.R. Ich kann es nicht ertragen.« Ihre kühle Gelassenheit geriet ins Wanken. »Kannst du dir denn nicht vorstellen, was ich empfinde? Kurz vor Warwicks Tod habe ich dich geküßt, verspürte Verlangen nach dir, obwohl du versucht hast, mich gegen ihn aufzubringen. Ich bin bestraft worden, T.R. Du bringst mir nur Schmerz und Leid«, stieß sie zwischen heftigen Schluchzern hervor.

T.R. trat einen Schritt vor und nahm sie in die Arme. »Nein, Queenie. Sag das nicht. So etwas solltest du nicht einmal denken. Es ist absurd.«

Sie wollte sich von ihm befreien, aber er hielt sie entschlossen fest. »Hör zu«, fuhr er fort, »an jenem Tag haben wir uns geküßt, weil wir dachten, wir wären zwei andere Menschen. Das war eine Fiktion, wie dieser Film. Vergiß sie. Es war sehr schön, hatte aber nichts zu bedeuten. Du hast mit Warwick ein paar sehr glückliche Jahre verbracht. Halte sie hoch, ehre sie. Mach dir keine Vorwürfe. Aber mir auch nicht.«

»Laß mich bitte los, T.R.«, sagte sie leise und mit gesenktem Kopf. T.R. lockerte seinen Griff, drückte aber noch einmal kurz ihren Arm, bevor er die Hände sinken ließ.

Queenie sah den gequälten Ausdruck in seinen Augen nicht, als er sich umdrehte, die Treppe hinunterlief und in der Dunkelheit verschwand.

Millie blickte aus dem Fenster und sah zwei Männer in dunklen Anzügen dem schwarzen Auto entsteigen, das vor dem Haus hielt.

Sie ging den unangekündigten Besuchern entgegen, die nach Mrs. Queenie Redmond fragten. Millie ging in die Küche, um Tee zu brühen und schickte Jim auf die Suche nach Queenie.

Als sie kam, erhoben sich die beiden. »Mistreß Redmond? Wir kommen von Turner und Berkley, einer Anwaltskanzlei in Sydney ...«

Queenie hob die Brauen. »Anwälte? Ich hielt die schriftlichen Formalitäten im Zusammenhang mit dem Tod meines Ehemannes für abgeschlossen.«

»Unser Besuch hat andere Gründe. Allerdings geht es dennoch um den Besitz Ihres Mannes.«

Queenies Herz begann schneller zu schlagen, aber äußerlich bewahrte sie ihre Ruhe. Sie setzte sich. »Sie sollten mir vielleicht unumwunden erklären, warum Sie gekommen sind.«

Die beiden Männer redeten abwechselnd, legten ihre Fakten und Forderungen auf den Tisch. Häufig beendete einer den Satz des anderen.

Der Tee in Queenies Tasse wurde kalt. Sie rührte sich nicht, hörte schreckensstarr zu. Aber innerlich war sie in Aufruhr.

»Das alles ist sehr bedauerlich«, schloß der eine.

»Höchst unglücklich«, fügte der andere hinzu.

Mit großer Mühe stand Queenie auf. »Ich werde meinen Anwalt bitten, sich mit Ihnen in Verbindung zu setzen. Guten Tag, meine Herren.« Sie drehte sich um und verließ die Veranda hocherhobenen Hauptes.

Schulterzuckend blickten die Männer einander an. Einer legte eine Visitenkarte auf das Teetablett. Dann griffen sie nach ihren Hüten, kehrten zu ihrem Auto zurück und fuhren davon.

Millie blickte auf die Tür des Arbeitszimmers. Nachdem die Besucher gegangen waren, hatte sich Queenie eingeschlossen und war bislang nicht wieder herausgekommen. Millie spürte, daß etwas ganz entschieden nicht stimmte. Sie klopfte an die Tür. »Queenie, ich habe hier ein leichtes Abendessen für dich. Soll ich das Tablett hineinbringen?«

»Nein!« tönte es barsch zurück, aber dann sanfter: »Ja ... ja. ... bitte komm herein, Millie.«

Millie stellte das Tablett auf die Seite des Schreibtischs. Der Wust von Papieren entging ihr ebensowenig wie Queenies gerötete Augen. »Was ist denn geschehen, Queenie? Willst du darüber sprechen?«

»O Millie. Das ist sehr schwer zu erklären ... Ich begreife das alles ja selbst noch nicht ganz.«

»Ich weiß, daß ich nur ein einfaches Murri-Mädchen bin. Aber mitunter hilft es schon, über eine Sache zu sprechen.«

»Das hier läßt sich nicht durch ein Gespräch bereinigen, Millie.« Verzweifelt ließ Queenie die Schultern sinken. »Diese Männer kamen von einer Anwaltskanzlei in Sydney.«

»Ich wußte doch, daß sie Unheil bedeuten«, meinte Millie verächtlich und sank auf die Armlehne eines Sessels.

Queenie atmete tief durch. »Es sieht ganz so aus, als hätte Warwick eine Art zweites Leben geführt: Er wettete. Weit mehr, als ich jemals vermutet hätte. Er hatte große Schulden, und als ich die Herde aus Channel County holte, besaß er Verfügungsgewalt und hat praktisch mein Besitzrecht an Tingulla übertragen. Und auf dem Besitz lagen bereits Hypotheken. Ich wußte, daß wir der Bank eine große Summe schulden, hielt das jedoch für eine vorübergehende Durststrecke. Ich nehme an, daß er versuchte, das Geld aufzubringen. Aber er starb, bevor er irgend etwas dagegen unternehmen konnte. Unsere finanzielle Situation ist eine einzige Katastrophe.« Erneut holte sie tief Luft. »Tingulla gehört jetzt mit Mann und Maus Signor Alfredo Camboni und Partnern.«

»Was soll das heißen?«

»Das heißt, daß ich kein Recht mehr habe, mich hier aufzuhalten, Millie. Hier – auf meinem eigenen Land.« Wütend schlug sie mit der Faust auf den Schreibtisch, Tränen der Verzweiflung brannten in ihren Augen.

»Woher kommt es, daß Signor Camboni hier plötzlich der Boß ist? Aber als Colins Schwiegervater gehört er doch zur Familie. Er wird dich hier wohnen lassen. Und dann redest du mit deinem Anwalt. Der wird dieses Durcheinander schon wieder ins reine bringen.«

»Ich habe ihn bereits angerufen. Er schätzt meine Chancen nicht allzu hoch ein, auch wenn wir versuchen werden, dagegen vorzugehen. Warwick schuldete Camboni seit Jahren Geld: wegen seiner Wettleidenschaft und dieses verdammten Films. Jetzt fordert Camboni die ›Darlehen‹ zurück. Wenn ich nicht zahlen kann – und das kann ich nicht –, übernimmt er Tingulla. Ich wette, das hat er von Anfang an so geplant. Er hat Warwick benutzt. Es würde mich auch nicht wundern, wenn Colin seine Hand im Spiel hat.«

»Mit Sicherheit nicht«, stöhnte Millie ungläubig. »Queenie, du kannst Tingulla nicht verlassen.«

»Es könnte sein, daß ich dazu gezwungen werde.« Jetzt liefen ihr die Tränen ungehemmt über die Wangen. Millie lief zu ihr und schlang ihre Arme um Queenies bebende Schultern.

Queenie war am Rand ihrer physischen und psychischen Kraft. Dieser letzte Schlag hatte den Rest ihrer Energien verbraucht. Tingulla war mehr als ein Zuhause. Es war ihre Verbindung zur Vergangenheit, zu den Generationen ihrer Familie, die hier gelebt und das Land geliebt hatten. Es war die Zukunft ihrer Tochter, ihrer Enkelkinder. Es war nicht irgendein Besitz, der gekauft und verkauft – oder verspielt wurde.

Nachdem Millie das Zimmer verlassen hatte, schlug Queenie die Hände vor das Gesicht und begann hemmungslos zu schluchzen. »O Warwick, wie konntest du mir das nur antun?« weinte sie auf. Ein grauenhafter Gedanke durchzuckte sie. Hatte Warwick das alles gewußt, bevor er zu dem Flug aufbrach, von dem er nicht mehr zurückkehrte? Hatte er den Tod gesucht, um ihr nicht gegenübertreten zu müssen? Er wußte, was der Verlust von Tingulla für sie bedeutete.

Diese Möglichkeit ließ sie aufspringen und rastlos im Raum auf und ab laufen. Der arme Warwick. Wie sehr mußte er in dem Wissen gelitten haben, unrettbar in der Falle zu sitzen. Wenn ich doch nur eine Ahnung gehabt hätte. Wenn er doch nur früher zu mir gekommen wäre – vielleicht hätte ich ihm helfen können ...

Plötzlich blieb Queenie stehen. Hätte sie doch nur auf T.R. gehört. Einen Moment lang sehnte sie sich danach, zu ihm zu laufen, um ihn um Hilfe zu bitten. Doch sie verdrängte diesen Wunsch schnell wieder. Jetzt konnte ihr niemand mehr helfen.

Zwei Tage später, als sie mit dem Bankdirektor und einem Finanzberater im Büro ihres Anwalts saß, wurde das ganze Ausmaß der Katastrophe ersichtlich.

»Was kann unternommen werden?« erkundigte sich Queenie energisch. »Diesen Männern liegt nichts an Tingulla. Sie sind ausschließlich am Geld interessiert. Es muß doch eine Möglichkeit geben, diese Summe irgendwie aufzubringen, selbst wenn das bedeutet, daß ich für gewisse Zeit nur eine Art Mieter auf Tingulla bin.«

»Ich fürchte, sie wollen den Besitz«, entgegnete der Anwalt. »Selbst wenn wir alles veräußern, was möglich ist, würde der Erlös nicht ausreichen, den Besitz zu halten. Soviel ich weiß, hat Camboni die Absicht, Colin und seine Frau auf Tingulla wohnen zu lassen.«

Queenie starrte ihn an, tiefe Röte stieg in ihr Gesicht. »Und wo sollen meine Tochter und ich bleiben?«

»Sie haben eine Klausel in den Vertrag eingefügt, der Ihnen und Ihrem Kind ein Wohnrecht in den Gästeunterkünften einräumt. Wenn Sie bereit sind, Colin bei der Leitung der Station zu helfen, würde Ihnen dafür eine kleine Vergütung gezahlt.«

»Das reicht. Ich soll Colin *helfen*? Während Dina die Herrin von Tingulla spielt? Kommt überhaupt nicht in Frage!«

»Übereilen Sie nichts, Queenie. Wohin wollen Sie denn sonst?«

»Notfalls lebe ich im Zelt. Was wird denn aus Cricklewood?« fragte sie unvermittelt.

»Es gehört zum Gesamtbesitz und wird verkauft werden müssen. Aber wenn Sie den Konkurs erklären, können Sie natürlich einige Ihrer Schulden abschreiben.«

»Sie meinen meine Verpflichtungen gegenüber den Getreidehändlern, dem Tierarzt, der Vertragswerkstatt für die Reparatur des Bulldozers und anderen Fahrzeugen? Das wären die Leute, die ihr Geld nicht bekommen würden. Sie können sie abschreiben – ich werde es nicht tun.«

»Dann werden Sie soviel wie möglich verkaufen müssen. Die neuen Besitzer werden Ihre Schulden nicht übernehmen wollen.«

»Ich bezahle meine Rechnungen.«

Unbehaglich rutschten die Männer auf ihren Stühlen hin und her. »Falls wir sonst noch etwas für Sie tun können ...«

»Tun Sie nur, was nötig ist. Ich lasse Ihnen eine Liste der Dinge zukommen, die ich veräußern möchte. Ich hoffe, die privaten Dinge, die mir von meinen Eltern testamentarisch vererbt wurden, gehören noch mir?«

Der Anwalt nickte.

Queenie stand auf, auch die Männer erhoben sich. An der Tür drehte sie sich noch einmal um. »Sagen Sie meinem Bruder und der Familie, in die er hineingeheiratet hat, daß ich keinen von ihnen zu sehen wünsche. Ich wäre Ihnen sehr verbunden, wenn alle Verhandlungen über Sie laufen könnten.«

Dann fiel die Tür hinter Queenie ins Schloß.

Queenie hatte keine klar definierten Zukunftspläne. Sie wußte nur, daß sie es nicht ertragen könnte, auch nur eine Minute mit Colin und Dina unter einem Dach zu leben.

Der Rinderbestand von Cricklewood war verkauft, und die Brahmans und Herefords hatten gute Preise erzielt. Queenie sah sich in der Lage, ihre Schulden bei Futterhändlern und der Vertragswerkstatt bezahlen zu können. Damit blieb nur noch ihr persönlicher Kredit bei der Bank. Sie berichtete dem Bankdirektor von ihren Plänen, zu Sarah und John nach Sydney zu ziehen, um zu versuchen, in der Stadt wieder auf die Beine zu kommen.

»Ist das auch klug, Queenie? Sie sind auf dem Land aufgewachsen. All ihre Fähigkeiten und Kenntnisse beziehen sich auf das Land. In der Stadt kann ich Sie mir nicht recht vorstellen. Was wollen Sie denn in Sydney tun?«

»Das weiß ich noch nicht genau. Aber ich bin zuversichtlich. Und ich spüre, daß es die richtige Entscheidung ist. Ich brauche eine totale Veränderung. Irgendwie werde ich mir meinen Lebensunterhalt schon verdienen.«

Queenie und Saskia packten ihre Kleidungsstücke zusammen. Saskia nahm ihre Lieblingsbücher mit und den blauen Stoff-Wombat, den sie liebte, seit sie ein Baby gewesen war. Aber sie mußte Devil zurücklassen, ihren jungen Dingo. Jim versprach ihr, gut für den gelbäugigen Hund zu sorgen, der Saskia bisher nie von der Seite gewichen war.

Jim und Millie würden auf Tingulla bleiben, da sie gebraucht werden würden und ohnehin nicht wußten, wo sie sonst hätten unterkommen sollen. Daß sie weiterhin die Geschicke von Tingulla im Auge behalten und für seine Geister sorgen würden, erleichterte Queenie den Abschied zumindest ein wenig.

Und dann kam der Morgen, an dem sie ihre Habseligkeiten in dem Auto verstauten, das Queenie und Saskia zum Zug bringen würde. Sie hatten sich gegen einen Flug entschieden, weil die Eisenbahnfahrt in den Süden interessanter war. Schließlich hatten sie keine Eile.

Die auf Tingulla verbliebenen Arbeiter hatten sich, Mützen in den Händen, in einer Reihe aufgestellt. Jeder schüttelte Queenie die Hand und wünschte ihr Glück.

Und dann sah sich Queenie Snowy gegenüber. »Nun, Snowy ... Achte ein wenig an meiner Stelle auf Tingulla. Du wirst mir fehlen.«

»Keine Sorge. Ich bin hier, wenn du wiederkommst. Wenn du als Boß wiederkommst«, fügte er hinzu.

Queenie umarmte den alten Mann, und er drückte ihr ein

kleines Päckchen in die Hand. Dann hob er Saskia hoch und wirbelte sie durch die Luft. »Mein Geist wacht über dich, damit du ein gutes, braves Mädchen bist, okay? Und wenn mir mein Geist erzählt, daß Saskia unglücklich, traurig oder einsam ist, dann schicke ich gute Geister zu dir, damit du wieder fröhlich bist. Old Snowy sorgt für dich, okay?«

»Danke, Snowy.« Sie küßte ihn auf beide Wangen.

»Und jetzt geht – du und deine Mumma. Seht euch nicht um. Es bringt Unglück, sich umzudrehen. Seht immer nach vorn.«

»Das werden wir, Snowy.« Queenies Stimme klang rauh. Sie nahm Saskias Hand und kletterte auf den Rücksitz hinter Jim und Millie.

Jim startete den Motor, die Räder knirschten auf dem Kies, und das Auto fuhr an. Fest drückte Queenie Saskias Hand. Saskia erwiderte den Druck und flüsterte: »Vergiß nicht, was Snowy gesagt hat, Mummy. Sieh nicht zurück.«

Schweigend und einander fest an den Händen haltend, sahen Queenie und Saskia die Bäume von Tingulla an sich vorbeigleiten, als sie einer unbekannten Zukunft in der Stadt entgegenfuhren. Es kam ihnen unvorstellbar vor, wirklich alles zu verlassen, was sie unendlich liebten.

Queenie wollte ihre rechte Hand ballen und bemerkte, daß sie noch immer das Päckchen hielt, das Snowy ihr gegeben hatte. Sie entfernte die Papierhülle und entdeckte einen kleinen geschnitzten Trommelstock – bemalt mit den Symbolen der Stämme, die Tingulla als erste gekannt und benannt hatten.

Schnell packte sie ihn wieder ein, damit keine fremden Augen die geheiligten Symbole sahen. Queenie spürte, daß dieses kostbare Totem sie beschützen würde, daß es jedoch – wie sie auch – eines Tages an den Platz zurückkehren mußte, an den es gehörte: Tingulla.

III

Rückkehr

In den achtziger Jahren

20. Kapitel

Die ersten Wochen in Sydney verschwommen hinter einem Nebel von Gesichtern, Lärm und Bewegung sowie einer beklemmenden Masse hoch aufstrebender und engstehender Häuser, die von allen Seiten auf sie eindrängten.

Queenie hatte das Gefühl, nicht richtig atmen zu können. Sie sehnte sich nach der Freiheit, der Ruhe des Buschs.

Sarah konnte sich gut in ihre Empfindungen einfühlen. »Nach der Heirat mit John ging es mir zunächst genauso, Queenie. Als ich mir bewußt machte, daß ich jetzt für immer in der Stadt lebte.«

»Ich komme mir vor wie auf einer Art Urlaub, aber dann wird mir klar: Ich kann nicht mehr zurück ... nach Hause. Ich habe kein Zuhause mehr.«

»Du weißt, daß du mit Saskia bei uns bleiben kannst – so lange du willst.«

»Ich kann dir gar nicht genug danken, Sarah. Saskia fühlt sich recht wohl in ihrer Schule, und es ist gut für sie, in eine große und glückliche Familie zurückzukommen. Aber ich muß mein Leben selbst in die Hand nehmen.«

»Das verstehe ich gut. Wie sieht deine finanzielle Lage aus? John und ich würden dich gern unterstützen ... bis du auf eigenen Füßen stehst«, fügte Sarah schnell hinzu, als sie sah, daß Queenie entschlossen das Kinn vorschob.

»Vielen Dank, aber wir werden es auch so schaffen. Ich möchte nie wieder auch nur einen Cent borgen.«

»Ich werde es mir ersparen, dich überreden zu wollen, Queenie. Dafür kenne ich dich zu gut. Du weißt, wie sehr ich mich freue, euch hier zu haben, aber vielleicht fühlst du dich in einer eigenen Wohnung wohler ... selbständiger. Wir werden nachher mit John darüber sprechen.«

Als John mit Saskia und Tim aus dem Centennial Park zurückkehrte, wo sie die Enten gefüttert hatten, ging Sarah mit den Kindern hinauf, um sie zu baden. John zeigte Queenie eine Liste von Häusern und Wohnungen, die zum Verkauf standen.

»Ich wünschte, du könntest es dir leisten, etwas zu kaufen und nicht nur zu mieten. Was ist eigentlich mit den Wohnungen, die Colin in Double Bay besitzt? Sind sie alle vermietet?«

»Keine Ahnung. Aber da ich weiß, wie genau Dina aufs Geld sieht, gehe ich davon aus. Ich würde sie ohnehin nie um einen Gefallen bitten. Was käme sonst in Frage?«

Gemeinsam beugten sie sich über die Liste der Immobilien. »Ich befasse mich mehr mit Verkauf und Erschließung, daher habe ich keins dieser Projekte selbst gesehen. Aber meine Assistentin sagte mir, sie wären durchaus akzeptabel.«

»Keine dieser Adressen sagt mir irgend etwas. Wo liegt denn Balmain?«

»Es ist nicht die allerfeinste Wohngegend, liegt aber in der Nähe des Stadtzentrums, am Rand des Hafens.«

»Mit Blick aufs Wasser?«

»Nicht auf den schönsten Teil des Hafens, mehr auf den Cargohafen mit Containerschiffen und Frachtern.«

»Eine Aussicht aufs Wasser würde mir gefallen, weil es so anders wäre als Tingulla. Und eine Wohnung mit Hafenblick in den eleganten Stadtteilen könnte ich mir mit Sicherheit nicht leisten. Wollen wir uns dieses Projekt nicht einmal ansehen?«

Am nächsten Morgen fuhr John langsam die schmale, gewundene Wharf Street entlang und hielt vor einem verrosteten Gartentor und einem verwucherten Garten. Aus der Ferne ertönte eine Schiffssirene, gefolgt vom Tuten eines Schleppers.

»Also, ich weiß nicht recht, Queenie ...«

»Es ist eben ganz anders«, lächelte sie ihn an.

Das Haus war ein kleines Federation-Cottage, verstaubt und muffig, nachdem seit anderthalb Jahren niemand mehr darin gewohnt hatte.

»Es ist klein, hat nur drei Zimmer, aber eine hübsche kleine Terrasse nach vorn hinaus ... da irgendwo unter dem Laub«, meinte John.

Queenie achtete weder auf die Küche mit ihrem alten Kookaburra-Gasherd noch auf die mit den Blättern der überhängenden Orangen- und Mandarinenbäume bedeckte Terrasse. Sie blickte wie gebannt auf die Aktivität auf dem Wasser direkt hinter dem winzigen Garten.

Kranausleger schwenkten durch die Luft und auf russischen und japanischen Frachtschiffen eilten Crews in dunklen Uniformen über die Decks. Im Schatten eines Docks entdeckte Queenie ein finster aussehendes U-Boot, und in der Fahrrinne lag ein kleiner grauer Marine-Kreuzer vor Anker.

»Das gefällt mir. Das Hafenleben fasziniert mich. Wir brauchen gar nicht weiter zu suchen, John.«

Er musterte sie skeptisch. »Entscheidest du vielleicht nicht ein bißchen impulsiv? In Haus und Garten muß eine Menge getan werden. Allerdings ist die Miete erträglich ...«

»Ich habe mich bereits fest entschlossen. Auch Saskia wird es gefallen«, erklärte Queenie. John zuckte ergeben mit den Schultern.

Als Geschenk zum Einzug schickten Sarah und John eine Putzkolonne und ein Gärtnerteam in das kleine Haus, das nun gründlich herausgeputzt wurde.

Saskia war begeistert von der Umgebung ihres neuen Zuhauses, kletterte sofort durch den Gartenzaun auf das Dockgelände und hatte sich bereits zwei Stunden später mit einem alten Mann angefreundet, der einen Bootsschuppen besaß und ihr gestattete, jederzeit mit einem seiner Gummiboote herumzupaddeln – wenn sie in Sichtweite blieb.

An einem regnerischen Tag, an dem sich nur wenige Bieter einfanden, ging Queenie zu einer Auktion bei Lawson's und erstand ein paar schöne, alte Möbelstücke für einen Bruchteil ihres Wertes. Drei Wochen später war das Haus behaglich eingerichtet.

John schüttelte den Kopf. »Du bist wirklich erstaunlich, Queenie. Ich wünschte, du würdest einige der Häuser einrichten, die ich verkaufen muß ...«

»Oh, es ist noch längst nicht fertig. Warte ab, bis ich mir den Garten vorgenommen habe. Ich habe da einen Töpfer gefunden, der wundervolle Kübel und Schalen brennt, die ich, bepflanzt mit Pelargonien und anderen Blumen, auf die Terrasse stelle.«

John sah zu, wie Queenie Tee eingoß. »Und was hast du als nächstes vor? Wie sieht es in deinem Portemonnaie aus?«

»Ich werde mich nach irgendeiner Arbeit umsehen müssen. Aber zunächst einmal werde ich die Kunstsammlung meiner Mutter verkaufen. Ich möchte die Bankschulden zurückzahlen und darüber hinaus brauche ich dringend etwas Geld zum Leben.«

»Ich kenne einen allgemein anerkannten Händler. Soll ich dich mit ihm bekannt machen?«

»Danke, John. Aber ich dachte, ich sollte mich selbst ein wenig in der Kunstszene umtun. Falls ich tatsächlich über deinen Händler verkaufe, möchte ich wenigstens über gewisse Grundkenntnisse verfügen.«

»Sarah meinte bereits, daß du am liebsten alles allein tust.

Du bist wirklich gründlich, das muß man schon sagen.« John lächelte sie an. »Für uns gehörst du zur Familie, Queenie. Du mußt wissen, daß wir Tag und Nacht für dich da sind.«

Nachdem sie Saskia zur Schule gebracht hatte, suchte Queenie nun täglich Galerien, Kunsthändler und Ateliers auf. Sie unterhielt sich ausführlich mit allen und jedem und gewann mit der Zeit einen Überblick über den Kunstmarkt von Sydney.

Maler und Bildhauer waren nicht länger eine kleine, wenig beachtete Elite wie noch in den sechziger Jahren, da die Regierung inzwischen junge Künstler förderte. Kunstschulen erfreuten sich regen Zuspruchs und Künstler gewannen breitere Akzeptanz. Die abstrakte Kunst traf auf größere Anerkennung und mehr Verständnis, auch wenn der Ankauf von Jackson Pollocks »Blue Poles« für mehr als eine Million Dollar durch die Regierung Whitlam zu hitzigen Debatten führte.

Queenie stellte aber auch fest, daß Käufer noch immer hohe Preise weniger für das Bild selbst als für die Signatur zahlten. Sie hielt die Kommissionen der Galerien für weitaus überzogen, daher entschied sie sich dafür, die Bilder ihrer Mutter über ein Auktionshaus anzubieten.

Ein paar Tage vor der Auktion saß sie nervös mit Sarah bei einer Tasse Kaffee zusammen. »Ich hoffe nur, daß genügend Leute mit dicken Brieftaschen zur Auktion erscheinen. Sie haben einen wunderschönen, edlen Katalog herausgebracht, aber ich wünschte, sie würden die Werbetrommel ein wenig energischer rühren«, sagte Queenie.

»Dann laß es uns doch selbst tun! Mach uns noch eine Kanne Kaffee.«

In der nächsten halben Stunde hing Sarah am Telefon

und rief alle Zeitungsredaktionen, Radio- und Fernsehsender an und erkundigte sich mit leicht herablassendem Tonfall nach dem geheimnisvollen Kunstliebhaber, dessen Sammlung, wie sie gehört hatte, in den nächsten Tagen versteigert werden sollte.

»Natürlich hatten sie noch kein Wort davon gehört«, lachte Sarah. »Aber sie klangen nicht uninteressiert. Jetzt schickst du ihnen allen den Katalog, und danach rufe ich sie noch einmal an.«

»Ich habe den Auktionator gebeten, meinen Namen nicht zu nennen«, bemerkte Queenie.

»Um so besser. Ich werde ein paar Andeutungen über den geheimnisvollen Verkäufer fallen lassen und fragen, ob es zutrifft, daß ein malaysischer Tunku, ein japanischer Industrieller und die beiden reichsten Australier sowie auch ausländische Museen gegen unsere eigenen Museen bieten.«

»Sarah, du bist einfach unmöglich ...«

»Ich stelle nur ein paar Fragen. Nicht mehr und nicht weniger. Du weißt doch, wie sich ›Fakten‹ herumsprechen«, lachte sie.

Nach der Auktion kamen Sarah und John in das kleine Haus am Hafen gestürmt.Freudestrahlend schwenkten sie Champagnerflaschen. »Ein voller Erfolg, Queenie. Und so aufregend! Du hättest doch mitkommen sollen. Aber du kannst dir alles abends in den Nachrichten ansehen.«

Queenie nippte an ihrem Glas Bollinger. »Ist genug zusammengekommen, um die Bankschulden bezahlen zu können?«

»Davon bin ich überzeugt. Der Turner hat einen Rekordpreis erzielt. Zwei Museen wollten ihn unbedingt haben – ein australisches und eins in England. Aber schließlich gab ein Käufer aus Hongkong telefonisch Gebote ab, und der Preis begann förmlich zu explodieren.«

»Das ist eine große Erleichterung für mich. Aber irgendwie bin ich auch traurig. Die Gemälde gehörten meiner Mutter. Nun habe ich nur noch ihr Porträt, das Bild von Tingulla und die Sammlung der Aborigine-Arbeiten.«

»Deine Mutter war nicht materialistisch eingestellt, Queenie. Rose liebte schöne Dinge, aber ihre Familie und Tingulla waren ihr sehr viel wichtiger. Sie hätte dir geraten, die Bilder zu verkaufen«, sagte Sarah leise.

»Das hoffe ich.« Queenie hob ihr Glas. »Auf den erfolgreichen ersten Schritt. Und auf dich, Sarah – weil du so hervorragend die Werbetrommel gerührt hast.«

»Warum erster Schritt?« erkundigte sich John.

»Ich habe vor, mir Tingulla zurückzuholen. Die Begleichung meiner persönlichen Schulden ist der erste Schritt.«

»Und der zweite?«

»Das weiß ich noch nicht.«

Unauffällig tauschten Sarah und John Blicke aus. Queenie mußte ihre Hoffnungen auf Tingulla aufgeben, sonst würde sie nie zur Ruhe kommen.

»Das ist zu schwer für dich. Laß mich das machen.«

Queenie fuhr herum und sah sich Millie gegenüber. Sie ließ das alte viktorianische Gußeisengitter für die Terrasse fallen, das sie gerade aus dem Landrover gezerrt hatte und eilte auf sie zu. »O Millie – was für eine wundervolle Überraschung. Was machst du denn hier? Wie bist du hergekommen? Wo ist Jim?«

»Langsam, langsam, Mädchen. Lade mich ins Haus ein und setz mir eine Tasse Tee vor, dann erzähle ich dir alles. Wo ist Sas?«

»In der Schule«, erwiderte Queenie und wollte Millie ins Haus ziehen. Doch die zeigte über die Schulter hinweg auf das Gitter. »Willst du das draußen liegenlassen?«

»Das ist für die Terrasse. Verschönerungsmaßnahmen ...«

Gemeinsam trugen sie das Gitter ins Haus, und Queenie setzte den Wasserkessel auf.

»Machst du das alles allein? Du scheinst Hilfe zu brauchen«, bemerkte Millie. »Vielleicht komme ich gerade zur rechten Zeit.«

»Was meinst du damit, Millie?«

»Ich habe Tingulla verlassen. Konnte es nicht mehr ertragen, auf diese hochnäsige Art herumkommandiert zu werden.«

»O Millie, das tut mir leid. Das ist ja furchtbar. Wie kannst du Tingulla verlassen? Und wo ist Jim?«

»Keine Angst. So entsetzlich ist es eigentlich gar nicht. Ich werde hierbleiben, um für dich und Saskia zu sorgen wie früher, und ...«

»Aber Millie! Ich kann dich nicht bezahlen, dieses Haus ist zu klein, es würde dir in der Stadt gar nicht gefallen, und was ist mit Jim?«

»Laß mich doch ausreden, Queenie.« Millie hob den Kessel vom Herd und goß kochendes Wasser über die Teeblätter. »Ich gehöre zu dir und Sas. Und wie ich sehe, brauchst du mich. Es ist mir gleichgültig, wo ich im Moment lebe. Ich weiß, daß du nach Tingulla zurückkehren willst, und das wirst du auch schaffen, Queenie, davon bin ich überzeugt. Und unter Umständen gelingt es dir sogar schneller, als du vielleicht denkst. Colin ist eine wahre Katastrophe für die Station.«

»O nein!«

»Er will sich weder von Jim oder Mister Quinn etwas sagen lassen. Und seine Frau gibt ihm Anweisungen, was er zu kaufen und zu tun hat. In Tingulla geht es zu wie in einem verdammten Hotel. Eine Party nach der anderen, dauernd reisen Leute aus Sydney an. Die Arbeit würde mir ja nichts ausmachen, wohl aber ihr Kommandoton. Nie bringt sie auch nur das leiseste Wort der Anerkennung über die Lippen, nur Klagen und Beschwerden. Und du kennst ja die Probleme, wenn der Generator zusammenbricht und kein Wasser ins Haus gepumpt werden kann ... Ich wußte einfach nicht mehr, was ich machen soll«, schloß sie.

»Kann ich mir vorstellen.«

»Und Jim geht es mit Colin nicht besser. Selbst Snowy verliert langsam die Geduld. Verschwindet oft wochenlang, und das hat er seit langer Zeit nicht mehr getan. Also haben Jim und ich über die ganze Situation geredet und beschlossen, Tingulla zu verlassen. Jim arbeitet jetzt für T.R. auf Guneda. Ich bleibe bei dir. Über das Geld brauchst du dir keine Gedanken zu machen. Ich habe ein bißchen auf die Seite gelegt. Und wenn ich kann, zu den Feiertagen beispielsweise, fahre ich nach Guneda, um mit Jim zusammen zu sein.«

»Und Snowy und die anderen Jungs?«

»Keine Angst. Snowy sagte, er würde bleiben, um Tingulla im Auge zu behalten. Er hält sich aus allem raus, so gut es geht.«

»Ich weiß wirklich nicht, was ich dazu sagen soll, Millie.« Seufzend trank Queenie einen Schluck Tee.

»Ich bin hier, und es gibt überhaupt nichts, was du dagegen tun könntest. Du hast doch hoffentlich irgendwo eine Schlafgelegenheit, oder willst du mich auf die Straße werfen?«

Queenie ging um den Tisch und umarmte sie. »Vielen Dank, Millie. Du bist einfach wunderbar.«

Beim Dinner auf Tingulla lächelte Dina Colin strahlend an. »Unser Partyproblem ist gelöst. Ich habe sie abgesagt.«

»Gut.«

»Ich meine, ich habe sie hier abgesagt. Jetzt findet sie im *Jingles* statt.«

Colin ließ die Gabel sinken. »Wer oder was ist Jingles?«

»Ein himmlisches neues Restaurant in Surfers Paradise. Wir können uns alle dort treffen und für ein paar Tage ...«

»Surfers Paradise? Du willst für eine deiner verfluchten Parties bis an die Gold Coast?«

»*Caro mio*, wir könnten für das Wochenende dort bleiben. Daddy und ein paar seiner Freunde kommen aus Sydney, am Sonnabend findet ein Pferderennen statt, am Abend könnten wir unsere Party im *Jingles* geben, am Sonntag ein wenig entspannen und am Montag zurückfahren. Es wird ein Riesenspaß, Colin ...« Sie streckte die Hand aus und berührte seinen Arm. Unter dem Tisch liebkoste ihr Fuß Colins Bein.

»Und was wird aus meinen Problemen? Seit Jim nicht mehr da ist, herrscht hier das nackte Chaos. Ich habe noch immer keinen Vertrag mit den Schafscherern abschließen können. Manchmal kommt mir direkt der Verdacht, die Arbeiter auf der Station wollen mich bewußt hängenlassen.«

»Such dir einen Verwalter, der dich entlastet. Du bist der Boß, warum solltest du alle Arbeit allein machen?«

»Weil das die Aufgaben eines Besitzers sind, Dina«, entgegnete Colin gereizt. »Abgesehen davon wäre das nicht gerade billig. Die Station frißt langsam große Löcher in unsere Ressourcen. Und da sind Wochenenden an der verdammten Gold Coast nicht gerade hilfreich.«

»Du bist erschöpft, Colin. Komm ins Bett. Wir sprechen später noch einmal darüber.«

Aber diesmal funktionierte Dinas üblicher Trick nicht. Nur in Jeans und Stiefeln setzte Colin sich auf die Veranda, während sich Dina allein in ihrem Bett von einer Seite auf die andere drehte.

Schließlich warf sich Dina ihr Negligé über die Schultern, ging zu ihm hinaus und betrachtete seinen nackten Oberkörper. »Durch die körperliche Anstrengung hast du prachtvolle Muskeln bekommen. Du siehst sehr sexy aus, Darling«, schnurrte sie und setzte sich auf seinen Schoß.

»Großer Gott, Dina. Laß es gut sein. Ich denke nach.«

»Kannst du denn nicht zwei Dinge gleichzeitig tun? Nachdenken *und* mit deiner Frau schmusen?« Sie sprang auf und rauschte ins Schlafzimmer zurück.

Colin trank sein Glas aus. »Jetzt hör mir mal zu, Dina ...« Er warf sich neben sie aufs Bett. »Ich glaube, wir sollten hier verschwinden. Du verbringst doch ohnehin nur die Hälfte deiner Zeit auf Tingulla – die andere in Sydney, Brisbane oder sonstwo. Ich werde mit der Bank sprechen und sehen, welche Vorschläge sie mir machen können. Ich denke, wir sollten Tingulla verkaufen und uns woanders niederlassen.«

»Würden wir auch genügend Geld dafür bekommen? Und wohin sollten wir ziehen?«

»Ich bin sicher, daß dir da ein paar gute Ideen einfallen.«

»Hmmmm ... Würde Queenie vielleicht hierher zurückkommen?«

»Nein. Das könnte sie sich nicht leisten. Und daß du mir noch kein Wort darüber verlauten läßt. Im Moment ist es nur so eine Idee.«

Dina drehte sich zu ihm um, spielte zärtlich mit seinen Brusthaaren und murmelte: »Wie würde dir die italienische Riviera gefallen? Eine hübsche kleine Villa ... lange, sonnige Tage ... *la dolce vita* ...«

»Nicht schlecht. Ich wußte doch, daß dir schon bald etwas einfallen würde.«

»Ich habe noch eine andere gute Idee ... Zieh deine Schuhe aus.«

Queenie ließ sich in Sarahs und Johns Garten auf einen Stuhl fallen. »Ich habe es getan!«

»Was?« fragte Sarah und reichte ihr ein Glas Saft.

»Ich habe ein Haus nebst kompletter Einrichtung gekauft – bis hinunter zu den Wassergläsern.«

John richtete sich auf. »Was sind das für Möbel?«

»Ungewöhnlich schöne alte Möbel.« Sie lächelte ihre Freunde an. »Als Saskias alter Bootsbauer-Freund bei mir den Dielenboden ausbesserte, erwähnte er beiläufig, daß der Besitz seiner alten Tante unter den Hammer käme. Ob ich vielleicht Lust hätte, ihn mir anzusehen und ein paar schöne Stücke auszusuchen. Ich habe ihn mir angesehen – und auf der Stelle gekauft. Das ganze Haus. Es ist zwar nur klein, aber voller viktorianischer Antiquitäten und alle in ausgezeichnetem Zustand. Die Tante war fast neunzig und hat die Möbel von ihrer Mutter geerbt. Ich habe sogar das Geschirr, alte Bilder und eine Waschkommode mit Schüssel und einem Krug aus Knochenporzellan gekauft. Es hat zwar eine Menge gekostet, aber nur ein Zwanzigstel von dem, was man bei einer Auktion zahlen müßte. Sieh es dir an, und du wirst hingerissen sein, Sarah.«

»Wieviel?« erkundigte sich John, lockerte seine Krawatte und bemühte sich um eine strenge Miene.

Sarah lachte schallend. »Hör auf damit, John. Du bist genauso begeistert wie Queenie. Aber im Ernst, Queenie ... Das muß doch deine ganzen Reserven verschlungen haben.«

»So ist es. Aber es wird sich auszahlen.«

John musterte sie nachdenklich. »Hattest du bei deinem Kauf vielleicht irgendwelche Hintergedanken, Queenie? Beispielsweise meinen Vorschlag, die Häuser, die ich anbiete, geschmackvoll mit Antiquitäten einzurichten?«

»Immerhin hätte ich jetzt einen gewissen eigenen Grundstock für eine mögliche Zusammenarbeit«, lächelte Queenie durchtrieben.

»Zusammenarbeit? Partnerschaft meinst du wohl?« lachte

John laut auf. »Jedenfalls ist es das, was mir vorschwebt. Das heißt – natürlich nur, wenn du einverstanden bist.«

John und Queenie legalisierten ihre Partnerschaft, nannten ihr gemeinsames Unternehmen »Heirloom Cottages«, und Queenie stellte voller Verblüffung fest, wie schnell John die für ihre Einrichtungsideen geeigneten Häuser fand, während sie Hausauflösungen, Trödelmärkte, und Auktionen nach Möbelstücken durchstöberte.

Schon einen Monat später erschien in einer Zeitung ein lobender Artikel über das erste von Queenie eingerichtete Haus. Millie schnitt ihn aus und schickte ihn Jim, der ihn T.R. zeigte.

»Nun sieh dir an, was Queenie sich da wieder ausgedacht hat. Nie hätte ich geglaubt, daß sie sich in der Stadt so gut einlebt.«

»Sie ist eine sehr entschlossene Frau. Aber ich glaube nicht, daß sie in Sydney bleibt, Jim. Für mich gehört das alles vielmehr zu einem gutdurchdachten Plan, eines Tages Tingulla zurückzubekommen.«

Nachdenklich sah ihn Jim an. »Wie komisch. Neulich habe ich mit Millie telefoniert und dabei erwähnte sie Tingulla. Erklärte, sie hätte böse Vorahnungen im Hinblick auf die Vorgänge dort.«

»Da hat sich wohl der alte Busch-Instinkt gemeldet, oder? Oder hat sie etwas von Snowy gehört?«

»Nein. Etwas Handfestes scheint sie nicht zu wissen, aber ich glaube, ihr steckt die Angst in den Knochen. Sagte, sie hätte mehrfach sehr unangenehm von Tingulla geträumt.«

»Na, dann sollte ich dort vielleicht einmal nach dem Rechten sehen«, sagte T.R. »Ich muß ohnehin in den Norden, um ein Pferd abzuholen. Da wäre es kein allzu großer Umweg. Aber sag Millie noch nichts davon. Laß mich erst ein paar Erkundungen anstellen.«

21. Kapitel

Die Sommerferien waren gekommen, und Sydney stöhnte unter einer Hitzewelle. In den Zeitungen erschienen Fotos von Leuten, die auf dem Straßenpflaster Spiegeleier brieten, und von älteren Menschen, die im Trubel der Weihnachtseinkäufe mit Hitzschlägen zusammengebrochen waren. Die Strände waren überfüllt, der goldene Sand mit Badetüchern und Sonnenschirmen bedeckt. Sonnenanbeter setzten sich den sengenden Strahlen aus und stürzten sich mit hochrot verbrannten Körpern in die kühlende Brandung.

Millie traf Vorbereitungen für eine Reise nach Guneda, um ein paar Wochen mit Jim zu verbringen. Sie schlug vor, Saskia für einige Zeit mitzunehmen, aber Queenie war nicht allzu begeistert. Sie war bemüht, jeden Gedanken an T.R. zu verdrängen, und Saskias Aufenthalt bei ihm würde schmerzliche Erinnerungen wecken. Sie konnte Millie nicht erklären, daß T.R. der Vater des Kindes war, das sie fortgegeben hatte, und daß dieser Verlust eine Wunde war, die wohl nie heilen würde.

»Da draußen wird es sehr heiß sein. Und womit soll sie sich auf Guneda beschäftigen? Ich möchte T.R. nicht zumuten, ein kleines Mädchen unterhalten zu müssen«, wandte sie ein.

»Wie ich von Jim weiß, hat T.R. mehr Zimmer, als er füllen kann. Es gibt eine Haushälterin, und schließlich bin ich auch noch da, um mich um sie zu kümmern. Womit sie sich beschäftigen soll? Sie war noch nie ein Mädchen für den Strand. Sie verbringt ihre Zeit sehr viel lieber mit Pferden. T.R. sagt, sie könnte beim morgendlichen Säubern der Ställe helfen. Dafür will er ihr ein Taschengeld zahlen.«

»Du scheinst ja häufig mit ihm zu sprechen.«

»Immer mit der Ruhe, Queenie. Wenn du nicht so stur wärst, würdest du uns begleiten. Ein bißchen Erholung kann dir nur guttun. Du könntest endlich einmal etwas Zeit mit deiner Tochter verbringen. Du bist ihre Mutter – nicht ich.«

Queenie wußte, daß sie Saskia ein wenig vernachlässigte, seit sie für Heirloom Cottages arbeitete. Wenn sie abends nach Hause kam, war sie meist zu erschöpft, um Saskias Erzählungen genügend Aufmerksamkeit zu widmen. Sie konnte sich kaum noch erinnern, wann sie etwas gemeinsam unternommen hatten.

»Ich werde es mir überlegen«, sagte sie und verließ das Zimmer. Aber Millie wußte, daß sie nicht mit nach Guneda kommen würde. Sie hatte nur gehofft, daß sie Saskia die Reise gestatten würde.

Am nächsten Sonnabend packte Queenie einen Picknickkorb und nahm mit Saskia die Fähre über den Hafen nach Manley. Am Shelley Beach suchten sie sich ein schattiges Fleckchen zwischen den Klippen der Steilküste, schwammen und erkundeten von der Flut zurückgelassene Wassertümpel.

Sie aßen ihren Lunch und breiteten dann ihre Handtücher in der Sonne aus. Saskia holte ihr Buch aus der Badetasche.

»Sas, bevor du deine Nase ins Buch steckst ... Mir ist bewußt, daß du Ferien hast, aber ich habe im Moment sehr viel zu tun ...«

»Du brauchst mich nicht zu unterhalten«, unterbrach Saskia.

»Sicher, aber Millie schlug vor, daß du sie nach Guneda begleiten könntest ...«

Saskia hielt den Blick auf ihre Buchseite gesenkt, aber Queenie wußte, daß sie nicht las.

»Aber ich bin mir noch unschlüssig. Ich weiß, wie sehr

du den Busch und Pferde liebst. Mir ging das in deinem Alter genauso ... noch immer. Aber ich möchte T.R. keine Unannehmlichkeiten bereiten.«

»Warum kannst du T.R. nicht leiden?« fragte Saskia leise und sah ihre Mutter noch immer nicht an.

»Aber das stimmt doch nicht«, wehrte sich Queenie betroffen.

»Was dann?« schleuderte ihr Saskia entgegen. »Du willst nicht über ihn sprechen. Du triffst dich nie mit ihm, wenn er in Sydney ist. Von Dad weiß ich, daß ihr Freunde gewesen, zusammen aufgewachsen seid.«

»Auch das stimmt nicht ... nicht ganz. Ich habe ihn kennengelernt, als ich einundzwanzig Jahre alt wurde. Auf meiner Geburtstagsparty.« Queenie machte eine kurze Pause und fuhr dann fort: »Die Menschen verändern sich, wenn sie älter werden. Entwickeln sich in unterschiedliche Richtungen, nehme ich an. Aber du hast recht. Ich sollte dich nicht um die Freude bringen, die du mit Sicherheit auf Guneda haben wirst. Wir werden es erst einmal für zwei Wochen versuchen und sehen, wie es läuft. Wenn alle zufrieden sind, kannst du noch ein wenig länger bleiben. Obwohl du mir natürlich fehlen wirst.«

Spontan drehte sich Saskia um und umarmte ihre Mutter. »Vielen Dank ... Ich werde schreiben, und du kannst mich anrufen.« Tiefbefriedigt legte sie sich auf den Rücken und zog sich ihren Strohhut übers Gesicht.

Eine Weile lagen sie schweigend nebeneinander.

»Mum ...?«

»Ja?«

»Erzähl mir von deinem einundzwanzigsten Geburtstag. Wie war die Party? Was für ein Kleid hast du getragen?«

»Oh, es war eine ganz wundervolle Party ... Ich wünschte, du hättest deine Großeltern noch kennengelernt. Schließlich mußte ich das Satinkleid deiner Großmutter anziehen ...

Das habe ich noch immer irgendwo ... Ich hatte mir das Kleid zerrissen.«

Saskia lachte auf. »Erzähl mir, wie es dazu kam.«

In der Erinnerung lächelnd schilderte Queenie ihrer Tochter, wie sie wegen der Jasminblüten aufs Dach geklettert war, wie T.R. Colins Streit geschlichtet hatte und von der wundervollen Opalkette, die sie von ihren Eltern geschenkt bekommen hatte.

»Ich liebe diese Kette«, unterbrach Saskia. »Du hast versprochen, sie unter keinen Umständen zu verkaufen – ganz gleich, was auch geschieht.«

»Ich weiß, Saskia.«

»Und dann ... nach dem Ende der Party, wurde Grandma ermordet?«

Noch nie hatte Queenie Saskia die genauen Umstände von Roses Tod erzählt. Die Tatsache war ihr natürlich bekannt, aber sie hatte nie weitergehende Fragen gestellt. Jetzt schilderte Queenie mit leiser Stimme die Einzelheiten und erwähnte auch, daß Colin sie für den Tod ihrer Mutter verantwortlich machte. Hätte Rose nicht so hart für Queenies Party gearbeitet, behauptete er stets, wäre sie auch nicht so früh und allein ins leere Haus zurückgekehrt.

Mit geschlossenen Augen lag Queenie auf dem Badetuch. Ihre Lippen bebten. Saskia streckte den Arm aus, griff nach der Hand ihrer Mutter. »Wie gemein von Onkel Colin. Ich konnte ihn noch nie besonders leiden, aber jetzt verabscheue ich ihn.«

»Sag so etwas nicht, Sas. Das ist nicht fair. Er kann nichts dafür, daß er so ist wie er ist.«

»Nun, ich kann ihn trotzdem nicht leiden. Und mir gefällt auch die Art nicht, in der er dich behandelt. Dein Fehler ist, daß du in allem nur das Gute siehst, Mum.«

»Das hat noch niemand zu mir gesagt«, lachte Queenie.

»Einige meiner Freundinnen halten dich für ungeheuer

stark und unabhängig, aber ich weiß, daß du in Wahrheit ein echter Softie bist.«

»Erzähl das bloß niemandem, Sas.«

»Werde ich nicht.«

Saskia zog sich den Strohhut wieder über das Gesicht und streckte sich lang in der Sonne aus.

T.R. stellte sein Auto mit dem angekoppelten Pferdetransporter an der Zufahrt nach Tingulla im Schatten einiger Bäume ab und ging zu Fuß weiter.

Bevor er die eigentliche Auffahrt erreicht hatte, tauchte Snowy vor ihm auf. Er schien nicht überrascht, ihn zu sehen.

»Wie schön, Snowy. Ich hatte gehofft, dich abzufangen, bevor ich ins Haus gehe. Wie steht es denn so auf Tingulla?«

Die beiden Männer lehnten sich an den Holzzaun. »Nicht allzugut, T.R. Eine Tränke scheint durch irgendwas vergiftet worden zu sein. Viele Schafe sind krank geworden, einige sogar verendet. Wir leiden unter einer bösen Insektenplage, und Colin ist es gelungen, die Schafschur total zu verpatzen.«

»Hat er in diesem Jahr denn nicht Samuelsons Team engagiert?«

»Keine Ahnung, woran es lag. Vielleicht weigerte er sich, ihre Löhne zu zahlen. Jedenfalls ist keiner der üblichen Scherer aufgetaucht. Nur diese verdammten Pfuscher.«

»Also macht sich Colin nicht besonders gut?«

»Will alles von Grund auf anders machen. Und läßt sich von niemandem etwas sagen. Und seine Frau ...« Snowy suchte nach Worten. »Sie hält sich wohl für was Besseres. Nein, die Dinge hier sind mehr als verfahren. Ich habe Queenie versprochen, ein bißchen auf Tingulla zu achten, daher bleibe ich. Die meisten anderen Jungs sind längst fort. Neue Burschen kommen – und verschwinden bald wieder ...«

»Queenie weiß sicher, daß sie sich auf dich verlassen kann, Snowy. Jim läßt dich übrigens herzlich grüßen. Nun, dann werde ich jetzt mal ins Haus gehen.«

Der Garten sah vernachlässigt aus, aber sonst wirkte alles wie immer. Dennoch schien dem Haus ohne Queenie etwas zu fehlen. Die Haushälterin, deren förmliche, arrogante Art T.R. an die Oberin eines Krankenhauses erinnerte, eilte davon, um »die Herrin« zu holen. Er wurde nicht ins Haus gebeten. In seiner von der langen Autofahrt mitgenommenen Kleidung hielt man ihn wohl nicht für würdig genug, die Schwelle überschreiten zu dürfen.

Dina rauschte heraus, um ihn zu begrüßen – offensichtlich nicht allzu erfreut, ohne Make-up und schlicht in Rock und Bluse angetroffen zu werden. »Das ist aber eine Überraschung, T.R. Ich wünschte, Sie hätten uns von Ihrem Besuch informiert, dann hätten wir uns vorbereiten können. Aber lassen Sie mich Ihnen wenigstens einen kalten Drink anbieten ... Wein? Gin oder Whiskey? Nein? Dann vielleicht ein Bier?«

»Nichts, vielen Dank, Dina. Tut mir leid, aber ich bin es nicht gewöhnt, mich vor Besuchen bei Freunden anzumelden. Ich habe hier in der Nähe ein Pferd abgeholt und dachte, ich könnte kurz vorbeikommen und sehen, wie es Colin geht.«

»Colin geht es sehr gut, vielen Dank.«

»Tatsächlich? Und was ist mit Ihnen, Dina? Wie gefällt Ihnen das Landleben? Es unterscheidet sich doch beträchtlich von der gesellschaftlichen Szene in Sydney. Vermissen Sie die denn nicht?«

»Überhaupt nicht. Wir haben oft Gäste und fahren regelmäßig an die Küste. Es geht uns hier einfach wunderbar«, strahlte Dina.

»Das freut mich. Ist Colin da?«

»Leider nicht. Er ist aus geschäftlichen Gründen in Longreach. Ich kann wirklich nicht sagen, wann er zurückkommt.«

»Schade, daß ich ihn verpaßt habe. Grüßen Sie ihn bitte von mir.« T.R. wollte noch hinzufügen, er könne sich jederzeit bei ihm melden, wenn er Hilfe benötige, besann sich dann aber anders.

Er griff nach seinem Hut. »War schön, Sie mal wiederzusehen, Dina.«

»Wie machen sich Ihre Pferde, T.R.? Ich habe Colin vorgeschlagen, sich auf Rennpferde zu verlegen. Das würde Daddy ungemein gefallen.«

»Hier in dieser Gegend können Sie keine Rennpferde züchten, Dina. Über Guneda kann ich nicht klagen. Sieht ganz so aus, als ginge es uns allen prächtig, oder? Ich wünsche Ihnen noch einen angenehmen Tag.«

»Vielleicht treffen wir uns einmal auf dem Rennplatz, T.R.«, rief Dina und verschwand wieder im Haus.

T.R. lief zu den Ställen hinüber, wo ihn Snowy bereits erwartete. »Ich habe den Wasserkessel aufgesetzt. Möchtest du eine Tasse Tee, bevor du wieder losfährst?«

»Darauf kannst du wetten. Verdammt, mir hängt schon die Zunge heraus. Sie hält wohl nicht viel von Gastfreundschaft, oder?« bemerkte T.R., als er Snowy in seine Unterkunft folgte. »Glaubt man ihren Worten, geht hier alles einfach fabelhaft. Doch offensichtlich sind das Märchen. Wie lange werden sie es deiner Meinung nach hier noch aushalten?«

Snowy zuckte mit den Schultern. »Schwer zu sagen. Es war eine schlechte Saison, und er hat die falschen Entscheidungen getroffen. Sein Vater würde sich im Grabe umdrehen«, sagte Snowy. »Was bringt man den Jungs eigentlich auf der feinen Schule bei, die er besucht hat?«

»Meiner Ansicht nach besteht Colins Problem darin, daß

er keine Ratschläge annehmen will, zu lange nicht mehr auf Tingulla gelebt hat und mit einer Frau verheiratet ist, die das Leben auf dem Land weder versteht noch mag.«

»Nun, dann kann man nur hoffen, daß Colin endgültig die Lust verliert und von hier verschwindet, bevor die Station total ruiniert ist. Tingulla braucht Queenie – dringend.«

Ein sanfter Wind kam vom dunklen Meer und bewegte die goldgemusterten Vorhänge. Colin trat auf den Balkon und sah in die warme Nacht hinaus. Zwanzig Stockwerke unter ihm erschimmerten die weißen Wellenkronen, die auf dem hellen Sand träge zu Gischt zerstoben. Colin fragte sich, was sich im dunklen Wasser hinter dem Schein der Flutlichter verbarg.

Lachend trat Dina neben ihn. »Komm, Colin. Einige von uns wollen mit ein paar Flaschen Bollinger in den Jacuzzi springen.«

»Ohne mich. Ich bin gegen gemeinsames Baden.«

»Nun sei doch kein Spielverderber.« Sie lehnte ihren Kopf an seine Schulter. »Hier gefällt es mir. Ich liebe den Seewind, und irgend etwas ist hier immer los. Warum kaufen wir nicht eins dieser Apartments?«

»Weil ich nicht aus Geld bestehe, Dina. Wenn du eine Wohnung in Surfer's Paradise willst, dann müssen wir Tingulla verkaufen.«

»Vielleicht ist das gar keine so schlechte Idee. Es bringt uns kein Geld ein, hat dich aber in einen echten Langweiler verwandelt, *caro mio*. Vielleicht sollten wir auf meinen Einfall mit Italien zurückkommen. Kaufen wir uns doch eine hübsche Villa an der Riviera. Dann kannst du mit deinem Kabrio nach Rom oder Milano brausen und dich um Daddys Geschäfte kümmern.«

Colin leerte sein Champagnerglas. Er schwieg, aber im Moment kam ihm der Vorschlag sehr verlockend vor. Er war es leid. Die Leitung von Tingulla erschöpfte ihn, und obwohl er sich sagte, er hätte nur eine Pechsträhne, wußte er doch insgeheim, daß er kein guter Verwalter war. Vielleicht sollte er sich schnell aus Tingulla zurückziehen, als langsam unterzugehen oder auf bessere Zeiten zu warten. Das konnte jahrelang dauern. Es reizte ihn, daß Queenie die Station lange Zeit so erfolgreich geleitet hatte, bevor Warwick sie ins Unglück stürzte.

Er ging wieder hinein. »Laß uns noch ein Glas trinken und darüber nachdenken.«

Aber Dina dachte nicht nur nach. Anstatt nach dem Wochenende nach Tingulla zurückzukehren, flog sie nach Sydney, kaufte ein wenig ein und besuchte ihren Vater.

»Colin ist unglücklich. Und warum sollte er sich auch so abschuften? Für was? Ich langweile mich, denn er ist überarbeitet und vernachlässigt mich. Er liebt Europa. Da habe ich Verwandte und Freunde. Du kannst doch sicher in Italien für ihn irgendeine Tätigkeit finden, Papa?«

»Falls Tingulla verkauft wird, steht mir ein beträchtlicher Anteil des Erlöses zu, dennoch bliebe noch genügend übrig, um euch ein anständiges Leben in Italien zu sichern – wenn deine Ansprüche nicht zu hoch sind ... Eine Villa, Dina, kein *palazzo*. Und *si*, es gibt da geschäftlich dieses und jenes, um das Colin sich kümmern könnte. Aber damit wäre kein Vermögen zu verdienen.«

»Wenn Colin Geld braucht, kann er eine seiner Wohnungen in Double Bay verkaufen. Die Apartments sind eine gute Rückversicherung. Es wäre herrlich, in Europa leben zu können. Tingulla ist ein wundervoller Besitz, aber weit entfernt von allem, was wirklich interessant ist.« Dina beugte sich vor und ergriff zärtlich die Hand ihres Vaters. »Colin möchte selbstverständlich nicht, daß Queenie etwas davon erfährt.«

Camboni nickte. »Sag ihm, daß ich diskret vorgehen

werde. Es herrscht da viel Eifersucht zwischen dem Jungen und seiner Schwester. Weiß er eigentlich, welchen Erfolg Queenie in Sydney hat?«

Unwillig warf Dina ihre Haarmähne zurück. »Er weiß, daß sie sich mit Inneneinrichtungen befaßt – mehr nicht. Es interessiert ihn nicht wirklich. Also was ist? Wann können wir nach Europa ziehen, Papa?«

»Sei nicht so ungeduldig«, tadelte Camboni, aber mit väterlich-nachsichtigem Lächeln. »Zaubern kann selbst ich nicht. Ich werde sehen, was sich machen läßt. Übrigens solltest du Colin besser erzählen, was du für euch beide entschieden hast!« Er lachte.

John und Queenie studierten die Baupläne der alten viktorianischen Häuser an der George Street. Als Sarah mit Kaffee und Kuchen hereinkam, sah sie, daß John die Stirn runzelte und Queenie an ihrer Unterlippe knabberte.

»Probleme?«

»Ja. Ein anderes Unternehmen hat ebenfalls ein Angebot vorgelegt. Soweit wir wissen, ist es beträchtlich höher. Wir müssen bis zum Ende der Woche entscheiden, ob wir diese Häuser renovieren, oder nicht«, erwiderte John.

»Es gefällt mir nicht, unter Druck gesetzt zu werden. Das macht mich mißtrauisch«, sagte Queenie.

»Mich auch. Ich habe keine Lust, mich in einen Preiskampf verstricken zu lassen. Ich denke, wir bleiben bei unserem Limit. Und wenn wir verlieren – nun *c'est la vie*, was, Queenie?«

John griff nach der Tasse, die ihm Sarah entgegenstreckte. »Aber da geht irgend etwas vor, wovon wir keine Ahnung haben. Das spüre ich.«

Queenie starrte weiter in ihre Unterlagen.

Saskia sah zu, wie Bobby liebevoll Bills lange, kräftige Läufe mit einer von ihm hergestellten Salbe massierte. »Du liebst Bill sehr, nicht wahr, Bobby?«

Bobby richtete sich auf, stöhnte leise auf und rieb sich den Rücken. »Ja, ich glaube, das tue ich, Saskia. Ich habe in meinem Leben schon sehr viele Pferde kennengelernt, aber dieser Bursche ist etwas ganz Besonderes.« Er zwinkerte ihr vertraulich zu. »Aber sag ihm das um Himmels willen nicht.«

Saskia lachte. »Tango sagt, daß er im Training großartige Zeiten läuft.«

»Ja. Wirklich erstaunlich.«

»Glaubst du, daß er sich für das Rennen um den Melbourne Cup qualifiziert?«

»Wir werden sehen. Aber jetzt ist es Zeit für unseren Spaziergang. Bis später, Sas.«

Bobby schlenderte davon, und das große Pferd folgte ihm brav wie ein Hund. Auf der Koppel würde Bill wie auf eine geheime Absprache zwischen den beiden beginnen, im Kreis um Bobby herumzulaufen.

Saskia sah, daß Tango auf sie zukam. »Kann ich dir helfen, die beiden Vollblüter abzuspritzen?« fragte sie ihn.

»Das hat Mick bereits getan. Er ist nicht nur ein guter Jockey ... Ich wollte vor dem Lunch ein bißchen am Creek entlanglaufen. Hast du Lust, mich zu begleiten?«

»Aber sicher.«

Der Wasserlauf war knapp anderthalb Meter breit und recht seicht, auch wenn er sich nach heftigen Regenfällen mitunter in einen schnell dahinströmenden Fluß verwandeln konnte. Aber heute, unter einem klarblauen, von Schäfchenwolken getüpfelten Himmel plätscherte er sanft dahin. Sträucher, Gräser und Binsen säumten seine Ufer, und Tango übernahm die Führung, als die beiden dem schlängelnden Lauf des Creeks durch die Wiesen folgten.

Wegen seiner kräftigen Gestalt und des Ansehens, das er unter den anderen Erwachsenen genoß, hatte Saskia Tango stets als erwachsenen Mann betrachtet. Aber jetzt, als sie mit den Händen im Wasser planschten, unter Steine spähten oder auch nur schweigend dahinschlenderten, kam er ihr vor wie ein Teenager, der sich an seinem Lieblingsort erfreut.

Beide blieben sie wie angewurzelt stehen, als sie einen Strauch umrundeten und mitten im Creek einen Ibis entdeckten, der auf seinen dünnen Beinen im Wasser stand und mit dem langen schwarzen Schnabel im Schlamm stocherte. Der Vogel hob den Kopf, schluckte und stakste anmutig weiter. Langsam und geräuschlos folgten ihm Tango und Saskia.

Libellen schwebten wie schimmernde türkisfarbene, rote und gelbe Edelsteine über dem Wasser. Kleine Fische glitten durch die flachen Wellen, und in einem Baum, dessen Wurzeln ins Wasser reichten, gluckste ein Kookaburra. Die beiden blieben stehen, um einander auf etwas aufmerksam zu machen, redeten miteinander und schwiegen dann, wie unter einem geheimnisvollen Bann. Leise krochen sie um einen großen Felsbrocken herum, der eine kleine, ruhige Bucht des Creek beschattete. Auf der abgeflachten Seite des Felsens lag ein braunes Tier in der Sonne und trocknete sein Fell.

Als das Schnabeltier mit lautem Klatschen ins Wasser glitt und mit seinem breiten »Schnabel« zwischen den Binsen nach Nahrung suchte, hielt Saskia entzückt den Atem an. »Ich habe noch nie eins gesehen«, wisperte sie.

»Ich auch nicht«, lächelte Tango.

Sie beobachteten das Tier weiter, bis es unter einem im Wasser liegenden Baumstamm verschwand.

Inzwischen stand die Sonne direkt über ihnen, und sie spürten die Hitze. Das Wasser lockte. »Wie wäre es mit einer kleinen Abkühlung?« fragte Tango.

»O ja.« Unbefangen zogen sie Schuhe, Hosen und Hemden aus. Nur mit Höschen und Hemd watete Saskia in das kühle Wasser. Neben ihr planschte Tango ebenfalls nur in Unterwäsche.

»Zum Schwimmen ist es zu flach, aber immerhin ist es tiefer als eine Badewanne«, sagte er.

»Wie klar das Wasser ist. Als könnte man es trinken.«

»Das würde ich lieber nicht tun. Ist wahrscheinlich voll von Schafspisse.«

»Igitt«, kicherte Saskia.

Sie lagen im Wasser und ließen sich von den Wellen umspülen.

»Am liebsten würde ich gar nicht mehr nach Sydney zurückfahren«, seufzte Saskia.

»Wie lebt es sich denn da?«

»Ganz gut. Aber mir fehlt der Busch.«

»Vermißt du auch deinen Vater?«

»Ja. Manchmal. Deshalb gefällt es mir hier so sehr ... Hier habe ich Jim, Bobby und T.R. Aber ich vermisse auch Snowy.«

»Wer ist das?«

»Er kümmert sich um die Herden auf Tingulla. Er ist für mich so etwas wie ein Großvater. Ein Aborigine.«

»Wie ist deine Mutter?«

Saskia lachte. »Ich kann sie nicht beschreiben. Du mußt sie schon selbst kennenlernen.«

»Genau das hat T.R. auch gesagt, als ich ihn einmal nach ihr gefragt habe.«

»Ich mag T.R.«

»Ich auch.«

»Wo sind deine Eltern?«

»Sie sind tot. Sie starben vor ein paar Jahren bei einem Autounfall. Deshalb kam ich in den Busch. In der Stadt hat es mir nie gefallen, ich wollte immer aufs Land. Aber sie hatten mich adoptiert, meine richtigen Eltern kenne ich nicht.«

»Hast du die Schule beendet?«

»Ja, die High School. T.R. will mich dazu überreden, auf die Uni zu gehen. Im Moment nehme ich an Fernkursen teil«, erwiderte Tango, fast verlegen.

»Aber das ist doch großartig. Meine Mutter will auch, daß ich studiere, aber ich habe mich noch nicht entschieden, was ich einmal werden will.«

»Geht mir ähnlich. Ich weiß nur, daß ich auf dem Land leben will.«

Saskia nickte. Sie erzählte Tango nicht, daß sie den gleichen Traum hatte wie ihre Mutter: nach Tingulla zurückzukehren.

Queenie brütete gerade über Plänen, als das Telefon klingelte.

»Ich bin es – John.«

»Gerade dachte ich an dich! Ich habe mir noch einmal unsere Unterlagen vorgenommen ...«

»Wir wurden überboten«, unterbrach sie John.

»Oh. Um wieviel?«

»Eine ganze Menge. Wer auch immer diese Häuser haben will, hat eine Riesensumme hingeblättert. Sie müssen sich einen sagenhaften Gewinn ausrechnen.«

»Dann müssen wir uns eben andere Hausbesitzer suchen, denen wir unser Geld in den Rachen werfen können.«

John holte tief Atem. »Ich habe ein bißchen nachgedacht, Queenie, und ich glaube, ich muß mein Kapital arbeiten lassen. Nachdem dieses Projekt geplatzt ist, würde ich gern in ein großes altes Haus am Wasser investieren, das auf den Markt kommt. Es ist zwar nicht billig, aber ich rechne damit, daß die Preise derartiger Häuser in ein paar Jahren kalifornische Höhen erreichen.«

»Das verstehe ich, John. Mach das. Ich werde mich nach anderen Möglichkeiten umsehen. Ich brauche noch eine

Menge Geld, bevor ich daran denken kann, ein Kaufangebot für Tingulla abzugeben. Irgend etwas wird mir schon über den Weg laufen.«

»Du brauchst etwas, das dir schnell eine Menge Geld einbringt, keine langfristigen Investitionen. Ich werde die Augen offenhalten.«

Kaum hatte Queenie den Hörer aufgelegt, betrat Millie den Raum. Queenies nachdenkliche Miene entging ihr nicht. »Wenn du mich fragst, brauchst du endlich einmal einen kleinen Urlaub«, stellte sie trocken fest.

»Eine Abwechslung täte mir wirklich gut, aber ich habe einfach keine Zeit«, seufzte Queenie.

»Zeit, Zeit«, brummte Millie. »Und wie ist es mit dem Wochenende? Soviel ich weiß, verbringt das Saskia bei einer Freundin. Da hättest du deine Zeit. Fahr ein paar Tage in die Berge. Soviel ich weiß, warst du dort noch nie.«

»Auch in den Bergen ist die Zeit nicht stehengeblieben«, sagte die Besitzerin des *Paragon Café* in Katoomba, in dem Queenie auf ihrer Fahrt durch die Blue Mountains einen Earl Grey-Tee trank. »Früher war Katoomba ein beliebtes Ziel für Flitterwöchner und Urlauber. In den letzten Jahren sind sie ausgeblieben, und die meisten der alten Pensionen sind ein wenig heruntergekommen. Doch neuerdings kommen immer mehr Menschen her, um hier zu leben, und ich spüre irgendwie, es könnte wieder bergauf gehen.«

Queenie erkundigte sich nach Übernachtungsmöglichkeiten, und die Cafébesitzerin empfahl ihr eine kleine Pension außerhalb des Ortes, das *Echoes*.

Nachdem sie ihren Tee getrunken hatte, unternahm Queenie einen Erkundungsspaziergang durch den Ort mit seinen Antiquitätengeschäften und anheimelnden Teestuben und fand alles ganz bezaubernd, wenn auch vom wirtschaftlichen Standpunkt her deprimierend. Am Nachmittag mietete sie sich in der Pension ein, zog sich ihre Reitstiefel an und warf sich einen Pullover über die Schultern, um einen ausgedehnten Spaziergang durch die Umgebung zu unternehmen.

Nach rund zwei Kilometern kam sie zu einer kleinen Farm mit dem Schild »Reitpferde zu vermieten« und beschloß, ihre weiteren Erkundungen auf dem Pferderücken fortzusetzen.

Nach einem gemächlichen Ritt durch die sanfte, üppig grüne Berglandschaft fiel Queenie ein auf dem Boden liegendes weißes Schild ins Auge. »Hotel ...« las sie, mehr war nicht zu erkennen. Sie zügelte das Pferd und saß ab. Ein von Gestrüpp überwucherter Pfad führte in einen kleinen Kiefernhain.

Nach hundert Metern kam sie zu zwei Steinpfosten vor einer Auffahrt, deren verrostete Tore schief in den Angeln hingen. Sie legte die Zügel über einen Pfosten und lief weiter – vorbei an einem Springbrunnen, an vernachlässigten Blumenbeeten und hielt den Atem an, als sie es zum ersten Mal sah: das Hotel.

Es sah aus wie ein verwunschenes, romantisches Schloß in den bayrischen Alpen – mit Erkern, Zinnen, Türmchen und Balkonen.

Hoch über dem Tal war das gewaltige Gebäude in den Felshang hineingebaut. Alle Fenster sahen zu den Kurrajong Mountains hinüber, einem dichtbewachsenen Sandsteingebirge. Die Überbleibsel formal angelegter Gärten lagen zu beiden Seiten des Hotels.

Fasziniert lief Queenie eine Stunde lang über das Gelände, versuchte, durch blinde Fenster und die Buntglasscheiben des Eingangs zu spähen. Es war zwar unmöglich zu entscheiden, über wie viele Zimmer das Gebäude verfügte, aber alles sah aus, als wäre es sehr feudal und im großen Maßstab errichtet worden.

Am nächsten Tag suchte Queenie den örtlichen Immobilienmakler auf, der sich den Kopf kratzte und gestand, nichts Genaues über das alte Hotel zu wissen. »Wurde schon vor Jahren geschlossen. In den zwanziger Jahren muß es ein piekfeiner Kasten gewesen sein – den Fotos nach zu urteilen, die ich gesehen habe. Dann wurde es ein bißchen anrüchig ... zu einer Herberge, in der Burschen mit ihren Mädels ein lustvolles Wochenende verbrachten. Schließlich machten sie zu. Keine Ahnung, wem es jetzt gehört. Zum Verkauf steht es jedenfalls nicht. Kein Mensch, der noch seine fünf Sinne beisammen hat, würde es kaufen. Heute sind Motels der Renner.«

Im kleinen Heimatmuseum fand Queenie einen zugänglichen alten Mann, der sich bereit erklärte, für sie die Ohren aufzusperren. »Ich möchte wissen, wer die Besitzer des Hauses sind, und ob sie es vielleicht verkaufen wollen.«

»Großer Gott, was wollen Sie denn damit?«

»Es ist doch ein Hotel, oder nicht?«

Kopfschüttelnd notierte der Mann Queenies Telefonnummer in Sydney.

Sarah und John waren fassungslos, als sie ihnen von ihren Plänen erzählte.

»Ein Hotel in den Bergen? Aber da fährt doch niemand hin!«

»Man wird – wenn ich das *Kurrajong* eröffnet habe.«

»Was muß da getan werden? Über eine schlichte Renovierung hinaus, meine ich.«

»Ich habe bereits die Schlüssel und fahre am Mittwoch mit einem Baufachmann hin, um das herauszufinden. Ich möchte, daß ihr mich begleitet.«

Während der ganzen Fahrt murrte John vor sich hin, zählte die negativen Aspekte auf und erklärte das Ganze zu einer Schnapsidee.

Bis er es sah. Dann erlag auch er der Faszination des Hauses und seiner Umgebung.

»Es ist ein Traum«, seufzte Sarah selig. »Ein Märchenschloß.«

»Und es muß einiges daran getan werden«, bemerkte John.

»Haltet ihr mich noch immer für verrückt?«

»Aber ja!« lachten beide.

Die nächsten Wochen verbrachte Queenie mit Kaufverhandlungen, Bauplänen und einem Stapel von Formularen vom zuständigen Grundstücksamt. Als sie die ausgefüllten Formulare zur Behörde zurückbrachte, erwähnte sie beiläufig, daß sie ursprünglich ein paar Häuser in Randwick renovieren wollte – aus denen jetzt ein Hotel in den Blue Mountains geworden wäre.

»In welcher Straße in Randwick?« erkundigte sich der Behördenangestellte plötzlich interessiert.

»In der George Street. Es handelt sich um wunderschöne alte Häuser, die ...«

»Da können Sie aber von Glück reden, Lady.«

»Was meinen Sie damit?«

»Dort ist ein Freeway geplant, die gesamte Straße wird abgerissen. Schätze, der Typ, der die Häuser gekauft hat, leckt gerade seine Wunden. Muß eine ziemliche Summe verloren haben.«

»Wissen Sie zufällig, wer er ist?«

»Ja, irgendein italienischer Millionär – jetzt wohl eher Ex-Millionär. Offenbar hat er ohnehin weit mehr gezahlt, als in dieser Gegend üblich.«

»Wie bedauerlich«, sagte Queenie, verabschiedete sich von ihm und verließ lächelnd den Raum.

22. Kapitel

Die überraschende Ankunft von Clayton Hindmarsh brachte eine willkommene Abwechslung in den Alltag auf Guneda. Der Amerikaner zeigte sich erstaunt und sehr zufrieden mit dem, was T.R. bisher erreicht hatte. Nachdem sie jedes Gebäude, jede Koppel und jedes Pferd inspiziert hatten, stellte ihm T.R. Bobbys und seine Privatinvestition vor: Sweet William.

Das Pferd und sein Trainer faszinierten Clayton. Nachdem er Bobby stundenlang bei seiner Arbeit mit Bill zugesehen hatte, sagte er abends beim Dinner: »Das ist ein verdammt schnelles Pferd, T.R., mit guten Gewinnchancen. Du solltest ihn zu eurem Melbourne Cup anmelden.«

»Auf diese Idee ist Bobby lange vor dir gekommen, Clayton. Seit nunmehr zwei Jahren hat er diesen Traum. Bis zum Rennen ist es nur noch wenige Wochen hin, und Bobby zieht mit Bill sein verblüffendes Trainingsprogramm durch. Dieses Pferd hat ein unglaubliches Potential.«

Am nächsten Morgen trafen sie am kleinen Trainingsgeläuf, auf dem Mick mit Bill seine Runden drehte, auf Tango.

»Ich würde zu gern dabeisein, wenn Bill die Ziellinie überquert«, seufzte Tango. »Ich bin sicher, daß er es als erster schafft.«

T.R. schlug dem Jungen auf den Rücken. »Du wirst dabei sein. Du mußt Bobby und mir helfen, Bill nach Melbourne zu bringen. Es ist eine lange Fahrt mit vielen Zwischenstopps, und wir brauchen jemanden, der Bill rund um die Uhr im Auge behält.«

Mit strahlenden Augen lächelte Tango T.R. an. »Wow, vielen Dank, T.R. Nie hätte ich es mir auch nur träumen lassen, einmal ein Pferd zum Cup zu begleiten.«

»Hölle, ich werde einfach bis zum Rennen bleiben«, erklärte Clayton spontan. »Ich werde dieses Pferd ordentlich anfeuern, und die Kosten der Siegesfeier übernehme ich auch!«

Gut zwei Wochen vor dem Rennen brachen sie gemächlich Richtung Melbourne auf. Oft übernachteten sie unterwegs in der Nähe eines dörflichen Festplatzes oder einer Rennbahn, um Bills Training nicht zu unterbrechen.

In Wagga Wagga lief Bill eine recht mäßige Zeit, und Bobby betrachtete ihn stirnrunzelnd. »Er sieht ein bißchen überfordert aus. Schätze, wir sollten uns einen oder zwei Tage ausruhen.«

Sie mieteten in einem nahe gelegenen Reitstall eine Box, und Bobby braute einen Trank für Bill, der zwar ein wenig lethargisch wirkte, aber noch immer zu Späßen und kleinen Spaziergängen mit seinem Freund Bobby aufgelegt war.

Bobby schlief in einem Schlafsack in der Box – um jederzeit zur Stelle zu sein, falls es zu Komplikationen kam. Schon bald kam Bill wieder zu Kräften und wirkte so robust wie eh und je – aber Bobby sah grau und hager aus.

»Hat sich wohl ein bißchen übernommen«, murmelte T.R. »Er reibt sich für dieses Pferd mehr auf als eine Mutter für ein krankes Kind.«

»Genau wie Sie für Bobby«, stellte Tango fest, der sich der besonderen Beziehung zwischen T.R. und dem alten Mann sehr wohl bewußt war.

Als Bobby Bill für gesundet erklärte, fuhren sie weiter. Tango und T.R. wechselten sich hinter dem Steuer ab, während Bobby den Pferdetransporter mit Bill keine Sekunde aus den Augen ließ.

»Da ist die Grenze zwischen New South Wales und Victoria. Jetzt ist es nicht mehr weit, Bobby«, sagte T.R. Der alte Mann reagierte nicht.

T.R. musterte Bobby. »Ich glaube, wir sollten im nächsten Ort übernachten. Endlich einmal richtig ausschlafen.«

Sie mieteten sich Zimmer im *Commercial Hotel*, doch mitten während des Abendessens entschuldigte sich Bobby. »Ich fühle mich nicht besonders. Bin hundemüde. Ich gehe besser gleich ins Bett.«

»Ich werde bei Bill schlafen«, sagte Tango schnell. »Du brauchst dir um ihn keine Sorgen zu machen.«

T.R. ging noch in die Bar auf einen Schlummertrunk. Der Mann neben ihm am Tresen nickte ihm zu. »Gerade angekommen?«

»Ja. Wir sind unterwegs nach Melbourne.«

»Auf dem Weg zum Cup?«

»Ja. Ich bringe mein Pferd hin, aber ganz ruhig und gemütlich. Das dauert seine Zeit.«

»Allmächtiger. Führen Sie ihn hin wie Zulu?« lachte der Mann.

T.R.s verdutzte Miene veranlaßte den alten Mann zu weiteren Erklärungen. »Zulu. Hat achtundsechzig den Cup gewonnen, im vorigen Jahrhundert. Man sagt, das Roß wäre von Sydney aus gelaufen und hätte deshalb gewonnen. Hören Sie, wie heißt Ihr Pferd? Ich sollte eine kleine Wette riskieren.«

Später lief T.R. über den Flur zum Etagenbad und blieb vor Bobbys Tür stehen. Er klopfte leise an und öffnete dann die Tür. Bobby schlief, aber seine Nachttischlampe brannte noch. Auf Zehenspitzen schlich T.R. zum Bett, um sie auszuschalten.

Ein Blick in Bobbys aschfahles Gesicht ließ ihn die Treppe hinunter zur Direktion rasen. »Mein Freund ist krank. Rufen Sie einen Krankenwagen. Schnell!«

Queenie wollte das *Kurrajong Hotel* am Neujahrstag mit einer großen Gala eröffnen. Wöchentlich verbrachte sie mehrere Tage in dem Hotel, um die Fortschritte der Restaurierungsarbeiten zu überwachen. An den anderen Tagen stöberte sie in den Antiquitätengeschäften und Auktionshäusern von Sydney nach alten Möbeln, Armaturen und anderen Einrichtungsgegenständen.

Schon jetzt war sie begeistert über den Zustand des Hauses, das noch vor kurzer Zeit so desolat gewirkt hatte. Lokale Handwerker hatten die Innenarbeiten übernommen, und man sah, welche Freude es ihnen bereitete, »die alte Lady« – wie das Hotel allgemein genannt wurde – zu neuem Leben zu erwecken.

Die Holztäfelungen glänzten unter ihrer neuen Politur, die bleigefaßten Buntglasfenster waren repariert und – wo nötig – ersetzt, Kamine gereinigt, Wände in hellen Pastelltönen gestrichen oder mit Tapeten in viktorianischen Blütenmustern versehen worden. Altmodische Waschkommoden standen in jedem Zimmer. Ihre Oberflächen waren mit handbemalten Fliesen gekachelt, und auf ihnen standen Porzellankrüge und -schüsseln mit Blumen aus dem Garten. Die breiten Betten, manche von ihnen mit Baldachinen, andere aus Messing mit Keramikintarsien, bedeckten Daunen-Quilts.

Ungeachtet der nostalgischen Einrichtung sorgten Errungenschaften der modernen Technik wie versteckte Heizkörper und Klimaanlagen für den nötigen Komfort. Salons, ein Musikzimmer, ein Billardraum und eine Bibliothek ließen das *Kurrajong* wie ein hochherrschaftliches Privathaus wirken.

Die Küchen wurden den Hygiene- und Sicherheitsvorschriften entsprechend modernisiert. Im Keller wurden riesige Refektoriumstische gefunden und in die Küche geschleppt, Gefrierschränke eingebaut, und die Speisekammer wurde ein Kühlraum.

Mit Hilfe der Besitzerin des *Paragon* kam Queenie in Kontakt zu einem früheren *Haute-Cuisine*-Koch, der sich in den Bergen von Sydney vorzeitig zur Ruhe gesetzt hatte.

Doch Monsieur Albert langweilte sich entsetzlich und war außer sich vor Begeisterung, als Queenie ihm die Stelle eines Küchenchefs anbot.

»Nun, Monsieur Albert, entspricht die Küche Ihren Erwartungen?« fragte Queenie, nachdem sie ihn im Hotel herumgeführt hatte.

»*Oui*. Drinnen ist alles sehr, sehr gut. Aber, Madame Queenie ... der Garten ...« Er verdrehte die Augen und warf verzweifelt die Arme hoch.

»Was meinen Sie damit? Ich habe ein Vermögen für die Gärten ausgegeben und finde, daß sie ganz hervorragend aussehen.«

»*Non, non*, Madame. Mein Garten. Wo ist der Kräutergarten?«

Queenie atmete erleichtert auf. Ein Gemüse- und Kräutergarten war keine unbillige Forderung. »Wenn das alles ist, was Sie sich wünschen ... Ich werde den Gärtner zu Ihnen schicken. Sagen Sie ihm, was angepflanzt werden soll.«

Eines Tages fand Queenie in ihrer Post die Einladung zu einer Cocktailparty, zu der das kürzlich neuorganisierte State Tourist Board bat. Obwohl sie nur wenig Lust dazu verspürte, mit einem Glas in der Hand herumzustehen und über Belanglosigkeiten zu plaudern, entschied sie sich zu einer Teilnahme. Werbung war für den Erfolg des *Kurrajong* unerläßlich, und sie brauchte Kontakte zu den Verantwortlichen für den Fremdenverkehr.

Es war längere Zeit her, daß sie an einem gesellschaftlichen Ereignis teilgenommen hatte, und Sarah überredete sie zum Kauf einer sündhaft teuren Dior-Kreation. Das Kleid war aufregend einfach geschnitten, von dunkler, fast schwärzlicher Purpurfarbe, und brachte Queenies Opalkette geradezu phantastisch zur Geltung.

Irgendwann entschuldigte sich Queenie bei der Gruppe

von Reisebüro-Vertretern, die sie bisher mit Beschlag belegt hatte, ging mit ihrem längst lauwarmen Campari-Soda auf den Leiter des Tourist Board zu, der eine extrem schwülstige und langatmige Ansprache gehalten hatte, und stellte sich vor. Er zeigte sich entzückt, die neue Besitzerin des *Kurrajong* kennenzulernen, und hielt ihre Hand länger als nötig. Dann machte er sie mit den umstehenden Herren bekannt. Der letzte Mann lächelte liebenswürdig und wiederholte seinen Namen leise, aber mit erkennbar französischem Akzent.

»Henri Barnard, von Montpelier Incorporated.«

»Von *den* Montpelier-Hotels?« erkundigte sich Queenie. Als er bescheiden nickte, fragte Queenie nach: »Haben Sie vor, ein Hotel in Australien zu eröffnen?«

Er hob vage die Schultern. »Vielleicht.«

»Hoffentlich nicht in den Blue Mountains«, lächelte Queenie.

Er lachte. »*Mais non*. Von Ihrem *Kurrajong* habe ich schon viel gehört. Und alles klang höchst interessant. Würden Sie mir noch ein wenig mehr darüber erzählen?«

Er führte sie zu einem Sofa in einer ruhigen Ecke des Raums.

Während sie miteinander redeten, musterte Queenie Henri Barnard unauffällig. Sie schätzte ihn auf Ende dreißig. Er war tief gebräunt, mit dunklen Augen hinter einer Brille mit großen, quadratischen Gläsern, glatten braunen Haaren und ebenmäßigen, strahlendweißen Zähnen. Seine Kleidung war tadellos, von ihm ging eine Aura von Macht, Einfluß und Wohlhabenheit aus, aber sein Verhalten war locker und entspannt.

Er wiederum war fasziniert von Queenies Schönheit, Eleganz und geschäftlicher Tüchtigkeit.

Ein vorbeikommender Kellner streckte ihnen sein Tablett entgegen, und als sie beide nach zwei Gläsern mit

Great Western-Sekt griffen, hob Henri Barnard seines zu einem Toast. »Auf den Erfolg des *Kurrajong* – und viel Glück für eine wunderschöne Lady in einem Dior-Kleid.«

Queenie nippte an ihrem Sekt. »Sie sind Franzose?«

»Ein wenig. Ich bin Franko-Kanadier. Ich vereine die europäische Romantik mit dem nordamerikanischen Pragmatismus. Meine Geschäftszentrale befindet sich in New York.«

Jetzt erinnerte sich Queenie daran, in der Presse von dem gutaussehenden, reichen und unverheirateten Chef von Montpelier gelesen zu haben, und daß er eine Reihe alter Familienhotels überall auf der Welt übernommen und in Luxushotels verwandelt hatte. »Welche Pläne haben Sie in Australien?«

»Ich bin hier, um mich ein wenig umzusehen. Vielleicht finde ich ein mir zusagendes Hotel, das ich kaufen könnte. Australien ist ein expandierender Markt. Ich würde mir sehr gern Ihr *Kurrajong* ansehen.«

»Ich fürchte, das steht nicht zum Verkauf ... Es ist ja noch nicht einmal ganz fertig. Aber wenn es Ihnen nichts ausmacht, es sich in seinem augenblicklichen Zustand anzusehen ...« Queenie zögerte.

»Das wäre mir eine große Freude ...«

T.R. saß an Bobbys Bett auf der Intensivstation des Country Hospital. Er wirkte so gespenstisch blaß, als könnte er jederzeit zur Decke emporschweben – hätten ihn die an seinem Körper befestigten Drähte, Kabel und Schläuche nicht zurückgehalten.

Eine Schwester betrat leise den Raum und lächelte T.R. mitfühlend an, bevor sie den Infusionsbeutel auswechselte und ein paar Daten auf der Karte vermerkte, die am Fußende des Bettes hing. Dann huschte sie wieder hinaus.

Bobby bewegte den Kopf. T.R. beugte sich näher an ihn heran. Bobby öffnete die Augen. »Bobby, mein Freund, kannst du mich hören? Ich bin's – T.R.«

Bobby bemühte sich, den Blick fest auf T.R. zu richten und öffnete den Mund zu einem Röcheln.

»Versuch nicht zu sprechen. Sag nichts. Es kommt alles wieder in Ordnung.«

Bobbys Finger zuckten, und T.R. nahm seine Hand, während der alte Mann weiterhin um Worte rang. T.R. legte sein Ohr dicht an seine Lippen.

»Rennen ... müssen los.«

»Mach dir keine Gedanken über das Rennen, Bobby. Du bist wichtiger.«

»Nein.« Die dürren Finger krallten sich in T.R.s Hand.

»Du mußt hin ... Bills Rennen ... bitte!«

Erschöpft schloß der alte Mann die Augen, sein Atem kam in kurzen, hastigen Stößen. T.R. klingelte nach der Schwester. »Beruhige dich, Bobby ...«

Die Schwester kam und eilte zum Bett. »Sie sollten jetzt besser gehen, Mister Hamilton. Er ist zu schwach, um zu reden.«

Langsam ging T.R. den Korridor entlang, dessen Fenster in den Garten des kleinen Krankenhauses hinausführten. Am Ende des Flurs saß Tango auf einer Bank.

»Wie geht es ihm?«

»Er hat ein paar Worte gesprochen. Will unbedingt, daß wir Bill nach Melbourne bringen.«

»Himmel, dieser alte Sturkopf. Er will offenbar mit allen Mitteln, daß Bill den Cup gewinnt.«

»Ja, es ist zu schade. Nach all seiner Mühe. Bill hätte eine gute Chance, aber jetzt würden wir ohnehin nicht mehr rechtzeitig hinkommen.«

Tango sah auf seine Uhr und dachte kurz nach. »Es wird knapp. Aber wir könnten es zumindest versuchen.«

»Kommt überhaupt nicht in Frage. Ich lasse doch Bobby nicht allein!« entfuhr es T.R.

Tango sah ihn nur mitleidig an. Eine Weile saßen sie schweigend nebeneinander. T.R. starrte auf seine zwischen den Knien verkrampften Hände.

»Ich könnte es doch versuchen«, sagte Tango leise.

T.R. blickte hoch. Tango lächelte ihn schüchtern an. Ein plötzliches Gefühl von Hoffnung und tiefer Zuneigung zu diesem schlaksigen Jungen durchzuckte T.R. »Wenn du direkt durchfährst, könntest du es vielleicht noch rechtzeitig schaffen. Der Papierkram ist unter Dach und Fach. Hölle, was haben wir schon groß zu verlieren? Laß es uns versuchen.«

Tango glitt hinter das Steuer, und T.R. warf die Tür zu. »Viel Glück, Junge. Versuch's, aber geh kein unnötiges Risiko ein.«

»Wir können ihn doch nicht enttäuschen, T.R.«

»Recht hast du, Junge. Paß bloß gut auf Bill auf – wegen Bobby.«

T.R. sah Tango nach, wie er mit dem Pferdetransporter davonfuhr und sprach ein stummes Gebet.

23. Kapitel

Seit dem frühen Morgen durchquerten die Zuschauer die Drehkreuze zur Rennbahn, belegten Parkplätze und Gelände mit Beschlag. Tische, Stühle, Decken, Matten und Sonnenschirme wurden aufgestellt oder ausgebreitet. Ihre Verpflegung reichte von Delikateßkörben bis zu einfachen Plastikkühltaschen mit Sandwiches und Getränken.

Die Männer trugen Cut und Zylinder, die Frauen Designerroben und Hüte – weit aufwendiger als zur Easter Parade. Junge Mädchen gefielen sich in Schwimmflossen zu Reifröcken, während ihre männlichen Begleiter von formaler Kleidung bis zu Taucheranzügen nahezu alles trugen.

Die Buchmacher hatten ihre Stände aufgestellt und Tipgeber machten ihre Runden, prahlten mit Insiderwissen und angeblich todsicheren Tips. Vieles vom Zuschauerinteresse konzentrierte sich auf die Ställe, in denen die kostbaren Stars des Tages warteten, umsorgt von vertrauenswürdigen Pflegern und heiß diskutiert vom Publikum, wenn es ihre an die Boxwand gepinnten Lebensläufe las. Gegen drei Uhr nachmittags würde einer von ihnen nach einem Rennen über zwei Meilen als Champion in die Renngeschichte eingehen.

Die Box mit der Aufschrift »Sweet William« war noch immer leer.

Mick hatte in der für Bill reservierten Box geschlafen und fragte sich verzweifelt, was um alles in der Welt T.R., Bobby und Tango aufgehalten haben könnte. Erneut lief Mick zum Büro hinüber, um sich dort nach möglichen Nachrichten zu erkundigen.

Der Rennkommissar blickte auf, als der schüchterne junge Aborigine an seinen Schreibtisch trat. »Diesmal hast du Glück, Mick. Laß sehen ... T.R. hat angerufen, Bobby hatte einen Herzanfall, aber Tango ist mit Bill unterwegs.«

»Hat er gesagt, wie es Bobby geht?«

»Nein. Aber dein Pferd wird rechtzeitig hier sein, wenn sie nicht trödeln. Viel Glück, Sportsfreund.«

Mick lief wieder hinauf und traf auf Clayton Hindmarsh, der mit grauem Frack und Zylinder vor den Boxen auf und ab lief. »Wo sind sie, zum Teufel?«

Mick sagte es ihm.

»Hoffen wir, daß der Junge es rechtzeitig schafft. Mehr können wir nicht tun.« Der große Amerikaner schlug dem kleinen Jockey auf die Schulter. »Schätze, Sie brauchen was zu futtern, Mick. Kommen Sie, holen wir Ihnen was. Danach sollten Sie besser einen Spähposten beziehen.«

Für Tango, der an das Fahren im Busch gewöhnt war, gestaltete sich die Fahrt über den Highway anstrengend. Er hielt an einer Raststätte und trank schnell einen Kaffee, um sich wach zu halten. Er kaufte auch einen Violet-Crumble-Riegel, den er sich in den Mund stopfte, als er im Pferdetransporter nach Bill sah. Der Hengst wieherte kläglich.

Das beständige Tempo und die weiße, unterbrochene Mittellinie begannen ihn erneut einzuschläfern, doch seine Konzentration kehrte sehr schnell zurück, als er sich in einem unablässigen Verkehrsstrom wiederfand und nach Richtungshinweisen Ausschau hielt.

Plötzlich begann das Auto zu rucken, und er hörte leicht knirschende Geräusche. Leise fluchend schaltete er in einen anderen Gang. Er rutschte ihm weg, und im Getriebe heulte es auf. Tango scherte an den Rand der Fahrbahn aus und hielt.

Er öffnete die Motorhaube und sah, daß es sich offenbar um ein größeres Problem handelte. Verzweifelt blickte er auf die an ihm vorbeirasenden Autos, dann auf seine Uhr. Es blieb einfach keine Zeit, eine Werkstatt zu alarmieren und den Wagen reparieren zu lassen.

Tango lief nach hinten zum Pferdetransporter, öffnete ihn und holte Bill heraus. Er strich dem nervösen Pferd, dem die lauten Geräusche ebensowenig gefielen wie die vorbeisausenden Autos über die Nase und sprach beruhigend auf Bill ein.

Dann verschloß Tango das Auto, holte den Sattel aus

dem Transporter, warf Bill die Pferdedecke über, befestigte den Sattel und schwang sich auf den Rücken des Hengstes.

»Etwas anderes bleibt uns nicht übrig. Auf geht's, Junge.«

Überall in Australien fanden in Hotels, Restaurants und Privathäusern Lunch-Parties anläßlich des großen Ereignisses statt. Auch Sarah und John hatten zu einer Party geladen, und Queenie erklärte Henri Barnard die Bedeutung des Rennens. »Es ist wichtiger als unser Nationalfeiertag. Das ganze Land hält den Atem an. Aber Sie müssen sich noch Ihr Lotterielos kaufen.«

»Mein was?«

»Jedermann veranstaltet eine Cup-Lotterie. Lose mit den Namen aller am Rennen teilnehmenden Pferde werden in einen Hut geworfen. Wer den Sieger gezogen hat, bekommt dann das Geld.«

Eine ähnliche Party fand auch bei Sarahs Eltern statt. Die Quinns veranstalteten jedoch ein großes Barbecue für alle auf der Farm Beschäftigten, und die Lose wurden neben dem Bierfaß aus einem Hut gezogen.

Auf Guneda und in Scone kannte die Aufregung kaum noch Grenzen, als in Privathäusern und Pubs die Fernseher für die Live-Übertragung eingeschaltet wurden. Jedermann schien fest entschlossen, die lokalen Helden Bill und Bobby auch aus der Ferne zum Sieg anzufeuern.

In der Champagner-Bar auf dem Flemington Racecourse hoben Alfredo Camboni, Colin, Dina und eine Gruppe von Freunden laut lachend die Gläser auf den Sieg ihres Pferdes Silver Lining beim Melbourne Cup.

»Ich dachte, Camboni hätte sein ganzes Geld in ein Immobiliengeschäft gesteckt«, bemerkte ein in der Nähe stehender Mann zu seinem Freund.

»Ja, hat er. Jetzt hat er alles auf dieses Pferd gesetzt. Es ist seine letzte Chance, zumindest etwas von seinen Verlusten wieder wettzumachen.«

Gleichmäßig trabten Tango und Bill am Rand des Highway dahin. Tango bemühte sich um ein zügiges Tempo, ohne Bill allzusehr zu ermüden. Das Pferd reagierte auf den beständigen Strom der Autos neben ihm ein wenig gereizt.

Ein Polizeifahrzeug kam vorbei und hielt kurz vor ihnen. Ein stämmiger Polizist stieg aus und forderte Tango zum Anhalten auf. »Es verstößt gegen das Gesetz, auf einer Hauptverkehrsstraße zu reiten, Sonny. Wollen Sie dem Melbourne Cup Konkurrenz machen?«

»Wir sind für den Cup gemeldet. Mein Auto hat einen Motorschaden. Ich dachte, so könnte ich es trotzdem noch schaffen.«

»Tisch dieses Märchen einem anderen auf, Junge.« Der Polizist musterte Bill. »Kräftig gebautes Pferd. Woher kommen Sie? Und wo hatten Sie angeblich Ihren Motorschaden?«

»Vor ein paar Kilometern. Wir kommen aus Guneda, in der Nähe von Scone. Wir waren unterwegs nach Melbourne, als unser Trainer einen Herzanfall bekam. Wir brachten ihn in ein Krankenhaus, aber er wollte unbedingt, daß dieses Pferd am Rennen teilnimmt.«

»Scone, sagen Sie. Ein Cousin von mir wohnt da in der Nähe. Eine der angenehmsten Gegenden von New South Wales. Wem gehört Ihre Farm? Oder ist es ein Gestüt?«

»Ein Gestüt. Einem Amerikaner namens Hindmarsh. Aber die Leitung hat T.R. Hamilton.«

»Hamilton ... T.R. ... Sagen Sie mal, ist das nicht der Rodeo-Champion, der vor einigen Jahren in Amerika so erfolgreich war?«

»Ja, Sergeant. Hören Sie, ich will ja nicht unhöflich sein, aber ich muß weiter. Wie weit ist es noch bis zur Rennbahn?«

»Nur noch eine Minute, Sonny.« Der Polizist ging zu seinem Fahrzeug zurück und sprach in sein Funkgerät.

Dann kam er zu Tango zurückgeschlendert. »Wie heißen Sie, Junge?«

»Tango.«

»Ihren richtigen Namen, bitte.«

»Tobias White.«

»Kein Wunder, daß Sie Tango vorziehen. Und wie heißt das Pferd?«

»Sweet William ... Bill«, knirschte Tango zwischen zusammengebissenen Zähnen hervor.

»Ihr zwei seid ein ziemliches Verkehrsrisiko. Ich sollte euch besser eskortieren.«

Er bestieg wieder sein Fahrzeug, schaltete das Blaulicht ein und fuhr langsam los, gefolgt von Tango und Bill.

In den Redaktionen von Rundfunk- und Fernsehsendern war der Polizeifunk ebenso eingeschaltet wie in den großen Zeitungsredaktionen. Nirgendwo blieb die kurze Unterhaltung zwischen dem Verkehrspolizisten und seiner Dienststelle unbemerkt, bei der es darum ging, einen Jungen aus dem Busch zu eskortieren, der auf einem Rennpferd auf dem Highway zur Rennbahn ritt. Reporter rasten zum Highway und begannen, Tango und Bill zu fotografieren und zu filmen.

Und es dauerte nicht allzulange, bis die ganze Geschichte heraus war: Daß der einst so berühmte Trainer Bobby Fenton auf dem Weg zum Melbourne Cup durch einen Herzanfall ans Krankenlager gefesselt worden war, aber eisern darauf beharrte, daß sein Pferd auch ohne ihn an den Start ging; daß der junge Pferdepfleger ebenso eisern entschlossen war, rechtzeitig zum Racecourse zu kommen, wo ein Aborigine-Jockey darauf wartete, den Ritt seines Lebens zu wagen. Diese Story mit *human touch* war die

Sensation in den Nachrichten vor dem nachmittäglichen Rennen.

Auf den letzten drei Kilometern säumten Menschen, die davon im Radio oder im Fernsehen gehört hatten, die zur Rennbahn führenden Straßen. Autos stoppten, und die Leute klatschten, winkten, spornten Tango und Bill begeistert an. Grinsend erwiderte der voranfahrende Verkehrspolizist das Winken der Menge.

Ein kleiner Junge zupfte seinen Vater am Ärmel, als die Eskorte vorbeikam. »Wird dieses Pferd gewinnen, Dad?«

»Das glaube ich kaum ... Es muß zu erschöpft sein. Aber, bei Gott, ich werde ein paar Dollar auf ihn setzen. Er heißt Bill, mein Sohn, wink ihm zu.«

Vor dem Tor wartete eine unübersehbare Menge von Kameramännern und Pressefotografen. Der Rennkommissar sah auf seine Uhr und winkte den kleinen Geleitzug hastig heran.

»Schnell, schnell – dann schaffen Sie die Zwei-Stunden-Frist noch!«

Tango war den Tränen nahe, als die Masse der Pressevertreter und Schaulustigen auf ihn einstürmte. Mick drängte sich zu ihm durch und griff nach Bills Zügeln, als Tango steifbeinig aus dem Sattel rutschte.

»Wie geht es Bobby?«

»Keine Ahnung, Mick. Er hat nur einen Wunsch: daß Bill dieses Rennen läuft. Habe ich es noch geschafft?«

»Ja. Du warst großartig, Tango.«

»Nun, jetzt liegt es an dir, Mick.«

Bill am Zügel führend, folgte Tango dem davoneilenden jungen Jockey.

Die Ankunft des letzten noch fehlenden Teilnehmers wurde über die Lautsprecher verkündet: »Soeben ist Sweet William, die Nummer siebzehn beim Rennen um den Melbourne Cup, eingetroffen – wenige Minuten vor Ablauf der Frist.«

Ein Schrei der Begeisterung entrang sich hunderttausend Kehlen.

Knapp zwei Stunden später gingen die Pferde an den Start. Mick schloß die Augen und murmelte eine Art Sprechgesang vor sich hin.

»Glaubst du wirklich, daß diese Beschwörungen dir helfen?« erkundigte sich der Jockey neben ihm spöttisch.

Langsam drehte Mick den Kopf, sah den anderen Jockey an und bemerkte, daß das Pferd die Nummer sechs hatte – Silver Lining.

Klirrend sprangen die Starttore auf, und Bill preschte los, reagierte spontan auf Micks sanfte Führung. Die Pferde hielten sich eng beieinander, und für Mick wurde das Rennen zu einem Nebel aus farbigen Jockeyjerseys, hochspritzenden Rasensoden und donnernden Hufen. Er konzentrierte sich ausschließlich auf sein Pferd, paßte sich Bills Rhythmus an und kalkulierte, wie sehr sich der Hengst verausgabte. Schon bald erkannte er, daß Bill noch große Reserven hatte, und begann nach einer Chance zu suchen, das dichte Feld zu durchbrechen und an die Spitze zu gelangen.

Gebannt sah Tango am Rand der Rennstrecke zu. Er kam sich vor wie in einem Vakuum, die Schreie der Zuschauer hörten sich für ihn sehr fern an, er nahm sie kaum wahr. Wie erstarrt stand er da und saß innerlich mit Mick auf Bills Rücken, als sie ein Pferd nach dem anderen überholten, um sich an die fünfte Position zu schieben. Es schien eine Ewigkeit zu dauern, und sie hatten erst die Hälfte des Rennens hinter sich.

Plötzlich merkte Mick, daß das Pferd neben ihnen bedenklich nahe kam. Er warf einen kurzen Blick hinüber und sah, daß der Jockey Silver Lining in Bills Weg drängte. Sein Fuß im Steigbügel schob sich in der Absicht an Micks Bein heran, ihn aus dem Sattel zu werfen.

Mick verspannte sich entsetzt, doch dann übernahm Bill die Initiative. Mit einem leichten Schütteln der Mähne streckte er sich, riß an Micks Armen, setzte an den Pferden auf der Außenbahn vorbei und begann loszurasen.

Bill schoß an den anderen Pferden vorbei, und als er die Führung übernahm, gerieten die Zuschauer förmlich außer sich. Über den Lärm der donnernden Hufe hinter ihm hörte Mick die Jubelschreie der Menge und wußte, daß sie ihnen galten.

Mit Tränen in den Augen hielt T.R. das Transistorradio dicht an Bobbys Kopf.

Die Stimme des Reporters dröhnte durch das stille Krankenzimmer, aber Bobby gab keine Anzeichen von sich, irgend etwas zu hören. Reglos lag er in den Kissen. Sein Atem ging flach und unregelmäßig.

Die Stimme des Kommentators überschlug sich fast. »Er hat tatsächlich gewonnen! Sweet William, die Nummer siebzehn, hat einen unglaublichen, unvorhersehbaren Sieg erzielt ... Das wird in die Renngeschichte eingehen, Ladies und Gentlemen. Dieses Pferd ist phantastisch. Es hat um Längen gewonnen. Ein glatter Durchgänger aus dem Busch – soviel ist sicher.«

Die Stimme dröhnte weiter, aber T.R. hörte nicht mehr zu. Sanft strich er über Bobbys Stirn und ergriff seine Hand. »Hast du das gehört, Bobby? Bill hat gesiegt. Dein Bill hat den Cup gewonnen, Bobby ... Bobby?«

Ein kaum wahrnehmbarer Druck auf T.R.s Finger, zitternd öffneten sich Bobbys Lider, seine Lippen verzogen sich zu einem winzigen Lächeln und er flüsterte: »Du verfluchter, prachtvoller Gaul.«

»Und nur, weil du ihn von Anfang an richtig eingeschätzt hast, Bobby ...«

Aber Bobby hatte gehört, was er hören wollte. T.R. spürte, daß die Hand des alten Mannes erschlaffte. Seine Finger entglitten seinem Griff. Noch einmal holte er keuchend Atem, dann war es vorbei.

Schluchzend streichelte T.R. Bobbys Hand. Aus dem Radio kam jetzt Micks erregte Stimme: »... und dann habe ich mich nur noch an ihm festgehalten. Sein Trainer Bobby Fenton hat gesagt, ich soll ihm seinen Willen lassen. Bill würde selbst wissen, was er tun muß. Und so war es ... Bill hat den Cup für Bobby gewonnen – seinen Freund.«

Colin und Dina schlossen Tingulla und ließen ihre Habseligkeiten zusammenpacken und nach Sydney bringen.

Alle Arbeiter wurden entlassen – bis auf Snowy, der weiterhin auf Tingulla blieb und sich mit Ruthie Aufsichtspflichten teilte. Ernie nahm eine Arbeit als Treiber an und versprach Ruthie, zurückzukommen und sie zu »besuchen«.

Die Schafe wurden verkauft. Colin sprach mit niemandem aus Longreach, aber die Gerüchte verbreiteten sich schnell, und schon bald war überall bekannt, daß Tingulla aufgelöst wurde. Niemand wußte, wie seine Zukunft aussehen und ob es verkauft werden würde.

Alfredo Camboni hatte diskrete Verkaufsverhandlungen für Tingulla eingeleitet, denn Colin bestand darauf, daß nichts davon an die Öffentlichkeit drang. Gleichzeitig verkaufte er eine seiner Wohnungen in Double Bay und bereitete sich mit Dina auf die Reise nach Europa vor.

»Aber nur für sechs Monate, Dina. Zur Probe«, betonte er.

»Selbstverständlich, *caro mio*«, versicherte sie, plante aber bereits, eine Villa in Porto Ercole zu kaufen. »Daddy möchte, daß du dich um seine geschäftlichen Unternehmungen in Europa kümmerst. Das paßt sehr viel besser zu dir als die Aufgaben eines Buschfarmers«, sagte sie und schlang ihre Arme um seinen Nacken.

Colin ließ die Bemerkung unbeantwortet. Er hatte das Gefühl, im Hinblick auf Tingulla versagt zu haben, machte aber Queenie für seine eigenen Unzulänglichkeiten verantwortlich. Niemals würde er zulassen, daß sie nach Tingulla zurückkehrte und bewies, daß er zur Leitung der Station nicht in der Lage gewesen war. Als er die Übertragungspapiere unterschrieb, wurde ihm bewußt, daß dies das Ende der Familie Hanlon als Besitzer von Tingulla war. Aber falls ihm daraufhin irgendwelche Bedenken kamen, so ignorierte er sie und unterzeichnete mit energischen Schriftzügen.

Zwei Wochen später flog Colin mit Dina nach Rom.

Die Restaurierungsarbeiten am *Kurrajong Hotel* waren nahezu beendet, und Queenie hielt sich wieder häufiger in Sydney auf, um die Eröffnung vorzubereiten.

Sie plante ein Galawochenende zu Beginn des neuen Jahrs mit einhundertzwanzig einflußreichen Gästen aus den Medien, der Tourismusindustrie, aus Gesellschaft und Wirtschaft. Da sie auch ihre Freunde teilnehmen lassen wollte, lud sie Dingo, Millie und Jim, Snowy, Sarahs Eltern und Alf aus Neptune Island ein.

Bei T.R. war sie sich unsicher. Sie hatte Mitgefühl wegen des Todes seines Trainers Bobby empfunden und war beeindruckt von dem, was sie von Millie und Saskia über Guneda erfuhr. Dennoch hatte sie das Gefühl, daß ihr seine Nähe nicht guttun würde, daher erschien sein Name nie auf der Gästeliste.

Henri Barnard hatte sich entschlossen, noch ein paar Monate länger in Australien zu bleiben, und wurde daher zur Hoteleröffnung eingeladen. Er verbrachte zwei Wochen in Adelaide, und Queenie war sehr überrascht und geschmeichelt, als er ihr Blumen schickte – mit der Mitteilung, daß er immer wieder an sie denken müsse. Ob er sie nach seiner Rückkehr vielleicht wieder zu einem Abendessen einladen dürfe?

Wegen der Hoteleröffnung traf Queenie keine großen eigenen Vorbereitungen für Weihnachten, sondern nahm Sarahs und Johns Einladung zum Essen am ersten Feiertag an.

»Aber wir gehen aus«, erklärte Sarah. »In diesem Jahr habe ich einfach keine Lust, mich stundenlang in die Küche zu stellen. Wir werden auf der Terrasse eines netten kleinen Restaurants am Wasser Fisch essen.«

Millie wollte die Feiertage mit Jim und T.R. auf Guneda verbringen, und Saskia erklärte, sie würde auch lieber dorthin fahren, als in einem Restaurant herumzusitzen. Zunächst zögerte Queenie, entschloß sich dann aber zu dem Kompromiß, ihre Tochter die letzten beiden Ferienwochen nach der Eröffnung des *Kurrajong* auf Guneda verbringen zu lassen.

»Du willst doch nicht etwa meine Eröffnung verpassen, Sas, oder? Schließlich brauche ich dich als Mit-Gastgeberin.«

»Bist du denn sicher, daß ich alles richtig mache? Ich bin schon jetzt ganz nervös.«

Queenie sah ihre Tochter zärtlich an. »Hast du in letzter Zeit in den Spiegel geschaut, mein Schatz?« Sie drehte Saskia zum ovalen Wandspiegel um. Arm in Arm betrachteten Mutter und Tochter ihr Spiegelbild. »Siehst du? Du bist fast so groß wie ich ... Und wie hübsch du bist, Sas. Du wirst in deinem Abendkleid hinreißend aussehen.«

»Wenn ich nur nicht stolpere ...«

24. Kapitel

Snowy saß unter einem Baum im Schatten und flocht eine Peitsche aus schmalen Lederstreifen, als er hörte, daß sich ein Auto dem Haus näherte. Als er die Veranda erreicht hatte, fingerten drei Männer gerade an einem großen Schlüsselbund herum und versuchten, die Tür aufzuschließen.

»Kann ich Ihnen irgendwie behilflich sein?« fragte Snowy.

»Das schaffen wir schon, Alter«, erwiderte einer der Männer. »Arbeiten Sie hier?«

»Ich sehe auf Tingulla nach dem Rechten. Und ich heiße Snowy.«

»Mein Name ist Dick Brighton. Wir kommen aus Sydney, und diese Gentlemen wollen sich nur das Haus ansehen«, sagte der Mann. »Sie wollen wissen, was sie für ihr Geld bekommen.«

»Tingulla wird verkauft?«

»Vielleicht«, wich der Mann aus.

»Wer wird Tingulla kaufen?«

»Jemand, den Sie kaum kennen, Alter. Es ist ein Syndikat. Man wird einen Verwalter einsetzen. Ich bin sicher, daß der sich auch um Sie kümmert.«

Die Männer verschwanden im Haus. Mit besorgter Miene schlenderte Snowy in den Schatten zurück.

Millie und Jim arbeiteten im Gemüsegarten, den Millie auf Guneda angelegt hatte. Tango und Saskia waren mit den Pferden unterwegs, und T.R. kam mit einem Stapel Papiere in den Händen aus seinem Büro.

Da Millie während der Feiertage auf Guneda bleiben würde, war Mum Ryan zu ihrer Schwester an die Südküste gefahren.

»Hey, Millie, mir ist nicht bekannt, daß wir den Markt mit

Grünzeug überschwemmen wollen«, rief T.R., als er die zahllosen Reihen frischgesetzter Gemüsepflanzen sah.

»Was nicht gegessen wird, kann man einfrieren oder an die Pferde verfüttern«, gab sie zurück.

»Gesund für Mensch und Tier, was Millie? Aber im Moment wäre mir eine Tasse Tee lieber«, sagte T.R.

»Ja, schätze, es ist Zeit für eine kleine Pause.« Jim richtete sich stöhnend auf.

Millie legte ihre Hacke zur Seite. »Ich setze den Kessel auf.«

Zehn Minuten später hatten sich die Männer die Hände gewaschen und strebten der Veranda zu, auf der Millie Tee und eine Platte mit Fruit Cake bereitgestellt hatte.

Jim und T.R. begannen, über dringend notwendige Reparaturarbeiten an einem der Ställe zu sprechen. Schweigend goß Millie den Tee ein, dann lehnte sie sich zurück und starrte vor sich hin. Sie hatte ihre Tasse kaum zweimal an die Lippen geführt, als sie zu erstarren schien. Sie bekam von der Unterhaltung der Männer nichts mehr mit, und ihr Tee wurde kalt. Sie verhielt sich wie hypnotisiert.

Jim bemerkte als erster ihren entrückten Gesichtsausdruck. »Was ist denn, Millie?«

Einen Moment lang reagierte sie nicht, aber dann richtete sie langsam den Blick auf Jim. »Ich glaube, Snowy versucht uns zu erreichen. Vielleicht geht da irgend etwas auf Tingulla vor sich. Etwas Unangenehmes.«

T.R. wollte sie gerade fragen, wie sie darauf kam, verkniff sich aber jede Bemerkung. Er war bereits mehrmals Zeuge der Telepathie – oder Intuition – von Aborigines geworden. Und obwohl er sich nicht erklären konnte, wie Botschaften zwischen Aborigines über große Entfernungen übermittelt werden konnten, akzeptierte er das doch als Phänomen. »Und was sollen wir tun, Millie?« fragte er.

»Telefonieren hat keinen Sinn, das Haus ist verschlossen«, sagte Jim.

»Jemand sollte hinfahren ...«

»Millie! Das ist eine lange Fahrt«, rief Jim überrascht, aber nicht abweisend. Er kannte seine Frau.

T.R. dachte nach. Es schien Wahnsinn zu sein, eine so lange Entfernung zurückzulegen, nur weil sich ıillies sechster Sinn gemeldet hatte. Aber er wurde die Vorstellung nicht los, daß auf Tingulla tatsächlich etwas nicht stimmen könnte. Bei seinem letzten Besuch hatte die Situation alles andere als gut ausgesehen. »Tango könnte hinfahren«, sagte T.R. »Ich werde ihm eine Woche frei geben.«

Millie nickte und griff zufrieden wieder nach ihrer Teetasse.

Henri Barnard hatte endlich ein geeignetes Grundstück für das geplante *Sydney Montpelier Hotel* gefunden und begann mit dem Aufbau einer administrativen Infrastruktur, um das Projekt auf den Weg zu bringen.

»Ich werde ein paar meiner Leute aus New York und einen Architekten aus Paris einfliegen lassen. Im Moment bin ich mitten in den finanziellen Verhandlungen. Das Problem ist nur, daß man als international bekannter Hotelmanager häufig auf atemberaubende Forderungen trifft«, sagte er zu Queenie.

»Bin ich froh, daß das *Kurrajong* niemand kennt ... noch nicht«, lachte sie. »So kann ich sehr viel besser feilschen.«

Nachdem sie im Gras hinter dem Strand von Palm Beach Fish and Chips gegessen hatten – der dortige Kiosk war für besonders frischen und schmackhaften Fisch bekannt –, liefen sie jetzt am Strand entlang.

»Lassen Sie uns über die Klippen zum Leuchtturm laufen, um einige der Kalorien wieder loszuwerden«, schlug Queenie vor.

Henri seufzte. »Geht Ihnen denn nie die Energie aus?«

Doch dann lief er ohne weiteres Murren hinter Queenie den felsigen Pfad hinauf, der sich zum Barrenjoey Headland hinaufwand.

Plötzlich geriet er ins Stolpern und erkannte, daß er Queenies Hüftschwung in ihren weißen Shorts bewundert hatte, anstatt darauf zu achten, wohin er seine Schritte setzte. Sie sieht aus wie ein Schulmädchen, dachte er. Sonnengebräunt, windzerzauste, schimmernde Haare, lange wohlgeformte Beine, einfache, feste Sandalen und kein Make-up.

Nach drei Vierteln des Wegs blieben sie stehen, um über Broken Bay mit ihren Segelbooten und Pittwater zum hügeligen grünen Buschland des Kuringai Chaxe National Park hinüberzublicken. Im Osten lag der klare blaue Pazifik, in dem sich Surfer und Schwimmer tummelten, und der lange, von Sonnenanbetern und vielfarbigen Sonnenschirmen getüpfelte Strand.

Sie liefen weiter und bewunderten die von Kolibris umschwirrten scharlachroten Blüten, bevor sie den gepflasterten Weg betraten, der zum Sandsteinhaus des Leuchtturmwärters führte.

»Was für ein romantischer Wohnort. Sehen Sie sich nur diesen phantastischen Ausblick an«, sagte Henri.

»Vergessen Sie dabei aber die Mühsal nicht, Lebensmittel und andere Versorgungsgüter hier heraufschleppen zu müssen«, entgegnete Queenie. »Früher wurden dazu Esel benutzt, glaube ich. Wie in Griechenland. Jetzt wird das Haus nicht mehr bewohnt, denn der Leuchtturm arbeitet elektronisch.«

Sie sahen einen zugewachsenen Grabstein und lasen, daß 1924 eine Frau und ein Kind auf den Klippen den Tod gefunden hatten. Geduckt schlüpften sie unter den Ästen dichtstehender Bäume hindurch an den Rand der Klippen.

Queenie lehnte sich an einen Felsen und äugte ängstlich über den Klippenrand fast siebzig Meter in die Tiefe, wo die Brandung aufgischtete.

Sie erschauerte unwillkürlich und lächelte Henri an, der ihr schnell den Arm um die Schultern legte. »Höhenangst?«

»Nein ... Aber da ist stets die Furcht, daß einen eine Windbö hinunterbläst oder der Boden nachgibt.« Sie lächelte ihn an. Impulsiv beugte er sich vor und küßte sie.

Zu seiner Überraschung – und noch mehr zu ihrer eigenen –, entzog sie sich ihm nicht.

Henri schob sie ein paar Zentimeter von sich fort und sah ihr in die Augen. »Darauf habe ich schon sehr, sehr lange gewartet.«

Queenies Lippen verzogen sich zu einem leichten Lächeln. »Und warum hast du dir soviel Zeit gelassen?«

Hand in Hand kehrten sie zum Auto zurück.

Tango schaltete den Motor aus und starrte fast verblüfft auf Tingulla. Trotz aller Geschichten, die er gehört hatte, traf ihn die Realität wie ein Schlag. Er konnte sich vorstellen, wie das Haus ausgesehen haben mußte, als Saskia hier aufgewachsen war.

Als er sah, daß ein weißhaariger Aborigine auf ihn zukam, stieg Tango aus und streckte ihm die Hand entgegen. »Sie müssen Snowy sein. Saskia hat mir viel von Ihnen erzählt. Ich bin Tango. Ich arbeite für T.R. auf Guneda.«

Strahlend schüttelte ihm Snowy die Hand. »Millie hat dich geschickt, oder?«

»Sie machte sich Sorgen, daß etwas los sein könnte.«

»Komm, trink einen Tee mit mir. Nichts ist los – noch nicht.«

»Aber?«

»Ein paar Männer waren hier.«

»Was für Männer?«

»Männer in Stadtanzügen. Sagten, sie würden Tingulla verkaufen.«

»Verstehe. Das erklärt, daß Millie ihre Vorahnungen hatte.«

»Ich weiß nichts Genaues. Sie haben mir nichts gesagt.«

»Ich werde sehen, was ich herausbekommen kann. Saskia sagt, es sei der größte Wunsch ihrer Mutter, wieder hierher zurückkehren zu können. Komisch, daß sie von einem geplanten Verkauf nichts gehört haben.«

Snowy zuckte mit den Schultern. »Schätze, da gehen irgendwelche unlauteren Dinge vor.«

Tango schlief in der Schafschererunterkunft, aber hatte eine unruhige Nacht und wurde schon früh wieder wach. Die Nachwehen eines Traums zuckten durch sein Unterbewußtsein. Er stand auf, zog seine Stiefel an und lief hinaus.

Im sanften Licht der Morgendämmerung lief er zum Creek hinunter und setzte sich unter die Weide, unter der auch Queenie stets am liebsten gesessen hatte. Keine der Farmen, die er bisher gesehen hatte, besaß den Zauber von Tingulla.

Er lief zurück und traf bei den Ställen auf Snowy, der liebevoll über die Mähne einer weißen Araberstute strich. »Was für ein wundervolles Pferd«, rief Tango.

»Das ist Nareedah.«

»Darf ich sie reiten?«

»Wenn du magst.« Snowy trat einen Schritt zurück und sah zu, wie sich Tango mit dem Pferd anfreundete.

»Bis später, Snowy«, rief er und schwang sich in den Sattel.

»Ich mache unterdessen Frühstück.« Reglos und mit einem nachdenklichen Ausdruck in den dunklen Augen sah er Tango nach, bis der mit Nareedah seinen Blicken entschwand.

Ein paar Stunden später warf Tango seine Reisetasche auf den Rücksitz und lehnte sich unschlüssig gegen die Fahrertür, zögerte den Abschied hinaus. Er verließ Tingulla nur ungern. Aber er hatte sich gründlich umgesehen, da er wußte, wie Saskia ihn ausfragen würde. »Ich werde sehen, was ich über diese Burschen aus der Stadt herausfinden kann. Aber es beruhigt mich, daß Sie hier sind, Snowy.«

»Ich würde Tingulla nie den Dingos überlassen. Keine Angst.«

»Es ist aber auch ein besonderer Besitz. Mit einer ganz eigentümlichen Atmosphäre ... Ich kann es mir nicht erklären.«

Snowy nickte und umklammerte Tangos Finger mit beiden Händen.

»Ein paar Geister sind hier sehr glücklich. Sie gehören hierher. So wie alle Menschen irgendwohin gehören.«

Tango kletterte hinter das Steuer und startete den Motor. »Ich werde Saskia von Ihnen Grüße bestellen, ja?«

»Sag ihr, daß der alte Snowy über Tingulla wacht.«

Tango berichtete Millie Snowys Neuigkeiten, und sie rief sofort Queenie an.

Queenie stieß gegen Wände, als sie herauszufinden versuchte, wohin Colin verschwunden war, und warum niemand mehr auf Tingulla wohnte. Schließlich rief sie ihren alten Freund Dingo an und fragte ihn, ob er etwas von den Verkaufsabsichten wußte. Doch er war so überrascht wie sie selbst. »Wo ist Colin?« wollte er wissen.

»Keine Ahnung. Auch von der Familie Camboni konnte ich niemanden erreichen.«

Mit Sarahs und Johns Hilfe begann Queenie mit Nachforschungen bei großen Immobilienmaklern, Investmentfirmen und Finanzberatern. Und schließlich bekamen sie auf ihre Fragen einen ersten Hinweis.

»Ja«, erwiderte der Makler einer Handelsbank. »Tingulla wurde mir vor einigen Wochen angeboten. Nicht unbedingt das, was unsere Klienten interessiert. Aber warten Sie einen Moment, ich werde sehen, ob ich mir Näheres über das Angebot notiert habe.«

Das führte John und Queenie zu einem weiteren diskreten Makler, der den Verkauf für einen anonymen Verkäufer übernommen hatte.

»Der Verkäufer muß Colin Hanlon gewesen sein«, erklärte John.

Der Mann schüttelte den Kopf. »Nein. Das glaube ich nicht. Es war ein ganz großer Fisch.«

»Und wie ist der Stand der Dinge im Moment?«

»Der Verkauf ist abgeschlossen, fürchte ich. Ich weiß, daß die Station vom Markt genommen wurde. Ich glaube, sie ging an ein Syndikat.« Mehr konnte er ihnen nicht sagen.

Queenie schlug sich mit der Faust in die Handfläche. »Verdammt noch mal, warum haben sie alle ihre Namen geheimgehalten?«

John zuckte mit den Schultern. »Ich werde mich weiter bemühen. Aber offengesagt, Queenie, ich befürchte, wir kommen zu spät.«

»Wenn du herausbekommst, wer es gekauft hat, können wir ihnen vielleicht ein unwiderstehliches Angebot machen.«

»Woher willst du das Geld nehmen, Queenie? Du hast doch alles in das *Kurrajong* gesteckt.«

»Falls es eine Chance gibt, Tingulla zu kaufen, werde ich es tun. Es schmerzt mich, daß Colin mir nichts davon gesagt hat.«

»Es sieht ganz danach aus, als wäre das mit voller Absicht geschehen«, erwiderte John mitfühlend.

»Laß uns weiter forschen«, sagte Queenie.

Eine Woche später lud John Henri Barnard zum Lunch in den *Tattersalls Club* ein. Die beiden Männer hatten sich miteinander angefreundet, aber John war klar, daß Henri über nichts anderes reden wollte als über Queenie.

Der Clubsekretär kam in den Speiseraum und teilte John diskret mit, daß ihn im Büro ein Anruf erwarte. Er entschuldigte sich bei Henri und fragte sich, wer ihn bei seinem Lunch störte.

Henri trank gerade einen Schluck Rosemount Chardonney, als John an den Tisch zurückkehrte. »Schlechte Nachrichten?«

»Das war Sarah. Sie hat erfahren, daß Queenies Bruder Colin mit seiner Frau nach Italien gezogen ist. Dauerhaft.«

»Und wie hat Queenie darauf reagiert?«

»Sie erklärte Sarah, sie hoffe, er würde an zuviel Knoblauch ersticken.«

Die beiden Männer lächelten einander verständnisinnig an. »Es gibt aber noch etwas, was Queenie bisher nicht weiß. Ein befreundeter Börsenmakler hat herausgefunden, daß Tingulla als langfristige Investition von einer privaten Finanzierungsgesellschaft erworben wurde, von der noch niemand etwas gehört hat. Das wird ein schwerer Schlag für Queenie sein.«

»Ich sollte sie besuchen«, sagte Henri.

Am nächsten Abend fuhr Henri mit roten Rosen, zwei Flaschen Taittinger und einem Flakon »Je reviens« zum *Kurrajong Hotel* und zu der Frau, die er liebte und heiraten wollte.

25. Kapitel

Queenie unterschrieb die Einladungen zur Eröffnung des *Kurrajong Hotels* mit ihrem Lieblingsfüllhalter und ihrem charakteristischen kleinen Kreis als Punkt über dem »i« in Queenie.

John und Henri hatten sie dazu überredet, ihren Mädchennamen zu benutzen. Die Hanlons waren eine bekannte Familie, und jedermann würde davon ausgehen, daß ein von der Tochter des Besitzers einer der schönsten Stationen des Landes geführtes Hotel über eine gewisse Klasse verfügte.

Die eigentlichen Einladungen waren bereits vor Wochen herausgegangen, jetzt bestätigte sie die Zusagen mit besonderen Karten, auf denen die Plätze im Restaurant und die Zimmernummern verzeichnet waren. Sie trank einen Schluck Eiswasser und wünschte sich, die Eröffnung fände im Winter und nicht im glutheißen australischen Sommer statt. Eine Winterparty mit in den Kaminen knisternden Holzscheiten, Rauhreif auf dem Rasen und Nebelschwaden über dem Tal hätte besser zum Stil des *Kurrajong* gepaßt.

Noch einmal überdachte sie die Abfolge der Ereignisse am Eröffnungswochenende. Die Freunde würden auf eigenen Wegen in die Blue Mountains kommen. Dingo flog aus Western Australia ein. Der liebe, gute Alf kam von Neptune Island erstmals seit Jahren in den Süden und hatte sogar versprochen, Schuhe anzuziehen. Saskia hatte darauf beharrt, daß Tango eingeladen wurde, und Snowy bestieg zum erstenmal in seinem Leben einen Zug, um zum *Kurrajong* zu gelangen. Millie berichtete, er hätte ihr erzählt, daß er allein beim Gedanken daran zittere wie Eukalyptuslaub. »Vor Aufregung. Ich glaube, er würde lieber zu Fuß kommen«, lachte Millie.

Die offiziellen Gäste kamen vor allem aus Sydney: Tourismus-Fachleute, Journalisten und Fotografen, TV-Kamerateams, Politiker und Rundfunkvertreter. Sie kamen alle mit der Bahn, aber nicht mit dem normalen Zug, der von der Central Railway Station aus startete.

Queenie hatte Damien McPhee, einst Fußballstar und inzwischen Direktor der State Rail Authority kennengelernt, und er hatte ihr zwei antike Commissioner-agen vorgeschlagen, die mit zwei restaurierten Salonwagen aus den fünfziger Jahren zusammengekoppelt werden konnten – gezogen von der berühmten 3801-Dampflok.

Auch die alten Wagen, in denen einst die Regierungskommissare ihre Inspektionsfahrten unternahmen, waren liebevoll restauriert. Die schimmernde Zedernholztäfelung verfügte über Intarsien mit Darstellungen australischer Blumen und Tiere. Sie besaßen glänzende Messingbeschläge, jede Menge Leder und sogar ein Himmelbett. Der Hauptraum ähnelte einem viktorianischen Salon mit behaglichen Chintz- und Ledersofas, einer Bar und einem Klavier.

Pferdekutschen holten die Gäste dann vom Bahnhof ab und fuhren mit ihnen durch den warmen Abend zum spektakulär angeleuchteten Hotel.

Beim Betreten des Hotels würden die Gäste mit Champagner begrüßt sowie einer beeindruckenden Pressemappe. Sie enthielt ein Programm der Wochenend-Aktivitäten, Einzelheiten über die Annehmlichkeiten des *Kurrajong* und Informationen über seine Geschichte. Später gäbe es Cocktails und ein leichtes Abendessen.

Wenn die Gäste am nächsten Morgen erwachten, würde sich ihnen der dramatische Ausblick aus ihren Fenstern bieten.

Am Sonnabendmorgen sollte auf der Terrasse ein üppiges Frühstück serviert werden. Danach war genügend Zeit, durch die wundervoll angelegten Gärten zu schlendern, auf dem See zu paddeln, Busch-Spaziergänge zu unternehmen oder zu reiten. Das Mittagessen war als Barbecue zu Füßen des in der Nähe gelegenen Wasserfalls geplant, auch wenn der in dieser trockenen Zeit kaum mehr war als ein Wasserschleier.

Am Nachmittag konnten sich die Gäste ausruhen oder ins Dorf hinunterlaufen, um sich die Angebote der Antiquitätenläden und Kunstgewerbegeschäfte anzusehen.

Der Höhepunkt fand am Sonnabend statt: Ein Galadiner mit anschließendem Ball. Am Sonntagnachmittag würden die Gäste – zutiefst beeindruckt vom atemberaubenden *Kurrajong Hotel* in den Bergen, wie Queenie hoffte – nach Sydney zurückkehren.

Zwei Tage vor der Eröffnung traf Millie mit Saskia ein. Am nächsten Tag fuhr Queenie zum Bahnhof, um Snowy abzuholen. Sie begrüßten sich herzlich, und Queenie stellte fest, daß er, wenn auch ein wenig gealtert, so doch noch immer bei bester Gesundheit war, und daß seine klugen Augen wie früher blitzten. Er lief nach vorn und betrachtete die dampfende Lok. Kopfschüttelnd streckte er den Arm aus und tätschelte das schwarze Metall. »Das ist aber ein mächtig kraftvoller Bursche.«

»Wie war die Reise, Snowy? Angenehm?«

Snowy schien noch immer überwältigt. »Anders als der Ritt auf einem Pferd. Dieses Hm-tata-hm-tata fing an, mit mir zu sprechen.«

Lachend griff Queenie nach seinem kleinen Koffer und hakte sich bei ihm ein. »Ich weiß, was du meinst. Manchmal setzt sich etwas im Kopf fest und wiederholt sich, wie der beständige Rhythmus der Räder.« Sie sagte ihm nicht, daß ihr die Räder bei jeder Eisenbahnfahrt zuflüsterten: Tingulla-Tin-gulla-Tin-gulla.

»Warte nur ab, bis du das *Kurrajong* siehst, Snowy ... Das ist jetzt ein echt schicker Kasten, nachdem ich ihn aufgemöbelt habe.«

»Halbheiten waren noch nie deine Sache, Queenie. Was für Leute kommen denn zu deiner Party? Was werden sie sagen, wenn sie einen alten schwarzen Burschen vor sich sehen?«

»Sie sehen einen guten alten Freund vor sich, auf den ich mich immer verlassen konnte. Abgesehen davon glaube ich, daß sie von dir begeistert sein werden. Schätze, die Presse wird dich einfach lieben, Snowy.« Sie drückte kurz seinen Arm und öffnete die Autotür. »Für mich ist es sehr wichtig, daß das Hotel ein Erfolg wird, Snowy. Es ist eine Chance, Tingulla zurückzubekommen. Doch das bleibt unter uns.«

Snowy lehnte sich auf dem Beifahrersitz zurück. »Na, dann ist es ja gut. Hatte schon Angst, du wärst zu einem dieser Stadtmenschen geworden.«

Millie und Saskia führten Snowy im Hotel herum, und er fand sich sehr schnell zurecht, paßte sich dieser für ihn fremden Welt bereitwillig an.

Das Personal befand sich in einem Zustand hochgradiger Nervosität, und immer wieder flackerten kleine Unstimmigkeiten auf, die von Queenie unauffällig bereinigt werden mußten. »Offenbar herrscht hier Lampenfieber wie vor einer Premiere. Aber auch ich flattere ein bißchen«, vertraute sie Millie an.

»Alles wird ganz hervorragend laufen. Also entspann dich«, entgegnete Millie gelassen. Hinter Queenies Rücken überprüfte sie alle Vorbereitungen sicherheitshalber noch einmal, damit wirklich nichts schiefgehen konnte.

»Ich kann zwar nicht alles und jeden kontrollieren, aber – wie sagt man doch gleich bei den Boy-Scouts? ›Ich bin bereit‹«, sagte Queenie und hob drei Finger zum Pfadfindergruß.

Am Telefon gestand sie Henri ein, daß sie sich keineswegs so bereit fühlte, wie sie Millie gegenüber behauptet hatte. »Kennst du das unbestimmte, aber grauenhafte Gefühl, etwas schrecklich Wichtiges und Offensichtliches vergessen oder übersehen zu haben? Ich hoffe, ich bilde es mir nur ein.«

»Dieses Gefühl kenne ich gut, *chérie*«, lachte Henri. »Möchtest du, daß ich zu dir komme, um meine Blicke in meiner Kapazität als Sachkenner und als Freund noch einmal über alles schweifen zu lassen?«

»O ja, das wäre schön. Dafür wäre ich dir wirklich sehr dankbar, Henri. Aber nur, wenn es dir keine Umstände macht. Schließlich weiß ich, wie sehr du mit deinen eigenen Hotelplänen beschäftigt bist.«

»Es wäre mir fast eine Genugtuung, Queenie. Du bist so tüchtig, daß es eine Freude sein muß, festzustellen, sogar du könntest eine Schwachstelle haben. Abgesehen davon würde ich dich gern sehen.«

»Dein französischer Charme und dein kanadischer Sinn fürs Praktische haben mich besiegt«, erwiderte Queenie. »Bitte, komm her – mit Notizbuch und weißen Handschuhen –, und überprüfe, ob wir den Test bestehen können.«

Queenie überließ Henri allein seiner »Prüfer«-Funktion, da sie mit Aufgaben in letzter Minute beschäftigt war. Beispielsweise den Lebensmittellieferungen aus Sydney und den Blumenarrangements. Sie hatte den Floristen ihre Vorstellungen aufgezeichnet, inspiriert von den phantasievollen Blumengebinden ihrer Mutter, die früher auf Tingulla alle Gäste begeistert hatten.

Henri schlenderte durch das *Kurrajong* und plauderte beiläufig mit dem Personal, aber seinen scharfen braunen Augen entging nichts.

»Laß uns beim Chinesen im Ort eine Kleinigkeit essen«, schlug Henri abends vor. »Zur Abwechslung ...«

»Ja, ich glaube, ich muß hier raus. Mir kommt es schon

vor, als hätte ich seit Tagen keine frische Luft mehr bekommen.«

Sie beschlossen, durch die Dämmerung zu Fuß nach Katoomba zu gehen. Und Henris amüsante Schilderungen seines Aufenthalts in Lake Toba auf Sumatra entspannten sie überraschend schnell.

»Damals gab es da buchstäblich nichts – nur ein altes niederländisches Hotel, in dem Sukarno wohnte, und einen riesigen vulkanischen See voller Goldfische. Aber ich habe dort ein paar sehr merkwürdige und exotische Dinge erlebt ...«

»Du hast doch nicht etwa vor, mir mein Abendessen zu vergällen, indem du mir erzählst, daß man dort lebendige Affenhirne ißt?«

»Niemals. Statt dessen möchte ich dich in die geheimen Riten der Insel Niias einweihen.«

Im Ort war alles dunkel und ruhig, als sie im Mondschein zum Hotel zurückgingen.

»Ich hoffe, du läufst nachts nicht allein im Busch herum«, sagte Henri.

»Der Busch macht mir keine angst«, erklärte sie überzeugt.

Henri legte einen Arm um ihre Taille und zog sie kurz an sich. »Vermißt du dein Zuhause im Busch?«

»Sehr, Henri. Es wurde gerade verkauft. Das war zwar ein Schock für mich, aber eines Tages wird es mir wieder gehören.«

»Vielleicht brauchst du eine Ortsveränderung. Warum kommst du nicht für eine gewisse Zeit zu mir nach New York?«

»Ein verlockender Vorschlag – wenn auch kaum durchführbar«, lächelte Queenie.

Henri drängte sie nicht. »Überleg es dir«, sagte er leise.

Im Hotel war alles ruhig. Sie traten auf die dunkle Terrasse, überblickten das mondbeschienene Tal und teilten die Stille mit futtersuchenden Opossums und einer fernen Eule.

»Ich bin überhaupt nicht müde«, sagte Queenie schließlich. »Vermutlich bin ich überdreht. Morgen abend werden sie alle eintreffen ... Nach so vielen Monaten der Planung ist das schwer zu glauben.«

»In meiner Suite – die übrigens ganz zauberhaft ist, vielen Dank – habe ich einen Moët Petite Liqueur. Möchtest du vielleicht einen Schlummertrunk?«

Queenie nickte. Sein Zimmer war von der Terrasse aus zu erreichen, und sie setzte sich in einen Sessel und zog die Schuhe aus, während Henri zwei Gläser aus dem kleinen Barschrank holte.

Rund eine Stunde später sah sie auf die Uhr. »Henri, ich hatte keine Ahnung, wie spät es bereits ist. Wie schnell die Zeit vergeht, wenn ich mit dir zusammen bin ...« Sie griff nach ihren Schuhen.

»Gute Nacht, und wundervolle Träume«, sagte er, als er ihre Arme umfaßte und sie vom Sessel hochzog. »Keine Angst, das Wochenende wird ein großer Erfolg.«

Leicht berührte er mit den Lippen ihren Mund, aber er schien sich nicht trennen zu können, und Queenie bemerkte, daß sie seinen Kuß mit plötzlicher Leidenschaft erwiderte. Ihre Schuhe fielen zu Boden, als sie ihre Arme um ihn schlang.

Henri hob sie sanft auf die Arme und trug sie zum Bett. Zwischen seinen Küssen streifte er ihr zärtlich die Kleider vom Körper und stöhnte tief auf, als er ihre schmalen Hüften, die langen Beine, den flachen Bauch und die vollen, festen Brüste sah. »Wie schön du bist, Queenie ... wie wunderschön ...«

Sie streckte die Arme aus und zog ihn an sich. Mit geschlossenen Augen verlor sie sich in seiner sinnlichen Umarmung.

Henri war ein verständnisvoller, erfahrener Liebhaber, und Queenie erschauerte vor Verlangen unter seiner Berührung. Aber später, als er sie in den Armen hielt, sah er die Tränen nicht, die in ihren Augen standen.

Sie erkannte, daß sie nur mit T.R. überwältigende Leidenschaft und grenzenlose Liebe empfunden hatte und daß sie das nie wieder erleben würde. Jetzt wußte sie, daß es nicht nur der Zauber der ersten Liebe gewesen war, der sie mit T.R. verband. Warwick hatte sie nie wirklich geliebt, doch er war in anderer Hinsicht so gut, liebevoll und aufmerksam gewesen, daß sie sich mit der fehlenden Leidenschaft abgefunden hatte. Und nun Henri. War das ihr Schicksal, nur *einen* Mann wirklich lieben zu können?

Als sie in der Dunkelheit in Henris Armen lag, machte sie sich langsam bewußt, daß sie sich der Realität stellen mußte. Es war an der Zeit, erwachsen zu werden, von einem Traum Abschied zu nehmen und sich mit dem Leben abzufinden, wie es nun einmal war. In ihrem Leben gab es so viel Positives, so viele gute Menschen, daß sie sich glücklich schätzen konnte.

Aber die Erinnerungen ließen ihr keine Ruhe ... Sie dachte daran, daß T.R. von ihr gefordert hatte, sich nicht mit einem lauen Glücksgefühl zufriedenzugeben, wenn er sie überschäumend und atemberaubend glücklich machen könne. Und daran, wie sehr sie einander verletzt hatten. Aber es wurde Zeit für die Erkenntnis, daß das alles der Vergangenheit angehörte. Jetzt zählte nur noch die Zukunft. Unwillkürlich erschauerte sie, und Henri flüsterte: »Ist dir kalt? Komm unter die Decke.«

»Nein ... Ich muß in mein Zimmer.« Sie streifte sich ihr Kleid über den Kopf, während er in seine Hosen schlüpfte, um sie zu begleiten.

»Eigentlich sollte ich auf Zehenspitzen in mein Zimmer

zurückschleichen.« Lächelnd küßte er sie vor ihrer Tür auf die Stirn.

»Gute Nacht, Henri. Wir sehen uns morgen früh.« Leise fiel die Tür hinter ihr ins Schloß.

Es war Sonnabendnachmittag. Auch wenn es ein ungewöhnlich heißer Tag war, verlief alles nach Plan. Die Gäste sparten nicht mit Komplimenten, und es sah ganz so aus, als würde das *Kurrajong* tatsächlich ein Riesenerfolg werden. Heute abend sollte nach dem Galadiner der große Ball stattfinden.

Queenie wollte während des Essens eine kleine Rede halten, hatte über deren Inhalt jedoch bislang kaum nachgedacht. Mit einer Tasse Tee ging sie auf die verlassene Terrasse hinaus. Die Gäste waren unten im Ort, ritten oder wanderten durch den Busch oder inspizierten die Gärten. Andere ruhten sich aus oder bereiteten sich auf den Ball vor.

Sie trank ihren Tee und sah zu den Sandsteinfelsen hinüber, hinter denen die Sonne langsam unterzugehen begann. Queenie kniff die Augen zusammen, setzte die Tasse auf die Untertasse und starrte zum Horizont. Ein verschwommen goldenes Licht schimmerte am Himmel. Für die oft spektakulären Himmelsverfärbungen sommerlicher Sonnenuntergänge war es noch zu früh. Es sah aus, als wäre ein Stück Gaze oder ein Filter, wie ihn Fotografen benutzen, über die Sonne geschoben worden. Innerlich wehrte sich alles in ihr gegen die Erkenntnis, die sich unaufhaltsam in ihr Bewußtsein drängte. Sie hob den Kopf und atmete tief ein. Der Brandgeruch war kaum merklich und doch unverkennbar. Buschfeuer.

An der Treppe traf sie mit Snowy zusammen. »Ich weiß, Snowy. Hoffen wir, daß es nicht allzu schlimm kommt«, sagte sie nach einem Blick in sein Gesicht.

»Da draußen kann eine ganze Menge abfackeln.«

Wo es brannte, wie weit entfernt und in welche Richtung der Wind die Flammen treiben würde – das alles war unbekannt. Aber Queenie wußte, daß das *Kurrajong* keineswegs als sicher bezeichnet werden konnte.

Sie lief zum Telefon, und die lokale Volunteer Bushfire Brigade bestätigte ihre Befürchtungen. »Noch brennt es im Busch auf den Hängen im Westen, aber die Flammen könnten durchs Tal fegen, um dann sehr schnell zu Ihnen zu gelangen. Sie sollten sicherheitshalber Vorsichtsmaßnahmen einleiten. Wir tun unser Bestes, aber wenn es erst auf breiter Front brennt, können wir nicht an allen Stellen zugleich sein.«

Unauffällig rief Queenie das Personal in der großen Küche zusammen und erläuterte die Situation. »Jene von Ihnen, die sich angesichts der drohenden Gefahr um die Sicherheit ihrer Häuser kümmern wollen, können das jederzeit tun. Aber wir sind allen dankbar, die hierbleiben, um uns bei Vorkehrungen gegen eine mögliche Brandgefahr zu helfen. Ich werde gleich die Gäste informieren und dafür sorgen, daß sie beim ersten Anzeichen wirklicher Gefahr unverzüglich in Sicherheit gebracht werden können.«

»Und was ist, wenn das Feuer nicht auf unsere Seite gelangt, Queenie?« fragte Henri, der gerade durch die Schwingtür hereingekommen war.

»Dann finden Dinner und Ball statt wie geplant«, erwiderte Albert, der Küchenchef.

»Sehr richtig, Mistreß Hanlon. Wir werden doch nicht zulassen, daß die Arbeit von Monaten umsonst war«, meldete sich ein anderer. »Wir werden nach unseren Häusern sehen und wieder zurückkommen.«

Von allen Seiten erscholl Zustimmung, und mit Tränen in den Augen dankte Queenie ihnen.

Henri trat zu ihr und nahm sie in die Arme. »Nur keine Angst, es wird schon alles gutgehen.«

»Du hast noch keinen Brand im Busch erlebt, Henri. Ein Buschfeuer ist ein furchtbares, alles verzehrendes Ungeheuer.«

»Dann laß uns die nötigen Vorbereitungen treffen, diesen Drachen zu erschlagen, falls er es wagt, auf unserer Schwelle aufzutauchen. Vielleicht verläuft er sich auch unterwegs.« Er ergriff ihre Hand und führte sie ins Büro. »Sag mir, was zu tun ist.«

Unter der Anleitung zweier Männer von der Freiwilligen Feuerwehr wurden leicht entzündbare Materialien aus der Nähe der Gebäude entfernt, Pferde gesattelt, weitere geholt sowie ein Wasserwerfer herangefahren und außer Sichtweite geparkt.

Die Angestellten, die nach Hause gegangen waren, trafen inzwischen wieder ein und erhielten neben den Vorbereitungen für Dinner und Ball zusätzliche Aufgaben. Die Sonne war längst untergegangen, aber der Himmel leuchtete noch immer unheimlich. Henri informierte sich über den Verlauf der Brände in der Feuerwehrzentrale.

Als Queenie im Büro Dokumente und persönliche Wertsachen in den feuersicheren Safe räumte, kamen Jim und Millie hereingestürzt. »Drüben auf den Hügeln brennt es, Queenie«, rief Millie. »Wir waren unten im Tal und kamen mit dem kleinen Zug wieder herauf. Wir konnten es kaum glauben, als wir den Himmel sahen. Was willst du nur tun?«

»Alles, was in unserer Macht steht ... und hoffen, daß es nicht bis zu uns vordringt. Wo sind Sarah und John?«

»Mit Pferden unterwegs«, sagte Jim.

»Die Pferde! Kümmerst du dich bitte um sie, Jim? Laß ihnen Zaumzeug für den Fall anlegen, daß wir sie schnell fortbringen müssen.«

»In Ordnung, Queenie. Ich werde sehen, was sonst noch vonnöten ist.«

Jim hatte schon einige Buschfeuer erlebt und kannte die

Zerstörungen, die sie anrichten konnten. Er wußte auch, wie rasend schnell sich die Flammen ausbreiteten.

Queenie ging in ihr Zimmer und zog ihr Abendkleid an, legte aber alte Kleidung und Stiefel für den Fall bereit, daß sie sie brauchte.

Als sie sich die Haare aufsteckte, klopfte Sarah an die Tür. »John und ich sind gerade erst zurückgekommen, Queenie. Gibt es etwas Neues?«

»Nicht viel. Offenbar steht alles noch auf Messers Schneide. Wir können mit einem blauen Auge davonkommen, aber auch in große Gefahr geraten. Ich werde jetzt die Gäste informieren, damit sie bereit sind, wenn wir das Hotel evakuieren müssen.«

Als alle versammelt waren, erklärte Queenie, daß jenseits des Tales Buschbrände ausgebrochen wären, die das Hotel unter Umständen bedrohen, aber durchaus auch verschonen konnten. Ein synchrones Aufstöhnen war zu hören, aber Queenies Ruhe, ihre Kompetenz und ihre sachlichen Formulierungen zerstreuten alle Befürchtungen. Aufmerksam hörten die Gäste zu, als sie ihnen zwei Möglichkeiten anbot: Entweder das *Kurrajong* sofort zu verlassen oder zu bleiben, bis die Situation eindeutig geklärt war und notfalls in Sicherheit gebracht zu werden.

»Können Sie uns garantieren, daß wir auch tatsächlich in Sicherheit gebracht werden, wenn wir abwarten?« erkundigte sich eine Frau.

Queenie versicherte, daß es mehrere ungefährdete Straßen gäbe, und daß die Feuerwehr sie rechtzeitig warnen würde.

»Dann bleiben wir!« rief ein Mann im Hintergrund des Raumes. »Wir auch«, stimmten andere zu, und Queenie schickte die Kellner schnell mit Champagnergläsern herum.

Einige der Gäste gingen auf die Terrasse hinaus, um sich

das Schauspiel des düster glühenden Himmels nicht entgehen zu lassen: Eine zusätzliche »Attraktion« ihrer Hoteleröffnung, auf die Queenie gern verzichtet hätte.

Dingo und Alf traten zu Queenie. »Gut gemacht, Mädchen«, lächelte Dingo.

Nachdenklich nippte Alf an seinem Champagner. »Ich habe noch nie ein Buschfeuer gesehen. Wenn bei mir ein Brand ausbricht, springe ich einfach in die Wellen und lasse den Krempel zum Teufel gehen. Aber schließlich besteht meine Hütte mehr oder weniger nur aus Bananenblättern. Nicht mit dem hier zu vergleichen.«

»Neptune Island hat seinen ganz eigenen Charme, Alf.«

»Jedenfalls bleiben wir hier bei dir«, sagte Dingo.

Queenie ergriff die Hände der beiden Männer. »Mehr kann ich mir nicht wünschen. Ihr seid wirklich gute Freunde.«

Gelächter klang auf, und die Gäste begannen sich zu entspannen. Aber Queenie entging nicht, daß die Medienvertreter ihre Ausrüstung griffbereit hielten und häufig mit ihren Redaktionen telefonierten.

Auf einen fragenden Blick von Monsieur Albert hin nickte Queenie. Ein leiser Gong erklang, und die Gäste wurden zum Essen in den Ballsaal gebeten. Die Mitglieder der kleinen Kapelle, viele von ihnen Einheimische, betraten das Podium und begannen zu spielen.

Das Essen war ausgezeichnet, und als sie eine kleine Runde zwischen den Tischen unternahm, hörte Queenie nur Lob. Als das Dessert serviert wurde, drückte ihr Henri bestätigend die Hand. In diesem Moment tauchte Jim – etwas genant in seinem geliehenen Smoking – neben Queenie auf und flüsterte ihr etwas ins Ohr. Sie entschuldigte sich, stand auf und folgte ihm ins Büro. Sie griff zum Telefonhörer. »Hallo? Hier Queenie Hanlon.«

»Der Wind hat gedreht, Mistreß Hanlon. Die Brände sind über die Hänge gelangt und kommen auf Sie zu. Sie sollten Ihre Gäste besser aus dem Hotel fortbringen. Es tut mir sehr leid, Ihnen das mitteilen zu müssen«, sagte der Leiter der Feuerwehr.

»Es ist doch nicht Ihre Schuld. Vielen Dank für die Warnung.«

»Wir schicken Ihnen alle Männer, die wir entbehren können. Bis dann.«

Queenie kehrte in den Ballsaal zurück und trat an das Mikrophon. Zögernd verstummten die Klänge der Kapelle. »Die Brände treiben auf uns zu, Ladies und Gentlemen. Noch wissen wir nicht, ob sie uns tatsächlich erreichen, aber in zwanzig Minuten stehen vor dem Hotel Busse bereit, um Sie nach Katoomba zu bringen.«

Niemand im Raum bewegte sich. »Was werden Sie tun?« rief einer der Journalisten.

»Hier bleiben und kämpfen. Dieses Haus bedeutet mir sehr viel«, lächelte Queenie kläglich.

»Dann werden wir bleiben«, erscholl eine Stimme, gefolgt von donnerndem Applaus.

»Ja, wir bleiben bei Ihnen. Zum Teufel, dieser Kasten ist viel zu wertvoll, um aufgegeben zu werden«, rief ein anderer Gast.

Schulterzuckend wandte sich ein Rundfunkreporter einem Kollegen zu. »Ein bißchen so wie auf der *Titanic*, was?«

»Und eine verdammt gute Story«, erhielt er zur Antwort. Beide griffen nach der Champagnerflasche und füllten ihre Gläser auf. »Könnte eine lange, durstige Nacht werden, Kollege«, sagte der Rundfunkmann und hob sein Glas.

Jedermann eilte in sein Zimmer, um für einen möglichen schnellen Aufbruch zu packen und sich praktischere Kleidung anzuziehen. Dann versammelten sie sich auf der hellerleuchteten Terrasse, auf der Feuerwehrmänner Instruktionen erteilten.

Wie eine Armee in gelbroten Uniformen kamen die Flammen inzwischen die Hänge auf der anderen Talseite herabmarschiert – über ihnen wehte eine riesige schwarze Flagge aus Verderben, Rauch und Asche. Gelegentlich waren kleine Explosionen zu hören, wenn riesige Gummibäume in sich zusammenbrachen. Der Wind hatte aufgefrischt, und die Brände nahmen an Geschwindigkeit zu, übersprangen Bäche und Straßen, rasten auf das Hotel zu.

Rauchwolken trieben heran, brachten den scharfen Geruch von brennendem Holz und Eukalyptusöl mit sich.

Schon bald begann Asche wie warmer schwarzer Schnee herabzufallen. Die Hitze der Flammen konnte bereits gespürt werden, doch am erschreckendsten war das Krachen und Brüllen, mit dem sich das Ungeheuer vorwärtsbewegte und alles verschlang, was sich ihm in den Weg stellte.

Verpflegung, Wasser, Bettzeug und Erste-Hilfe-Ausrüstungen wurden in die Weinkeller gebracht, damit sie im Bedarfsfall als Notunterkünfte dienen konnten.

Gruppen von Gästen wurden Aufgaben zugewiesen: Für die Pferde zu sorgen, in einer Reihe wassergefüllte Eimer weiterzureichen oder mit durchnäßten Jutesäcken etwa aufflackernde kleine Brände sofort zu bekämpfen.

»Es ist wie Custers ›letzte Stellung‹«, grinste ein TV-Kameramann seine Reporterin an, die das Mikrophon in einer und ein Champagnerglas in der anderen hielt.

»Mit solchen Themen gewinnt man Preise. Bleiben Sie mit der Kamera bloß in der Nähe«, entgegnete die unerschrockene Frau.

Nach und nach begannen auf dem Hotelgelände Flammen aufzuzüngeln und setzten das ausgetrocknete Gras in Brand. Sobald ein kleines Feuer entdeckt wurde, erscholl ein Schrei, und die Jutesack-Brigade rückte an, um auf die Flammen einzuschlagen, bis nichts mehr von ihnen übrig war. Doch hinter diesen ersten, vom Wind getriebenen Funken rollte die eigentliche Feuerwalze heran, und plötzlich standen alle in pechschwarzer Finsternis: Die Stromleitungen waren zerstört worden.

Die auf dem ausgedehnten Gelände verstreuten Feuerwehrmänner sahen sich gezwungen, näher an die Gebäude heranzurücken, als der Wind die Flammen von allen Seiten auf das *Kurrajong* zutrieb. Im Garten gingen die ersten Bäume in Flammen auf. Die Gäste fühlten die Hitze bereits sengend auf der Haut, und der Geruch des brennenden Buschlandes war geradezu überwältigend. Sie begannen krampfhaft zu husten und tauschten ängstliche Blicke aus.

Der Leiter der Feuerwehr schritt die Front der Hilfskräfte ab und forderte alle auf, sich in das Hauptgebäude zurückzuziehen.

Überall auf dem Gelände brannte es bereits, als die Hähne aufgedreht und Wasserschläuche ihren Inhalt auf das Hotel ergossen. Auch der Wasserwerfer trat in Funktion. Das Bootshaus und die Gartenmöbel standen in Flammen, und selbst der Pavillon mitten im See brannte.

Henri verließ das Gelände, wo er sporadisch aufflackernde Feuer mit einer Schaufel ausgeschlagen hatte – das einzige Gerät, das zur Hand war, als er sah, wie Funken herantrieben, auf das Gras herabsegelten und eine Kettenreaktion kleiner Brände auslösten. Sein Hemd zeigte Brandspuren, seine Haare waren versengt, seine Hände schmerzten. Als er John mit zwei randvollen Wassereimern vorbeieilen sah, fragte er ihn hastig, wo Queenie war.

»Wir wollten die Pferde herausholen, aber sie gerieten in Panik. Jetzt kümmert sie sich um die Tiere.«

»Schafft sie das denn? Hilft ihr jemand? Ich sollte besser zu ihr gehen.«

»Laß sie. Sie weiß, was zu tun ist. Wenn du da auftauchst, muß sie sich auch noch um dich kümmern. Queenie schafft das schon.«

Henri nickte. Vermutlich wäre er tatsächlich keine große Hilfe bei der Rettung der verängstigten Pferde.

Rauch erfüllte die Ställe, und die Pferde waren außer sich vor Panik. Jedesmal, wenn Queenie eines der vier Tiere am Zügel packte, keilte ein anderes aus und versuchte, die Boxentür mit den Vorderläufen zu durchbrechen.

Schließlich gelang es ihr, ein Pferd festzuhalten und das zweite aus der Nebenbox zu befreien. Dann rannte sie mit beiden auf die Stalltür zu. Sie ließ die Zügel fallen, schlug ihnen heftig auf den Rücken und sah ihnen nach, wie sie vor den Flammen davongaloppierten, bevor sie sich den anderen Tieren zuwandte.

Als sie den Stall wieder betrat, sah sie, daß das Dach in Flammen stand. Brennende Holzschindeln stürzten herab, fielen auf das Stroh in einer Box und setzten es blitzschnell in Brand. Das Pferd drehte vor Angst fast durch. Queenie drückte sich ihren Hemdzipfel vor Mund und Nase, schützte ihr Gesicht mit einem Arm und fingerte mit der anderen Hand am Riegel der Boxentür.

Queenie ahnte, was geschehen würde, war aber nicht schnell genug, um das verschreckte Tier davon abzuhalten, ihren Kopf gegen den Türrahmen zu schleudern, bevor es ins Freie drängte. Aufstöhnend sank sie zu Boden. Bevor sich wie eine schwarze Decke Bewußtlosigkeit auf sie senkte, flehte sie, daß auch das letzte Pferd seinen Weg ins Freie fand.

Der Stall begann lichterloh zu brennen.

Jeder, der nicht unmittelbar mit der Brandbekämpfung befaßt war, wurde ins Hotelinnere gebracht. Millie und Sarah geleiteten kleine Gruppen von Frauen in die Weinkeller.

»Die Busse stehen in der Nähe bereit, aber es könnte klüger sein, zunächst einmal hier Unterschlupf zu suchen«, sagte Sarah zu den Frauen.

»Hier unten besteht keine Gefahr«, fügte Millie hinzu.

»Legen Sie sich auf den Boden und ziehen Sie die Decken über sich. Atmen Sie unter der Decke. Stehen Sie nicht auf. Der Rauch sammelt sich im oberen Bereich des Raumes.«

Saskia eilte über die Terrasse und sah, daß Tango die Vorhänge der Terrassentüre herunterriß. »Wo ist meine Mutter?« rief sie ihm zu.

»Das weiß ich nicht, Sas.«

»Sie ist bei den Pferden«, kam eine Antwort aus der Dunkelheit.

Tango ließ den Vorhang fallen. »Sie wird Hilfe brauchen. Du bleibst hier, Saskia.«

»Nein. Ich komme mit.«

Sie rannten durch die Gärten, in denen es verkohlt roch. Bis auf den schwachen Schein der Notbeleuchtung war das Hotel dunkel, Feuerschein spiegelte sich in den Fenstern.

»O nein! Er steht in Flammen!« schrie Saskia, als sie den brennenden Stall sah. »Mum, Mum ...?«

Eine Hälfte des Gebäudes war bereits in sich zusammengestürzt, und die andere sah aus, als könnte auch sie jeden Moment ein Opfer der Flammen werden.

Tango sah die Gestalt im weißen Hemd auf dem Boden liegen, raste zu ihr und zerrte Queenie ins Freie. »Sie ist okay, Sas ... nur bewußtlos. Ich glaube, sie hat zuviel Rauch eingeatmet.«

»Es ist kein Arzt hier, Tango?« schluchzte Saskia.

Tango antwortete nicht. Sanft hob er Queenies Kopf an, senkte seinen Mund auf ihre Lippen und blies seinen Atem in sie hinein, während er gleichzeitig in kleinen Abständen heftig auf ihren Oberkörper drückte.

Mit tränenüberströmtem Gesicht hielt Saskia die Hand ihrer Mutter und sah Tango bei seiner Mund-zu-Mund-Beatmung zu. Ein paar Minuten später begann Queenie zu husten und öffnete schließlich die Augen.

»Es ist alles gut. Sprechen Sie nicht. Atmen Sie nur ganz langsam und tief«, sagte Tango.

Queenie nickte und befolgte seine Anweisungen. Schon bald begann ihr Kopf wieder klarer zu werden, und sie konnte wieder richtig sehen – trotz des plötzlichen Scheinwerferlichts eines schnell herbeigeeilten Kamerateams.

Sie lächelte Saskia und Tango an. »Danke, ihr Lieben. Ich hoffe nur, daß die Pferde in Sicherheit sind.«

Tango und Saskia grinsten sich erleichtert an, als sie Queenie auf die Beine halfen.

»Es geht mir schon wieder gut.«

»Verdammt großartige Aufnahmen«, begeisterte sich der Reporter von Channel Nine seinem Kameramann gegenüber.

Als sie wieder im Hotel waren, rief der Leiter der Feuerwehr gerade alle Anwesenden im Ballsaal zusammen. »Vor dem Hotel ist einer der Busse vorgefahren. Doch er kann nicht alle aufnehmen. Würden diejenigen, die im Keller bleiben, jetzt bitte hinuntergehen? Die Evakuierung ist nur eine Vorsichtsmaßnahme. Wir halten das Hotel für sicher.«

Queenie nahm Dingo das Glas Wasser ab, das er ihr gebracht hatte. Als sie trank, bewunderte sie insgeheim die Gelassenheit aller Anwesenden.

Ruhig teilten sich die Gäste in zwei Gruppen auf. Die größere strebte dem Keller zu. Im Bus hatten nur vierzig Personen Platz.

Ein Kameramann schaltete den Scheinwerfer an seinem Gerät ein und begann den Auszug zu filmen.

Zwei Feuerwehrleute betraten den Saal, liefen auf ihren Chef zu und redeten aufgeregt auf ihn ein. Gleich darauf liefen alle drei wieder hinaus.

Als der letzte Gast den Bus bestiegen hatte, vom Fahrer herzlich begrüßt, kletterte auch der Feuerwehrchef in den Bus und öffnete den Mund zu einer Mitteilung.

»Der Wind hat sich gedreht. Jetzt bläst er in die Richtung, aus der die Brände gekommen sind ... Es besteht keine Gefahr mehr.«

Jubel brandete auf. Der Fahrer beleckte seinen Finger und streckte ihn zum Fenster hinaus. »Ja, Nordost. Der Kasten ist sicher.«

Es gab einen Moment der Unsicherheit, dann verließen die Fahrgäste den Bus wieder und gingen ins Hotel zurück.

Der Busfahrer hob die Schultern. »Denke, die Party sollte ich mir nicht entgehen lassen.« Er erhob sich von seinem Sitz und schloß sich den anderen an.

Auch jene, die im Keller Zuflucht gesucht hatten, strömten in den Ballsaal zurück. Vor den Fenstern bildeten sich kleine Gruppen, um zuzusehen, wie sich die Brände zurückzogen und schließlich wie von selbst erloschen.

Henri und zwei junge Kellner begannen weitere Champagner-Flaschen zu öffnen, und Monsieur Albert tafelte seine berühmten Schokoladentorten auf, die er wenige Stunden zuvor eiligst in Kühlschränken in Sicherheit gebracht hatte. Die Bandmitglieder in zerknitterten und aschebestäubten Dinnerjackets, aber bester Laune, griffen zu ihren Instrumenten und begannen eine flotte Melodie zu spielen. Eine Atmosphäre von Festlichkeit, Erleichterung und dem berauschenden Gefühl, einer Gefahr entronnen zu sein, ergriff den großen Saal.

Saskia drückte ihrer Mutter verstohlen die Hand. »Alle scheinen sich noch weit besser zu amüsieren als zuvor.«

»Die Schäden lassen sich reparieren. Ich bin sicher, daß sich dieses Hotel durch den Brand einen legendären Ruf erworben hat. In gewisser Weise hat dir das Schicksal sogar einen Gefallen getan«, fügte Henri hinzu.

Als die Party in vollem Gang war, liefen Queenie, Jim, Tango, Snowy und Dingo los und leuchteten mit Taschenlampen rund um das Hotel in alle Ecken, ob irgendwo vielleicht noch unentdeckte Brandnester verborgen waren.

Nachdem sie in den von Kerzen erleuchteten Ballsaal zurückgekehrt war, trat Queenie vor die Kapelle, wartete, bis sie ihr Stück beendet hatte, und griff dann zum Mikrophon. Es bedurfte noch eines Trommelwirbels, daß die Tänzer und plaudernden Gruppen an den Tischen endlich ihre Aufmerksamkeit auf Queenie richteten. Die Kameraleute griffen zu ihren Geräten.

»Ladies und Gentlemen, liebe Freunde. Wie kann ich Ihnen nur für alles danken, was Sie heute geleistet haben? Sie haben mir soviel Mut und Freundschaft bewiesen, daß ich das nie vergessen werde. Dank Ihnen wurde das *Kurrajong* gerettet, und obwohl es im Hotel zu Wasserschäden gekommen ist und die Umgebung des Hauses nahezu zerstört wurde, sind das doch Schäden, die mit der Zeit behoben werden können.«

An dieser Stelle brandete Beifall auf.

Lächelnd fuhr Queenie fort: »Die abrupte Unterbrechung der so festlich geplanten Hoteleröffnung bedauere ich sehr. Ich hatte eine kleine Rede vorbereitet, in der ich auf die Vorzüge meines Hotels hinweisen wollte. Aber jetzt weiß ich, daß ein Gebäude nur eine Hülle ist und daß die wahre Atmosphäre von den Menschen kommt, die in ihm arbeiten. Ich glaube kaum, daß es irgendwo loyalere und fürsorglichere Menschen gibt als das Personal des *Kurrajong* und die ersten Gäste, die wir hier begrüßen durften. Sie sind uns stets herzlich willkommen, und ich hoffe, Sie stimmen mit mir überein, daß wir eine ganz besondere, wenn auch etwas traumatische Geburtsstunde erlebt haben.«

Beifall brandete auf. »Lang lebe das *Kurrajong*«, rief ein Mann und hob sein Glas.

»Auf das *Kurrajong*!« Ein Meer von Champagnergläsern füllte den Raum.

»Und auf Sie, Queenie!«

»Ein dreifaches Hoch auf unsere Gastgeberin! Hipp, hipp, hurra!«

Tränen traten Queenie in die Augen, als sich die Menge erhob und in Hochrufe ausbrach. Unfähig zu sprechen, warf sie ihnen Kußhände zu und eilte hinaus.

Millie folgte Queenie in die Küche und umarmte sie. »Du hast es geschafft, Mädchen. Es wird alles gut.«

»Ich habe keine Ahnung, wo ich das Geld für die Reparaturarbeiten herbekomme. Die Versicherung wird bestimmt nicht für alle Schäden aufkommen. Aber damit befasse ich mich morgen. Heute genieße ich erst einmal meine Party.«

Queenie ging zum vollbesetzten Tisch ihrer Freunde und drängte sich mit ihrem Stuhl zwischen Alf und Sarah.

Als die Medienvertreter aufbrechen wollten, um mit ihren Berichten rechtzeitig für die Morgennachrichten wieder in die Stadt zu kommen, nahm sich der Busfahrer noch schnell ein Stück Torte und eilte zu seinem Fahrzeug zurück. »So wird sehr viel ausführlicher über die Hoteleröffnung berichtet, als wenn alles ohne jeden Makel verlaufen wäre«, bemerkte ein Kameramann.

»Es ist doch makellos verlaufen«, entgegnete der Reporter des *Australian*. »Nur anders als ursprünglich geplant.«

Sie behielten recht. Am nächsten Tag erschienen die dramatischen Bilder vom Brand auf den Titelseiten der Zeitungen, wurden wiederholt im Fernsehen gezeigt, und in Sydney gab es kein anderes Gesprächsthema als das *Kurrajong*. Über Nacht war das Hotel berühmt. Und damit auch Queenie.

Als die Telefonleitungen vor Anrufen von Leuten zu glühen begannen, die ungeachtet der Brandschäden im *Kurrajong* wohnen wollten, und von allen Seiten Hilfsangebote eingingen, wurden alle Pläne beiseite gelegt, das Hotel für die Dauer der Renovierungsarbeiten zu schließen.

Wie gebannt verfolgte T.R. die Fernsehnachrichten, und als Jim nach Guneda zurückkehrte, ließ er sich ausführlich berichten.

»Es hört sich vielleicht komisch an, Jim, aber in der Nacht hatte ich so eine Ahnung, als könnte Queenie in Gefahr sein. In persönlicher Gefahr, meine ich.«

Jim sah ihm direkt in die Augen. »Ja, sie wäre fast im Stall verbrannt, Tango hat sie in letzter Minute gerettet.«

Bei der Vorstellung durchzuckte T.R. ein scharfer Schmerz, und er schloß kurz die Augen. Seine nächste Empfindung war dankbare Zuneigung gegenüber Tango. »Wie gut, daß er dort war.«

»Saskia war auch dabei. Sie ließ sich nicht zurückhalten, als er nach Queenie suchte.«

T.R. grinste. »Sein Schatten. Allerdings sehe ich daran auch, wie sehr Saskia nach ihrer Mutter kommt. Sie hat ihren eigenen Willen.«

»Das kann man wohl sagen. Nun, ich hoffe nur, daß sich dieses Hotel bezahlt macht, damit Queenie bald das Geld zusammenhat, um Tingulla zurückzukaufen. Das heißt, wenn dieser französische Typ, der ständig um sie herumwieselt, sie nicht nach Amerika lockt.«

Jim drehte sich um und sah nicht, welche Wirkung seine Worte auf T.R. hatten.

26. Kapitel

Kopfschüttelnd sah Jim zu, wie Tango, T.R. und zwei der Arbeiter auf dem neuangelegten und umzäunten Spielfeld von Guneda herumtollten. Sie saßen auf ihren brandneuen Polo-Ponies und schwangen behende die Schläger, verpaßten den Ball jedoch häufiger, als sie ihn trafen.

»Ihr seid und bleibt eine Bande von Amateuren, Jungs«, murrte Jim und schlenderte davon. Er konnte keinen Sinn im Polo erkennen, T.R.s neuester Passion. Zusammen mit einigen anderen Farmern und Pferdezüchtern der Umgebung hatte T.R. Poloteams gebildet, und sie spielten voller Begeisterung, wenn auch noch nicht unbedingt erstklassig.

T.R. und Tango hielten ihre Pferde an, und T.R. grinste Jim hinterher. »Er hält dieses Jagen nach einem Ball hoch zu Roß offensichtlich für glatte Zeitverschwendung.«

»Nun, das sind nur Trainingsrunden. Warten wir ab, bis er am nächsten Wochenende miterlebt, wie die Mannschaft von Guneda den Gegner vom Feld fegt.«

Aber Jim beschloß, das erste Poloturnier auf Guneda nicht abzuwarten. Statt dessen sagte er T.R., er würde gern für ein paar Tage freinehmen, um Snowy auf Tingulla zu besuchen. Jim hatte so eine Ahnung, daß Snowy etwas über die neuen Besitzer wissen könnte. Queenie hatte ihn gebeten, soviel wie möglich zu erkunden, aber bislang war es ihm nicht gelungen, auch nur das Geringste in Erfahrung zu bringen. Aber jetzt meldete sich in ihm das unbestimmte Gefühl, es könnte da Neuigkeiten geben.

»Die Ehe mit einer Aborigine färbt offenbar ab«, murmelte er vor sich hin. Millie hatte ihm schon häufig gesagt, daß sein »sechster Sinn« mit ihrer Fähigkeit zu vergleichen war, auf irgendeine unergründliche telepathische Weise Botschaften zu empfangen.

Ungeachtet aller möglichen Neuigkeiten hoffte Jim, daß Snowy auf Tingulla blieb – ganz gleich, wer der neue Besitzer auch war. Für sie alle war Snowy so etwas wie Tingullas guter Geist.

Snowy erkannte Jims Auto, als es ein paar Tage später vor den Ställen von Tingulla hielt, und kam mit einem breiten Lächeln heraus, um ihn zu begrüßen.

»Tag, Snowy. Wie geht's? Alles okay?«

»Okay«, wiederholte Snowy, den lakonischen Begrüßungsritualen im Outback entsprechend.

»Das Ganze hier wirkt reichlich verlassen. Was gibt's Neues, Snowy?«

»Niemand scheint zu wissen, wer der neue Besitzer ist. Irgendein geheimnisvoller Mann in Sydney hat die Kaufsumme bezahlt. Der neue Verwalter war hier, um die Station zu inspizieren. In der nächsten Woche zieht er hier ein.«

»Ich ahnte doch, daß es Neuigkeiten gibt. Sympathischer Bursche?«

»Scheint sich auszukennen. Ist nicht mehr ganz jung, unverheiratet, hat sein ganzes Leben auf dem Land verbracht. Will offenbar nicht allzuviel verändern. Hat vor, hier wieder Schafe zu züchten.«

»Und was wird aus dem Haus?«

Snowy zuckte mit den Schultern. »Keine Ahnung. Der Verwalter schien nicht sonderlich interessiert. Vielleicht bleibt es verschlossen.«

»Das wird Queenie nicht unbedingt gefallen.«

»Nun, wenigstens haben sie nicht vor, es in ein piekfeines Hotel zu verwandeln wie ihr *Kurrajong*«, grinste Snowy. Noch immer erzählte er jedem, der bereit war, ihm zuzuhören, von seiner Teilnahme an der Hoteleröffnung.

»Ich werde Millie die Neuigkeiten berichten, damit sie Queenie verständigen kann. Kennst du den Kaufpreis?«

»Niemand weiß auch nur irgend etwas über den Kauf. Ist alles klammheimlich über die Bühne gegangen. Könnte mir sogar vorstellen, daß selbst der Verwalter nichts weiß.«

Jim blieb über Nacht, schwatzte mit Snowy und half ihm bei der Reparatur der Zäune, bis er wieder nach Guneda zurückfuhr.

Dank Queenies sanfter, aber unerschütterlicher Beharrlichkeit gewann das *Kurrajong* allmählich seinen Glanz und seine Schönheit zurück. Die Gesellschaft der Gartenfreunde von Katoomba stürzte sich mit Feuereifer auf die Wiederherstellung der Gärten und Parkanlagen, auch wenn es mindestens ein Jahr dauern würde, bis die Früchte ihrer Arbeit sichtbar wurden. Die Wasserschäden wurden beseitigt und zerbrochene oder unbrauchbare Einrichtungsgegenstände ausgetauscht. Der Pavillon auf der Insel und die Boote wurden ersetzt, und ein junger Künstler schuf aus den schwärzlich verbrannten Baumstämmen rustikale Gartenmöbel, die er polierte und mit Lack überzog.

Henri kam zu Besuch, mit ihm Sarah und John.

Sarah musterte Queenie streng. »Du brauchst dringend Erholung, meine Liebe. Die Vorbereitungen für die Eröffnung waren mehr als anstrengend, von dem Buschbrand ganz zu schweigen. Und jetzt die Renovierung. Du hast Urlaub nötig. Du solltest irgendwohin fahren.«

»Ich kann hier nicht fort«, protestierte Queenie.

»Was du brauchst, ist ein guter Manager«, erklärte John. »Es muß doch jemanden geben, der geeignet ist, ein Hotel wie dieses zu leiten. Oder hast du vor, den Rest deines Lebens mit der Führung eines Hotels in den Bergen zu verbringen?«

Queenie wußte, daß sie recht hatten, aber es würde nicht gerade leicht sein, eine Person zu finden, die den Ansprüchen des *Kurrajong* entsprach.

Wieder einmal war Henri die Rettung. »Ich habe das perfekte Ehepaar für dich. Leider kann ich mich nicht damit schmücken, die beiden selbst entdeckt zu haben. Monsieur Albert schlug sie vor, und ich habe sie vor ein paar Tagen zum Lunch eingeladen und unter die Lupe genommen.«

»Wer sind sie, Henri?«

»Ein Ehepaar im Ruhestand, das im Lauf der Jahre nahezu alles geleitet hat – von einem Hamburger-Stand in der Nähe des *Newport Arms* in Sydney, über einen Bush-Pub in Wee Waa, einen Wohnwagenparkplatz in Seal Rocks bis zu einem Kinder-Ferienhotel in Manley.«

»Großer Gott, das letzte, wonach ich mich reißen würde, wäre die Leitung eines großen Hotels in den Bergen. Die Führung des *Kurrajong* ist schließlich kein Kinderspiel.«

»Sie verbringen hier in der Gegend ihren Ruhestand, aber sie sind noch nicht einmal sechzig, sehr praktisch eingestellt, aber auch einfühlsam und begeisterungsfähig. Lerne sie wenigstens kennen, Queenie. Mach dir dein eigenes Bild.«

Carol und John Macquarie waren schlicht ideal. Sie gefielen Queenie auf Anhieb, und sie sah, daß für die beiden sehr viel sprach. Was ihnen fehlte, war eine gewisse Kultiviertheit, doch das würde Monsieur mit seinem europäischen Flair schon ausgleichen.

Queenie hatte das Gefühl, als wüchsen ihr kleine Flügel, als könnte sie sich aufschwingen und den alltäglichen Sorgen entfliehen. Es war ein angenehmes Gefühl. »Wie kann ich dir nur danken, Henri?«

»Indem du mich nach New York begleitest. Du wirst es ebenso aufregend wie erholsam finden, das verspreche ich dir.«

»Eine verlockende Idee. Ich brauche wirklich einen kleinen Urlaub.«

»Ich dachte dabei nicht nur an einen kleinen Urlaub.«

Queenie sah ihn an. Henri war nicht allzu groß, doch das sommerliche Kajakfahren über Stromschnellen und das Skilaufen im Winter hatten ihm einen kräftigen, muskulösen Körper gegeben. Er strahlte Stärke und Sicherheit aus.

»Und woran hast du gedacht?«

»Queenie, du mußt doch wissen, wie sehr ich dich liebe.

Ich möchte dich heiraten. Wenn du dich jetzt noch nicht festlegen möchtest, dann komm wenigstens mit mir und überzeuge dich von den Möglichkeiten, die die Vereinigten Staaten zu bieten haben. Auch für Saskia wäre es eine große Chance.«

Queenie senkte den Blick. »Ich brauche ein wenig Zeit, Henri. Zeit, um darüber nachzudenken.« Vor Erregung klang ihre Stimme ganz rauh.

»Ich habe nicht erwartet, daß du mir sofort eine Antwort gibst.« Er strich ihr über die Haare und küßte sie sanft.

Henri war nicht der Typ, sie an sich zu reißen, leidenschaftlich zu küssen und darauf zu beharren, daß sie sofort und auf der Stelle ja sagte. Auch wenn sich in Queenie eine kleine Stimme meldete und sich genau das wünschte. Unwillkürlich schoß es ihr durch den Kopf, daß T.R. impulsiv und leidenschaftlich genug war, genau das zu tun.

Der Gedanke an T.R. löste das vertraute schmerzliche Bedauern in ihr aus. Sie mußte sich von dieser Qual befreien, die in ihr brannte wie eine kleine Flamme. Irgendwie mußte sie die für immer zum Erlöschen bringen.

»Ich werde darüber nachdenken, Henri. Ernsthaft. Aber dafür muß ich fort. Gib mir ein paar Tage.«

»Selbstverständlich, *chérie*. Aber fahr nicht ins *Kurrajong* und laß dich von der Arbeit aufzehren, Queenie. Fahr irgendwohin, wo du in Ruhe nachdenken kannst. Ich möchte, daß du dir ganz sicher bist.«

»Ich weiß, Henri. Und ich kenne auch schon den Ort.« Leicht küßte sie ihn auf die Wange.

»Ich fahre für ein paar Tage nach Cricklewood. Ich muß über etwas nachdenken und brauche Ruhe«, sagte Queenie zu Saskia und Millie, die gerade nach Guneda aufbrechen wollten, um sich das Poloturnier anzusehen.

»So?«

»Ist irgend etwas Besonderes geschehen, Mum?«

»Henri hat mich gebeten, ihn zu heiraten. Und darüber muß ich nachdenken.«

»Was gibt es da denn nachzudenken? Er ist doch wundervoll! Liebst du ihn?« sprudelte Saskia hervor.

»Nein, sie liebt ihn nicht. Und ich glaube, eine Heirat mit ihm wäre ein großer Fehler«, entfuhr es Millie zu Queenies und Saskias Bestürzung.

»Bitte, Millie, das ist eine sehr persönliche und ernste Angelegenheit. Ich werde ausführlich mit dir darüber reden, aber zunächst muß ich es mir überlegen. Aus mehreren Gründen. Zum Beispiel möchte er, daß ich bei ihm in New York lebe.«

»O nein! Und was ist mit *mir*?« Saskias Einstellung änderte sich abrupt. »Ich will nicht nach Amerika ziehen und mein Pferd und Tango auf Guneda zurücklassen. Und was ist mit Millie? Laß uns hier, melde mich meinetwegen in einem Pensionat an. Bitte ...« flehte Saskia. Queenie legte ihr einen Arm um die Schultern.

»Du hättest da drüben großartige Möglichkeiten, Sas. Und Millie ... ich hatte gehofft, daß du mit uns kommst. Zumindest, bis wir uns ein wenig eingewöhnt haben.«

»Nein. Und du solltest wirklich sehr gründlich über Henris Heiratsantrag nachdenken, Queenie. Ich kann dir nur davon abraten.«

»Millie, ich bitte dich nicht mitzukommen, weil ich deine Hilfe brauche, sondern weil du neben Saskia die einzige Familie bist, die mir geblieben ist.«

»Was sollte ich denn ohne dich machen, Millie?« jammerte Saskia.

»Noch hab' ich mich nicht entschieden. Belassen wir es also für den Moment dabei. Vielleicht könntest du es für sechs Monate versuchen, Saskia. Wenn es dir nicht gefällt, kommst du zurück und gehst hier in ein Pensionat.«

Millie und Saskia starrten sie zornig an.

»Ihr beide helft mir nicht gerade, zu irgendeiner Entscheidung zu kommen.«

Damit wurde das Thema zunächst einmal vertagt. Während Millie und Saskia nach Guneda fuhren, warf Queenie ein paar Sachen auf den Rücksitz des Rangerover und lenkte ihn nach Norden, nach Cricklewood.

Der Besitz hatte nie einen Käufer gefunden, und irgendwann hatte sie ihn vom Markt genommen. Da sie inzwischen auf einen Verkauf nicht mehr angewiesen war, hatte sie beschlossen, ihn für Saskia zu behalten. Sie wußte, daß ihre Tochter das Land und den Busch liebte – vielleicht würde sie eines Tages dort leben wollen. Auch wenn Cricklewood Tingulla niemals ersetzen konnte, gehörte es doch zu ihrem Familienerbe. Saskia kannte die Pläne ihres Großvaters für diesen Besitz und wußte, daß er auch ihrer Mutter sehr viel bedeutete.

Queenie hatte auf Cricklewood Krisen und Wendepunkte ihres Lebens bewältigt und glaubte, dort Antworten finden zu können, etwas, das ihr sagen würde, welche Richtung sie einzuschlagen hatte. Die Umgebung war so vertraut wie immer, und als sie die Drahtschlinge des ersten der vier Tore auf der Zufahrt zum Haus löste, spürte sie, daß sich so etwas wie tiefe Ruhe auf sie senkte.

Im kleinen Haus roch es verstaubt und muffig. Sie öffnete die Fenster, machte Feuer im Herd, ging mit einem Stuhl auf die Veranda hinaus, während sie darauf wartete, daß das Wasser im Kessel kochte. Die leisen Geräusche aus dem Busch wirkten beruhigend, und trotz der jahrelangen Vernachlässigung verströmte das einfache Haus eine Atmosphäre von Wärme und Behaglichkeit.

Später lief sie mit ihrem Becher Tee durch den überwucherten Garten und erinnerte sich daran, wie hart Millie und sie in den Monaten ihrer Schwangerschaft gearbeitet hatten, um diese wenigen Beete dem Busch abzutrotzen.

Sie fuhr mit dem Rangerover zum Creek hinunter, holte eine Hängematte aus dem Fahrzeug und befestigte sie zwischen zwei jungen Eukalyptusbäumen. Sie schwang sich hinein und schaukelte im Halbschatten hin und her, während sich in den Zweigen über ihr zwei Bachstelzen das Gefieder putzten und gelegentlich eine Libelle vorbeisurrte. Sie verdrängte jeden Gedanken, alle Überlegungen, und schlief irgendwann ein.

Als die Sonne unterging, fuhr sie erholt und entspannt zum Haus zurück und machte sich ein einfaches Abendessen zurecht. Danach warf sie ihre Reisetasche auf das unbezogene Bett und bereitete sich auf die Nacht vor.

Wie immer im Busch, wurde sie beim ersten Morgengrauen wach. Sie streckte sich behaglich und sah zu, wie das Rosenrot des Sonnenaufgangs in den Raum kroch, lauschte dem Gezwitscher der Vögel. Wie sehr sie doch die Geräusche des Busches und des Lebens auf einer Station vermißte.

Immer, wenn sie an Tingulla dachte, wurden die Bilder von Geräuschen begleitet: die wilden Tiere und Vögel des Buschs, das Blöken der Schafe, das Wiehern eines Pferdes, Regenprasseln auf einem Blechdach, das sanfte Säuseln des Windes in den Känguruhbäumen am Creek, die Rufe der Arbeiter und das Knallen ihrer Peitschen, das Bellen der Hunde, wenn sie die Schafe zusammentrieben.

Diese Geräusche waren ihr von Geburt an vertraut, für sie waren sie ihr Lebenslied: unbewußt gelernte innere Rhythmen und Harmonien, Bande, die sie mit ihrem spirituellen Zuhause verknüpften. Als sie als kleines Mädchen Tingulla erstmals kurz verlassen hatte, war sie nach ihrer Rückkehr sofort zu Snowy gelaufen, überwältigt vom Glück, wieder auf Tingulla sein zu können. Später hatte er ihr vom Glauben der Aborigines an den Geburts- und Bestimmungsort eines Menschen erzählt und gesagt, daß auch sie sich stets an diesen besonderen Ort gebunden fühlen würde.

Je mehr sie darüber nachdachte, desto deutlicher erkannte Queenie, daß sie ein Glücksgefühl und eine Ruhe empfand, die sie seit vielen Jahren nicht mehr verspürt hatte. Sie war wieder im Busch und nicht weit von ihrem Geburts- und Bestimmungsort. Auch wenn sie Tingulla verloren hatte, so war sie ihm doch nahe genug, um seine Lieder und Klänge zu fühlen und zu hören.

Zwei Tage lang gab sich Queenie geradezu meditativer Ruhe und Stille hin. Sie schlief, erwachte, aß etwas und ging hinaus, um die Wolkengebilde zu betrachten, die feurig goldenen Sonnenuntergänge, das anmutige Schwingen der Baumkronen und blieb hin und wieder stehen, um einer geschäftigen Ameise oder einem Käfer zuzusehen. Und allmählich, wie eine winzige Luftblase, die vom Grund des Meeres an die Wasseroberfläche steigt, drang aus ihrem tiefsten Innern die Richtung ihrer Zukunft in ihr Bewußtsein.

Ihre Ehe mit Warwick hatte unter ihrer Liebe zu T.R. und dem Verlust ihres Kindes gelitten, und sie war nie ganz seine Frau und Partnerin geworden. Sie erkannte, daß sie Henri hintergehen würde, wenn sie sich erneut für einen Kompromiß entschied und ihn heiratete. Was die Zukunft für sie bereithielt, konnte Queenie nicht wissen, aber sie wußte, daß sie sich von der Vergangenheit lösen, T.R. vergessen und ihr eigenes Leben führen mußte. Wenn das Einsamkeit bedeutete, dann würde sie sich auch damit abfinden. Sie war stark und begann, Ruhe und Glück in sich selbst zu finden. Das Alleinsein ängstigte sie nicht mehr.

Sobald sie zu dieser Entscheidung gekommen war, spürte sie sich von neuer Energie durchpulst. Sie fegte durch alle Räume, wusch, reinigte und putzte. Eine recht unnütze Kraftaufwendung, denn sobald das Haus pieksauber war, warf sie ihre Sachen wieder in den Rangerover und fuhr davon.

Die Zuschauer rund um das Polofeld von Guneda feuerten ihre Mannschaften in den letzten Momenten einer recht ausgeglichenen Begegnung lautstark an. Alle Reiter schienen bis zur Rücksichtslosigkeit entschlossen: Das Guneda-Team wollte den einen Punkt Vorsprung halten, der Sieg verhieß, die Gegner genau diesen Punkt ausgleichen.

Hinter dem Zaun hüpfte Saskia aufgeregt auf und ab. In einer Sekunde krallte sie ihre Finger in Millies Arm, in der nächsten knabberte sie an ihren Nägeln.

Äußerlich gelassen stand Millie unter ihrem schwarzen, schattenspendenden Schirm, auch sie machte sich Sorgen, mit welcher Verwegenheit Tango über das Feld preschte. »Er wird sich verletzen ... oder das Pferd ... oder beide. Er ist auf den Sieg geradezu versessen«, murmelte sie vor sich hin.

»Es steht auf Messers Schneide, Millie, und wenn er noch einmal einen Punkt macht ...«

Der Rest des Satzes blieb ihr in der Kehle stecken. Tango hatte sich gerade gereckt, um mit dem Schläger auszuholen, als er das Gleichgewicht verlor, aus dem Sattel rutschte und stürzte. Zwei heranstürmende Pferde trampelten über ihn hinweg.

In dem Durcheinander aus Pferdeleibern und Spielern war nicht viel zu erkennen. T.R. raste quer über das Feld, gefolgt von Millie und Saskia.

Ein Spieler fing Tangos Pferd ein, während die anderen das Spielfeld verließen. Ein Arzt, ein Reservespieler des gegnerischen Teams, eilte herbei.

»Ist er in Ordnung, T.R.?« fragte Saskia mit erstickter Stimme.

Gekrümmt und mit geschlossenen Augen lag Tango auf

der Erde. Sein Gesicht war kalkweiß, er stöhnte leise vor sich hin.

Der Arzt beendete seine Untersuchung und stand auf. »Er hat sich den Femur gebrochen ... den Oberschenkel. Er muß sehr vorsichtig bewegt werden.«

Bis zum Eintreffen der Ambulanz, die ihn ins Krankenhaus von Scone bringen sollte, wurde Tango im Schatten eines Bierzeltes auf eine Trage gelegt. Der Arzt drückte Millie eine Schere in die Hand.

»Würden Sie mir bitte ein wenig helfen? Sie könnten ihm die Hosen aufschneiden, damit ich mir die Wunden genauer ansehen und das Bluten vielleicht mit einem Verband stoppen kann. Er hat eine Spritze bekommen und wird nichts spüren.«

Millie nickte und begann vorsichtig, an der derben Baumwollhose herumzuschnippeln. Saskia strich Tango eine Haarsträhne aus der Stirn. Nach ein paar Handgriffen hatte Millie die Reithosen durchschnitten und Tangos Oberschenkel freigelegt. Beim Anblick des hervorstehenden Knochens wandte sich Saskia ab. Der Arzt säuberte die Haut rund um den Bruch mit einem Tupfer und schob das Hosenbein hinunter, um nach weiteren möglichen Prellungen zu suchen.

Millie entfuhr ein erstickter Laut, und er lächelte beruhigend. »Das sieht schlimmer aus, als es ist. Ein glatter Bruch. Wenn der Knochen erst einmal gerichtet und eingegipst ist, sollte er eigentlich problemlos heilen.«

Aber Millie schien ihn gar nicht zu hören. Sie starrte Tangos nackten Oberschenkel an. Da war ein kleines Muttermal zu sehen, es hatte fast etwas Ähnlichkeit mit einem kleinen Schmetterling.

Der Arzt bemerkte, daß Millie wie gebannt auf das Mal blickte. »Haben Sie noch nie ein Muttermal gesehen? Nicht ungewöhnlich, so etwas ist häufiger, als man gemeinhin glaubt.«

Saskia sah Millie verwundert an und fragte sich, warum ihr Gesicht unter der dunklen Haut fast krankhaft bleich wirkte. Dann erschien der Krankenwagen, und Tango wurde nach Scone gebracht.

»Was ist denn, Millie? Der Arzt sagte doch, daß es Tango bald wieder bessergehen wird.« Saskia streckte die Hand aus und berührte Millie, die sich noch immer nicht bewegte.

»Hilf mir ein bißchen, Mädchen. Ich fühle mich reichlich schwach.«

Saskia hakte Millie ein und suchte mit ihr zusammen ein Auto, das sie zum Haus zurückbrachte.

»Millie? Möchtest du vielleicht eine Tasse Tee, Millie?« Auf Zehenspitzen lief Saskia durch den abgedunkelten Raum. »Wie fühlst du dich?«

»Vielen Dank für den Tee. Es wird mir bald wieder bessergehen.«

»Auf dem Poloplatz hast du aber gar nicht gut ausgesehen.«

»Da ging es mir auch nicht besonders. Zuviel Aufregung und dann die Hitze ... Wahrscheinlich werde ich alt.«

»Unsinn. Du kannst gar nicht alt werden, Millie.«

Bald darauf kehrte Saskia nach Sydney und zur Schule zurück, und da Millie auf Guneda bleiben wollte, um auf Jims Rückkehr aus Tingulla zu warten, war Sarah bereit, sich um Saskia zu kümmern, bis Queenie aus Cricklewood heimkam.

»Weißt du, Tante Sarah, ich habe so das Gefühl, daß jedermann Geheimnisse hat, von denen er mir kein Sterbenswörtchen erzählt«, beschwerte sich Saskia. »Was geht eigentlich vor sich?«

»Auch ich habe keine Ahnung, Sas. Wir müssen abwarten, bis irgend jemand bereit ist, uns etwas zu erzählen.«

»Was meinst du, wie Mum sich entscheiden wird? Ich wünschte, sie würde ausführlicher mit mir darüber sprechen.«

»Aber Sas, deine Mutter und du – ihr steht einander doch sehr nahe. Hab ein wenig Geduld. Deine Mum hat kein leichtes Leben gehabt. Es war sehr schwer für sie, so jung ihre Eltern zu verlieren und dann auch noch deinen Dad. Wir sind zusammen aufgewachsen, aber offengestanden weiß ich nicht, ob ich das ertragen hätte, was sie zu erdulden hatte.«

»Und dann hat sie auch noch Tingulla verloren und mußte in der Stadt ganz neu anfangen«, fügte Saskia nachdenklich hinzu.

»Und denk daran, wie erfolgreich sie es geschafft hat. Du solltest sehr stolz auf sie sein.«

»Das bin ich. Aber ich möchte, daß sie auch glücklich wird.«

Sarah umarmte das junge Mädchen. »Das wünschen wir uns beide, Sas. Jedoch muß sie sich entscheiden. Sie allein. Aber was ist? Willst du mitkommen, wenn ich Tim zum Schwimmunterricht bringe? Danach können wir am Manley Pier vielleicht ein Eis essen.«

Ohne es zu wissen, fuhren Queenie und Jim ungefähr zur gleichen Zeit nach Süden. Nach seiner Ankunft auf Guneda ging Jim sofort in die Küche, wo ihm Mum Ryan von Tangos Polo-Unfall berichtete und erzählte, daß Millie sich mit irgendwelchen »Zuständen« in ihrem Zimmer verschanzt hätte und ihn dringend erwarte.

»Ich dachte, sie wäre mit Saskia nach Sydney zurückgefahren.«

Mum Ryan rümpfte die Nase. »Mit dem Mädchen ist alles in Ordnung. Sie ist wieder im Süden, aber deiner Frau scheint irgendwas auf der Seele zu liegen.«

Es dämmerte bereits, und Millie saß in einem alten Rohrgeflechtsessel, als Jim leise das Zimmer betrat. »Na, Millie? Ich bin wieder da, habe aber nicht damit gerechnet, dich hier noch anzutreffen.«

»Ich muß mit dir reden.«

»Was gibt's?«

»Tango hat sich ein Bein gebrochen.«

»Das hat mir Mum Ryan erzählt. Aber wie sie sagte, wird er bald wieder gesund.«

»Ich habe es gesehen, Jim.«

»Was gesehen?«

»Er hat ein Muttermal auf seinem Schenkel. Dasselbe, das ich vor langer Zeit schon einmal gesehen habe. Bei Queenies Baby.«

Jim starrte sie verblüfft an. »Was willst du damit sagen, Millie?«

»Tatsachen bleiben Tatsachen. Tango ist Queenies Sohn.«

»Ganz sicher?«

»Hundertprozentig sicher. Das Baby hatte ein Muttermal auf seinem linken Oberschenkel. Einen kleinen Schmetterling. Genau wie Tango.«

Eine Weile lang sahen sie sich schweigend an.

Millie streckte den Arm aus und griff nach Jims Hand. »Was wollen wir jetzt tun?«

27. Kapitel

Henri saß an seinem behelfsmäßigen Schreibtisch im Baucontainer des künftigen Montpelier-Hotels. Bislang war der Multi-Millionen-Dollar-Komplex lediglich ein mit Schutt und Pfützen bedecktes Loch im Boden. Es lag zwischen zwei alten Gebäuden eingeklemmt, und an seinem Bauzaun klebten bereits abblätternde Plakate für die Auftritte von Popbands.

Er blies Sandstaub von den auf dem Schreibtisch ausgebreiteten Konstruktionszeichnungen und knabberte nachdenklich an seinem Stift.

»Vielleicht solltest du das Hotel ›Phönix‹ nennen«, ertönte eine leise Stimme. »Es sieht so aus, als entstünde etwas ganz Herrliches aus der Asche des alten.« Queenie lächelte ihn an, und er sprang hoch, kam um den Schreibtisch herum auf sie zu. Er wollte sie in die Arme nehmen, zögerte dann aber, brachte kein Wort über die Lippen.

Mit ernstem Gesichtsausdruck stand sie da und schüttelte langsam den Kopf.

»O Queenie, bist du dir auch ganz sicher?«

»Es wäre dir gegenüber nicht fair, Henri. Du bist ein wunderbarer Mann, aber ich kann dich nicht uneingeschränkt lieben ... Und ich möchte dich nicht verletzen.«

»Ich wäre auch mit dem zufrieden, was du mir an Zuneigung schenkst.«

»Nein, Henri, das würde nicht funktionieren. Es tut mir leid. Sehr leid. Aber ich weiß, es wäre falsch – für uns beide. Unsere Leben sind zu verschieden. Ich habe erkannt, daß ich in den Busch zurückkehren muß. In New York könnte ich nie glücklich werden.«

»Aber ich kann dir die Welt zu Füßen legen, Queenie. Du kannst leben, wo immer du willst ... so lange du willst ... reisen ...«

»Nein, Henri. Das wäre nichts für mich. Ich habe dich sehr, sehr gern, aber ich liebe dich nicht.«

Henri schloß die Augen, stützte beide Hände haltsuchend auf den Schreibtisch. Queenie legte ihm leicht eine Hand auf den Arm, drehte sich dann aber um und verließ den Container. Tränen brannten in ihren Augen.

Als Sarah am nächsten Tag Queenie besuchte, traf sie ihre Freundin beim Packen an. »Was ist denn hier los? Hast du Reisepläne, von denen ich noch nichts weiß?«

»Ich habe mich entschieden, Sarah. Ich kann Henri nicht heiraten. Ich gehöre in den Busch und Saskia auch. Daher werde ich nach Cricklewood ziehen, und aus dem Besitz etwas machen, wie es sich Dad immer erträumt hat.«

»Du scheinst dir sehr sicher zu sein«, erwiderte Sarah nach einem Blick auf Queenies gelassenen, ruhigen Gesichtsausdruck. »Millie wird sich freuen.«

Bevor Queenie die Neuigkeiten Millie mitteilen konnte, war diese mit Jim auf Guneda gleichfalls zu einem Entschluß gekommen. Gemeinsam gingen sie zu T.R., der am Zaun einer Koppel einer Stute mit ihren Fohlen zusah.

»Komm, T.R., setz dich mit uns unter einen Baum. Es gibt da etwas, was wir dir erzählen müssen«, sagte Millie leise.

Nachdem Millie ihre Geschichte beendet hatte, fuhr sich T.R. mit der Hand über das Gesicht. Er kam sich vor, als würde er träumen. Unendliches Mitleid mit Queenie erfaßte ihn, tiefer Schmerz über die vielen, verlorenen Jahre. Kein Wunder, daß sie so verletzt und abweisend gewirkt hatte. Tango ... Seine Gefühle sagten ihm, daß Millie die Wahrheit sprach.

»Aber wir müssen hundertprozentig sicher sein, Millie. Gibt es denn keine faßbaren Fakten?«

»Wir könnten bestimmt bei den Behörden nachfragen«, mischte sich Jim ein.

»Er wurde am neunten Juni sechsundsechzig in Charters Towers geboren. Ich habe ihn auf den Arm genommen und sah dieses Muttermal. Queenie hat nie erfahren, ob das Kind ein Junge oder ein Mädchen ist. Und sie weiß auch nicht, daß ich in all diesen Jahren ahnte, daß du der Vater bist. Diese Augen ... Er sieht aus wie du ...«

»Er sieht auch aus wie Queenie ... Wahrscheinlich haben wir alle einfach nicht richtig hingesehen, was?« fügte Jim hinzu.

»Fast scheint es mir überflüssig zu sein, bei den Behörden nachzuforschen. Irgendwie weiß ich, daß es stimmt. Tango hat mir erzählt, daß er als Baby adoptiert wurde. Er hat dieses Ehepaar sehr geliebt. Als es bei einem Verkehrsunfall starb, hatte er das Gefühl, zum zweiten Mal seine Eltern verloren zu haben.«

Sanft berührte Millie T.R.s ineinander verkrampfte Hände. »Jetzt können seine richtigen Eltern versuchen, alles wieder gutzumachen.«

»Meine arme Queenie. All diese Jahre ... Du weißt, daß ich nie aufgehört habe, sie zu lieben?«

Millie nickte. »Und auch wenn sie sich die ganze Zeit dagegen wehrte, hat auch Queenie nie aufgehört, dich zu lieben, T.R. Ist es nicht höchste Zeit, alles in Ordnung zu bringen?«

»Was ist eigentlich geschehen ... damals?« erkundigte sich Jim zögernd.

»Ich habe ihr aus Amerika geschrieben, aber sie behauptet, diese Briefe nie bekommen zu haben ...«

Jim und Millie sahen sich an. »Colin ...«, entfuhr es ihnen simultan.

»So muß es gewesen sein. Dieser Mistkerl war schon immer eifersüchtig auf Queenie – und mich. Himmel, wenn ich ihn je zu fassen bekomme!« T.R. schlug sich mit der Faust in die offene Hand. Dann blickte er hoch. »Weiß es Queenie schon, Millie?«

»Nein. Ich hielt es für besser, wenn du es ihr sagst. Das geht nur euch beide etwas an. Aber du kennst Queenie. Wenn sie sich zu etwas entschließt, dann führt sie es auch durch. Vielleicht ist sie bereits mit Henri auf dem Weg nach Amerika.«

Nachdem sie sich entschlossen hatte, Henri nicht zu heiraten, sondern in den Busch zu ziehen, um ganz von vorn anzufangen, ging Queenie energisch daran, ihr Haus in Sydney aufzulösen. Saskia beklagte sich, daß sie das Durcheinander bei ihren Arbeiten für die Schule störe, und zog vorübergehend zu Sarah und John.

Bilder wurden von den Wänden genommen, Bücher stapelten sich auf dem Boden, Kleidungsstücke lagen in unordentlichen Haufen herum.

Irgendwann machte Queenie eine Pause, brühte sich Tee auf, setzte sich dann mit einer Tasse auf den Fußboden und betrachtete das Porträt von Rose, das vor ihr an der Wand lehnte. Die Erinnerungen an ihre liebevolle Mutter, an ihre Kindheit auf Tingulla überwältigten sie, und seufzend strich sie sich eine Haarsträhne aus der Stirn.

»Dieses Bild von Rose hat doch immer über der Treppe auf Tingulla gehangen, oder?«

Überrascht fuhr Queenie herum und stellte mit zitternden Fingern ihre Tasse auf die Untertasse, als sie T.R. im Raum stehen sah. »Wie bist du hereingekommen?«

»Die Tür stand offen. Tut mir leid, ich wollte dich nicht erschrecken.«

»Was willst du hier? Weshalb bist du gekommen?«

Mit drei Schritten war er bei ihr und streckte die Hand aus, um ihr auf die Füße zu helfen. »Sag jetzt nichts, Queenie, hör mir nur zu. Das ist unsere letzte Chance.«

Als sie dennoch den Mund öffnen wollte, hob er abwehrend eine Hand. »Ich liebe dich, und ich weiß, daß auch du nie aufgehört hast, mich zu lieben. Ich glaube zu wissen, was – oder wer – für diese ganzen verdammten Mißverständnisse zwischen uns verantwortlich ist. Ich möchte, daß du jetzt mit mir kommst. Es gibt da vieles, was du erfahren mußt.«

»Wovon redest du eigentlich? Ich kann doch hier nicht einfach fort.«

»Queenie, tu nur einmal in deinem Leben das, worum ich dich bitte. Nur ein einziges Mal – mehr verlange ich nicht. Millie ist noch auf Guneda und erwartet uns. Pack einfach eine kleine Tasche und komm mit. Danach lasse ich dich in Ruhe. Dann kannst du nach Amerika gehen, heiraten – was immer du willst. Aber jetzt komm mit. Es ist wichtig.«

Die Dringlichkeit seiner Worte verfehlte ihre Wirkung auf Queenie nicht. »Ich werde Saskia anrufen«, sagte sie und verließ wie in Trance das Zimmer.

Vier Stunden lang fuhren sie fast schweigend dahin. Jeder von ihnen hing seinen eigenen Gedanken nach. Einmal fragte er sie, ob sie vielleicht anhalten wolle, um einen Tee zu trinken und ein Sandwich zu essen, aber sie schüttelte nur den Kopf. Hinter ihren Schläfen pochte ein dumpfer Schmerz, mit geschlossenen Augen lehnte sie in der Ecke des Beifahrersitzes, so weit von T.R. entfernt wie möglich. Ein- oder zweimal schlug sie die Lider auf und sah aus den Augenwinkeln, wie T.R.s kräftigen, sonnengebräunten Hände das Steuer umfaßten. Schnell schloß sie wieder die Augen.

Die Sonne sank bereits, als sie Guneda erreichten. Aus einigen Schornsteinen kräuselte sich Rauch. Er nahm ihren Arm und führte sie ins Wohnzimmer.

Unbeholfen erhob sich Tango und humpelte ihr entgegen.

T.R. kam unumwunden zur Sache. »Ich habe dir etwas zu sagen, Queenie. Tango ist unser Sohn.«

»Nachdem du nach Amerika geflogen warst, wartete ich verzweifelt auf irgendeine Nachricht, T.R. Ich konnte nicht fassen, daß du nicht wenigstens einmal geschrieben hast ...« Ungläubig schüttelte Queenie den Kopf.

»Und was ist mit mir? Was glaubst du wohl, wie ich mich

fühlte, als ich das hier bekam?« Aus seiner Brieftasche zog er einen zerschlissenen Brief, der fast auseinanderfiel. Er reichte ihn Queenie.

Sie las, Tränen traten ihr in die Augen. »T.R., diesen Brief habe ich nicht geschrieben ... Das ist Colins Handschrift. Ich vermag diese Gemeinheit kaum zu glauben. Er muß krank sein. Warum? Warum nur?«

T.R. zerknüllte den Brief und nahm sie in die Arme. »Es ist vorüber, Queenie. Die Vergangenheit können wir nicht ungeschehen machen. Aber wir haben gewonnen, ihn geschlagen. Das ist alles, was zählt.«

Zusammen mit Millie und Jim unterhielten sie sich bis tief in die Nacht. Überwältigt, den Tränen nahe, aber vor allem überglücklich, ging Queenie schließlich zu Bett, nachdem sie Tango auf die Wange geküßt und kurz an sich gezogen hatte. Zwischen ihnen herrschte eine eigentümlich befangene Atmosphäre. Sie brauchten Zeit, ein wenig Zeit.

Nach dem ersten Schock der Überraschung kam T.R. weit besser mit der Situation zurecht. Er hatte mit Tango viel gemein, kannte ihn gut und hatte ihn längst so gern wie einen Sohn.

Am Morgen erwachte Queenie vom Lärmen der Kookaburras. Der Geruch nach frischem Toast drang ihr in die Nase. Langsam sah sie sich in dem fremden Raum um. Also war es doch kein Traum gewesen. Sie faltete die Hände wie ein Kind zum Gebet und dankte der Macht, die ihr ihr verlorenes Kind zurückgegeben hatte.

Es klopfte leise an die Tür, und Queenie wischte sich hastig mit der Bettdecke die Tränen aus den Augen, bevor sie »herein« rief.

Tango kam in den Raum gehumpelt und balancierte vorsichtig ein Tablett mit Tee und Toast. »Guten Morgen ...« Er stellte das Tablett auf den Nachttisch.

Lächelnd rutschte Queenie ein wenig zur Seite und klopfte einladend aufs Bett. »Setz dich.«

»Millie hat mir gesagt, wie du deinen Tee gern trinkst. Ich ... Ich ... weiß nicht, wie ich dich ... anreden soll«, stotterte er.

»Lernen wir uns ein wenig besser kennen und warten wir ab, was geschieht.«

»Ich muß mich erst noch an das alles gewöhnen.«

»Ich auch.«

»Weiß es Saskia schon?«

»Nein. Es kam alles so ... plötzlich. Ich werde sie nachher anrufen und noch heute herkommen lassen.«

Tango stand auf. »Ist dein Tee so in Ordnung?«

Queenie sah zu dem hochgewachsenen, gutaussehenden jungen Mann hoch und nickte. Sie konnte nicht sprechen.

»T.R. fährt mit mir gleich ins Krankenhaus, damit mir der Gips abgenommen wird«, sagte Tango. »Vielleicht können wir am Nachmittag ein wenig ausreiten? Der Arzt wäre einverstanden, ich habe bereits mit ihm gesprochen ...«

»Ja. Sehr gern ...«

Queenie hatte sich vorgenommen, Saskia die Neuigkeiten erst nach ihrer Ankunft auf Guneda zu erzählen, aber ihre Tochter wollte gleich am Telefon wissen, worum es ging.

Zunächst zeigte sich Saskia verletzt, daß ihre Mutter ihr dieses Geheimnis nie anvertraut hatte.

»Das mußt du verstehen, Sas ... Ich habe nie geglaubt, dieses Kind jemals wiederzusehen und konnte mir nie verzeihen, es fortgegeben zu haben. Es war ein Geheimnis, das mich an jedem Tag meines Lebens gequält hat.«

»O Mum, hör auf damit. Ich verstehe dich. Ich verstehe dich wirklich ...« Jetzt schluchzten sie beide. »Nun, das erklärt zumindest, weshalb ich mich zu Tango so hingezogen fühlte.«

»Er sagt das gleiche über dich. Er kann es kaum erwarten, dich wiederzusehen.«

»Aber du möchtest doch bestimmt erst einmal eine Weile mit ihm allein sein, oder? Ich werde nicht eifersüchtig sein ... Großes Ehrenwort. Meine Güte ... über Nacht habe ich eine richtige Familie!«

Erleichtert legte Queenie den Telefonhörer auf.

Am Nachmittag sattelten Queenie und Tango zwei Pferde, verließen Guneda und ritten auf die fernen Berge zu. Neugierig musterten sie sich und bemerkten plötzlich, wie sehr sich ihr Reitstil doch ähnelte.

»Wer zuerst bei der Baumgruppe da hinten ist«, rief Tango lachend, als sie Seite an Seite dahingaloppierten.

Später setzten sie sich ins Gras, und Queenie schilderte ihm die Ereignisse vor und nach seiner Geburt.

»Ich habe stets gedacht, daß ich meiner richtigen Mutter bittere Vorwürfe machen würde, weil sie mich fortgegeben hat. Aber meine Adoptiveltern sagten immer wieder, daß sie einen sehr guten Grund gehabt haben mußte, und wie glücklich sie wären, mich adoptieren zu können. Ich habe sie sehr geliebt ...«, sagte Tango versonnen.

»Das macht mich glücklich. Ich habe mir so viele Sorgen um dich gemacht und hoffte, daß du gute Pflegeeltern findest.«

»Sie starben, als ich vierzehn Jahre alt war. Das war unendlich schwer für mich, aber ich glaube, sie haben mir einen guten Start ins Leben gegeben.«

»Wir müssen eine Menge nachholen, und wir haben an dir sehr viel gutzumachen.«

»Ich würde das alles sehr gern als neuen Anfang sehen. Und nicht zuviel über die Vergangenheit nachgrübeln oder irgend jemandem Vorwürfe machen«, meinte Tango nachdenklich.

»Das ist sehr weise von dir, Tango. Ich habe in diesen

Jahren soviel Bedauern und Schuld mit mir herumgetragen, daß es mich fast verzehrt hat. Ja, laß uns einen neuen Anfang machen.«

Sie streckte die Hand aus und Tango ergriff sie. Eine Weile lang saßen Mutter und Sohn schweigend im Gras, hielten einander an den Händen und sahen den zufrieden grasenden Pferden zu.

Zwischen Saskia und Tango kam keine Spur von Befangenheit auf. Sie rannte auf ihn zu, sie fielen einander in die Arme, und er hob sie hoch und schwenkte sie lachend im Kreis herum.

In den nächsten paar Tagen ließ jedermann Queenie und Tango so gut es ging in Ruhe. Sie unternahmen lange Spaziergänge, ritten miteinander aus oder versorgten gemeinsam die Pferde. Er vertraute ihr seine Träume an, berichtete aus seiner Kinderzeit, von seinen Kümmernissen als kleiner Junge, von spaßigen Begebenheiten, Geburtstagsfeiern und von seiner ersten Liebe: seiner Lehrerin. Auch Queenie erzählte ihm aus ihrem Leben, vor allem aber von Tingulla.

»Ich war einmal dort und hatte ein ganz merkwürdiges Gefühl«, sagte er.

»Tatsächlich? Wann?«

»Vor ein paar Monaten. T.R. schickte mich hin, weil Millie glaubte, dort könnte unter Umständen etwas nicht stimmen. Ich habe Snowy kennengelernt und kam mir vor, als ... als wäre ich zuvor schon dort gewesen. Ich kann es mir nicht erklären.«

»Snowy könnte es dir erklären. Tingulla ist auch dein Bestimmungsort. Wie der von uns allen. Ach Tango, eines Tages ... Wer weiß ...« Sie seufzte.

Er legte den Arm um ihre Schultern. »Eins nach dem anderen, Mum ...«

Aus einem Fenster im oberen Stockwerk sah T.R. diese

kleine Geste und lächelte in sich hinein. Er hatte sich bewußt im Hintergrund gehalten, um es Queenie zu ermöglichen, eine Beziehung zu ihrem Sohn aufzubauen. Aber auch er hatte seine Träume. Er sehnte sich danach, Queenie in die Arme zu nehmen, wußte aber, daß er nichts übereilen durfte. »Zeit. Sie braucht Zeit«, murmelte er ungeduldig vor sich hin.

Gegen Ende der Woche mußte Saskia wegen der Schule nach Sydney zurück und würde bei Sarah und John wohnen.

»Ist dir das auch recht, Sarah?« fragte Queenie sie von Guneda aus telefonisch.

»Selbstverständlich, Queenie. Ich freue mich ja so für dich. Aber ich kann nicht begreifen, daß du mir nie erzählt hast, was du durchmachen mußtest. Wir waren die besten Freundinnen ...«

»Du warst damals in Europa, Sarah. Ich war glücklich, daß ich wenigstens Millie hatte, die ich um Hilfe und Unterstützung bitten konnte ...«

»Die gute alte Millie«, lachte Sarah. »Sie muß doch jetzt stolz sein wie eine Glucke.«

»Ist sie auch. Sie läuft herum und spreizt gackernd das Gefieder«, stimmte Queenie in Sarahs Lachen ein.

»Und wie sehen deine Pläne aus?«

»Pläne? Zum ersten Mal in meinem Leben denke ich nicht über die nächste Stunde hinaus.«

»Dann genieße dein Zusammensein mit Tango, Queenie.«

»Das tue ich. Vielen Dank, Sarah.«

Aber T.R. hatte Pläne.

Er nahm Millie beiseite und redete lange auf sie ein. Er suchte Saskia auf und unterhielt sich unter vier Augen mit ihr. Sie warf ihre Arme um seinen Hals und küßte ihn auf die Wange. Gemeinsam gingen sie zu Tango, der lächelnd nickte.

Queenie hatte keine Ahnung von der Verschwörung. Mit jedem Tag kam sie Tango näher, und während sie ihre Gemeinsamkeiten entdeckten, begannen sich die Lücken der Vergangenheit langsam zu schließen.

Millie kam zu Queenie und kündigte an, daß sie nach Sydney zurückkehren wolle, um die Räumung des Hauses zu beenden. »Du bleibst hier bei Tango. Es besteht absolut kein Grund für dich mitzukommen. Wie ich dich kenne, ist die meiste Arbeit ohnehin schon erledigt.«

»Du bist ein Schatz, Millie. Ich könnte auch eine Spedition damit beauftragen, aber ich war fast fertig, als T.R. auftauchte, also wirf einfach alles in Kartons: Ich finde mich schon zurecht, wenn ich in Cricklewood bin.«

Millie nickte. »Oh, John hat übrigens vorhin angerufen. Ruf ihn doch bitte im Büro zurück. Ich glaube, er hat einen Käufer für dein Haus in Sydney.«

»Hast du deshalb angeboten, nach Sydney zu fahren, Millie? Himmel, vielleicht sollte ich doch lieber selbst ...«

»Kommt ja gar nicht in Frage. Sarah, John und ich kümmern uns schon um alles. Tu einfach so, als hättest du Urlaub.«

Nachdem Millie abgefahren war, ging Jim wieder seinen gewohnten Beschäftigungen nach und überließ T.R., Tango und Queenie das Haus. Mum Ryan pflegte noch immer ihre kranke Schwester. Plötzlich begann Queenie, sich unbehaglich zu fühlen. Und T.R. entging das nicht.

Als er sie einmal allein auf der Veranda antraf, zog er sich einen Sessel zu ihr heran. Er nahm den Hut ab und drehte ihn langsam in den Händen. »Queenie ...«, begann er, sah sie aber nicht an. »Ist es nicht an der Zeit, ausführlich miteinander zu sprechen? Ich habe dich und Tango allein gelassen, so lange das nötig war, doch nun glaube ich, daß wir uns unterhalten müssen. Wir haben eine kleine Abmachung, erinnerst du dich?«

»Haben wir?«

»Ich wollte, daß du aus einem besonderen Grund mit mir nach Guneda kommst. Danach würde ich dich in Ruhe lassen. Und jetzt kannst du entscheiden.«

»Was?«

Er hob den Kopf, einen nachdenklichen Ausdruck in den Augen. »Ich weiß, daß du absichtlich begriffsstutzig tust. Ich würde mit dir gern ein paar Tage verreisen ... Ohne Hintergedanken, ohne Druck. Es ist wirklich absolut harmlos«, lächelte er, als er ihre skeptische Miene bemerkte.

»Auch wir müssen einander wieder besser kennenlernen«, fuhr er fort. »Ich möchte, daß wir gute Freunde werden. Ich hatte mir bereits eine Reihe von Ausreden und Notlügen überlegt, um dich von hier fortzulotsen, doch dann sagte ich mir: Warum fragst du sie nicht einfach direkt heraus? Es handelt sich nur um einen kurzen Ausflug. Da gibt es ein Stück Land, das ich dir gern zeigen würde – nur aus Interesse an deiner Meinung heraus. Wir wären nur einen Tag oder so fort. Na, was meinst du?«

Sie schwieg, fand keinen Grund, seinen Vorschlag abzulehnen. Es fiel ihr nicht leicht, mit ihrer Vergangenheit ins reine zu kommen. Vielleicht war es an der Zeit, die Gespenster endgültig zu verbannen.

»Wirklich ohne Hintergedanken?«

T.R. reckte drei Finger der rechten Hand. »Heiliges Pfadfinderehrenwort. Okay?«

»Okay.« Queenie stand auf und ging davon.

T.R. holte tief Luft. Verdammt, er hatte sein Wort gegeben.

Am nächsten Tag packte er ein paar Sachen in seinen

Rangerover, suchte Tango und sagte ihm, daß sie für wenige Tage in den Busch fahren würden.

»Paß bloß gut auf meine Mutter auf, T.R.«, grinste Tango.

»Das werde ich. Und dieses wissende Grinsen kannst du dir sparen, mein Junge.«

Sie umarmten einander.

Die erste Nacht verbrachten sie in getrennten Zimmern in einem Motel und trafen sich am nächsten Morgen beim Frühstück wieder.

»Heute nacht werden wir im Busch zelten. Aber das Wetter ist gut, also besteht kein Anlaß zur Sorge«, bemerkte T.R., als er sich seinen Toast mit Vegemite bestrich.

»Ich war schon ein- oder zweimal im Busch, T.R.«, entgegnete Queenie lächelnd.

Am zweiten Tag begann sich Queenie in T.R.s freundlich-lockerer Gesellschaft zu entspannen und jede Befangenheit abzulegen. Er brachte sie häufig zum Lachen und spielte ihr abends Melodien auf seiner Mundharmonika vor. Sie rollte sich in ihrem Schlafsack behaglich zusammen, legte den Kopf auf einen Arm und schlief ein – die süßen Klänge der Mundharmonika begleiteten sie in ihre Träume.

Sie besichtigten das Gelände, das T.R. erwähnt hatte, fanden jedoch, daß sich ein Ankauf kaum lohnte. Er erzählte von Clayton Hindmarsh, der noch weitere Investitionen in Australien plante. Und er berichtete von Ginny und davon, wie sie versucht hatte, ihn für sich einzufangen.

Noch immer fuhren sie nach Nordwesten. Als sich der Tag dem Ende zuneigte, spähte Queenie in die untergehende Sonne. »Hast du eigentlich irgendein bestimmtes Ziel?«

Der Rangerover holperte durch spärliches Unterholz und kam neben ein paar hohen Bäumen an einem Billabong zum Stehen. »Wir sind schon da. Genau hierhin wollte ich.«

»Hübsch hier.«

»Laß uns schnell ein Lager aufschlagen. Es wird bald dunkel.«

Behende und effektiv arbeiteten sie Hand in Hand. Dann kochte T.R. ein Abendessen, und später trug Queenie ihre Teller zum Ufer des Billabong. »Der Koch wäscht nie ab«, erinnerte sie ihn.

Sie legten sich zu beiden Seiten des Lagerfeuers auf ihre Schlafsäcke und blickten zu den funkelnden Sternen hinauf.

T.R. brach als erster das Schweigen. »Erzähl mir endlich mehr von Tango, Queenie.«

Bisher hatten sie Tango oder die Vergangenheit mit keinem Wort erwähnt.

»Was willst du denn wissen?« fragte sie leise.

»Alles. Ich weiß, es kann für dich nicht leicht gewesen sein. Und ich würde alles dafür geben, daß dir dieses Leid erspart geblieben wäre.«

»Wir können die Zeit nicht zurückdrehen, T.R.«

»Dieser verdammte Colin ... Unterschlägt einfach meine Briefe!« T.R. sprang hoch und trat wütend gegen einen Felsen. »Am liebsten würde ich nach Italien fliegen und ... Aber eines Tages werde ich es ihm heimzahlen.«

»Nein, T.R.! Setz dich wieder. Sei nicht so zornig. Es hat bereits genügend Leid und Verbitterung gegeben. Du mußt darüber hinwegkommen, anders geht es nicht. Ich habe lange darüber nachgedacht und ihm verziehen. Der arme Colin. Er tut mir wirklich unendlich leid.«

»Du hast eben ein größeres Herz als ich, Queenie«, sagte T.R. und setzte sich neben sie. »Ich glaube, ich werde nie verzeihen können, was er uns angetan hat.«

Nachdenklich blickte Queenie in die Nacht hinaus. »Im nachhinein weiß ich, wieviel Zorn in ihm war, schon als kleiner Junge. Noch vor Mums und Dads Tod. Er war rasend eifersüchtig auf mich. Wir sind Geschwister, aber wir waren auch Rivalen. Doch ich hatte mir nie bewußt gemacht, wie sehr er darunter litt.«

»Darunter, daß du in allem besser warst? Mehr Erfolg hattest als er?«

»So sehe ich es heute. Doch damals dachte ich keine Sekunde darüber nach, daß ich ihn bei Dad ausstach. Eifersucht ist so unheilvoll. Sie kann die ganze Sichtweise eines Menschen verändern.«

»Und die Art, wie man Gesten interpretiert. Ach, Queenie ...«

Voller Liebe sah er sie an, griff nach ihrer Hand und küßte zärtlich ihre Fingerspitzen. »Erzähl mir endlich von Tango. Gott, wie mußt du mich verabscheut haben ...«

»Ich war verzweifelt ... ja, und auch tief verletzt. Es war nicht leicht, sich von dem Kind zu trennen.« Sie schloß die Augen, ihre Stimme war nicht mehr als ein Flüstern. »Wenn ... wenn doch nur ...«

Fast heftig zog T.R. sie an sich. »Ich weiß, ich weiß ... Ich hoffe, du kannst mir verzeihen ...« Sanft wiegte er sie in seinen Armen.

Langsam, ganz langsam fiel der Schmerz von ihr ab, der sie so lange beherrscht hatte. Tief und zitternd holte sie Luft.

»Queenie, Liebes ...« T.R. küßte sie leicht auf die Wange. »O Gott, wie ich dich liebe. Wie sehr ich dich liebe.«

Queenie entzog sich ihm und sah ihn ernst an. »Ich habe dich auch immer geliebt, T.R. Aber das weißt du sicher.«

Schweigend sahen sie sich an. T.R. sehnte sich danach, sie an sich zu ziehen – mit all der Leidenschaft, die ihm fast den Atem nahm. Aber er rührte sich nicht.

»So steht es also um uns«, lächelte Queenie. »Und was jetzt, T.R.?«

Er sah ihr weiter in das vom Lagerfeuer erleuchtete Gesicht, rührte sich aber nicht.

»Oh, T.R.« Queenie beugte sich vor und küßte ihn leicht auf den Mund. Sie lächelte und küßte ihn noch einmal.

T.R. schlang seine Arme um sie und zog sie so leidenschaftlich an sich, als wollte er all die vergangenen Jahre vergessen machen. Sie erwiderte seine Küsse, und ohne seine Lippen von ihrem Mund zu lösen, trug er sie zu seinem Schlafsack.

Als sie dort eng umschlungen lagen, fielen die Jahre von ihnen ab, und sie waren wieder zwei leidenschaftlich Liebende, deren Gefühle füreinander nie gestorben waren, obwohl sie so lange auf ihre physische und psychische Vereinigung warten mußten.

Zwei Tage blieben sie noch in ihrem Lager am Billabong, dann packte T.R. zusammen und erklärte, daß sie noch ein letztes Ziel hätten, bevor sie nach Guneda zurückkehren würden.

Queenie saß auf einem umgestürzten Baumstamm und bürstete sich die Haare. Ohne Make-up und mit T.R.s lokker fallendem Hemd sah sie aus wie ein Teenager. T.R. setzte sich neben sie und nahm ihr die Bürste aus den Händen. Behaglich schloß Queenie die Augen, während er langsam und zärtlich weiter ihre Haare bürstete, bis sie in der Morgensonne schimmerten wie Altgold.

»Queenie ... da gibt es noch etwas. Nur noch eine kleine Sache«, begann er leise.

»Hmmm ...« Sie öffnete die Augen nicht, sondern bewegte nur leicht den Kopf, als er ihre Haare zur Seite schob.

»Du wirst mich doch heiraten ... oder?«

Überrascht schlug sie die smaragdgrünen Augen auf. »T.R., ich liebe dich.« Ihre Lippen öffneten sich zu einem Lächeln. »Du gibst wohl nie auf, was?«

»Ich sagte doch, daß ich auf dich warten werde ... So lange wie nötig.«

Sie neigte den Kopf, um sich küssen zu lassen. »Das Warten ist vorüber, mein Liebling ...«

Queenie fragte nicht, wohin sie fuhren. Sie trieb auf Wogen der Glückseligkeit dahin, an T.R. geschmiegt, der während des Fahrens vor sich hin pfiff. Und wenn Queenie das Steuer übernahm, griff er zur Mundharmonika und spielte ihr etwas vor.

Queenie blickte auf die leicht hügelige Landschaft hinaus. Die rote Erde verblich in der Ferne zu pinkfarbenen Tönen, wo sie mit dem am Horizont mauvefarbenen, doch dann strahlendblauen Himmel zusammentraf. Graugrüne Bäume schienen in der wabernden Hitze über dem Boden zu tanzen, und ein Adler trieb träge unter dem weiten Himmel dahin. Queenie spürte, daß ihr die Kehle eng wurde. Das war ihre Umgebung, ihr Zuhause.

Eine Stunde später befanden sie sich auf der vertrauten Straße. T.R. griff nach ihrer Hand, steuerte nur mit der anderen weiter.

Als sie den großen Torbogen durchquerten, in den Großvater Hanlon die Worte »Tingulla« gebrannt hatte, liefen Queenie Tränen über die Wangen.

»Warum sind wir hier, T.R.?«

»Das wirst du schon sehen.« Er ließ ihre Hand los und drückte auf die Hupe, als sie die Auffahrt zum Haus hinauffuhren. Die Rasenflächen waren saftig grün, der Springbrunnen sprudelte, und in den offenstehenden Fenstern bauschten sich die Spitzengardinen im Wind. Auch die Haustür stand offen: weit und einladend.

T.R. schaltete den Motor aus.

»Wer lebt jetzt hier, T.R.? Ich kann nicht. Ich bringe es einfach nicht über mich.«

»Queenie, Liebling ... Sieh doch hin ...«

Sie hob den Kopf, und da kamen sie die Verandastufen herabgestürmt: Millie und Jim, Snowy, Sarah und John, Dingo, Alf, Sarahs Eltern, Freunde und Nachbarn – aber allen voran Saskia und Tango.

»Warum sind sie hier?«

»Weil es auf der ganzen Welt nur einen Ort gibt, an dem wir heiraten können. Hier ...«

Er küßte sie, und alle, die inzwischen das Auto umringten, jubelten, klatschten und trommelten auf die Karosserie ein.

»Nur noch ein Letztes.« T.R. öffnete das Handschuhfach, zog einen dicken Umschlag heraus und gab ihn ihr. »Das ist für dich.«

Verwundert öffnete Queenie den Umschlag, faltete den Stapel Unterlagen auseinander und las. Es war eine Eigentumsurkunde für Tingulla – ausgestellt auf ihren Namen.

»Ich war der geheimnisvolle Käufer. Ich habe nur auf den geeigneten Moment gewartet, um es dir zu schenken. Willkommen zu Hause, Queenie.«

Epilog

Millie wischte mit dem Staubtuch über den kleinen Nußbaumtisch und griff nach der silbergerahmten Fotografie.

Queenie und T.R. lächelten sie strahlend an. Queenie hielt ein Bouquet aus Freesien, Jasmin und australischen Akazienzweigen im Arm und trug das grausilberne Kleid, das sie bei der Party zu ihrem einundzwanzigsten Geburtstag angehabt hatte. Um ihren Hals lag die Opalkette. Doch diesmal war ihr Haar elegant hochgesteckt und wurde von einem Diadem aus winzigen Blüten und Farnen gekrönt.

»Ach, Queenie, du siehst keinen Tag älter aus als an dem Tag, an dem ihr euch beide kennengelernt habt – vor siebzehn Jahren«, seufzte Millie nostalgisch.

»Milliiiieee!« hallte Ruthies Stimme über die breite Treppe zu ihr herauf.

Millie eilte hinunter und wischte dabei gleich das Geländer mit ihrem Staublappen ab. »Was gibt es, Ruthie?«

»Hier ist ein Brief für dich, von Saskia.«

»Sie ist ein gutes Mädchen«, lächelte Millie und setzte sich auf eine Treppenstufe, um den Umschlag aufzureißen.

»Was schreibt sie denn aus der Schule?« Ruthie hockte sich neben sie.

»Daß sie die todlangweilige Chemiestunde dazu nutzt, schnell an mich zu schreiben ...«, lachte Millie.

Die beiden dunklen Köpfe, einer inzwischen leicht graumeliert, beugten sich über den engbeschriebenen Bogen. Über ihnen hing Roses Portrait wieder an seinem angestammten Platz – und daneben ein neues Gemälde: Patrick hoch zu Pferd. Die beiden schienen über die friedliche Szene unter ihnen zu lächeln.

Auf einer der Koppeln ritten T.R. und Tango ein Fohlen zu. T.R. unterwies seinen Sohn in den Fähigkeiten, in denen er es zu einer wahren Meisterschaft gebracht hatte.

Noch weiter entfernt ritt Queenie neben Snowy.

Auf einem Hügel, von dem aus man Tingulla mit seinem Wasserlauf und den blauschimmernden Bergen im Hintergrund überblicken konnte, hielten sie ihre Pferde an.

Liebevoll tätschelte Queenie Nareedah. »Gut gemacht. Gar nicht so schlecht für eine alte Dame.« Sie sah sich um. »Wie schön es ist. Es tut gut, wieder zu Hause zu sein.«

»Ich wußte immer, daß du zurückkommen würdest, Queenie. Du gehörst hierher.«

»Du auch, Snowy. Es ist auch dein Zuhause.«

Der alte Aborigine blickte in die Ferne, seine Augen schienen die Grenzen von Raum und Zeit zu durchdringen. »Mehr als ein Zuhause, Queenie. Es ist der Ort unserer Bestimmung.«

Queenie beugte sich vor und öffnete ihre Satteltasche. »Du warst Tingullas spiritueller Wächter, Snowy.«

Sie zog den kleinen Trommelstock heraus, drehte ihn in den Händen, betrachtete die eingebrannten Zeichen und Muster und erinnerte sich daran, daß Snowy ihr ihn an jenem Tag gegeben hatte, als sie und Saskia Tingulla verlassen mußten. »Das hier hat mich an meinen Bestimmungsort zurückgebracht. Jetzt sollte es wieder dir gehören.« Damit reichte sie ihm das geheiligte Totem.

Nickend steckte Snowy es in seine Hemdtasche und tätschelte sie. »Jetzt gibt es keine Gefahren mehr.«

Eng nebeneinander liefen die Pferde den Hügel langsam wieder hinunter. In der Ferne keckerte eine Elster, und ihr übermütiger Jubelruf verlor sich in den strahlendblauen Weiten des Himmels.

Im Bechtermünz Verlag ist außerdem erschienen:

Patricia Shaw
Leuchtendes Land

704 Seiten, Format 13,5 x 21,5 cm
gebunden, Best.-Nr. 614 800
ISBN 3-8289-6837-6
DM 19,90

Clem Price ist noch jung und unerfahren, als er und seine Schwester Alice die Schafzucht ihres Vaters erben. Clem träumt von Wohlstand und einem besseren Leben. Im Australien des 19. Jahrhunderts nimmt eine dramatische Geschichte von Ehrgeiz, Geldgier und Leidenschaft ihren Lauf.